INVESTIGATION ON X-CASES

诡案组

第2季
SEASON TWO
③

求无欲/著

神隐九黎

测绘出版社
SURVEYING AND MAPPING PRESS

图书在版编目（CIP）数据

诡案组. 第2季. 3 / 求无欲著. — 北京 ：测绘出版社，2015.1（2015.6重印）（2015.8重印）（2015.9重印）（2015.10重印）（2016.3重印）
ISBN 978-7-5030-3608-8

Ⅰ. ①诡… Ⅱ. ①求… Ⅲ. ①长篇小说－中国－当代 Ⅳ. ①I247.5

中国版本图书馆CIP数据核字(2014)第284772号

责任编辑 赵 强
装帧设计 荆棘设计

出版发行	测绘出版社	电　　话	010-83060872（发行部）
地　　址	北京市西城区三里河路50号		010-68531609（门市部）
邮政编码	100045		010-68531538（编辑部）
电子邮箱	smp@sinomaps.com	网　　址	www.chinasmp.com
印　　刷	北京盛通印刷股份有限公司	经　　销	各地新华书店
成品规格	166mm×235mm	印　　张	19.5
字　　数	348千字	版　　次	2015年1月第1版
印　　次	2016年3月第6次印刷	定　　价	29.80元

书　　号 ISBN 978-7-5030-3608-8
本书如有印装质量问题，可联系调换。质量投诉电话：010-82069336

中国境内沿海某省，是最早实行对外开放政策的省份之一，因区域经济差异，吸引了大量外省务工人员涌入，导致人口急速膨胀。时至今日，该省已有过亿常住人口，其中“黑户”就超过1300万。

俗话说：“有人的地方就有江湖。”人口膨胀衍生出诸多问题，甚至是一些难以解释的事件。新中国自成立以来就坚持破除封建迷信的政策，但在面对一些现今科技难以解释的不可思议的事件时，却难免感到困惑。为此，该省秘密成立了“诡异案件处理小组”（简称“诡案组”），专门处理全省各地的诡异案件。

诡案组的存在别说寻常老百姓，就连大部分在职警员亦闻所未闻。诡案组所处理的案件尽是些荒诞离奇的案件，一旦公之于众，势必引起社会恐慌。

因此，由诡案组所处理的一切案件记录均为内部机密档案，只有小组成员及极少数高官有权翻阅。但是世事无绝对，凡事皆有例外，若把这些诡异案件视为小说看待，公之于众，又有何不可？但求读者莫太认真，只把它当作茶余饭后的消遣，作为寻常悬疑推理小说来读。

人物简介

相溪望

别称： 犍仔、小相、望哥

性别： 男

年龄： 28岁

职业： 外聘顾问

身高： 180cm

体重： 61kg

特长： 智商160、擅长街头格斗、简单魔术

缺点： 腹黑、妹控

简介： 前刑侦新人王，失踪近三年后，以“玩忽职守”为由主动离开警队。为查明父亲死亡的真相，以外聘形式接管诡案组，希望通过警方的力量与神秘组织“陵光”抗衡。在参加香港警方的交流计划期间，与自称“神偷凌风”的陵光成员“翼蛇”相遇，并得到对方指引，到神隐村寻找另一名陵光成员“轸蚓”，以继续追查父亲死亡的真相。

桂悦桐

别称： 桐姐、桂美人

性别： 女

年龄： 27岁

职业： 技术队小队长

身高： 165cm

体重： 保密（苗条型）

特长： 观察力强，能发现任何蛛丝马迹

缺点： 公主病

简介： 相溪望的前女友。在溪望失踪的三年间，代替他照顾见华，因而跟见华情同姐妹。在见华的精心安排下，跟溪望一同踏上寻找神隐村的旅程。

相见华

别称：丫头
性别：女
年龄：20岁
职业：学生
身高：163cm
体重：保密（纤巧型）

特长：向哥哥撒娇、让人平静
缺点：胆小
简介：血统纯正的九黎族后裔，于襁褓中便父母双亡，幸得相溪望父母收养。养父母死后，便与溪望相依为命，两人的感情超越亲生兄妹。虽然只是平凡的大学生，但总能神奇地让身边的人感到平静。

相云博

别称：老二
性别：男
年龄：53岁（终年）
职业：前天雄药业研究所主任
身高：173cm
体重：58kg

特长：智商180
缺点：寡言
简介：相溪望的父亲，十年前突然发现罹患胰脏癌，并于不久后去世。

王重宏

别称：王三、宏叔、杀手王、鬼羊
性别：男
年龄：48岁（终年）
职业：前天雄药业研究所所长
身高：176cm
体重：71kg

特长：暗杀
缺点：粗鲁
简介：相云博生前的挚友，真实身份为陵光成员“鬼羊”，是曾令人闻风丧胆的“杀手王”。于卷三中向溪望表露身份，并借溪望之手结束生命。

易露妍

别称：杨露、露露

性别：女

年龄：26岁

职业：杀手

身高：168cm

体重：保密（消瘦型）

特长：暗杀

缺点：神经质

简介：杀手王的徒弟，曾以秘书之职掩饰身份，外表高贵冷艳，但思维却异于常人。在内地犯下杀人罪，在香港亦因协助犯下命案的倩琪逃走而被通缉。跟铁炫有一定交情，两人似乎有某种约定。

李　梅

别称：李大状

性别：女

年龄：27岁

职业：律师

身高：172cm

体重：保密（苗条型）

特长：能言善辩

缺点：阴险狡诈

简介：相溪望的死对头，表面上是成熟而富有魅力的年轻律师，但实际上却是一个为了达到目的会不择手段的可怕女人，而且疑似与陵光存在一定关联。跟映柳的关系极其微妙，时而冷嘲热讽，时而亲密无间。

沐阁璋

别称：沐师傅

性别：男

年龄：35岁

职业：神棍

身高：174cm

体重：62kg

特长：对古今中外的奇闻异事了如指掌

缺点：闷骚、装蒜

简介：号称天上地下无所不知、无所不晓，经常对案件做出匪夷所思的独特见解。不过事实证明，他对案件的解释往往只是“不能排除的其中一个可能”，其可能性比彩票中奖概率还要低。虽然他的见解大多数情况下都不靠谱，但他总能引经据典让人无法反驳。

萧铁炫

英文名：Nicholas Xiao
（尼古拉斯·萧）
别称：神偷凌风、翼蛇
性别：男
年龄：23岁
职业：盗贼
身高：178cm
体重：64kg

特长：盗窃、易容、模仿、制造及使用各种小型机关

缺点：未知

简介：谜一样的青年，声称自己是曾让国际刑警手足无措的神秘盗贼“神偷凌风”。喜欢耍酷，终日把一条名叫牙牙的玉米蛇带在身上，似乎对见华一见钟情。

月映柳

别称：柳姐、小月、蘑菇头
性别：女
年龄：23岁
职业：刑警
身高：166cm
体重：保密（健美型）

特长：死缠烂打

缺点：胆小、怕黑、依赖别人

简介：刑侦局警员，因仰慕前刑侦新人王相溪望，主动要求加入“诡案组”，受厅长委派协助溪望调查诡秘案件，充当两者之间的联络人。跟李梅的关系极其微妙，曾承认受对方威胁。

卷七·荒村龙女

卷八·偷生鬼魅

卷九·百年怨尸

卷十·神隐死蠊

卷七·荒村龙女

引子

一

25年前，暴雨后的清晨。

苇塘村村长马蓬超在多名亲信的陪同下，凝视着伏卧于草丛中已经腐烂且散发出恶臭的巨大生物。他的双眼闪现着复杂的情感，惊诧、畏惧与贪婪交织在一起，最终只剩下无尽的欲望。

他对身旁那名贼眉鼠眼的青年喝令：“阿威，过去看看它死了没有？”

“我？”范威紧握竹竿的双手不停地抖动，双腿仿佛被钉在地上，迟迟没有往前迈步。

眼前的庞然大物形如巨蟒，长达十数米，头部左右各有一根一米许长的巨角。巨物通体散发着腐烂后的恶臭，半睁半闭的眼皮下一颗发红的巨目，毫无生气地注视着众人，一副半死不活的模样。然而，最让范威感到恐惧的是那可怕的利爪。

巨物不但有四肢，而且四肢上各有五爪，还在地上挖出十数米长的土坑。若被这利爪“摸”一下，恐怕会当场丧命。范威从未见过长有爪和角的蟒蛇，眼前这巨物越看越像年画上的龙。

“还发什么呆呀！”蓬超身旁的少年不耐烦地把范威往前推，“没听见我爸叫你看看它死了没有吗？”

范威虽不愿意，但还是一步一惊心地走上前，用手中的竹竿轻轻戳了一下巨物已腐烂的躯体。“呜……”一种像牛一样的沉闷叫声从巨物口中传出，吓得他跌倒在地，裤裆随即湿透，尿腥味飘散四处。

蓬超亦被这叫声吓了一跳，但他很快就回过神来，上前捡起范威掉落的竹竿往巨物身上狠狠地戳了一下。叫声再度响起，但这一次明显比刚才要轻得多。

他又戳了几下，巨物已不再做出反应，显然已油尽灯枯。他把竹竿丢给范威，仰天大笑道：“哈哈哈，发财的机会来了！我活了四十年也没见过这么大的蟒蛇，而且还有爪有角，找遍全世界恐怕也找不到第二条。我们要是众口一词，都说亲眼看到它从天而降，是条货真价实的神龙，绝对没有谁敢怀疑半句。这事一旦传开了，来我们村看稀奇的游客肯定数之不尽，到时候就算我不开口，县镇领导也会主动拨款给我们修马路。”

他环视一下身旁众人，狡笑道：“你们就等着数钞票吧，哈哈哈……”

“你别高兴得太早。”一个佝偻着身子的老妇于丛林中走出来。

蓬超看见她，立刻收起笑意，恭敬道：“金花婆婆，一大早就让你过来，真是辛苦你了。”

金花走到他身旁，瞥了那巨物一眼，严肃道：“天降神龙本是吉祥喜庆的事……”她眼神中闪现一丝担忧，又道，“但你有没有想过，这事要是宣扬开去，我们村就变成唐僧肉了，谁都想来咬一口。到时候，你恐怕不能继续当你的村长了。”

蓬超仔细一想，觉得对方所言非虚。有利益就有争斗，要是本村因眼前的神龙而变成旅游区，先别说外面的人想来讨便宜，单是县镇领导就不会放过这块唐僧肉。到时候，他可能连村长的位置也会被人抢走。

“现在该怎么办？”蓬超焦急道，“这事已经有不少村民知道，我们村就巴掌大的地方，用不着半天全村人都会知道。要向县镇领导隐瞒这件事，恐怕不可能做到。”

“的确不好办……”金花皱眉思索片刻，遂灵光一闪，露出奸狡的笑容，说道，“淑英昨天不是带了个外村女人回来吗？”

“天佑，你赶紧带人去把那女人带到祠堂。”她对站在蓬超身旁的少年下达命令，随即又对蓬超说，“待会儿我到祠堂跟大家说，这女人是神龙的化身，她的真身已经坏死，必须尽快烧毁，不然会给我们村带来瘟疫及灾难。”

“好主意，天佑，你快去把那个外村女人带到祠堂。”蓬超拍手叫好，“趁现在暴雨刚停，山路还未通行，待会儿我就在祠堂上动员大家把这玩意儿烧掉。这样就算县镇领导知道这件事，也就只会唠叨几句。”

“好，我马上去办。”天佑挥手示意范威及其他亲信跟随，但才走了几步，他又回头向金花问道，“谊婆，要是淑英两姐弟在祠堂上乱说话怎么办？”

“淑英长年在外地打工，一年才回来一两趟，应该不敢在我们面前放肆。我倒不担心她，就怕她那个犟脾气的弟弟。”金花皱眉思量片刻，又道，“这事关系到你爸的村长之位，你待会儿先吓唬一下他们，说他们要是敢乱说话，以后就别想在苇塘村立足。这招如果不管用，就给他们一点颜色看看。”

“知道了，我现在就去。”天佑瞥了一眼仍坐在地上的范威，喝骂道，“你还不起来！”

范威偷瞄了一眼伏卧在地上奄奄一息的巨物，畏惧道：“神龙好像还活着，就这样把它烧掉会不会给我们村带来厄运？”

天佑愣了一下，遂向父亲投以询问的目光。蓬超亦面露迟疑之色，转而望向金花。

金花沉思片刻后，双眼露出凶狠的目光，对蓬超说：“人不为己天诛地灭，就算弑神杀佛也要保住你这个村长头衔，更何况只是一条长了角的蟒蛇！”

二

“大马，过来跟我聊几句。”曹镇长于席间向马佳鑫招手。

佳鑫只是区区一个村治保会主任，镇长主动示好使他受宠若惊，当即拿着酒杯走到对方身前，奴颜婢色地问道：“镇长大人有什么要提点小弟的吗？”

“先干了这杯再说。”曹镇长搂住他的肩膀跟他碰杯，他立刻豪爽地一口将杯中近一两白酒喝个干净。

曹镇长浅酌一口便将酒杯放下，拍着佳鑫的肩膀说：“好，我最喜欢像你这么爽快的人，不像你弟弟小马那样婆婆妈妈，做事畏首畏尾。”

佳鑫瞥了眼正在邻桌跟其他镇政府领导侃大山的弟弟，面露不屑之色，厌恶道：“我只是一时大意，才让他这黄毛小子当上村长。要是我认真起来，哪能轮到他作威作福。”

“就是嘛！”曹镇长惋惜道，“如果由你当村长，谢老板要在你们村建度假村肯定没问题。”

“什么？”佳鑫诧异道，“是哪位老板要在我们村建度假村了？”

“是那个在我们县盖了好几栋商品房的谢老板。唉，可惜呀！”曹镇长叹了口气又道，“谢老板本来想在你们村建度假村，这样你们可要发大财了。但小马竟然不同意，白白放弃了这个大好机会。”

“我操，这王八蛋是脑子进水了！”佳鑫怒发冲冠，借着酒劲欲到邻桌向弟弟兴师问罪。

“你先别冲动，小马的担忧也不是没有道理。”曹镇长硬把他拉回来，解释道，“谢老板看中了龙女庙附近那块地，建度假村的话，肯定要把庙给拆掉。听说这座庙是用来镇压恶鬼的，弄不好会破坏你们村的风水，要是把龙女惹怒，那就更麻烦了。”

“这有什么好担心的，那间破庙已经一二十年没人去参拜过，我年轻时还在庙里撒过尿，咋不见龙女把我怎样？”佳鑫拍着胸口说，“这事你放心，我今晚回去就一把火将这破庙烧掉。现在都二十一世纪了，哪还有人会相信什么狗屁龙女。”

“呵呵，你要是能把龙女庙搞定，我可以再找谢老板谈谈。”曹镇长露出满意的笑容。

“镇长你放心，这事包在我身上。”佳鑫又敬了对方一杯，遂返到自己的位置。在他转身的那一刻，他的弟弟马天放望向曹镇长，两人相视而笑……

翌日，佳鑫被发现伏尸于龙女庙前。

第一章　再见旧爱

“叮当……”

门铃声响起，溪望心想应该是映柳那个万年吊车尾来了，便快步走去开门。然而，开门后他却发现，站在门外的并非平日那个熟识的蘑菇头，而是一个捧着大叠文件的标致美女。

美女见他盯着自己发呆，便不悦道：“怎么了，去香港玩了一个月，回来就不认得我了？”

对方一开口，溪望马上凭声音认出她就是映柳，不由大为惊讶。印象中映柳是个百分百的女屌丝、土包子，平时衣着土气，发型也很糟糕，只有穿上警服的时候才像个人样。

然而，眼前这个女生不但衣着入时，发型也由土气蘑菇头换成时尚的盖耳短发，脸上亦化了恰到好处的淡妆，甚至还喷了香水，跟溪望印象中的映柳完全是两个人。对方若不开口，他绝对认不出来。

“柳姐，你受什么刺激了？”溪望讶然问道。

“我受的刺激可大了。”映柳白了他一眼，杏眼中闪现一丝之前未曾出现过的娇媚，“你自己跑到香港去玩，把所有工作都留给我，没累死已经算我命硬了。”

“你不会是打算到我家里办公吧？”溪望瞄了她手中的文件一眼。

“这不是我的工作，是给你带来的。”

“我已经跟厅长请假了，还给我带这么多文件过来干吗？”溪望皱起眉头。

“我是在帮你。”映柳又白了他一眼，遂娇嗔地抱怨道，“你想让我在门口站到什么时候？捧着这些文件很累耶！”

“请进，请进。”溪望连忙请对方进门到客厅就坐。面对眼前这个娇媚的映柳，他一时间还真有点不习惯，于心中暗忖：不过短短的一个月而已，是什么原因令她脱胎换骨呢？

“你不是让我查神隐村的位置吗？”映柳将文件丢在茶几上便往沙发上一摊，仿佛回到自己家中一样。这一举动才让溪望确信，眼前的白富美确实就是一个月前的女屌丝。

“找到没有？”溪望在她对面坐下，随手翻阅茶几上的文件。

“没找着，在全省乃至全国的地图上，也没有一个叫‘神隐村’的地方。”映柳跷起白皙的双腿，以优雅的坐姿将短裙下的春光隐藏起来。她这个动作让溪望想起李梅。

映柳娇媚地笑了笑，连表情也跟李梅有三分相似，补充道：“不过你先别失望，虽然现在没地方叫这名字，但不代表以前没有。”

“你这话是什么意思呢？”溪望于脑海中思索，为何突然会觉得映柳身上有李梅的影子。是因为自己最近老是琢磨李梅与陵光之间的关系，所以才产生这样的错觉吗？

“我听花前辈说，在她之前任职的地方，好像曾经有一个叫神隐村的地方。但后来或许是更名，又或者是村子荒废了，所以在地图上没有标示。”映柳从文件中抽出一张地图，指着地图圈住的区域说，“虽然她不知道这个村子的具体位置，但应该是在这个区域之内。”

溪望仔细查看地图上的标示，皱眉道：“范围这么大，而且都是山区老林，恐怕不是三两天就能找到的。”

“这就是我给你带来这叠资料的原因。”映柳将文件全推到对方面前，“要找到神隐村，可能得花上个把月时间。你在香港花天酒地的时候，诡案组的案件已经堆到天花板了。虽然厅长把原前辈召回诡案组，还聘请沐阁璋师傅帮忙，但还是忙不过来。要是你再跑掉个把月，不把我们累死才怪。”

“所以，”映柳翘起双手，义正词严道，“在你寻找神隐村期间，必须顺道处理这片地区的案件。”

“沐师傅竟然被招安了？”溪望悄悄将身前的文件推回去。

“听说他是因为没钱交房租，才答应加入诡案组……”映柳突然回过神来，瞪了他一眼，并将文件又推到他面前，娇斥道，“你别想扯开话题，这事对你又不是没有好处。”

“怎么讲？”

“你是外聘顾问，要请假多久厅长也拿你没办法，但跟你同行的桂前辈可不行哦！”映柳轻晃食指，语气及神态均比一个月前成熟、优雅，“桂前辈最多只能请假一个星期，但你要是答应帮忙处理这些案件，那么桂前辈的请假就能改成出差，时间可以由一个星期变成一个月。厅长说如果有需要，还能再把时间延长。不过，这当然得看你处理案件的进度。”

此次出行，溪望本想专注寻找神隐村，不愿意分神办案。但是若能得到心思缜密的悦桐帮忙，应该更容易发现线索。故此，他只好答应对方的要求。

“嗯，就按厅长的意思办吧！”溪望拿起文件翻阅，轻描淡写道，“工资照发哦！”

“你还怕厅长会赖账？”映柳白了他一眼，遂起身准备离开。

此时，见华提着一个大行李箱从楼梯上走下来，看见映柳便惊奇道：“哇，柳姐，你的皮肤怎么比之前白那么多？”遂丢下行李箱，拉着对方的手追问当中原因。

“我用了宏叔送的护肤品，效果好得让人感到意外，脖子上的疤痕也不见了……”映柳刚道完原因，马上意识到自己的话会让对方伤感，连忙向对方道歉。

“没关系，宏叔走了那么久，我已经不再伤心了。”见华强展欢颜，遂问道，“柳姐，你是不是开车过来的？”

映柳点头道：“是呀，我把警车停在门外了。”

“能不能送我去车站，我提着行李很不方便耶。”见华拉起地上的行李箱，面露难色。

“没问题，反正顺路……”映柳说着突然皱起眉头，又道，“可是，你不是准备跟你哥去旅行吗？现在提着行李箱去哪里？”

“哎呀，我差点忘了跟哥说了。”见华又丢下行李箱，走到溪望身前，挤出一副笑脸道，“哥，我突然想起学校有个很重要的考试，必须马上回去，不然可能会对毕业有影响。”

“那你跟悦桐的自驾游怎么办？”溪望愕然道，“这可是由你安排的旅行，你昨天还说学校方面已经安排好了，多请了两个星期假，怎么今天又突然要回去？”

“人家也是刚刚才想起要考试嘛……”见华拉着他的手臂，撒谎道，“哥，难道你想我不能顺利毕业吗？”

“我不是这个意思。”溪望叹了口气，又道，“跟悦桐的旅行怎么办？你不能去，就只能取消了。”

见华慌忙摇头，说：“不行，桐姐好不容易才安排到时间。反正什么都准备好了，你就按原定计划，明天一早就跟桐姐去旅行吧！”

“只有我们两个好像不太方便……”溪望眉心紧锁。

见华冲口说道：“哪有什么不方便，你们该做的早就做过了。”

溪望板起脸盯着她，责骂道：“人小鬼大！”

见华吐了下舌头，娇憨地笑着。

“我怎么觉得你是刻意安排我跟悦桐两个人去旅行。”溪望露出怀疑的目光。

“哪有这回事？你想太多了。”见华跳起来，一手拖着行李箱，一手拉着映柳，逃跑似的往门外走。快走到门口，她才回头朝溪望笑道，“哥，跟桐姐玩开心一点哦！”

“你这个鬼灵精。”溪望看了她一眼，没好气地摇摇头，继续翻阅茶几上的文件。

被见华拉着出门的映柳，在踏出门口前回头看了溪望一眼，脸上浮现不悦之色，但这一幕没人看见。

翌日，花泽一大早就捧着一个盒子来到溪望家中，他边查看那根被戴德一拳打断的百鬼鸣，边皱眉道：“还真有人能徒手折断钛合金钢管。”

“你是不是该考虑一下用更坚硬的材料重新做一套百鬼鸣？”溪望苦笑道。

“硬不一定就好用，重量、柔韧度、耐腐蚀性都是考虑因素。”花泽将折断的百鬼鸣放进背包里，补充道，“当然，造价才是决定性因素，我可不买造火箭那种等级的合金。就目前而言，最合适的还是钛合金。要增加强度，只能在设计上下苦功。”他将放在茶几上的盒子打开，取出了一件崭新的钛合金武器交到溪望手中。

溪望接过后仔细观看，此武器同为短棒状，长度跟折断的那根百鬼鸣一样，均比他的前臂略短，可安装在支架手镯上，并藏于衣袖之内。棒身中段有一道接口，也跟百鬼鸣一样，扭动接口便能伸展至一米许长。末端的半月形卡口，可以跟仍然完好的另一根百鬼鸣连接。这根短棒拥有百鬼鸣的基本特点，不同之处是前端不能弹出剑刃，取而代之的是一把约二十厘米长的折合刀。

溪望按花泽的提示，触动开关将折合刀打开，并与藏于右臂中的百鬼鸣接合，组成一把长柄镰刀。他摆弄了几下，便满意地笑道：“换上这个新组件，百鬼鸣的变化就更多了。”

“你按一下折合刀下段的开关看看。”花泽阴森地笑着，但看见对方把镰刀朝向他时，当即慌忙喝止，“别朝我发射呀！”

说时迟，那时快，新组件从中段分离，带折合刀的一段如炮弹般弹出。幸好花泽及时蹲下来，不然就要挂彩了。

折合刀打在天花板上，虽然把一颗灯泡给打碎了，但并未对天花板造成太大破坏。由此可见，这招只适用于近距离奇袭，稍微远一点就没什么威力了。

然而，让溪望感到好奇的是，新组件在弹出刀头分成两截后，中间竟然有一根纤细的钢丝连接。在花泽的提示下，他再次触动开关，钢丝随即快速回卷，瞬间将刀头拉回来，重新接合成长柄镰刀。

溪望向花泽问道：“这个新组件有名字吗？”

花泽毫不在意地说：“我管它叫折合刀。”

“叫‘飞镰’如何？”

“反正又不是我用，你喜欢叫什么就叫什么。”

溪望将新旧两个组件拆开，满意地笑道：“你总能给人惊喜。”

“可我只感到惊吓，刚才差点就被你打中了。”花泽仍心有余悸，以颤抖的双手帮溪望将两个组件装在支架手镯上，左手飞镰、右手百鬼鸣。

“送你块怀表压惊吧！”溪望从肩包里取出一个盒子，打开后里面是一块古朴的银壳怀表。

花泽接过怀表一看，眼睛马上就亮了，兴奋地叫道：“1889年的乌利文两问表，你从哪里偷回来的？”

“我像那种人吗？要偷也偷金表呀！”溪望白了他一眼，又道，“这怀表是在香港鸭寮街买的，老板说里面有个小齿轮坏了，你要是能修好的话，会更值钱……”

溪望还没把话说完，花泽就不知从哪里掏出工具，已蹲在茶几前将怀表拆开研究了。溪望耸耸肩笑道：“就知道给你买块坏表，比送你新表更好。”花泽专注于茶几上那堆精细的小齿轮，完全没有理会他。

此时门外传来一声车鸣，溪望心想必定是悦桐已到门前，便交代花泽离开时记得替他锁门，随即拉着行李箱走向大门。然而，当走到门前，他突然停下脚步。

门外是那个曾经等待他三年的女人，对方美丽、聪慧、独立、理性，是他这辈子所遇到的女性当中最完美的一个，他曾把对方视为携手到老的唯一人选。可是，正因为深爱对方，所以他又害怕自己不能给予对方幸福。

不管面对的罪犯如何狡诈、强悍，他亦未曾感到一丝畏惧，唯独面对这个深爱自己的女人，他竟一再却步。或许，在这个世上唯一能令他感到软弱的，就只有门外那个女人——桂悦桐。

第二章　亵渎龙女

悦桐以生疏的技术驾驶着她的轿车，这辆黄色飞度虽已落地近一年，但她平日甚少使用，至今行驶里数仅过三千，跟新车没多大区别。当然，她的驾驶技术也跟新手没两样。这倒给她一个很好的借口，将精神集中在驾驶上，借此掩饰心中的尴尬与忐忑。

坐在副驾上的溪望则正襟危坐，长时间的沉默使他感到十分拘束。就算面对厅长，他亦未曾有过这种感觉。为打破沉闷气氛，他觉得有必要跟对方聊点什么，于是便开口道：“丫头也太冒失了，一切都已经安排好，却突然说要回学校参加考试……”

“把安全带扣上。”悦桐正专注于复杂的路面状况，语气显得十分烦躁。也不知道是从仪表盘传出的提示声，还是溪望让她感到莫名地恼火。

溪望耸耸肩，遂将安全带扣上，又道：“厅长有通知你吗，关于假期时间的安排？”

“小月跟我说过，这次可以当作出差，前提是我们得处理那里的案件。”

“让你的旅行变成工作，真不好意思。”溪望歉意道。

“你要向我道歉的事情可多着呢，也不差这一次。”悦桐冷漠道，“反正丫头没一起来，我们也没什么好谈的，聊一下公务总比大家都不吭声要好。”

溪望面露苦笑没再说话，转身从后座取来映柳送来的案件资料仔细翻阅。悦桐瞄了他一眼，问道：“我们先去哪里？出了市区我就不认识路了。”

“先去苇塘村吧！”溪望按照案件资料上的地址设定导航，“那里比较近，而且案子就是三天前发生的，调查应该会容易一些。”

“那里出什么事了？”

“资料上说，苇塘村的治保会主任在当地的龙女庙前淹死了，村民声称他因亵渎龙女，而受到龙女降罪。”

“不就是淹死吗？死在龙女庙前就说龙女降罪，这也太瞎掰了吧！”

“问题是，死者不是淹死在河里，而是淹死在一个不足20厘米深的小水坑里。若不受外力影响，这几乎是不可能的事，但在死者周围却没发现其他人出现的迹象，连一个脚印也没有。”

“这的确很奇怪……”

谈公务果然比较容易打开话题，至少此刻两人能暂时抛开旧爱身份，专注于工作当中，虽然这只是表面上的。

按照导航的提示，悦桐把车开到高速公路入口，并停在路边。她解下安全带，对溪望说：“我没上过高速，你来开吧！”说罢便准备下车，跟对方调换位置。

然而，溪望却没有下车的意思，瞄了眼贴在挡风玻璃上的证件，轻描淡写道：“你拿驾照应该有一年了吧，可以上高速了。”

悦桐突然回过神来，将已打开的车门关上并重新扣上安全带，轻蔑笑道：“我忘记有人考了两年也没考到驾照，还好我一次过关。”

“我只是一直没时间参加路考，才把考期给耽误了。”溪望面露无奈之色。

“反正你就是个两年也没考到驾照的笨蛋，哈哈哈……”悦桐于愉快的笑声中，将爱车驶上高速公路。

虽然是第一次上高速公路，但经过短暂的心慌后，悦桐就渐渐习惯了，并大踩油门将时速提升到100公里以上。虽然她的技术并不熟练，但溪望倒没担心自己的安全，他非常了解对方，知道对方凡事都量力而为。故此，他没像坐映柳的车那样提心吊胆，而是专心研究案件资料。

从高速下来，由城乡到荒郊，吃过午饭后，两人再在凹凸不平的乡村小道上颠簸了一个下午，终于来到这次旅途的首站——苇塘村。

悦桐将车驶入村口时，看见一名二十三四的女生向他们挥手。这名女生显然不是乡下人，衣着跟城市人没多大区别，还在脑袋后盘了一个精致的发髻，一看就知道她来自城市。

溪望在吃午饭时，已根据案件资料上的号码，跟该村的联系人通过电话，这名女生大概就是苇塘村的联系人——大学生村官冼玉灵。

两人下车跟对方互作自我介绍后，溪望便请玉灵带他们去查看死者的遗体。然而，悦桐却抱怨道："我都开了一整天车，骨头都快被颠得散架了，就让我休息一会儿吧！我可是第一次开车跑这么远呢！"

"要去看死者遗体的话，不用开车呀！"玉灵回头往村子一指，又道，"尸体就摆在祠堂，走一会儿就到了。"

"那我们就走过去，活动一下双腿吧！"悦桐伸了伸懒腰，并活动了一下身体各个关节。

"请跟我来。"玉灵为两人带路，并在途中向他们讲述事情发生的经过——

三天前，我跟村长马天放、村治保会主任马佳鑫一起参加镇政府召开的整治治安动员大会。类似的会议隔三差五就会开一次，无非就是讲一些传达精神、总结分析、工作要求之类的废话。等领导把废话说完了，大伙就一起到酒楼撮一顿。平时这样，那晚亦不例外。

这种饭局除了吃吃喝喝，不外乎拼酒吹牛皮。我不会喝酒，跟其他人又不太熟络，吃饱了就低头玩手机。其实我挺想早点离开的，但我是坐村里的公车过去的，村长跟他哥不走我也走不了，只能等他们吹完牛皮才可以一起回家。

我正觉得无聊的时候，突然听见坐在邻桌的曹镇长叫马主任过去聊天。马主任虽然是马村长的哥哥……我还是直接叫名字好了，免得你们会把他们两兄弟弄错。

佳鑫虽然是天放的哥哥，但他不过是个治保会主任，平时也没干过像样的事，每次镇里开会他都只是跟过去蹭饭。曹镇长突然找他谈话，不由令我感到好奇，便竖起耳朵听他们在聊什么。

曹镇长说有位老板看中龙女庙附近那块地，想在那里建度假村。但天放却怕这样会亵渎龙女，只好婉言拒绝对方。

佳鑫大概已喝了不少，一听就激动起来，拍着胸口向曹镇长保证，待会儿回去就一把火将龙女庙给烧掉，好让度假村能顺利建起来。

我当时还以为他只是喝多了，跟镇长乱吹牛皮，谁知道我们回来的时候，他还一直在说这件事。他在路上借着酒劲，不停地骂天放胆小怕事，说建度假村是天大的好事，对每个村民都有好处，怎能为了一间破庙放弃这个发财的机会。

天放开始没有理他，但被他骂多了，就忍不住骂回去："你脑袋里面装的全是牛屎，有种你去把龙女庙拆掉，看龙女怎么收拾你这只蠢猪。"

"不就是一间破庙嘛，我之前还在那里撒了泡尿，也不见龙女把我怎样。现在都什么年代了，你还搞封建迷信这一套，不知道你这村长是怎么当的。你要是不行，就换我来当村长！"

"好呀，你今晚要是敢一个人去把龙女庙拆掉，明天就换你来当村长。就怕你到龙女庙不是撒尿，而是吓得尿裤子。"

他们两兄弟一个劲地骂来骂去，我被他们吵得头都晕了，一回到村委会就立刻下车回家，让他们两人吵个够。我离开时还听见佳鑫很大声地说："我今晚就去把龙女庙拆掉，你要是不把村长的位置让出来，我不把你的头拧下来才怪。"

直到这个时候，我还认为佳鑫说的只是气话。龙女庙周围十分僻静，需要经过一个恐怖的树林坟场才能到那里。听说那坟场曾经闹过鬼，因此白天也没几个人会过去，晚上更是人影全无。半夜三更跑去那里，用不着龙女显灵，也能把人吓个半死。

可是，我做梦也没想到，佳鑫当晚还真的去龙女庙了，而且还是一个人过去的。不过，他不但没有将龙女庙拆掉，反而连自己的命也弄丢了。

那晚他曾经回过家一趟，待了没多久就出去了，之后整夜都没有回家。第二天一早，他老婆就到处敲锣打鼓地找他，最后发现他倒在龙女庙前的小水坑里淹死了……

玉灵面露惊惧之色，声音颤抖地说："镇派出所的警察来调查过，也说水坑附近只有他一个人的脚印，是他自己一头栽到水坑里淹死的。可是，他当时虽然喝了不少酒，但他平时也经常喝酒，怎么可能被一个小小的水坑淹死呢？他就算喝醉了，被水呛到也会醒过来吧！所以，大家就说他亵渎了龙女，龙女把他的头按在水坑里淹死了。"

溪望没有说话，只是在脑海中仔细分析当中每一个细节。悦桐同样在琢磨当中的细节，但心思缜密的她比他更早察觉问题，并向玉灵问道："请恕我直言，像贵村这种穷乡僻壤，哪会有人在这里建度假村呀？"

"我当时也觉得很奇怪，度假村一般会在海边，或者有温泉、有特色的地方兴建，最不济也会建在交通较为便利的地方呀！可是我们村不但什么也没有，交通也不方便，连进村的路也坑坑洼洼，谁愿意来这种鬼地方度假？"玉灵皱着眉头，随即又道，"后来我向天放问起这件事，他叫我别相信曹镇长那些鬼话，根本就没人想在我们村建度假村。他说，实情是曹镇长听说龙女庙附近那块地的风水不错，也十分偏僻，想在那里修一座祖坟。他怕被国土局找麻烦，又不想得罪曹镇长，就拿龙女庙当挡箭牌，所以曹镇长才会怂恿佳鑫去把碍事的龙女庙拆掉。没想到，佳鑫这一去就出事了。"

"既然天放早就知道内情，为什么不告诉他哥呢？"溪望疑惑道，"他当晚要是说清楚，佳鑫就不会去龙女庙，也不会出事了。"

"这种事我也不知道该不该说……"玉灵面露难色，犹豫了好一会儿才再度开口，"天放跟佳鑫虽然是兄弟，但他们两人的感情向来都不太好，吵架是家常便饭。他们要是哪天没吵架，我还怀疑他们谁生病了。"

"所以当晚天放不但没把内情告诉哥哥，反而怂恿对方去拆龙女庙？"悦桐问道。

玉灵点头道："应该是这样吧！"

"这好像有点……"溪望喃喃自语。

按理说，佳鑫大闹龙女庙对天放没任何好处，因为他不可能预知结果。如果佳鑫当晚没出事，而是一把火将龙女庙烧掉，那么他就再没借口阻止曹镇长兴建祖坟了。

不过，在这件事上必须考虑另一个因素，就是他们兄弟间的感情。如果他们凡事都对着干，不排除天放这么做只是一时之气，当时并没有考虑后果。现在佳鑫莫名其妙地死亡，曹镇长大概也不敢在此兴建祖坟。在某种程度上，也算是帮了天放一把。

"凶手会不会是天放呢？"这个念头在溪望脑海中闪过，随即向玉灵问道："天放当晚有喝酒吗？"

"跟镇领导一起吃饭，哪能不喝酒。"玉灵抱怨道，"像我这种不会喝酒的女生，也免不了要喝上几口，马村长他们不喝得趴下就算不错了。"

"他能开车载你们回来，应该还没喝醉吧！"悦桐已猜到溪望心中所想。

"才不是呢！"玉灵摆手摇头道，"那晚是我开车载他们回来的，我每次都拿开车做借口才能少喝酒。正因为有我这个司机，他们喝起酒来才没什么顾忌，每次都喝得酩酊大醉。”

她的话让溪望更加怀疑凶手就是天放。现在就下判断显然过于草率，但至少不能排除这个可能。毕竟天放当晚喝了不少酒，而且还跟佳鑫大吵一场，不排除他因一时之气而丧失理智。更重要的一点是，按玉灵的说法，他当晚曾一再怂恿佳鑫独自前往龙女庙。

然而，这些都只是初步推测，要确定凶手是谁，或者佳鑫的死是人为还是意外，仍需要进一步调查。在此之前，溪望更想知道的是另一件事，于是他便向玉灵问道：“你听说过神隐村吗？”

“神隐村？”玉灵皱起眉头，思索片刻后答道，“没听过，应该不是本镇的村子吧！”

溪望补充道：“我听说这村子很可能就在附近，或许是因为更名、荒废等原因而没在地图上标示。”

“那我就不清楚了，我来这里才一年左右……”玉灵说着似乎突然想到什么，“或许你可以去问一下林叔。”

溪望正想追问“林叔”是谁，玉灵却指着身前一座陈旧的建筑物，说：“我们到了，这就是苇塘村的祠堂。”

第三章　杀人妖术

“金花那个老妖婆用妖术把我儿子害死了，你一定要替我儿子申冤啊！”

玉灵刚领两人进祠堂，向众人说：“这两位是公安厅派来的警察。”立刻就有一个老头子扑过来扯住溪望，一把鼻涕一把泪地哭诉。而且这位六七十岁的老人家越说越激动，满脸通红，连青筋都显露出来了。

“有话慢慢说，先别激动。”溪望生怕他会当场脑溢血，急忙劝说，“你得把事情的经过说清楚，我才能还死者一个公道。”

“不用说了，肯定是金花那个老妖婆害死我儿子的，你马上抓她去枪毙就成了。”老头子悲伤之色渐消，怒气却冲天而起，拉着溪望的手臂往外走，似乎是要带他去找自己口中的“老妖婆”。

就初次见面而言，对方的举动不但失礼，甚至算得上莽撞、荒唐。溪望只知道他是死者的家属，连他的名字还不知道，怎可能单凭他的只言片语就将别人拘捕？他若不是已上年纪的老人，溪望肯定会使劲把他甩开。但为避免使他跌倒摔伤，只好跟随他走向门外。

悦桐见溪望拿这个老头子没办法，便装出一副领导模样，咳嗽两声装腔作势道：“小相，你就跟他去了解一下，速去速回，我还有很多事情要向你交代。”老头子立刻回过头来，睁大双眼盯住她，似乎并不相信她是溪望的上级。

溪望知晓她的心意，唯唯诺诺地答道：“桂队长，我就跟他过去看看，马上回来向你报告。”

老头子这下子才相信，但双眼仍充满疑惑，试探般向悦桐问道：“你才是头儿？”

“有问题吗？”悦桐瞪了他一眼，自然流露出一股不怒自威的震慑力。她本来就是技术队的小队长，而溪望却是个“临时工”，严格来说她的职级的确在溪望之上。

“没有，没有。”老头子被她的气势压倒，怒气渐渐消退，不断摆手摇头。

悦桐趁机给溪望使了个眼色，后者立刻会意，向老头歉意道：“真不好意思，我们初来乍到，不太了解贵村的风俗。死者为大，我们一到场，是不是该先给死者上香呢？”

“去吧，你们先上香。”老头怒气一消，眼泪便徐徐落下，边走回到原来位置，边抽泣道，“儿子呀，你死得这么惨，我一定要金花那个老妖婆血债血偿……”

玉灵马上领溪望和悦桐到供桌前上香，并趁此空当小声告诉他们，刚才那个老头子就是死者的父亲马蓬超。因为他是前任村长，而他的小儿子又是现任村长，所以本村人大多尊称他为“老村长”。

刚进门就被老村长扯住，溪望此刻才有机会仔细观察祠堂里的情况。他在上香的同时，仔细查看放置于供桌后面的棺材。他虽然对棺木没什么研究，但眼前这副棺材单看外部细致的雕刻，就能知道绝非便宜货。由此可见，死者的家境必定十分富裕。

自进村后，溪望所见的大多是破旧的平房，由此可见该村的整体生活水平并不高。家属能为死者购买高档棺木，足以说明死者在本村中能算得上是富甲一方。然而，死者生前只是个治保会主任，而且又是在这种穷乡僻壤，应该没能力大肆敛财。

“大概是官二代的缘故吧！”溪望瞥了一眼仍在哭哭啼啼，絮絮不休地说要让老妖婆血债血偿的老村长。死者之所以富有，应该是得到父亲的直接资助。

上香后，玉灵将祠堂内众人的身份，逐一告诉溪望及悦桐。灵堂上共有二十余人，全都是死者的亲属，当中有至亲三人，分别是死者的父亲、妻子及弟弟。玉灵带两人上前，分别为三人作正式介绍。

溪望比较留意死者的弟弟，即现任村长马天放。自他们进入祠堂后，对方至今仍未发一言，就算玉灵给他作介绍，他亦只是点了下头，对溪望两人的态度十分冷淡。

然而，最令溪望感到意外的是他的年纪。据案件资料显示，死者的年龄为43岁。老村长六七十岁，有个四十来岁的儿子十分正常。可是，天放的样子怎么看也不超过三十。也就是说，他跟死者的年龄相差十数年。

虽然有点意外，但似乎跟案情没什么关联，溪望对此并没在意。反倒是对方态度冷淡，让他觉得要从其口中套取线索有一定的困难。正当他思量着该如何打开话题时，死者的妻子郭群弟却把他和悦桐拉到墙边。

“我跟你们说，害死我老公的不是别人，就是玉灵那只狐狸精！”群弟盯着正被老村长差使去添灯油的玉灵，双眼流露出无比的愤怒及怨恨。

“为什么说她是狐狸精呢？”悦桐问道。

“自从她来了之后，我们村就没太平过……”群弟的目光没从玉灵身上移开分毫，咬牙切齿地数落对方种种不是——

她就是只狐狸精，每天都打扮得妖里妖气到处勾引男人。可我们村的年轻男人大多外出打工了，剩下的大多是老头跟小孩，能让她勾引的就只有大马跟小马两兄弟了。

她勾引小马是人所共知的事情，就算是在大家面前，她也不知廉耻地跟小马打情骂俏。她还被人撞破好几次，把小马带回家里卿卿我我。而且你们看看她现在这模样，爸叫她做什么她就立刻扑过去做，比我这个儿媳妇还要勤快。不知道实情的人，还以为她才是马家的媳妇呢！

小马还没结婚，她喜欢怎样勾引小马也没关系。可是她不但勾引小马，连我家大马也不放过。

她平时就经常对大马挤眉弄眼，而且还穿得特别少，总是穿短裤短裙在大马面前晃来晃去，生怕大马没看见她那双大腿。她还经常借故亲近大马，每次镇政府开会她都会跟过去，无非就是找机会亲近大马。大马出事那天也不例外，这只狐狸精同样跟着大马两兄弟一起到镇政府开会。

那天，大马很晚才回来，而且带着满身酒气。我一看就知道那狐狸精没少在他身上下功夫，把他迷得七荤八素，他才会喝这么多。我心里虽然不高兴，但嘴上也没多说什么，只是叫他早点上床睡觉。可是，他虽然已经醉得连走路都左摇右摆，但就是不肯去睡觉，还抄起一根铁水管，说要去把龙女庙拆掉。

我拦住他说：“龙女庙又没犯着你，你干吗大半夜跑去瞎折腾？”

他用力把我推倒在地，还指着我大骂道：“我要干什么轮不到你管，你要是吃饱没事干就收拾一下你那张臭脸，跟人家玉灵学学怎么打扮。你也不照照镜子，看你现在这披头散发的模样就跟鬼一样，半夜看你一眼，没准都会被你活活吓死。”

我说：“是呀，我是没有玉灵那狐狸精漂亮，也不像她那样每天都打扮得妖里妖气。你想跟那狐狸精鬼混就尽管去，她那种女人早晚会把你害死！”

“你这疯婆子简直不可理喻。”

他骂完就出门了，可我做梦也没想到他真的被那只狐狸精害死了……

“单凭大马当晚的几句气话，就断定他是被玉灵害死的，似乎过于武断。”悦桐婉转道，“而且大马也没说要去找玉灵呀！”

她跟溪望虽没作言语上的交流，但两人却能很有默契地互相配合——既然大家都以为悦桐是上级，那么溪望就默默地做她的跟班，由她主导调查的进行。

“我没有诬蔑她。”群弟激动地说，“大马整晚没有回家，第二天一早我就到处敲锣打鼓地找他。可是谁也不知道他在哪里，唯独那只狐狸精一下子就找到他了。”

“玉灵是第一个发现死者的人？”溪望插话问道。

“没错，就是她！”群弟点头道，“大马那晚肯定是去跟她鬼混，而且还被她害死，要不然她怎么会一下子就能找到大马呢？”

溪望瞥了一眼被老村长差遣到门口迎客的玉灵，她似乎全然不知群弟正对她提出严厉的指控。正当溪望准备问群弟一些细节上的问题，便听见玉灵大叫一声“有客到”，而且语气中带有三分惊慌，来客显然并非善男信女。

溪望与悦桐一同望向门口，只见一个弯腰驼背扶拐杖的耄耋老妇，在一名贼眉鼠眼的壮年男人的搀扶下走进祠堂。老妇虽然年纪老迈，却声如洪钟，一开口就响遍整个灵堂：“现在才死，也算他赚到了。”

刚才还在哭哭啼啼的老村长，猛然跳起来骂道：“老妖婆，你竟然有胆子在老子面前闹事！”

“哼，我懒得跟你这头蠢猪计较。”老妇抬起头，轻蔑地瞥了老村长一眼，又道，“天佑怎么说也是我义子，现在他升天了，我这当谊婆的来给他上香也很应该。”

“你别在老子面前惺惺作态，我不信你这一套。”老村长欲扑向老妇，天放连忙把他拦住。

“爸，你先别冲动。”天放劝说道，“死者为大，别说上香，就算她给大哥叩头，大哥也受得起。”他好不容易才把老村长拦下来，扶对方回原来的位置坐下。

“那是什么人？”悦桐小声地向群弟问道。

“她叫金花，是我们村的神婆，在村里辈分最高，大家都尊称她为金花婆婆。”群弟双眼中闪现一丝畏惧，压低声音又道，“不过爸跟她的关系不太好，人前人后都叫她‘鬼婆金’。”

“她刚才好像称你先生为‘天佑’，还说是她义子。”溪望皱眉问道，“可是，你先生不是叫马佳鑫吗？”

“她的确是大马的谊婆，她一直都叫大马‘天佑’。我之前有问过大马这件事，可是他说我什么也不懂，没把详细情况告诉我，只说他小时候是叫天佑，但长大后就把名字改了。”群弟顿了顿又道，“我听大马说，他跟金花的关系本来很好，但后来爸和她闹翻了，他就很少跟她接触……”

“倒是小马跟她还很亲近。”她偷瞄了一眼守在老村长身旁的小马，确认对方没注意自己才继续说，“爸经常为这事责骂小马，说金花是个卑鄙小人，叫他别相信金花的鬼话。”

“老村长刚才说大马是金花用妖术害死……”悦桐偷瞄了一眼正在供桌前上香的老妇，双眸闪现一丝不安，“她真的会用妖术么？”

“这个我就不清楚了。”群弟轻轻摇头，“我是从外村嫁过来的，在我入门之前爸就跟金花闹翻了，所以我对她的事情也不太了解，也没见过她施展过什么法术。”

“不过……”她突然神道道地压低声音，“我听大马说，她年轻时还挺厉害的，不但懂得占卜算命，还收服了一条神龙。”

“神龙？”溪望疑惑地问道，“你指的是大蟒蛇吧？”

“不是蟒蛇，是真正的龙，有十多米长，还长着龙角和爪。”群弟言之凿凿，仿佛曾亲眼看到。

“这世上真的有龙吗？”悦桐露出怀疑的目光，“我一直认为龙只存在于神话传说当中。”

“当然有了。”群弟的语气极其坚定，“大马生前跟我说，他十来岁的时候亲眼见过那条神龙。”

“那金花是怎样将神龙收服的？”溪望问道。

群弟皱眉道：“这个问题我也问过大马。但他说我笨，就算告诉我，我也听不明白，所以就没告诉我详细情况。”

正当溪望仍想就此话题询问些相关细节时，供桌那边又出状况了。老村长虽被天放拦住，但仍冲金花叫骂：“老妖婆，你害死我儿子，我绝对不会放过你！”

面对他的指控，金花抬起头冷眼相对，冷哼道：“害死天佑的是你这只老乌龟。当初你要是肯听我劝告，今天就不用白发人送黑发人了。”

“你说什么！”老村长显然被惹怒了，激动地想挣脱天放的阻拦。

他虽然已年纪一大把，但使起蛮力来也不好应付，眼见天放快要拦不住了，可在场的亲友却无人敢上前帮忙。正当溪望思量着是否该出手时，与金花同行的壮年男人已上前劝阻，好言劝说道：“金花婆婆只是一时心直口快，老村长你就当作没听见好了。”

“范威你这个反骨仔[①]，这里轮不到你说话。”老村长挥拳打在男人脸上，要不是天放使劲地抱着他，他还想再踹对方一脚。

“哼，真是野蛮，就只会动手打人。”金花不屑地瞥了老村长一眼，遂对被打的男人说，“阿威，我们走。”

范威虽然挨打了，却没敢吭声，揉着被揍得红肿的脸颊望向天放，露出无辜的眼神。天放正抱着不断挣扎的父亲，似乎快要撑不住了，连忙给范威使了个眼色，示意对方赶紧跟金花离开。范威这才无奈地转身扶着金花走向门外。

然而，老村长并没有就此罢休，尽管被天放抱着，仍指着金花骂道：“操你妈的！我是只会动手打人，不像你这老妖婆那么厉害，拿到别人的生辰八字就能把人害死！”

第四章　丛林鬼影

尽管老村长破口大骂，但已走出祠堂的金花却没作任何回应，似乎没听见他的指控。

眼见金花的背影已于门外消失，天放才松了一口气，遂放开老村长。然而，他

注：①“反骨仔”即叛徒，出自《三国演义》。孔明说：“魏延脑后有反骨，日后必反……”其后，魏延果然带兵谋反。自此，“反骨”便成了反叛与不轨的代名词。

刚把手松开，老村长随即甩了他一个耳光，并骂道：“你这个吃里爬外的畜生！”说罢便气呼呼地离开祠堂，留下面面相觑的众人。

“这到底是怎么回事呀？”悦桐小声地向群弟问道。

“爸的脾气向来都不太好……”群弟偷瞄天放一眼，欲言又止。

正所谓“清官难断家务事”，要弄清楚老村长为何突然向天放发难，在群弟这个马家媳妇口中大概问不出因由，或许玉灵这个局外人能提供更为客观的信息。

不过，马家的家务事并非本案的重点，当前要做的是先确认死者的死因。案件资料上并未附带尸检报告，只是提及初步判断死因为溺水身亡。

溪望与悦桐对视一眼，从对方眼神中达成共识，遂上前向天放问道：“请问令兄的尸检是否已经有结果了呢？能否让我过目？”

“尸检？”天放稍微愣了一下，遂摇头道，“大哥的死是意外，根本没进行尸检。而且爸是个守旧的人，不希望大哥死后还被人开膛破肚，所以没将大哥的遗体送到镇里检验。”

“怎么可以这样？”悦桐诧异道，“是意外还是谋杀，不是你们说了算。死者的死法这么怪异，难道你们就没想过他可能是被人害死的吗？你们没想过要查出真相，还他一个公道吗？”

“我非常敬佩你们凡事追求真相的职业操守，但也希望你们能尊重我们作为家属的决定。”天放语气严肃，没有半分商量的余地，并招手把玉灵叫过来，吩咐道，“两位警官也辛苦了，大哥的死只是意外，无须两位再为此费神。现在也快要天黑了，玉灵你安排一下，让两位在我们村留宿一晚，明天一早就送他们离开。”

他刚向玉灵下逐客令，转头又谦虚有礼地对溪望两人说：“敝村是穷乡僻壤，没什么好东西招待两位警官，请勿见怪。”说罢便示意玉灵带两人离开。

见对方态度坚决，悦桐亦不想再作无谓的争论，冷哼一声遂拂袖而去。溪望亦继续扮演跟班角色，立刻紧随领导身后。玉灵向天放点了下头，随即快步追上两人。

“天快黑了，你们先到我家休息一下吧！”玉灵追出门外为两人带路，并为天放向悦桐道歉，“真不好意思，马村长大概是心情不好，语气才会重了一点。”

“没关系啦，反正我只是个蹭饭的。”悦桐轻松笑道，“就算无功而返，我也不会有什么损失，油费路费照样会有人给我报销。”说罢向溪望扬了一下眉。

“我不会食言，你用不着提醒我。”溪望无奈苦笑。

玉灵面露疑惑之色，向悦桐问道：“你不是队长吗？怎么现在又变成蹭饭的？”

“我刚才只是替他解围……”悦桐向她解释当中的因由，并告知自己此行的目的是游山玩水，溪望才是来办案的。

“哈，你们配合得真默契，我一点也没发觉呢！”玉灵开怀笑道，随即又对悦桐说，“你刚才留意到没有，老村长还真被你的气势吓到了。”

“我的职级本来就在他之上，他那不叫配合，是自然反应。”悦桐得意地白了溪望一眼，但心底却冒出一阵窃喜的悸动。为了不让对方发觉，她马上转换话题，“不过，老村长刚才的反应似乎也太夸张了，就跟我的下属挨骂时的样子差不多。”

“他大概是没想到你一个女人竟然能当上领导吧！”玉灵感慨道，“像苇塘村这种小地方，重要的职位都是由男人担当，女人在这里根本没有地位。”

“也不一定，我看老村长也挺信任你的，大概已经把你当成儿媳妇了吧！”悦桐调笑道，“你以后跟小马结婚了，不就等于当上副村长了？”

“你误会了，我才不跟马村长在一起呢！”她拉着悦桐的手臂抱怨道，“我这个大学生村官，说好听是村干部，其实就是个端茶递水的杂工。老村长也不是把我当儿媳妇，他只是把我当免费用人，不用白不用。”

“不是吧，我看你跟小马也挺合衬的。他长得不错呀，而且还是单身，你没考虑过他吗？”悦桐继续追问。

“拜托，你也是从城市过来的，你会看得上他这种乡下的土包子吗？”玉灵双眸中闪现出一丝不屑，又道，“而且他太文弱了，不是我喜欢的类型。”

“你不会喜欢大马吧？”悦桐故作惊讶。

“当然不会了，虽然现在不该说他的坏话，但他就是一个没头没脑的乡巴佬，我怎么会喜欢他。”玉灵一个劲地摇头，“而且他还有老婆，我打死也不愿意当小三。”

“可是，群弟却觉得你对她老公有意思呢！”

“该不会是她对你说了些什么吧？”玉灵皱眉问道。

悦桐轻描淡写地作答：“她也没说什么，只说你平时打扮得比较漂亮，大马好像挺喜欢你的打扮，让她多学学。”

“我也不是没听过她的风言风语，她老是到处跟别人说我是狐狸精，整天打扮得花枝招展去勾引她的老公。”玉灵没好气道，“可是，你觉得我的打扮跟一般的城市女生有区别吗？”

“天气热的时候穿短裤、短裙，在城市是很平常的事吧！如果这几天不是要出入灵堂，我也会这样穿呀！总不能因为这个，就说我故意勾引她的男人吧！”她越说越气愤，但同时亦露出无奈的表情，“不过，我还真没见过她穿裙子。”

“其实我也挺同情她的，她这辈子也没离开过这个镇子，除了干家务和农活，什么都不会，对自己也没什么自信。可以说，马主任就是她唯一的依靠，是她唯一拥有的资产。所以她才会对马主任死心塌地，一切都以对方为中心。”她叹了口气又道，“可惜呀，马主任对她并不好，稍有不如意就对她拳打脚踢。而且她的肚皮也不争气，嫁入马家多年仍未怀上孩子，老村长也不喜欢她。”

“原来是这样呀，她也挺可怜的。”悦桐同情道。

“是呀。”玉灵慨叹道，“现在马主任走了，对她来说也不一定就是件坏事，至少她还有机会另择夫婿。”

溪望知道悦桐有意向玉灵套话，所以一直没有开口，而是仔细观察玉灵脸上的神色。玉灵表现自然，似乎没有撒谎，并能对群弟的指控一一做出解释，而且全都合情合理。

然而，玉灵虽没有直接把话说出口，但显然暗示佳鑫的死，在某种程度上对群弟有利。溪望跟悦桐对视一眼，得知对方跟自己的想法一样——就目前而言，玉灵可以信任，但这个女孩并不单纯。

溪望突然停下脚步，对玉灵说：“发现死者的地方距离这里远吗？我想现在过去看看。”死者没进行尸检，要对该案做出进一步了解，就只能到案发现场调查。

“也不是很远，大概要走半小时左右。”玉灵面露怯色，“不过去那里的路不好走，而且还要经过一片阴森恐怖的坟场，你们要去也等明天再去吧，现在天都黑了。”

“听说是你最先发现大马的尸体呢！”悦桐再次向她套话。

“又是听马主任的老婆说的吧？”玉灵没好气地答道，“的确是我首先找到马主任的。他前一晚信誓旦旦地说要去把龙女庙拆掉，只要稍微有点智商的人，都会先去那里找他。而且当时去找他的也不是只有我一个，还有马村长和另外一个村民……啊，就是刚才那个跟金花婆婆一起的范威。”

“那个范威是什么人？”悦桐趁机问道，“刚才我听见老村长骂他是反骨仔呢！”

玉灵答道：“他是老村长的表亲，听说以前跟老村长的关系还不错。但他也是金花婆婆的远亲，老村长跟金花闹翻之后，他仍跟金花走得比较近，所以老村长很讨厌他。”

“时候也不早了，我们赶紧去发现死者的地方看看吧！”溪望抬头看天，太阳已经下山了。

“真的要现在去吗？”玉灵的脸色不太好看。

“还说自己是从城市来的，难道你真怕见到鬼？”悦桐取笑道。她瞄了溪望一眼，又对玉灵说：“就当去探险呗！反正我们有保镖，就算遇到危险也有他保护我们。”说罢便催促对方带路。

玉灵虽面露怯色，但在两人的坚持下也只好无奈答应，带他们前往案发现场——龙女庙。

荒郊野外没有路灯，所谓的“路”亦只是泥泞小道，而且之前似乎下过大雨，路面坑坑洼洼，行走十分困难。溪望经常在外办案，这种程度的小问题难不倒他。他从肩包取出一盏户外头灯套在脑袋上，在头灯的强光照耀下，眼前的路面状况一清二楚。

他倒是轻松，但两名女生却举步维艰。头灯照射方向会随着他的头部活动而改变，对他来说不管看哪里都是一片光明，但旁人却被移动的光线弄得眼花缭乱。而且习惯城市生活的悦桐，走这种泥泞小道总有点别扭，好几次还差点摔倒；玉灵虽已习惯乡村生活，却因畏惧而一直紧抱着悦桐的手臂。若附近有什么风吹草动，她还会立刻将脸埋在悦桐身上。

以这种行走速度，原本半小时的路程，恐怕得走上个把小时。为了不耽误时间，溪望便牵着悦桐的手为她引路。

悦桐的身体微微颤抖了一下，向溪望问道：“还记得吗？”

她虽没把话说清楚，但溪望已知道她心中所想，答道：“记得。”

“你们在说什么呢？”玉灵慌张地向四周张望，以为他们看见了什么奇怪的东西，但两人却只笑不语。

其实，他们在说第一次牵手时的情况，那是他们第一次正式约会……

悦桐在赌约中输给溪望，因而要回答对方一个问题。溪望的问题是“（1000÷20）×9＋99－29”，一道简单的算术题。她一时没察觉当中有诈，脱口说出答案：“520，我爱你。”溪望狡猾地将她的回答视为向自己表白的证据，并邀约她共进晚餐。

随后，溪望在约会中将一颗带有英文包装的巧克力放在掌心，说请悦桐吃。但悦桐把手伸过来时，他却把她的手握住，并问道：“你说这颗巧克力被我们握住，要多久才会融化？”

悦桐说不会超过十分钟，溪望却说不会少于三小时。为证输赢，他们就这样一直握着这颗巧克力，看什么时候才会融化。然而，直到约会结束，这颗巧克力仍未融化，甚至没有变软。

这颗巧克力没融化当然有其原因，大部分巧克力在25至33摄氏度就会融化，而溪望这颗是为军队特制的“沙漠巧克力”，可耐60摄氏度的高温，要以体温将其融化是不可能的。不过，这种巧克力吃起来怪难吃的。

类似的事情，在两人交往期间时有发生。虽然悦桐有时会因被溪望戏弄而大发脾气，但过后却感到十分甜蜜。哪怕现在两人已经分手，她仍感觉这些浪漫的回忆非常珍贵。

“这里很恐怖……”玉灵紧紧抱着悦桐的手臂，使她从回忆中返回现实。

借助朦胧的月光，悦桐勉强能看清楚他们正身处一片阴森的树林。林中树木大多高三米以上，而且枝叶茂盛，月光只能透过叶间缝隙洒落。因此林内极其昏暗，部分地方甚至伸手不见五指。

纵使周围十分昏暗，但眼尖的悦桐还是发现有不少半人高的物体，杂乱无章地散落于树林内，便让溪望查看这些物体到底是什么。随着头灯的移动，光束落在这些物体之上，玉灵惊恐的尖叫声亦随之响起。

“是宝塔。”溪望望向一棵大树，透过头灯的光线能看见树旁有一个供奉先人遗骨的宝塔。或因年代久远，塔身有多道裂缝，中间还掉落一大块。透过这个缺口，能看见供奉于塔内的人骨，甚至能看见那个仿佛正露出阴森笑容的骷髅头。

玉灵被眼前景象吓得又哭又叫，不断催促两人离开，并说过了树林就是此行的目的地龙女庙。

溪望也觉得没必要在这里浪费时间，正想继续往前走时，悦桐突然给他使了个眼色。透过眼神，他得知对方的提示——身后有人。

他猛然回头，眼角余光瞥见一道人影闪进一棵大榕树后面。他回头望向悦桐，对方已从手提包里取出一支唇膏状的物体，对他说：“我能保护自己。”他点了下头，随即疾步冲向榕树。

与此同时，一道人影从榕树后闪出，往反方向逃走。这道人影的移动速度不算很快，正常情况下溪望很快就能追上。但毕竟相隔一段较远的距离，而且对方懂得利用树木藏身。再加上对地势的不熟悉，以及漆黑的环境，溪望追了一会儿便失去对方的踪影。

因担心悦桐及玉灵的安危，溪望果断放弃搜寻，立刻返回原处与两人会合。当他来到两人身前时，玉灵正哭道：“我早就知道这个树林坟场里有鬼，听说那些被龙女害死的人，死后都无法安息……”

第五章　夜遇龙鬼

悦桐轻抚玉灵的背部以示安慰，并问道：“以前也曾有人被龙女害死吗？”

“不知道，我什么都不知道，不要问我。”玉灵惊惶地摇头，悦桐连问两次也没得到答案。

她应该是受惊过度，现在不管问她什么，大概都不会有答案。因此，溪望与悦桐交换眼神后，便立刻带她离开树林。

走出阴森恐怖的树林坟场，再度沐浴于月光之下，玉灵便不再像刚才那么惊慌。悦桐再次问及龙女害人一事，她没有立刻作答，而是伸手指向前方。顺着她所指的方向，可以看见一座破旧的庙宇坐落于空旷的荒野之中。

这座所谓的庙宇，其实只是一间砖木结构的简陋平房，只有二三十平方米，墙身有不少破损的地方，房顶似乎也破了个洞。要不是门前挂着一个写有“龙女庙”三字的牌匾，应该没有谁会想到这是一间庙宇。

“我听其他村民说，二十多年前，曾有恶龙在苇塘村附近作乱。后来被金花婆婆收服，并化身龙女保佑苇塘村。”玉灵的情绪渐渐稳定下来，“大概一年之后，龙女不知道为什么突然死了，而且死后还化作龙鬼作恶，害死了不少村民。”

“这座龙女庙就是为了安抚龙鬼而兴建的？”悦桐问道。

“嗯。”玉灵点了下头，又道，“听说当年被龙鬼害死的人都无法投胎，只能永世在树林坟场内徘徊。所以，到了晚上就没人敢走进树林，也没人敢来龙女庙。”

“既然龙女庙是为安抚龙鬼，不让它作乱而兴建……”悦桐看着那破旧不堪的龙女庙，皱眉道，“那为什么现在会破成这样，难道村民不怕龙鬼再次害人吗？”

“这个我就不太清楚了。”玉灵摇头道，“我刚来苇塘村的时候，龙女庙就已经荒废了很久。”

“晚上没有人敢过来……”溪望喃喃念道，心中想着的是刚才天放在灵堂上的表现。

天放给人的感觉是行事冷静、处变不惊，做事深思熟虑，这从他刚才被老村长当众掌掴也没吭一声可以看出，他绝对不是一个冲动的人。像他这样的人，就算喝得酩酊大醉，应该也不会做出一些不经大脑的事情。

然而，在佳鑫出事当晚，他却一再怂恿对方穿过这个晚上没人敢踏足的树林坟场，说他并非另有所图，实在令人难以信服。而且，他还认定佳鑫死于意外，并向溪望两人下达逐客令，难免让人怀疑他做贼心虚。

不过，纵使兄弟不和，他似乎也没有谋害佳鑫的必要。毕竟他已贵为村长，而佳鑫只是区区一个治保会主任，就算老村长在财产分配上偏袒佳鑫，他应该也不会太在意。因为老村长能得到的东西，他这个现任村长也能得到，甚至能得到更多。

苦思无果，溪望只好跟两名女生上前查看案发现场，希望能从中获取线索。

“马主任当时就倒在这里。”玉灵指着一个仍有少量积水的水坑说。她所指的地方位于龙女庙门前的空地，周围全是泥泞，没长寸草。

溪望仔细一看，发现水坑周围全是密密麻麻的鞋印，而且鞋印的花纹各异，曾在此处溜达的人恐怕超过十个。他不由皱眉说道：“这些鞋印是处置现场的警员留下的？”

“有的是警察留下的，有的是我跟马村长他们留下的……”玉灵突然想到对方话里含义，慌忙取出手机又道，“我们刚来到的时候，这附近只有一行鞋印，我当时还拍了张照片。”遂将手机递给对方。

溪望接过手机查看，发现照片中有两人，一人俯卧于水坑之中，右手边有一根水管，应该是打算来拆龙女庙的佳鑫；另一人是天放，正弯着腰查看死者的情况。从照片所见，当时地面非常湿润，应该是之前曾下大雨的缘故。地上有两行清晰的鞋印，看情况应该分别属于佳鑫及天放。

根据这张照片判断，在天放上前检查死者情况之前，除死者外就没有其他人在龙女庙前活动。也就是说，没有人将死者推倒，或将他按在水坑里致使其死亡。

悦桐瞄了一眼照片，遂问道：“案发前后有下雨吗？”

玉灵答道：“我们到镇里开会的时候的确下了一整天雨，但回到村里雨已经停了，之后直到今天也没下雨。”

溪望看着水坑周围的鞋印，不由摇头叹息。现场证据基本上已被破坏干净，想在这里获取线索，跟在堆填区找钻石没两样。幸好玉灵拍下照片，要不然这宗案子就更不好办了。然而，他突然想到一个极其重要的问题——玉灵为什么会拍照?

悦桐亦同样察觉到这个问题，她向玉灵竖起拇指，笑道：“哎哟，你真厉害！在这种情况下，居然还能做出冷静判断，立刻拍照保存证据。”

“才不是你想的那样呢！”玉灵苦笑道，“其实当时我还不知道马主任已经死了，我以为他只是喝醉酒倒在地上睡觉，打算拍下他的丑态发微博。”她调出微博让悦桐观看，“你看，这就是我当时发的微博。”

悦桐仔细一看，发现这条微博的确是发现尸体当天清晨发布，而微博的文字描述是“看这只醉猫以后还敢不敢喝那么多”。她将手机递给溪望观看，并给对方使了个眼色。

溪望知道她心中所想，正准备开口时，玉灵突然叫道："糟了，我得马上把这条微博删除，不然被马村长看见就不好了。"说罢便将手机要回，并删除该微博。

"她是一时大意，还是刻意保留这条微博呢？"在溪望思考这个问题时，悦桐的目光已转向破旧的龙女庙。

龙女庙似乎荒废了很长一段时间，外墙破旧不堪，内里更有种说不出的阴森恐怖。玉灵死活也不肯进去，还拉住悦桐不让她走。无奈之下，溪望只好独自入内查看。

龙女庙其实就是巴掌大的一个地方，四面墙壁均有多处破损，粗大的裂缝甚至能让手指插入，木制的屋顶更是破了一个大洞，让人担心随时会倒塌。里面也没什么摆设，只有一张破旧的供桌及一幅褪色的画像。

供桌上一片狼藉，香炉打翻了，放供品的盘子亦散落在地上。那些曾经存在的供品大概早已被附近的鸟兽吃光，只剩下几块蒙尘的骨头。

溪望仔细查看画像，画像是一名长有龙角的仙女，站在一条腾云驾雾的巨龙头上。虽然已经褪色，但是仙女的面容仍清晰可辨，而且头顶那双龙角相当鲜明。他仔细一看，发现仙女的面容竟然跟玉灵有三分相似。虽然觉得有点奇怪，但两者之间似乎没多少交集，所以他也没作多想。

他在庙内查看期间，悦桐也没闲着，趁机向玉灵套话，询问对方刚才老村长为何当众骂天放是"吃里爬外的畜生"。

"其实马村长也不容易呀……"玉灵皱着眉头道出天放当前面临的困境——

农村里选村长，不少地方还流于形式。以苇塘村为例，全村村民加起来也不到两百人，谁的亲戚多，谁的家族大，在选举上就有绝对优势。刚才你在祠堂也看见了，马家的亲属有近二十人，再加上没到场的远亲，村长之职几乎是他们家的囊中物。

听说，老村长退休时，本想让佳鑫接任，可他却是个扶不起的阿斗。他不但做事冲动，而且经常惹是生非，村里村外得罪了不少人，大部分亲友都不支持他。无奈之下，老村长只好退而求其次，让天放接任村长。

虽然得到老村长及家族的支持，但天放要顺利接任村长可没那么容易。老村长当年是得到金花婆婆的支持才能成为村长，后来他们虽然翻脸了，但毕竟做了多年村长，没有谁敢反他，所以才能一直连任。现在他要退休了，天放想接任村长就必须得到金花婆婆的支持。

金花虽然无亲无故，但村里的人都对她十分尊敬，她要是支持其他人，那么天放要当选村长就十分困难。幸好天放跟佳鑫一样，都是她的义子，而且尽管老村长跟她翻脸了，但天放仍一直跟她保持良好的关系，所以她亦支持天放。

问题就出在这里，天放要稳坐村长这个位置，必须同时得到老村长及金花婆婆的支持。但他们两个却势同水火，天放夹在他们两人中间，实在左右为难。

之前还好一些，老村长一直想将佳鑫推上村长之位，所以对金花婆婆还有三分忌惮。充其量只会冷嘲热讽，从不敢跟她正面冲突。现在情况就不一样了，自佳鑫出事后，老村长就认定是金花用妖术把他儿子害死的，已经好几次想带人去找金花的麻烦，还好都被天放制止了。

因为天放跟金花关系良好，而且认为佳鑫的死是意外，老村长觉得他跟金花一起对付自己，所以就骂他吃里爬外……

“你对马家的事情也挺了解的。”从庙内走出来的溪望笑道。

“我想不了解也不行。”玉灵无奈苦笑，“老村长总把我当成用人，我在他家做家务的时间，比办公务的时间还要多。而且他这人整天唠唠叨叨，我替他做家务时，他总是在旁边自言自语，这些事我就是这样听来的。”

“老村长跟两个儿子一起住吗？”悦桐问道。

“不是，佳鑫结婚后就跟老婆住，但天放尚未结婚，还跟老村长一起住。”玉灵抱怨道，“就是因为他跟天放住在一起，所以老是拿这个当借口，说替村长分忧是我的工作，给他们家做点家务亦理所当然。”

悦桐又问：“小马已经是村长了，为什么老村长还要让大马当村长呢？”

“可能他的思想比较守旧，凡事以长子为先吧！”玉灵答道，“其实天放对他挺孝顺的，反而佳鑫却从没给过他好脸色看，总是抱怨他没能让自己当上村长。我都记不清佳鑫当众骂过他多少遍‘老不死’了。”

经过悦桐多次套话，溪望已大概知道马家的情况，但老村长跟金花到底有何恩怨，玉灵却不清楚。而且村里的人亦鲜有提及此事，或许因为大家都不愿意得罪他们任何一方。

“或许林叔能告诉你们这方面的事情。”玉灵突然说道。

溪望想起之前问及神隐村时，她亦提及此人，便要求立刻去找他了解详情。

“现在就去吗？”玉灵皱眉望天，“都这么晚了，不太方便吧……”她突然浑身一抖，遂蹿到悦桐身后，指着不远处的树林坟场，惊惶道：“那里，那里好像有东西……”

溪望顺着她所指的方向望去。头灯因为距离的关系，没起多大作用，但借助月光尚能勉强看见一个人影藏身于树后。对方很可能就是刚才那个神秘人，这次出现在树林边缘，使其身影变得更为清晰，同时亦更令人畏惧。因为，人影头顶上有双犹如龙角般的物体。

“有角，她头上有角，啊……”玉灵惊恐万状，蹲下来抱头大叫，“龙女大仙，我们不是有意冒犯，求你饶我们一命吧！”

溪望亦被眼前一幕吓呆了，直到对方转身逃走才回过神来。当他想追上去的时候，对方已经消失于漆黑的树林之中。

他回过头来望向悦桐，对方眼神中闪现一丝迷茫与恐惧，喃喃自语道：“这世上真的有龙吗？”

这是个问题，或许有一个人能给出答案。

溪望取出手机拨打了一个几乎已经忘记的号码，电话接通后，听筒里传出一个厌烦的声音：“臭小子，你还好意思给我打电话。”

“沐师傅，别来无恙吧！”溪望强忍心中的不安与恐惧，尽量以平和的语气跟对方说话。在电话彼端的是沐阁璋师傅，一个号称天上地下无所不知、古往今来无所不晓的修道人。

“托你的洪福，我连房租都交不起了。”沐师傅气愤骂道。

“没那么严重吧！只不过刷了你一顿自助餐而已，回头我请你吃一顿海鲜大餐好了。这次冒昧来电，是有件事想请教你。”

沐师傅厌烦道：“业务咨询按秒收费，每秒一百块，从现在开始计费。”

“喂，你可别忘记名义上我是你上司。”

“好像是有那么一回事……”沐师傅的态度略为软化，又道，“有啥想问的就快点问，我还要跟雪晴去办案。”

“我想问……”溪望一时间不知该如何开口，迟疑片刻遂决定以最直接的方法询问，“这世上有龙吗？”随即又补充道，“是神话传说中那种能上天下海的神龙。”

沐师傅不假思索地给出了一个令人万分震慑的答案：“当然有。”

第六章　反目成仇

“真的吗？你肯定神话中的龙真实存在？”溪望想确定自己没有听错。

“或许你一时间难以接受，但龙的存在却是事实。”沐师傅解释道，“你试想一下，十二生肖中其他十一种生物都真实存在，而且都与人类息息相关，为何唯独龙是虚构的？”

虽然觉得对方观点颇有道理，但溪望对此仍有怀疑，遂问道：“如果龙是真实存在的，以现今如此发达的科技，为何不但仍没找到任何活体，甚至连骸骨也没发现？”

“现在的科技很发达吗？”沐师傅反问道，“你用现代科技给我做个‘阴阳鱼洗盆’出来看看？连现今最顶尖的物理学家也无法破解这个三千年前的破盆子当中的秘密，做出来的复制品不但不能喷水，发音功能也很呆板。”

他接着又道：“你别以为现代人有多厉害，知道这世上所有事情。别的不说，单就生物而言，地球上未知生物的数量绝对超过已知生物十倍以上。而且就算是当今最牛逼的生物学家，对深海生物的认识也近乎为零。前些日子‘蛟龙号’下海，随便挖了块生物样本上来，全世界的科学家都不知道那是啥东西，只好叫它‘玻璃海绵’。”

溪望苦笑道：“好吧，我就把龙当作一种未知生物。但古人会把龙跟牛、虎、兔等常见动物一起编进十二生肖之中，我想总不会要下潜到七千米深的海底才能找到吧？”

“长度超过三十米的巨蛇，你说要多少年才出现一次？”

溪望稍微思索，遂答道：“大概百年难得一见吧！”

“要找条巨蛇也这么难，你说要找条龙会不会容易一点？”

“应该更难，至少现代没有文献对龙有任何记载。”

“错，据《营口市志》记述，1934年辽宁曾出现一条超过十米长的坠龙，不但有无数人亲眼看到，甚至有记者拍照报道过。”

“后来怎样？”溪望诧异道，“这条龙的骸骨有被保存下来吗？”

“当时正处于乱世，谁有空管这破事。”沐师傅没好气道，“反正龙这种生物绝对存在，但是否跟神话传说中的那样，能上天下海就不好说了。”

溪望脑海里突然蹦出一句网上十分流行的名言——没图你说个杰宝！

骸骨没保存下来，就跟网友在没图片等有力证据的情况下乱吹牛皮一样，不管如何言之凿凿，还是没人会相信。当然溪望没有失礼地把这句话说出来，虽然他对此有所保留，但他还想请教对方有关龙鬼的事情，因此没有提出质疑。

可是，当他准备再度发问时，沐师傅却匆忙道：“我要跟雪晴去查案了，还有啥留着清明重阳再说。”说罢便将电话挂掉。溪望收起手机，呆了好一会儿才将通话内容告诉悦桐及玉灵，后者惶恐叫道："龙女的传说是真的，她肯定不会放过我们，她肯定还要回来，呜……"

玉灵害怕得哭起来，悦桐立刻搂住她轻声安慰，并给溪望使眼色，示意他快想办法。不管龙女传说是真是假，尽快离开此地才是当务之急。

然而，要走就必须再次穿过那个遍地宝塔的树林坟场。溪望倒没关系，悦桐也能挺住，唯独玉灵打死也不肯再次踏入那个可怕的地方。她不走，溪望跟悦桐也走不了，总不能丢下她一个人吧?

正无计可施之际，一声凄厉的鸣叫划破夜空。玉灵被这突如其来的叫声吓得跳起来，像只无头苍蝇似的惊惶地到处乱跑。溪望抬头一看，发现鸣叫源自一只落在龙女庙屋顶的乌鸦。他直视乌鸦那双漆黑的眼睛，仿佛看见一丝令人心寒的死亡气息。

"赶紧想办法，这里不安全，逗留时间越长就越危险。"悦桐冷静地对溪望说。

溪望无奈地耸耸肩，叹息道："现在大概就只有一个办法。"说罢冲到玉灵身前，将她抱起来扛在肩上，随即给悦桐使了个眼色，两人一同冲向树林。

树林内虽有一个疑似龙鬼的诡异身影，但对方两次出现均在被发现后立刻逃走，因此溪望认为对方在近身肉搏中应该不占优势。然而，龙鬼神出鬼没、行为鬼祟，说明其怀有祸心，甚至准备伺机偷袭。因此，及早离开此地才是上策。尽管必须再度穿过这片危机四伏的树林坟场，但溪望在权衡利弊后，认为值得冒这个险。

进入树林后，溪望一手抱住在肩膀上不断挣扎的玉灵，一手牵着悦桐使劲往前冲，打算一口气穿过树林。然而，诡秘的龙鬼似乎并没打算就此放过他们。

在漆黑的树林中，一道蓝色鬼火突然出现，朝疾奔中的三人扑面而来。溪望首先察觉危险，立刻拉着悦桐一同闪避。鬼火撞在一棵树上散开，溪望往地上一看，发现竟然是一根人骨的碎片。

在这个遍地宝塔的树林里，人骨是随手可得的武器，对方既然能扔出第一根，第二根、第三根亦会接踵而来。因此溪望便抱紧玉灵，准备跟悦桐继续狂奔。

然而，就在他们准备继续前行之际，一声细微的呼啸声响起，悦桐随即发出惊叫。溪望连忙问她怎么了，她答道："手臂好像被什么东西划了一下，但不要紧，可以继续走。"遂跟对方再度狂奔。

虽横生枝节，但总算有惊无险。离开树林后，溪望一路狂奔回村里才将玉灵扔下，并立刻查看悦桐的伤口。她手臂上有一道浅浅的伤痕，似乎是被荆棘草木划过而留下的，也没流多少血，应该并无大碍。然而，悦桐却说整只手臂皆麻痹无力，说不定划伤她的东西有毒。

溪望闻言立刻抬起她白皙的玉臂，以嘴巴将伤口内的秽血吸出并吐掉，接着从肩包里取出消毒水及纱布等物品为她处理伤口。

“你没觉得哪里不舒服吧？”悦桐感到一阵悸动。

“没……没，没什么，就是嘴巴有点……麻。”溪望说话变得不太利索，显然因为秽血中的毒素。

被溪望扔在地上的玉灵，这才可怜巴巴地爬起来，向溪望抱怨道：“我知道你很紧张她，也很感激你救了我。可是，你就不能放轻一点吗？我的腰都快被你摔断了。”

“对……不起，刚才……”溪望面露歉意，但嘴巴却麻得越来越厉害，连说话都很困难。

悦桐心头感到一阵暖意，偷瞄溪望一眼，知晓对方急于打听神隐村下落，便问玉灵现在能否带他们去找林叔。

“如果你们坚持现在就去，我也不介意给你们带路。不过能不能让我先吃点东西，我快饿死了。”玉灵按着扁平的肚子说。

“好呀，附近有餐馆吗？我们请你吃一顿好的，就当你刚才被摔了一下的补偿。”悦桐愉快笑道。

“这个破村子哪有餐馆，要到镇里才有。”玉灵揉着腰，嘟起嘴说。

“没关系，我们可以开车过去。”

“还是算了吧，我可不想为了一顿饭在路上来回颠簸近两个小时。”玉灵指着村口的方向，又道，“村口有间杂货店，我们随便吃碗泡面就好了。”

玉灵所说的杂货店，其实是一户在客厅放了几箱生活杂货的农家，有泡面也有开水，由一个叫田婶的村妇经营。他们随便买了些泡面、饼干之类的食物果腹，随即准备前往林叔住处。

临行前，玉灵还买了瓶烧酒，说带给林叔喝。溪望本想跟之前的食物一起埋单，但玉灵却坚持这瓶酒由她付账。

“林叔是个残疾人，年近五十又无儿女，靠打猎勉强维持两餐温饱。”玉灵在路上说。

“他是残疾人还能打猎？”悦桐惊奇道，“而且刚才我们经过树林时，除了一些禽鸟被吓飞外，好像没看见其他动物呢！”

“他就是靠抓鸟、掏鸟蛋过活呀！苇塘村什么也没有，就是鸟儿特别多。”玉灵答道，“可惜他的左手废了，只能用些笨方法抓鸟，所以收获不多。而且这里的鸟大多是乌鸦之类，都不值钱，要不然他的日子也不会过得这么苦。”

“林叔说他有一个姐姐，不过多年前外出打工，每年只回来看他一两次。可惜他这个唯一的姐姐，十年前遇到意外死了。”她面露怜悯之色，又道，“我见他孤苦无依，挺可怜的，所以一有空就去看他。他喜欢喝酒，我每次看他都会给他带一瓶烧酒。”

“林叔在村里待了近半个世纪，对村里的大小事情都一清二楚。你们有什么想知道的，尽管问他就行了。”她指着前方一间破旧的平房道，“还有灯光，他应该还没睡。”

溪望本来还奇怪她为何觉得林叔这个时候就会睡觉，因为此时才刚过9点，就算是乡下人应该也没这么早睡觉。然而，当他走进房子时，便明白了当中的原因——这房子没通电。

一脸沧桑的林叔就坐在厅堂，对着大门边喝酒边吃花生。他家里可用“家徒四壁”来形容。狭小的厅堂除几张矮凳及一张小桌子外，就什么也没有了。而用于照明的，是一盏看上去有些年头的煤油灯。

“闺女呀，又来看我这老头子了。”林叔看见玉灵便咧嘴而笑，露出一口参差不齐的灰黄牙齿。玉灵把烧酒递给他，并为他介绍溪望及悦桐，遂告知两人的来意。

“想知道老马跟鬼婆金的事？哈哈，你们问对人了，在苇塘村大概就只有我才敢说他们的坏话。”林叔吝惜地喝了一小口酒，遂道出老村长与金花之间的恩怨——

如果说老马是我们村的土皇帝，那么鬼婆金就是皇太后。村里的事情虽然都是老马说了算，但他也要看鬼婆金的脸色。不过，这已经是很久之前的事情了。

老马的家族人丁兴旺，选村长的时候很占便宜，不过当年要是没鬼婆金点头，他这村长肯定当不上。鬼婆金不但是神婆，还是我们村辈分最高的长老，村里的人都很信任她，一旦遇到疑难就会请她求神问卜。

就算全村人都支持老马当村长，只要鬼婆金随便说一句“他当村长会给全村带来灾难”之类的鬼话，老马这个村长肯定就泡汤了。所以老马当年对鬼婆金可是千依百顺、唯命是从，就差没跪下来叫娘了。

后来他们又为什么翻脸呢？这得从老马的大儿子出生时说起。

老马把鬼婆金看得比亲娘还亲，大儿子一出世就让她收做义子，还让她给儿子取名字。鬼婆金虽然整天鬼话连篇，但其实没念过几年书，认识的字也不多。于是，她随便给老马的大儿子取名为“天佑”，就是上天庇佑的意思。

老马觉得这名字不够霸气，甚至有点娘儿们。可是他又不敢得罪鬼婆金，只好装作很喜欢，却在心里留下一根刺。

之后过了很多年，嗯……大概是二十年前吧，我记得当时天佑刚到结婚的年龄，好像是二十二三岁。在这些年里，老马一直对鬼婆金言听计从。可是鬼婆金大概是皇太后当太久了，渐渐变得不分轻重，经常当众责骂老马，让老马觉得很没面子。

虽然老马对鬼婆金颇有怨言，但还未到跟她翻脸的地步。他们之所以反目成仇，其实是为天佑改名一事。

天佑刚到该结婚的年纪，老马就把天佑的生辰八字交给媒人，让对方帮忙找个适合的女孩。过了十来天，媒人过来跟老马说，女孩倒是找到一个合适的，但对方似乎不太喜欢天佑。

老马一听就来火了，自己好歹也是个村长，在村里就跟皇帝没两样，竟然有人敢小看他的儿子？媒人好说歹说才让他消气，说对方不是看不起马家，而是拿天佑的八字给算命先生一算，发现他的名字有点问题。老马对此心中本来就有一根刺，就立刻追问详情，后来还亲自去找这位算命先生。

算命先生说天佑的八字缺金少土，名字必须带金带土，不然恐怕会影响寿元及运势。老马一听可不得了，立刻让对方替儿子改一个好名字。算命先生算了老半天，最终给出的名字是“佳鑫”，说这名字多金多土，必定能给他儿子添福添寿。

老马也挺喜欢这个名字，觉得很霸气。尤其是这个“鑫”字，由三个金字叠在一块儿，一眼看上去就觉得很牛逼，便决定给儿子改成这名字。他回到村里就立刻办这件事，不但把族谱改了，还大摆筵席，几乎全村都请上，告诉大家天佑要改名为佳鑫。

他给儿子改名字是他自己的事，其实也没什么大不了。可问题是他儿子原本的名字是鬼婆金取的，而且改名这事他不但没跟鬼婆金商量，甚至没打一声招呼。

他之前事无巨细都会跟鬼婆金商量，但这次竟然自作主张。这让鬼婆金很生气，觉得他是想要造反，于是就在宴席上对他破口大骂，说“天佑”这名字绝对不能改，一改就会折福减寿。

老马这些年也算受尽她的欺压，这回终于忍不住当众顶撞她。老马说佳鑫的“鑫”字带三个金，而她的名字只带一个金，她怕被自己的义子压住，才会跳出来胡言乱语。老马还说她没半点能耐，竟然不知道佳鑫的八字缺金少土，叫大家以后都别相信她。

他们俩就是从这时开始反目成仇，同时村里的人也因此分成三派：一派是以老马的亲属为主，支持老马并且跟鬼婆金划清界限；另一派虽然支持鬼婆金，但不敢跟老马作对；而更多人是中间派，两边都不敢得罪……

“原来是这样，怪不得小马要讨好金花。如果他不能同时得到老村长跟金花的支持，他这村长的位子大概坐不稳。”悦桐喃喃自语道。

“闺女，这个你就有所不知了。”林叔嘿嘿笑道，“老马从来没支持过他的小儿子。这小伙子之所以能当村长，全靠鬼婆金在背后撑腰。”

第七章　夜闯灵堂

“你，什……”溪望一脸惊讶，虽想追问详情，无奈嘴巴麻痹没能把话说清楚。

林叔盯着他，惋惜道：“瞧你长得这么端正，没想到竟然是个结巴。”

“他不是结巴。”玉灵连忙给林叔解释，溪望是为悦桐吸出秽血才弄成这样。

“原来是这样，刚才我还奇怪你怎么一直没开口。”林叔进房间拿出三片鲜嫩的树叶，将其中一片递给溪望，“嘴巴还能动吧？能动就咬碎它。”他又将另外两片递给悦桐，“你也把叶子咬碎，敷在伤口上。”

“这是什么树的叶子？”玉灵好奇地问道。

“我又没念多少书，怎知道它叫什么名字？我只管它叫解麻树。”林叔解释说，树林坟场内有一种能让人麻痹的灌木，悦桐刚才大概是被它的叶子划到了。在这种灌木旁边，通常会长有另一种能解麻的小树。他因为经常要到树林里抓鸟，所以就摘些树叶备用。至于这两种树叫啥名字，他叫不出来，反正他自小就知道它们的作用，只管它们叫“麻痹树”跟“解麻树”。

溪望将树叶咬碎后，嘴巴果然就不麻了。悦桐敷药后不久，手臂亦能活动自如。两人不由向林叔连声道谢。

“小意思，不谢，不谢。”林叔摆手笑道，“我们村的人都知道树林里有这两种树，所以才把那里当坟场，就为了图个安静。你们没发现那里就只有鸟，没有其他动物吗？地上跑的动物都害怕麻痹树，所以不会有野狗到那里把死人的骨头叼走。”

“苇塘村的村民都知道树林里有能让人麻痹的树？”溪望已能正常说话。

林叔点头道：“连小孩都知道，所以晚上没人会去那里。”

“你呢？”悦桐望向玉灵。

玉灵猛然摇头，答道：“之前没人跟我说过呀，不过我也不会无缘无故跑到坟场去。”

“这闺女不知道也不稀奇。”林叔笑道，“这种事也没人会特意提起，我们都是小时候去掏鸟蛋才发现的。应该说，村里的男人都知道，嫁进来的媳妇不知道也很正常。”

溪望与悦桐对视一眼，从眼神中读懂对方的想法：大马有可能在穿过树林的时候被麻痹树划伤，走到龙女庙前身体开始麻痹，正好伏倒在水坑里。也正因为身体麻痹，使他无法爬起来，从而导致溺水死亡。

溪望轻轻摇头，以眼神示意对方再想深一层：天放为何一再怂恿死者前往龙女庙?

天放显然不是那种行事冲动的人，他既然知道树林里有危险，还一再怂恿死者前往龙女庙，分明是有意加害。然而，纵使树林里有能使人麻痹的树，他亦不能确定死者必定会被划伤，更不能预料死者会伏倒在水坑里。更重要的一点是，他似乎没必要杀害死者。除非对方的存在对他来说是一种威胁，这或许跟村长一职有关。

溪望询问林叔，为何说天放能当上村长是靠金花撑腰，对方答道：“说来话长了，这得从二十多年前说起……”林叔徐徐道出当中的内情——

你们发现没有，老马其实挺看不起女人的。或许因为他之前一直被鬼婆金压制吧，反正在他眼里，女人除了能生孩子就一无是处。他虽然对鬼婆金唯唯诺诺，却不把其他女人当人看。尤其是他老婆，只要稍微有点不顺心就拳打脚踢。

他老婆被他打多了，脑袋出了点问题，偶尔会神志不清，有一次竟然脱光衣服在祠堂门口睡了一夜。那晚他刚好到镇里办事，第二天才回来，知道这事后差点没把他气死。他老婆可就惨了，那天被他打得鬼哭狼嚎，整个村子的人都能听见。

之后，没有人敢提起这件事，大家不说是因为知道他老婆那晚被好几个男人上了。他很想把这几个男人揪出来，但他老婆却记不清楚对方是谁。他不想把这事闹大，让自己继续丢脸，只好吃一回哑巴亏，以后到镇里办事，把老婆锁在房子里就是了。

不过，事情可没这么快结束。十个月后，他的小儿子出生了。

那时候，他的大儿子都已经15岁了。这十多年都没怀上第二胎，老婆被人上了就怀上，不管是谁都会怀疑这孩子不是自己的种。

不过好歹也是个男丁，总不能把孩子扔掉吧？这不就等于承认自己戴绿帽子了。他丢不起这个脸，只好把怒火发泄在老婆身上，竟然把老婆活活打死了。

他老婆死的时候，小儿子还未满月。他一个大男人不懂得怎样照顾小孩，干脆把小儿子扔给鬼婆金，说好听点是寄养，其实是眼不见，心不烦。鬼婆金当然知道他的心思，所以给这个孩子取名为“天放”，意思就是放任不管。

鬼婆金没有儿女，就把天放当成自己的孩子，一把屎一把尿地把这孩子拉扯大。在这期间，老马根本连看也没看这孩子一眼。所以，在天放心里鬼婆金才是他娘，老马根本不是他爹。

后来，老马到了退位的年纪，本想让佳鑫接任，却遭到鬼婆金反对。而且佳鑫终日惹是生非，村里的人几乎都被他欺负过，就连马家的亲属都不支持他。

就在老马为这事犯愁时，鬼婆金主动过来找他，并提出一个建议：让天放搬回去跟老马住并接任村长，任期届满后再换佳鑫，两兄弟轮流当村长。

天放在鬼婆金的管教下，学会了她那套见人说人话，见鬼说鬼话的本领，在村里算是八面玲珑，大部分村民对他当村长都没意见。尽管老马不喜欢他，但他好歹也是姓马的，总比把村长宝座让给外人强多了。更重要的是，这是让佳鑫当村长的唯一办法，老马只好选择妥协。

可惜呀，尽管老马费尽心机想将大儿子推上村长宝座，但佳鑫却没这个命，竟然莫名其妙地淹死了……

“可能是作孽太多了吧，我这只手就是被他打断的。”林叔愤愤不平道，“他这种人死了也活该。”

“大马做了很多坏事吗？”悦桐问道，“会不会有人特别恨他，甚至想杀死他？”

“村里的人大多被这王八蛋欺负过，要数他的恶行，恐怕说到天亮也说不完。如果他是被人杀死的，村里至少一半人有嫌疑。”林叔愤然道，“可惜我的手废了，要是我有这个能力，我也恨不得把这王八蛋弄死。”

“你有被他欺负过吗？”悦桐向玉灵问道。

“这时候还说他的坏话，似乎不太好……”玉灵皱起眉头，欲言又止，犹豫良久才继续道，“他经常找借口往我家里钻，而且老是挑我洗澡的时候。他不但趁机占我便宜，有一次还想霸王硬上弓。不过我宁死不从，而且我好歹也是个村官，他不敢太放肆。如果是胆小怕事的姑娘，恐怕就这样被他糟蹋了。”

“他也太野蛮了。”悦桐愤慨道，“老村长也是个老糊涂，大马明明不是当村长的材料，却非要让他当村长。要是怕小马不是亲生儿子，做个亲子鉴定不就行了吗？”

“天放还真做……”话刚出口，玉灵就马上用手把嘴巴捂住。

悦桐盯着她，狡黠笑道：“你肯定知道些什么，快说出来。”

“这件事不能说。”玉灵不住地摇头。

“我们是来查案的，有什么不能告诉我们，除非……”悦桐猛然抓住玉灵的手，阴阳怪气地说，“除非你不怕大马今晚来找你……”她突然双眼上翻，把舌头伸得老长，并发出阴森恐怖的鬼叫，“我死得很惨呀……”

玉灵被她吓得跳起来，并立刻招供：“我刚来这里的时候，要回省会办些手续。天放借体检为名，弄来老村长的血液样本，让我到省会时顺道去大医院替他做一份亲子鉴定。”

“结果怎么样？”悦桐立刻追问。

“我哪知道。”玉灵摇头道，“鉴定书装在密封的文件袋里，他要是知道我偷看，不马上把我踹走才怪。我把鉴定书交给他之后，他还千叮万嘱叫我不要告诉别人。他好歹也是我的上级，我哪敢乱说话。”

悦桐泄气地望向溪望，想知道他对此有何看法，但对方低头沉思，似在想另一个问题。她轻轻碰了他一下，他才回过神来，并向玉灵问道：“下次村长换届选举是什么时候？”

玉灵不假思索地回答：“快了，明年年初就是了。”

溪望给悦桐使了个眼色，以眼神将心中想法告知对方：若佳鑫没出事，按照鬼婆金跟老村长的约定，天放马上就要交出村长宝座了。

按目前收集到的信息判断，天放极有可能是谋害佳鑫的幕后黑手，他不但有充足的杀人动机，而且刚才在灵堂上还强调佳鑫的死是意外，并要求溪望两人尽快离开本村，显然不想两人继续调查此事。

然而，导致佳鑫死亡的关键因素有一定偶然性，并非单凭天放几句气话就能将他送上法庭。目前需要确定的有两件事：一是尸体的情况，以确定死者是否有被人谋害的可能性；二是事发当晚，天放是否跟随佳鑫前往龙女庙，并向对方施以毒手。

要确认尸体的情况，必须说服老村长将尸体送去尸检，可是玉灵却说恐怕会来不及。她皱眉道：“老村长准备明天一早就将尸体送去火化，哪还有时间做尸检呀！”

“这样的话，我们只能在出殡之前找机会开棺验尸。”悦桐向玉灵扬了扬眉，询问对方能否同行。

玉灵慌忙摆手摇头，惶恐道：“你们就放过我吧，今晚已经把我吓得不轻，你们就别强迫我去那个阴森恐怖的地方了。”

“阴森恐怖？”悦桐疑惑地问道，“晚上没有人守灵吗？”

“我们村没这个习俗。”林叔解释道，“人死后，我们通常会在祠堂设灵三天，白天会有亲友前来吊唁，但晚上就没人敢打扰死人。”

“那就方便多了。”溪望狡黠一笑，遂向玉灵问道，“事发当晚，你知道天放回村子后去哪里了吗？”

“大概是回老村长家了吧！”玉灵答道，“当时他跟佳鑫都喝得稀里糊涂，在车厢里不停地骂来骂去。我受不了他们，把车开到村委会就立刻下车回家……”

她似乎突然想起什么，惊呼一声又道：“我想起来了。我跟他们分手后大概过了一个小时，天放打电话给我，交代我将镇政府派发的资料整理好。他还说头很晕，第二天可能要晚一点才回村委会。”她随即取出手机，并调出通话记录给溪望看。

溪望仔细一看，发现是固定电话号码，询问玉灵后得知这是老村长家里的电话。

据群弟交代，佳鑫当晚回家后逗留了一阵子，再加上前往龙女庙的路程，到达事发现场时应该是跟玉灵分手后一小时左右。天放恰巧在这个时候，用家里的固定电话打给玉灵，虽然证明了他不在事发现场，但在时间上似乎过于巧合，难免令人怀疑他是刻意为自己创造不在场证据。

“他到底用什么方法杀害死者？”这个问题在溪望脑海中盘旋了好一会儿也没半点头绪，是金花的“妖术”，还是有帮凶协助……他突然想起在树林坟场里遇到的“龙鬼”，正想向林叔询问此事时，对方却打起哈欠。

玉灵看了下手表，惊叫道：“原来这么晚了，我们还是别打扰林叔休息好了。”

见林叔面露困倦之色，溪望也不好意思继续打扰，便先行告辞，打算明天再来拜访。临走前，溪望问林叔是否知道神隐村的位置，对方思索片刻后答道：“神隐村……我年轻时好像听说过这个村子，但具体在什么地方就不知道了，我们村大概也没人知道。”

随后，玉灵带两人来到一间破旧的平房，告诉他们这是她住的地方。房子的主人举家搬迁到沿海城市生活，以后大概也不会回来，所以天放就让她住在这里。因为村里没有旅馆，他们今晚只能在这里凑合过一夜。

房子只有两个房间，玉灵住在较大的房间，另一个房间虽有床榻，但平时只用来放杂物。在接到溪望的电话后，玉灵才将这个房间收拾好，准备给他们留宿。

“只有一个房间吗？”悦桐皱眉道。

“你们不打算一起睡？”玉灵一脸愕然，遂笑道，“你们挺有夫妻相的，而且不用说话就能知道对方想什么，我还以为你们是情侣呢！”

“以前是。”溪望尴尬地笑了笑，遂将厅堂的凳子排成一排，“我今晚睡这里就行了。”

“哈……”玉灵借打哈欠掩饰尴尬，歉意道，“乡下晚上没什么消遣娱乐，所以我习惯早睡，你们自便吧，我先睡了。”说罢将大门的钥匙交给溪望，随即回房间休息。

“这样能睡吗？”悦桐看着那排凳子，皱起眉头。

溪望苦笑道：“要不我们换一下，你睡凳子我睡房间？”

“你想得美，我想说，你可以到车里睡。”悦桐白了他一眼，又道，“先别说这事，趁祠堂现在没人，我们赶紧去检查大马的尸体，说不定会有发现。”

“要是能找到死者是被人害死的证据，那么老村长应该不会反对将尸体送去检验。”溪望点头道，“不过，我一个人就行了，你不用一起去。”

“这么刺激的事，我怎么能错过，走吧！”

事不宜迟，两人立刻行动，将大门锁上便一同前往祠堂。然而，他们并不知道，那里有可怕的“东西”在等待他们。

第八章 龙鬼再袭

昏暗的祠堂内烛光摇曳，映照在黑白的遗照上，使死者的双眼犹如活人般左右晃动，仿佛在扫视这个空荡荡的灵堂，在感慨人生无常的同时，亦希望有人能聆听其心中的冤屈。

溪望在祠堂门口用手机的摄像头确认里面没人后，随即跟悦桐一起走进去。

虽然白天来过一次，但当时是下午，而且坐满了人，所以没什么特别的感觉。此刻不但人影全无，而且光线昏暗，有一种说不出的诡异感觉。尤其瞥见死者遗照时，总觉得“他”在盯着自己。

悦桐虽然并不胆小，但在这种情况下还是会感到害怕，下意识地握住溪望的手。

两人越过供桌，来到存放死者遗体的棺木前。棺盖似乎尚未装钉，要打开并不困难。但为了不让家属发现，两人一前一后站在棺材两头，缓缓地将棺盖揭开。

悦桐站在内侧，将棺盖揭开时，正巧看见死者的面容。她倒没少见尸体，但通常是在灯火通明的情况下。此刻光线昏暗，而且气氛诡秘，心中难免会感到惊慌。

心一慌，手就软了，棺盖随即脱手滑落。

与此同时，一声细微的呼啸声响起。

溪望为稳住棺盖，身体本能地往一边倾侧，就是这一下侧身让他躲过了致命的偷袭——一根疑似钢针的物体从他身旁掠过，“嗒”的一声插在棺盖上。

他意识到受袭，而且袭击者就在他身后。他立刻扔下棺盖，任由棺盖掉落在地，俯身蹿到悦桐身旁，并拉着对方蹲下，以棺材作为掩护。

悦桐虽没看见插在棺盖上的东西，但亦意识到出了状况，立刻询问发生了什么事。溪望将食指置于唇前示意噤声，遂掏出手机利用摄像头观察灵堂内的情况。

灵堂内光线昏暗，烛光摇曳，手机的画面十分模糊，但仍勉强能看见空荡的灵堂内人影全无。然而，灵堂内虽然没有其他人，但门外却有人影晃动。

溪望发现门外的人影，提示悦桐留意，她才看了一眼就差点叫出来——这人影跟在树林坟场出现的龙鬼一样，头顶有一双龙角！

当她想仔细看清楚时，细微的呼啸声再次响起，手机画面晃了一下，影像随即消失。溪望将手机置于身前查看，发现摄像头上竟然插了一根吹箭。吹箭不差毫发地命中绿豆大小的摄像头，且插入约有半厘米深，要知道他距大门口至少有十米。

溪望不知道把吹箭练到这种程度得花多少时间，也没兴趣知道。他只知道一旦失去掩护，他们必定会成为箭靶子。虽然吹箭如此纤细，只要不是射中眼睛，应该不会对人造成严重伤害。但对方既然有意偷袭，肯定不会是只想扎他们几针那么简单。

现时的情况不允许他仔细研究插在手机上的吹箭，当务之急是解决藏身于门外、伺机袭击他们的“龙鬼”。对方的吹箭虽然厉害，但溪望也不是省油的灯。将手机交给悦桐，并为自己套上头灯后，他便猛然冲向门口。

一如意料，失去棺材的掩护，吹箭立刻朝溪望身上袭来。他对此早有准备，迅速从肩包掏出保命斗篷“星河”，以此抵挡对方的攻击，一鼓作气地冲往门外。

他用星河挡下了好几发吹箭直冲到门外，正准备大干一场时，却发现龙鬼竟已逃之夭夭。他回头看向从棺材后方探头出来的悦桐，对方扬了扬手中那根唇膏状物体，示意能保护自己。他向对方点了下头，随即疾步追赶快要消失于夜色中的龙鬼。

龙鬼跑了，溪望亦追出去，空荡荡的祠堂内就只剩下悦桐和一具尸体。

因工作的关系，悦桐经常跟尸体接触，但此刻四下无人，说不害怕绝对是骗人的。她战战兢兢地站起来，往棺材里瞥了一眼。还好，尸体安静地躺在里面，并没出现奇怪的现象，她这才稍微安心一点。

她将吹箭从手机上拔出来，发现摄像头虽然坏了，但主板似乎没有受损，仍能继续使用。她随即将注意力集中在手中那根小小的吹箭上。

吹箭只有三四厘米长，主体是一根大头针，尾部是一片折成圆锥状的铜版纸，两者用透明胶布粘住。大头针的末端有一颗透明的胶珠，除将铜版纸卡住外，还能增加重量提高杀伤力。铜版纸似乎是从杂志封面上剪下来的，还能看见“无痛人流”等字样，应该是小医院印制的广告杂志。

她还注意到，钢针上有些斑驳的绿色，因光线昏暗没能看清楚是怎么回事。她只好走近供桌，将吹箭放到蜡烛前，利用烛光仔细观察。这些绿色的东西似乎是某种液体凝固后的残留物，应该是为提高杀伤力才弄到吹箭上，很可能带有毒性。

心念及此，她不由得担忧溪望的安危。不过对方曾是终日与罪犯周旋的刑侦新人王，担心也是多余的。要是没点儿能耐，他恐怕早就被犯人埋了。

她小心翼翼地用纸巾将吹箭包起来放进手提包，遂走到棺材前查看尸体的情况。死者的面容并无异样，就像睡着了一样，但浓烈的腐败气息却证明这是一具尸体。

她从手提包里取出一根化妆用的棉签，轻轻插入死者的鼻孔绕了一圈，然后放在眼前仔细查看。棉签沾满了污泥，这说明死者的确是淹死的，这是他生前吸入的浑水，干涸后留下的痕迹。

她再查看死者的手脚、脖子等容易被荆棘树枝划伤的地方。可是，她几乎快把死者衣服扒下来了，仍未发现类似的伤痕。如果死者没被麻痹树划伤，那么他应该不会在水坑中淹死。

这到底是怎么回事呢？

就在她思考这个问题时，突然愣了一下，喃喃自语道：“我为啥要把自己弄得像个恋尸狂似的。”遂为尸体整理好衣物，并吃力地将棺盖盖上。

之后，她坐在祠堂门口发呆，脑海里一直思考着一个问题：我是来游山玩水的，办案是那个人的工作，我干吗要那么卖力地帮他？他的事情跟我没半点关系。

一声突如其来的鸦鸣划破夜空，把她吓了一跳。然而，她第一时间想到的，并非自身的安危，或身后那副令人不安的棺木，而是鸦鸣来自溪望追逐龙鬼的方向——树林坟场。

“他是不是出事了？”她忐忑不安地念叨着，遂掏出手机想给溪望打电话，但马上又想起对方的手机在自己身上，不禁苦笑摇头：“我还是放不下这个该死的浑蛋。”

焦急地等了十来分钟，期盼的身影终于在眼前出现。

溪望从龙女庙的方向跑回来，泄气道：“那家伙跑进树林后就不见了。”

“你没受伤吧？”悦桐围着他绕了一圈，差点忍不住要动手检查他的身体。

“怎么了，又开始关心我了？”溪望莞尔笑道。

“呸，我是怕你挂了，这次旅行的费用没人给我报销。”悦桐白了他一眼，将从棺盖及地上收集的吹箭递给他，又道，“这些吹箭似乎涂了毒药，你跟镇里的派出所联系一下，我明天去弄清楚是哪种毒药。”

溪望一边拿起一根吹箭仔细查看，一边向对方问道：“你说龙鬼会是什么人？”

“我哪知道，说不定真是龙的鬼魂。”悦桐没好气道，“沐师傅不是说，这世上真的有龙吗？”

“你觉得龙会用大头针及杂志封面做吹箭吗？”溪望狡黠地笑道，“虽然我们看见的龙鬼是人形，但它顶着一双龙角，我想应该没人敢卖给它透明胶布。”

“龙鬼是人扮的？”悦桐讶然道。

“嗯，而且我大概能猜出是谁。”溪望解释道，“透明胶布跟大头针或许在村口的杂货店也能买到，但箭尾的铜版纸是医院广告，我想应该没人会跑到村里发广告，做吹箭的人必定经常到镇里去。”

“小马！”

“他的嫌疑最大。”溪望点头道，“佳鑫死后，他是最大获益者，不但能继承老村长的全部财产，而且也没有人跟他争村长宝座。”

“但要怎样才能证明他是凶手呢？”悦桐皱起眉头，“你好像连大马是怎样被杀害的也不知道呢！”

“这个问题只能让大马告诉我们答案。”溪望转头望向灵堂内的棺材。

悦桐本想告诉他，刚才已检查过尸体，并未发现任何异常之处。但又觉得如此一来，对方便知道自己对他的事过分在意。因此，她并没有吭声，反正对方马上会得出相同的结论。

然而，就在他们准备进入祠堂时，远处传来一阵自行车的车轮声，随即看见一名贼眉鼠眼的男人，骑着一辆载满新鲜蔬菜的三轮车从龙女庙的方向冒出来。溪望认得对方是扶金花进灵堂的范威，但对方似乎没认出他，或者说根本不知道他是谁。

“你们鬼鬼祟祟地待在这里干吗？想偷东西呀！”范威冲两人喝道。

“你才鬼鬼祟祟！”悦桐气得想上前教训对方一顿，但随即想起自己此刻的确跟做贼没两样，不由感到心虚。

“您好，其实我们白天已经见过面。”溪望上前向对方说明身份，以及在此出现是为了调查佳鑫一案。

“他平时在村里为非作歹也就算了，竟然还不知死活地去招惹龙女，死了也活该。”话刚出口，范威才意识到自己在灵堂外面，当即连吐三次口水，“呸呸呸，有怪莫怪……”

他朝着灵堂拜了三下，转头对溪望说：“我看你们还是别浪费时间了，佳鑫是被龙女带走的，就算你们是警察也动不了龙女一块龙鳞。弄不好把龙女惹怒了，还吃不了兜着走。”说罢便催促两人离开，别在祠堂门口瞎转。

溪望怕他会把其他村民叫来，将事情闹大，只好跟悦桐先行离开。临走前，溪望问他半夜三更准备骑车去哪里？他答道：“去镇里卖菜呀！骑车到镇里要个把小时，现在不出发，好摊位都被人占光了。抢到好位置的话，天亮之前我就能把菜卖完回来休息。”

悦桐给溪望使了个眼色，示意对方留意三轮车后部的平板。溪望瞄了一眼，遂发现平板上铺满了杂志封面、传单等铜版纸印刷品。这些用来垫底的铜版纸，虽已被洒在蔬菜上的水沾湿，但仍能勉强辨认出当中有人流广告。

在返回玉灵住处的路上，溪望一直在思考一个问题：范威会不会是假扮龙鬼的人？

他从龙鬼逃脱的方向冒出来，而且他的三轮车上有医院广告，两者皆令人对他产生怀疑。更重要的一点是，他跟天放与金花都关系密切，几乎可以肯定他们是一伙。

佳鑫出事当晚，天放曾给玉灵打电话，证明他不在事发现场。而佳鑫的死亡有多个偶然性因素，若天放要将其置之死地，不可能没任何动作。若范威是龙鬼，那么一切就都能得到合理解释：在金花“轮流当村长”的提议下，天放顺利成为村长，但他们由始至终也没打算让出村长之位。因此，当天放得知曹镇长有意在苇塘村兴建祖坟，便借机怂恿佳鑫深夜独自前往龙女庙，并让范威尾随，以某种手法致使佳鑫淹死在水坑里……

“我们的出现令天放感到不安，担心他们的阴谋会被揭穿，便暗中与金花联系，让她差使范威跟踪我们，伺机以龙鬼的身份向我们发动袭击。”溪望分析道，“范威两次袭击均以失败告终，为避免我们在尸体上找到线索，他只好以村民身份将我们从祠堂赶走，阻止我们接近尸体，以达到阻碍调查的目的。”

“我大体上认同你的推理，但有一点不太明白。”悦桐疑惑问道，“你为什么认为天放是通过金花命令范威袭击我们，而不是直接向范威下命令？”

“你没注意到一个细节。”溪望狡黠一笑，遂解释道，“龙鬼两次袭击都是以我为目标，而今天在灵堂上，大家都以为你才是头儿。”

“金花跟范威后来才到灵堂，所以没听见你叫我队长！”悦桐恍然大悟，“天放没注意到这一点，只跟金花说我们是公安厅派来的。而金花跟范威都有男尊女卑的陈旧观念，下意识地认为头儿必定是男性，女性只是可有可无的附庸，所以接连两次以你为袭击目标。”

“嗯，基本上就是这样。”溪望点了下头，但随即又皱起眉头。悦桐问他是否有其他发现，他迟疑片刻才答道：“或许是我多心吧！我总觉得刚才遇到的龙鬼，比之前在树林里出现的要敏捷一些。”

“难道假扮龙鬼的人不止一个？”悦桐讶然道。

溪望点头答道：“虽然不能确定，但至少不能排除这个可能。”

第九章　天降神龙

两人返回玉灵的住处，溪望取出钥匙将门外的锁头打开时，悦桐便娇嗔道：“你连玉灵也不相信？”

“你也不过是今天才认识她。”溪望将插在门框缝隙的纤细竹签抽出，狡黠笑道，“大门没被开启，基本上可以排除她的嫌疑。”

“之前遇到龙鬼时，她还跟我们一起，有什么好怀疑的。”悦桐白了他一眼，又道，“要是我们离开后发生火灾，你可就作孽了。”

溪望将门打开，耸肩笑道：“早点睡吧，明天还有很多事情等着我们呢。”

悦桐走进客堂，瞄了一眼排成一排的凳子，皱眉道：“你真的要睡这里？”

“难道你想让我睡‘上床’？”

“去死吧，你！”悦桐瞪了他一眼，遂跑进房间将门关上。

“上床”是他们交往时的悄悄话，以睡在床上的人为“下床”，将被子盖在此人身上便是“上床”。他们交往时经常玩这种游戏，当然睡“上床”的通常是悦桐，每次她都会在“上床”滚来滚去，把睡“下床”的溪望压得死去活来。

翌日一早，悦桐带着昨夜收集的吹箭，准备开车到镇里化验。溪望目送她离开后，便立刻前往祠堂，刚好在中途遇上送殡队伍。

他站在路中央将有近三十人的队伍拦住，老村长立刻从队伍中跳出来，对他破口大骂：“你这天杀的，不想活了，竟然拦我儿子的路！”

“老村长，请您先别动怒……”溪望遂将昨夜受龙鬼袭击一事道出，怀疑死者生前亦曾受到龙鬼袭击，才会不幸遇难，“要证实令郎是否受奸人所害，最直接的方法就是开棺验尸。若你不在乎令郎是否含冤而终，那就请恕我多言。”他说罢便让出过道。

“竟然有这种事……”老村长一时迟疑不决，既没有开棺的意思，亦没让队伍继续前行。

“胡说八道！”扶着拐杖的金花，在范威的陪同下从队伍旁边的小路缓缓走过来。她冲溪望骂道：“苇塘村人杰地灵，我在这里活了八十年，也未曾听说附近有妖魔鬼怪出没，哪有什么龙鬼！你这个外村人别在这里妖言惑众。”

“会不会是龙女被惹怒了？二十多年前龙女也曾经……”送殡队伍中不知道何人窃窃私语。

金花猛然扭头望向队伍中的众人，凹陷的双眼瞪得老大，似在寻找多嘴之人。众人当即噤若寒蝉，谁也不敢吭声，唯独老村长指着她大骂：“你这个老妖婆，自己做贼心虚还敢说人家警官妖言惑众！”

老村长走到溪望身前，扯着他走向金花，叫嚷道：“就是她害死了我儿子，你赶紧把她抓起来。”

溪望好不容易才把老村长拉住，严肃道：“警察办案要讲证据，你想为令郎讨回公道，必须先开棺验尸。”

老村长依然犹豫不决，皱起眉头低头不语。

“多一事不如少一事。”天放上前劝说道，“大哥已经走了，与其在这里喋喋不休，倒不如让大哥早日安息。”

“马村长，作为死者的亲弟弟，你的行为让我十分不解。你不但没尝试了解令兄的死是否存在人为因素，而且还不愿意让我们仔细调查。如果事发当晚，你不是留在家里，我还挺怀疑你跟令兄的死有关呢。”溪望冷漠道，随即话锋一转，又道，“不过这也难怪，令兄一死，令尊的财产便是你的囊中物，而且你的村长之位亦会稳如泰山。换作是我，说不定会雇人行凶呢！”

“你这话是什么意思？”天放愤然骂道，“你可别含血喷人，大哥的死分明就是意外，你在这事上一再纠缠，无非是想向我们索要好处。”

“我不在省会坐办公室吹空调，来这穷乡僻壤能讨什么好处？”溪望冷笑一声，遂对老村长说，“省会里的大老板多的是，从他们指缝间滑落的零花钱，大概不会比马家的厚礼少，孰是孰非你自己判断吧！”

老村长沉思良久，遂大喝一声：“开棺！”

“爸，你不会相信他这个外村人吧？”天放愕然道，“他说的全是一派胡言呀！怎能单凭他几句鬼话，就打扰大哥的安宁呢？”

“你这个吃里爬外的畜生给我闭嘴！”老村长猛然转身甩了天放一巴掌，骂道，“你别以为我老糊涂了，明年就要换届，佳鑫竟然在这时候出事，用脚指头也能想到一定是你跟老妖婆暗中搞鬼。”

他随即又对溪望说：“能找到证据指证老妖婆还好，要是没找着，我要你给我儿子叩头认错。”

“要是没能为死者申冤，我亦没颜面站在死者身前，必定三跪九叩以表歉意。”溪望露出坚定的目光。

一直躲在队伍后面没敢吭声的玉灵，这时才钻出来，快步走到溪望身旁，在他耳边低语：“你疯了，老村长虽然已经退休，但他在村里跟太上皇没两样，而且你还把天放惹怒了。待会儿你要是没能在佳鑫身上找出问题，他们肯定把你的皮也扒掉。”

“有这么严重吗？”溪望泰然自若。

“这里跟城市不一样，几乎所有事情都是村长两父子说了算。他们就算把你活生生打死，外面也没有人知道。”玉灵慌里慌张地在他耳边说，“要不这样，待会儿我大叫火灾，你就趁机逃走。你要是不跑，肯定会被他们打死。”

“你的好意我心领了。”溪望莞尔一笑，傲然道，“不过我也不是善男信女，区区二三十人不见得就能把我弄死。”遂走入送殡队伍之中。

老村长已命人将棺材放在地上，并把棺盖揭开。死者在清晨的阳光映照下，没任何阴森诡异的气息，也没什么特别之处，除了散发出浓烈的腐臭气味外，跟熟睡的活人没多大区别。

溪望从肩包里取出口罩及手套戴上，上前解开死者的寿衣，仔细检查尸体每一寸肌肤，希望能找到吹箭之类的外物留下的伤口。然而，上身检查过了没任何发现，下身也一样，甚至将尸体翻过来也没任何发现，就连一个细小的针孔也没找着。

老村长的脸色越来越难看，气氛亦越来越紧张。若此刻有人大叫一声“打”，溪望必定会成人肉沙包。

玉灵紧张地将手机握在手中，似在犹豫要不要报警求助。若等到众人动手才报警，恐怕在警察来到之前，溪望已被扒掉一层皮。天放似乎洞识她的心思，冷不防地将她手机抢过去，并瞪了她一眼，示意她别多管闲事。

就在老村长感到不耐烦，快要发作的时候，溪望朝他轻轻招手，并拨弄死者脖子后面的头发，示意他观看头发下的皮肤。在这块被头发遮盖的皮肤上，有极少量的血迹。再仔细一看，还能看见一个细小的针孔。

溪望将龙鬼所用的吹箭递给老村长，让他对比钢针跟针孔的大小。他稍微对比一下，发现两者非常吻合，针孔极有可能是由吹箭造成的。

老村长猛然望向金花，双眼仿佛冒出灼热的火焰，怒吼道："果然是你这老妖婆在搞鬼，给我把她抓住！"

"谁敢动我一根头发！"金花面无惧色地大喝。

众人面面相觑，谁也不敢动手。

"爸，就算在大哥身上发现伤口，也不能说明什么呀！"天放上前劝说，"而且伤口这么小，根本不会造成什么影响。"他厌恶地瞥了溪望一眼，又道，"说不定是那些别有用心的人，在大哥死后才弄上去的。"

"伤口外有血迹，说明伤口是死者生前造成，而且伤口的大小跟所造成的伤害不能画上等号。"溪望示意老村长查看吹箭上斑驳的绿色，"吹箭上沾有的不明物体很可能是毒药，桂队长已经带样本到镇上化验，大概下午就会有结果。"

"可是我们发现大哥时，没看见他身上插有这玩意儿呀！"天放反驳道，"而且，他周围也没有其他人留下的脚印。你单凭一个小伤口，就说大哥是被这玩意儿害死的，是不是太胡扯了？"他随即让范威及玉灵做证，验证他所说的是事实。

"当时死者身上有没有禽鸟的脚印？"溪望向玉灵问道。

玉灵皱眉思索片刻后答道："的确是有三两个鸟儿的脚印，不过那附近鸟儿多，我们也没怎么在意。"

"你看看这里。"溪望向老村长展示吹箭尾部的透明胶珠，在晨光的照射下，胶珠闪闪发亮。他解释道："死者被发现时俯卧在水坑里，如果这根吹箭插在他脖子后的伤口上，那么太阳升起后，阳光便会照在胶珠上使其闪闪发光。我在龙女庙看见附近有乌鸦，而乌鸦最喜欢闪闪发光的东西。"

"害死我儿子的毒箭被乌鸦叼走了？"老村长恍然大悟。

"嗯，凶手无须自己动手处理凶器。"溪望点头道，"苇塘村的村民晚上都不敢穿过树林坟场，而日出后乌鸦就会将吹箭叼走，所以死者周围没出现其他人的脚印并不稀奇。"

"是龙女，一定是佳鑫把龙女惹怒了，她又要像二十多年前那样到处害人……"惶恐的声音从人群中传出，恐怖的气氛随即笼罩整个送殡队伍，众人均窃窃私语，恐惧因而不断被传播、放大……

"都给我闭嘴！"老村长向众人高声怒骂，然后转身指着金花喝骂道："一切都是这个老妖婆在搞鬼，跟龙女毫无关系。”他随即扯着溪望的衣袖，喝令他将金花拘捕。

“现在只能确定令郎并非死于意外，虽然不能排除金花婆婆的嫌疑，但也没有能指证她的实质证据。”溪望严肃道，“若不想令郎死得不明不白，必须将他的遗体送到镇里作进一步检验。”

“我儿子都已经死了，你还要他挨刀子？”老村长于悲愤中落下眼泪。

“你若执意拒绝尸检，我也没办法。”溪望摊开双手，无奈道，“在没有实质证据的情况下，我不能拘捕任何人。你要为令郎讨回公道，只能用自己的办法，我当作没看见就是了。”他说罢便转过身背向众人。

若是其他村民，或许只要老村长一句话就能对其动以私刑。可是，金花于苇塘村的地位不在村长父子之下，就算是马家的亲信亦不敢动她一根头发。溪望洞察当前形势，知道老村长奈何不了金花，他要为儿子申冤只能依靠警方。

果然，老村长犹豫再三，最终还是答应将死者遗体送去尸检。然而，天放却十分反对验尸，他向老村长劝说道：“爸，你别听这个外村人信口雌黄，不就是个针孔大小的伤口，怎能单凭这一点就说大哥是被人害死的呢？开棺验尸已经亵渎了大哥，他竟然还要把大哥开膛破肚？”

“畜生，立刻给我闭嘴！”老村长瞪了他一眼，骂道，“你既然叫他大哥，就该亲手替他报仇，把那个老妖婆给我往死里整！”

金花虽听见老村长骂她，却没有理会，只跟范威窃窃私语，不知道在盘算些什么。他们咕哝了几句，便一同离开。

溪望亦没兴趣继续看这对父子之间的闹剧，此刻他更想知道的是二十多年前发生了什么事。刚才的送殡队伍中，一再有人提及二十多年前龙女作祟一事，而且大家皆对此十分惶恐。

虽然玉灵也曾提及此事，但她毕竟是道听途说。她告诉溪望时，溪望还以为只是坊间传说。但从刚才众人的表现判断，此事的确真实发生过。

打电话跟镇派出所联系过后，溪望让老村长命人将死者遗体送回祠堂，等待派出所的人前来运送到医院检验。随后，他拉上玉灵再度前往林叔住处，准备询问对方龙女作祟一事。

跟昨天一样，玉灵又带了瓶烧酒给林叔，溪望亦在杂货店买了一大堆花生、咸菜之类的零食给林叔下酒。

“你们又来看我这个老头子，是不是还有事要问我呀？”林叔喝了一小杯酒，心情十分愉快。

溪望开门见山道：“我想知道二十多年前，龙女是否曾经作祟害人？”

“这件事……”林叔掰着手指头数了一下，“这件事得从25年前，天上掉下一条神龙讲起……”

第十章　公然抗法

“这事发生的时候，我们村还没通公路呢……”林叔吃着花生，徐徐道出一段如神话般的往事——

25年前曾下了一场特大暴雨，雨水将山上的沙石冲下来，把通往附近村庄的山路全都堵住了。

那年头，我们村基本上过着自给自足的生活，就算山路堵塞也没多大关系。反正大家都是穷光蛋，没几个钱去外面买东西。虽然也没有谁急着要出去，但总不能让路一直堵着吧！所以雨停后，老马就让人看看村子周围的情况，准备动员村民去把山路挖通。可是不去还好，一去就发现出大事了。

被派出去的大多是老马的亲信，其中天佑跟阿威那队人，竟然在树林坟场附近发现一条十多米长的大家伙。这可快把他们吓出尿来了，立刻跑回来告诉老马。

老马亲自去查看，发现这家伙有点像蟒蛇，却长着四条腿，而且头顶还有一双角，越看就越像年画里的龙。虽然大家都没见过真正的龙，但蟒蛇没有腿也没有角呀，这家伙就算不是龙也是一种大家没见过的妖怪。

这家伙当时还活着，老马心里那个高兴，跟大伙说发财的机会来了。不管这家伙是不是龙，反正是大家都没见过的东西，只要吹嘘一下，必定会有一堆人跑来看，到时候让县镇领导拨款修马路就容易多了。一旦钱拨下来，要修马路还是给自家盖房子，还不是老马一个人说了算。

他正想着钱该怎么花的时候，鬼婆金却跑出来泼冷水。鬼婆金说这条神龙就像是唐僧肉，一旦传出去，县镇领导肯定想分一杯羹，甚至会安排亲信接替他的村长之位。

老马当时还对鬼婆金言听计从，听她这一说，心里就凉了一半，立刻问她该怎么办？

鬼婆金说，别管这家伙是不是龙，一把火烧掉就一了百了。反正当时山路未通，县镇领导也不知道有这回事。

可是，当时已经有不少村民知道这件事，必须想办法堵住大家的嘴巴。毕竟这不是普通的蟒蛇，而是一条神龙，弄不好全村就乱套了。

为了解决这个问题，鬼婆金想出一个办法，就是让天佑把一个刚来到村里的外村女人带到祠堂，说她是神龙的化身。还说她的真身已经坏死，必须立刻烧掉，不然会给村子带来厄运。大家被鬼婆金吓唬几句，就立刻跟着老马去把神龙烧掉，可是事情还没结束。

被当作龙女的外村女人，名字叫龚蓓蓓，是个逃婚的新娘，她不想回家，就顺势在这里住下了。鬼婆金打从一开始就盘算着利用她发财，把神龙烧掉只是避免别人来分一杯羹。

之后，鬼婆金把蓓蓓吹嘘成活神仙，不但我们村的人对她又跪又拜，附近几个村子的人也经常带上水果禽畜前来供奉她。她倒不贪心，只拿一点供品，够吃饱肚子就行了，剩下的全被鬼婆金拿去了。

蓓蓓只想有个安身的地方，就算被鬼婆金利用也不在意。本来大家就这样相安无事，但后来出了个问题——她怀孕了。

大伙都把她当作活神仙，而神仙跟凡人偷欢是触犯天条的弥天大罪，要是让大家知道可就不得了了。还好她长得比较瘦，肚子不明显，多穿些衣服把肚子盖住，勉强还能蒙混过关。但眼见肚皮越来越大，她知道终有一天会瞒不下去。于是，她就打算趁还没被人发现，赶紧找个机会逃走。

可是，别人或许不知道，鬼婆金终日在她身旁转来转去，怎会没发现问题呢？其实鬼婆金早就觉察到她不对劲，只是想多弄点好处，才没有揭穿她。当发现她想要逃走时，鬼婆金马上就露出原形，立刻叫人把她抓回来。

鬼婆金为了给自己圆谎，说蓓蓓贵为神仙却不自爱，竟与凡人私通，罪行滔天……叽里呱啦说了一大堆，反正就是说必须把她烧死，不然恐怕会惹来上天降罪。

蓓蓓为了自保，只好把真相说出来，告诉大家她根本不是龙女，而是个无家可归的可怜人。但事情到了这个地步，哪还有人相信她？大伙在鬼婆金跟老马的指使下，在当初发现神龙的地方将她活活烧死。

她死了之后，就有一只龙角人身的龙鬼，晚上在树林坟场附近出现。每当有村民经过，这只龙鬼就会袭击他们，吓得大家晚上都不敢靠近。后来，龙鬼还跑到村里到处害人，并且害死了好几个人。

大伙都认为是蓓蓓阴魂不散，化作厉鬼回来报仇。鬼婆金虽然没本事对付龙鬼，但祸是她跟老马闯出来的，总不能啥也不干吧！

于是，他们就趁机讹诈村民，说龙女与凡人私通，玷污仙体，所以死后既上不了天庭，亦入不了轮回，只能在凡间到处游荡。如果继续任由她胡作非为，说不定日后会化成妖怪祸害一方。

大伙被吓蒙了，慌忙问该怎么办，鬼婆金说要修建一座庙宇供奉龙女，以香火洗净她的凡心，使她能够早日返回天庭。

要修建庙宇就得花钱，虽然那年头大伙都是勒紧裤带过活，但不把龙女摆平谁也不得安生。所以，大伙只好砸锅卖铁，硬是把龙女庙盖起来了。

嘿嘿，你们也看过龙女庙盖成啥样子了吧！

其实盖庙只是幌子，大伙拿出来的钱，大多进了老马跟鬼婆金的口袋。不过说来也奇怪，龙女庙盖好后，龙鬼也消失了一段时间。

鬼婆金这下子可就乐不可支了，她利用龙女庙继续发财，把善男信女的香油钱据为己有。或许蓓蓓并不乐意继续被她利用，没过多久龙鬼又出现了，但这次只袭击到龙女庙参拜的人。

大伙可又被吓坏了，全都不敢踏足龙女庙，晚上也不敢进入树林坟场。还好，这次龙鬼没再到村里害人，鬼婆金就说龙女喜欢安静，让大家别去打扰她。

自此之后，过了二十多年龙鬼也没再出现，不过龙女庙亦因此而荒废……

“哇，原来村里曾经发生过这么可怕的事。”玉灵互抱双臂，身体微微颤抖。

“当年龙鬼是用什么方法害人的？”溪望问道。

“这个我就不太清楚了。”林叔皱眉道，“当年遭到龙鬼袭击的全是马家的亲属，老马怕引起恐慌，不准他们跟别人谈论这件事，所以我也不知道龙鬼是怎样向他们报复的。”

“金花的亲属没遭到报复吗？”溪望又问。根据对方的叙述，金花才是把蓓蓓逼上绝路的罪魁祸首。

“她在村里已经没有直系亲属了。”林叔解释道，“金花是从其他村子嫁过来的，进门没多久她男人就被拉去参军，之后就没再回来。她婆家是老马的近亲，老马的父亲经常接济她，甚至有人说她跟老马父亲有一腿。当时我年纪还小，不清楚这事儿是真是假，但她跟老马家的交情不错倒是真的。所以后来她当了鬼婆，并且得到不少村民信任，就大力推举老马当村长。”

“也就是说，她的亲属大多是老马的亲属？”溪望盯着林叔若有所思，良久才向对方问道，“你为什么会对这些事情知道得如此清楚？”

“哼哼，我就是知道太多，经常讲老马和鬼婆金的坏话，所以才会被佳鑫那王八蛋把手打断。”林叔仰天而笑，然后一口将杯中的烧酒喝光，眼神露出一丝沧桑与唏嘘。

当溪望想再问一些细节上的问题时，杂货店老板娘田婶气喘吁吁地跑进来，拉着他的手臂慌乱地叫道：“大事不好了，跟你一起来的姑娘……”

田婶喘着气，一时说不出话。玉灵慌忙上前替她揉背，并说道：“有话慢慢说，到底发生什么事了？”

田婶把气儿喘顺才继续道：“那姑娘刚从外面回来，一下车就被阿威几个抓住。金花婆婆说她将秽气带进我们村触怒龙女，所以龙女才会现身害人，现在要将她送去龙女庙，在龙女面前将她活活烧死，好让龙女平息怒火。”

“荒谬！我们是命案发生后才来这里调查的，她怎么能如此颠倒黑白。”溪望边气愤骂道，边夺门而出往龙女庙方向狂奔。

玉灵的声音从身后传来：“他们人多又不讲理，你去了也帮不上忙……”他没有理会对方，继续往前跑，直跑到树林坟场前，看见有一个身影站在路中央才停下来。

挡路的人是天放，他拦住溪望故作慌张道：“不好了，不好了，金花婆婆说桂队长玷污我们村，惹得龙女生气，要把她烧死才能平息龙女的怒火。”

“别惺惺作态，立刻给我滚开，否则别怪我对你不客气。”溪望握拳怒骂。

“你现在赶过去，也只能眼睁睁看着她被烧死。”天放退到一旁，摊开双手轻蔑笑道，“双拳难敌四掌，树林的另一边有十多人，就算你能把他们逐一打倒，恐怕也来不及解救桂队长。”

见对方跟自己摊牌，溪望亦不转弯抹角，冷峻道：“你们想怎样？”

“作为本村村长，我当然想让大家和睦相处，避免不必要的争端。”天放狡诈笑道，“要是你们马上离开，不再插手我们村的事情。我必定会说服金花婆婆，让桂队长安全离开。但是，如果你们非要多管闲事，我在婆婆面前也不好说话。”

单凭对方这几句话，溪望便能肯定他跟佳鑫的死有关。无奈事实正如对方所言“双拳难敌四掌”，不管溪望有多厉害，亦难以在十多人手中解救悦桐。经过短暂的思量后，溪望只好向对方妥协，答应立刻跟悦桐离开，不再插手苇塘村的事情。

“识时务者为俊杰，哈哈哈……”天放仰天大笑，遂带头走向龙女庙。

穿过树林后，溪望便看见被绳子反绑双手的悦桐。龙女庙门前的空地上放有一堆柴草，她就坐在柴草上，正杏目圆睁盯着身前的金花以及另外十多名村夫莽汉。

范威边叫人到附近收集柴草堆放在悦桐身下，边把玩着一支唇膏状物体，并对她骂道："刚才还以为你这臭婆娘拿根唇膏出来抹嘴唇，没想到竟然是个电击器，差点要了老子的命。"

悦桐似乎想对他破口大骂，无奈嘴巴被布条绑住说不出话，只能向对方干瞪眼。溪望见状立刻冲上前为她松绑，并将一个迎上来的村民推倒。其他村民立刻张牙舞爪，只等金花发号施令一同扑过去。

眼见马上就要打起来，天放这才不慌不忙地走上前，对众人说道："误会，误会，只是一场误会。两位警官马上就会离开，不会再在我们村到处乱逛惹龙女生气。"

金花瞥了两人一眼，冷哼一声说道："我们走。"遂带领众人离开。

"两位警官走好，不送了。"天放轻蔑一笑，随即跟上众人。

双手得到解放后，悦桐立刻扯掉嘴巴上的布条，怒气冲冲地对溪望说："你虽然是个临时工，但好歹也得到厅长授权，他们这样逼我们离开，跟公然抗法有什么区别？"

"那又有什么办法？"溪望无奈道，"我倒不怕他们，但真的动起手来，我没法确保你的安全。"

悦桐沉默不语，心中的怒火渐渐变成一股暖流，于心中暗忖："原来他还在乎我。"然而，她仍感到不忿，恼火问道："现在怎么办？"

"虎落平川被犬欺，这里是他们的地盘，跟他们硬碰我们会很吃亏。现在只能将这宗案子交给镇派出所处理。"溪望泄气道，"我们回玉灵家把行李收拾好，然后到镇派出所走一趟吧！"

"也只能这样了。"悦桐站起来，将被范威丢在地上的唇膏电击器捡起，跟溪望一同离开。

第十一章　祠堂公审

在前往玉灵住处途中，悦桐告知溪望对吹箭的检验已有结果。吹箭上的斑驳物体含有强烈麻醉成分，而且带有叶绿素，应该是从植物中提取的麻醉剂。被吹箭射中的人，会在一段时间内局部甚至全身麻痹。

溪望亦将早上开棺验尸的情况以及凶手利用乌鸦处理凶器的推断告诉她。她听完后，非常后悔昨晚没告诉对方，自己曾检验尸体且没什么特别发现。如果溪望知道此事，肯定不会冒险拦路开棺。若稍有不慎，他恐怕已被老村长剥皮拆骨。

两人返回玉灵住处时，玉灵已在门口焦急地等待，一看见他们就立刻询问情况。“没受伤就好。”得知两人安好，她才松一口气，“在这种穷乡僻壤，文明社会的法律不管用，金花婆婆的一句话就能要你们的命。你们还是赶紧离开吧，要不然他们又会找你们麻烦了。”

真相本已呼之欲出，但竟然仍未能将凶手绳之以法，实在令人不甘心。不过碍于当前形势，溪望亦只能无奈地离开，以避免跟金花等人正面冲突。毕竟一旦打起来，他难以在确保悦桐安全的前提下全身而退。

悦桐很明白他的心情，并为自己成为对方的顾虑而感到愧疚，于是心中暗忖：这就是他提出分手的原因吧！他害怕自己不能保护我，只好选择离开我。

然而，她突然又燃起斗志，在心中对自己说：我才不会成为你的负累呢！本大小姐也有自己的过人之处。

她的过人之处，在于细致入微的观察力，只要稍微认真一点，就能发现别人注意不到的细节。此刻，她已在玉灵身上发现了一个溪望一直没有留意的细节。

她悄然捅了溪望一下，示意对方留意玉灵发髻上夹的一块细小的树皮，然后若无其事地向玉灵抱怨道：“昨晚才把行李从车上搬进来，今天就要全塞进行李箱搬回车上。要收拾的东西有很多呢，也不知道什么时候才能弄好。”

“要不要我帮忙？”玉灵问道。

“你肯主动献身最好不过了。”悦桐欢天喜地地拉着对方走向房间。

“我就不方便帮你收拾内衣裤了。”溪望耸肩笑道。

“谁要你帮忙，给我在这里待着。你要是敢偷看，我就把你埋在外面那棵树底下。”悦桐冲他吐吐舌头，并使了个眼色，遂将房间门重重地关上。

对方刻意制造机会，溪望自然不会白白浪费，立刻走进玉灵的房间。刚进门他就发现问题——这房间的窗户没有防盗网。厅堂跟另一个房间都有防盗网，之前他一直以为这里应该也一样。

或许是暂时寄住的缘故，这里的摆设不多，都是最基本的家具，如床铺、衣柜、书桌等。除了比较简陋外，这里跟一般女生的房间没多大区别，东西摆放得十分整齐，随便翻弄很容易被主人发现。因此，溪望首先翻查的是垃圾桶，这是最容易被人忽略的地方。

垃圾桶里大多是些纸巾、包装纸之类的生活垃圾，但溪望往里面稍微翻了一下，竟然发现一叠翠绿的树叶。树叶有二十来片，每一片都布满细小的针孔，似乎曾被人用细针重复插刺。

随后他打开衣柜，发现里面的衣服也整齐地叠放好。就连内裤也被折成精巧的四方形，放置在一个透明的塑料盒里。正因为衣服放得太整齐，所以一眼就能看见内里有一套男性衣服，而且款式跟天放所穿的衣服十分近似。

他可没自信能把衣服翻乱再恢复原状，因此便将衣柜关上转头去检查书桌。桌面左边放有一面镜子及化妆用品，右边则放有钢笔、剪刀、透明胶、订书机等文具。这一切看似十分正常，并无可疑之处，因此他的目光落在上锁的抽屉上……

悦桐将行李收拾好，跟玉灵一同走出厅堂时，溪望已在门口等候，却没有带上行李。悦桐一看就知道他必定有收获，却装傻充愣地骂道："怎么了，你还想死皮赖脸地蹭一顿晚饭再走吗？"

"那倒不是。"溪望苦笑摇头，遂对玉灵说，"麻烦你把全村村民都叫到祠堂。我刚才跟镇派出所联系过，他们已经安排好车辆运送佳鑫的遗体。我想在他们来到之前跟大家说几句，顺便向大家道别。"

"我想你们还是别再招惹金花婆婆，谁知道她会不会再乱来。"玉灵把头摇得像拨浪鼓似的。

"放心吧，我不会刺激他们。"溪望轻描淡写道，"而且镇派出所的人很快就会来到，他们也不可能做出太过分的事情。"

玉灵的眉头皱得能夹死苍蝇，但也没拒绝他的请求，立即到处敲锣打鼓，把村民都叫到祠堂。

溪望跟悦桐来到祠堂时已是入夜时分，老村长、天放及金花等人均已到场。此外还来了约四十名村民，几乎把祠堂堵了个水泄不通。溪望留意了一下，村民以上年纪的男性为主，大多是白天出现在送殡队伍中的马家亲属，以及绑架悦桐的金花信徒，但也有不少陌生面孔。

祠堂内的村民无不窃窃私语，当中有不少人抱怨不该在晚上来祠堂打扰死者的安宁。但更多人在议论龙女再度作祟一事，似乎大家都为龙女再次出现而感到惊慌。

"有屁快放，放完就滚！"金花冲溪望两人喝道。

溪望走到安放佳鑫遗体的棺材前拜了三下，然后才转身面向众人，朗声道："我让大家来祠堂，是想在大家面前还死者一个公道。"

"你忘记自己的承诺了？"天放走上前揪住他的衣领，并往悦桐身上瞥了一眼，遂压低声音道，"你们还想看见明天的日出，最好别把金花婆婆惹火，不然我也保不住你们。"

溪望将对方的手推开，故作轻松道："别紧张，我记得很清楚，曾答应你不再插手贵村的事情。不过，要是事情涉及外村人，那我就算要管也没违反承诺。"

"你……"天放怒气冲冲地瞪着他，遂回头给金花身旁的范威使了个眼色，范威立刻跟另外几名村民走向悦桐。

溪望赶在他们动手之前，高声叫道："我知道杀死佳鑫的凶手是谁，而且能找到将凶手送进监狱的证据。"

他这句话显然是对老村长说的，老村长也不糊涂，知道他正受到威胁，立刻向范威喝道："阿威，你们给老子滚到一边去，让他们把证据拿出来。"

悦桐已准备好随时掏出电击器自卫，见范威等人退回去才松一口气。有老村长撑腰，溪望暂时无须担心她的安全，遂当众揭穿凶手的身份："杀死佳鑫的凶手就是她——冼玉灵！"

此话一出，全场哗然。

"怎么可能是这闺女？害死我儿子的明明是老妖婆呀！"老村长首先提出质疑。

"我还以为你有多厉害呢，原来也不过如此。"天放轻蔑笑道，"大哥明明是死于意外，你以为随便诬蔑一个人就能邀功吗？"

金花亦冷哼道："这闺女连杀鸡的力气也没有，竟然说她把牛高马大的天佑杀死，真是一派胡言。害死天佑的是你们，是你们把秽气带来我们村才惹怒了龙女。"

众人你一言，我一语，提出质疑，把祠堂弄得比菜市场还要吵闹，就连被指证为凶手的玉灵也忍不住上前发话："我怎么会杀死佳鑫呢？他死了对我一点好处也没有，而且我也没本事杀他呀！"

"安静！"溪望放声大喝，待大家静下来，他才对玉灵说，"这事恐怕不是三言两语就能说清楚的，我们先从你怎样将佳鑫杀死说起吧！"他随即道出自己的推理——

佳鑫出事当晚，只有四个人知道他会去龙女庙，分别是曹镇长、天放、群弟和你。曹镇长没任何理由杀害佳鑫，也不可能大半夜跑到这里来，基本上可以将其排除。天放当晚跟老村长待在家里，有不在场证据，也能将他排除。

至于群弟，她虽然长期受丈夫欺凌，但从未做出反抗。由此可见，她是个思想守旧的女性，丈夫就是她的全部。一旦失去丈夫，她就变得一无所有。因此，她不会做出任何伤害丈夫的行为。

将以上三人排除后，剩下的就只有你一个。

你知道树林坟场里有一种能使人麻痹的树，就将这种树的叶子摘下来带回家。

然后，你将大头针反复插进树叶里，使其沾上麻药。你再用到镇里开会时随手拿来的杂志，将大头针做成吹箭。

这叠叶子就是证据。

溪望掏出一个装有树叶的透明证物袋，并向众人展示。

虽然你很小心地处理掉了制造吹箭的原料，譬如原来应该出现在你书桌上的大头针，我就一根也找不到了。但人总有百密一疏的时候，你竟然忘记处理这些叶子。这叠叶子是从你房间的垃圾桶里找到的，叶子上必定有你的指纹。

佳鑫出事当晚，你将车驶到村委会后，并没有立刻回家，而是尾随着喝得酩酊大醉的佳鑫。你从村委会跟到他家，再从他家跟到树林坟场。当他快走到龙女庙前的水坑时，你就把能使人麻痹的吹箭射到他后脑勺。

中箭后，佳鑫马上感到全身乏力，并在酒精的作用下失去知觉，一头栽倒在水坑里淹死。

你不但成功地杀死佳鑫，还营造出意外的假象。因为你是从远处偷袭，所以没在尸体附近留下鞋印。这样就能让人误以为，当晚在龙女庙附近的只有死者一个人，他的死自然就是意外……

“单凭一叠树叶就说我是凶手，会不会也太牵强了？”玉灵反驳道，“先不说天放或者曹镇长可以指使其他人行凶，我跟佳鑫无仇无怨，我为什么要杀他？”

“你把重点说出来了，天放的确可以指使他人行凶，而他指派的杀手就是你！”溪望猛然伸手直指玉灵，继而道出他的推理——

村长换届选举将至，按照老村长跟金花的协议，村长之位将会由佳鑫接任。你知道天放不愿意交出权力，肯定会想方设法阻止佳鑫取代他成为村长。但是，不管他如何阻挠，也不过是权宜之计。要想一劳永逸，方法只有一个，就是将佳鑫杀死。

杀人可不是小事，而且天放跟佳鑫还是亲兄弟，纵使他们关系恶劣，也不至于要取对方性命。为了使他们兄弟相残，你不惜利用自己的身体。在与天放发生关系、博取他信任的同时，你又跟佳鑫眉来眼去，使他们两兄弟暗中为你争风吃醋。

随后，你以险受佳鑫奸污为由，一再怂恿天放杀死佳鑫。天放亦有意铲除这个威胁，便听从你的唆使，利用曹镇长诱使佳鑫半夜独自前往龙女庙。你们打算在这个一到晚上就人影全无的地方，将佳鑫杀死并伪装成意外。

可是，村长换届在即，佳鑫若在这个节骨眼上出事，老村长肯定会怀疑天放。他不能自己动手，唯有找别人代劳，但该找谁却是个问题。作为他最亲密而又最信任的情人，你自然当仁不让，主动请缨……

溪望从肩包取出一个装有三枚安全套的证物袋向众人展示，朗声说道：“这是在你房间的抽屉里找到的，上面同样有你的指纹。另外，我还在衣柜里发现一套男装，款式就跟马村长身上这套差不多。”他朝天放狡黠一笑，转头向玉灵问道：“我想请你解释一下，这些安全套你是干吗用的？那套男装又是谁的？”

“你说了那么多废话，还是没能说清楚我为什么要杀佳鑫。”玉灵虽眼神闪烁，但仍理直气壮，“还是那一句，我跟佳鑫无仇无怨，我为什么要杀他？”

“你认为我会毫无根据地怀疑你吗？”溪望狡黠一笑，又道，“难道你认为我找到安全套后，就会马上将抽屉合上？”

“你还找到了什么？”玉灵双眼闪现一丝惊惧。

“在回答这个问题之前，我先回答你上一个问题——你跟佳鑫无仇无怨，为什么要杀死他？”溪望卖关子般顿了顿，随即又道，“没错，你跟佳鑫之间的确不存在仇恨，跟你有仇的是他父亲老村长和金花婆婆！”

全场再度哗然。

“实在太胡扯了！”玉灵激动地质问溪望，“一年前我还不认识老村长和金花婆婆，来苇塘村这一年，我跟他们也没吵过一次架，我怎么会跟他们有仇？就算我跟他们相处不好，也不至于要把佳鑫杀死呀！”

她的反驳得到包括老村长在内，几乎所有人的支持，大家都认为溪望的指控毫无根据。然而，面对汹涌的群情，溪望却泰然自若，不慌不忙地从肩包里取出一份文件，狡黠笑道：“你也挺小心的，没有将最重要的东西放在抽屉里面。不过我有个坏习惯，每次翻别人的抽屉，都要把整个抽屉拉出来。就是这个坏习惯让我发现，你用胶纸将一个文件袋贴在抽屉洞里面。”

“我从来没有想过伤害大哥，你不要胡说八道！”天放突然扑向溪望，还伸手去抢他手中的文件。

溪望敏捷地避开，并悄然伸脚把对方绊倒。他盯着倒在地上的天放，冷笑道：“你先别着急，你跟老村长的亲子鉴定书我还没拿出来呢！”

“亲子鉴定？”老村长激动地叫道，“我什么时候跟这畜生做过鉴定？”

“这宗案件内里的隐情可多着呢，我会给大家说清楚。”溪望从肩包里取出另一份文件，狡黠笑道：“既然老村长想知道鉴定书的事，那我就从这里说起。我手上这两份鉴定书，分别是天放跟老村长以及玉灵跟林叔的亲子鉴定……”

第十二章 残酷真相

“大家看清楚了，这两份是大医院出具的鉴定书，虽然其中一份是复印件，但也能直接拿到法庭上做证据。”溪望高举两份鉴定书向众人展示，他转了一圈后也没管大家有没有看清楚，便向天放道出他的推理——

你是不是老村长的亲生骨肉，一直以来都是老村长的心病，也是你的心病。尤其在村长换届这个节骨眼上，你极其期盼能得到对方的支持，以获得连任。而要得到老村长的支持，最好的办法就是证明自己是他的亲生儿子。

因此，你让初来乍到的玉灵，带着你及老村长的基因样本，前往省会的大医院给你们做亲子鉴定，希望以此证明自己是马家子孙。

你之所以让玉灵替你办这件事，除了她较为熟识城市的情况外，还因为她是外村人，不了解村里的事情，也不会向别人乱说话。你虽然坚信自己是老村长的亲生骨肉，但同时亦害怕自己是个野种。

玉灵非常热心地为你办这件事，你以为她是想向你展示能力与忠诚，以博取仕途上的晋升。但实际上她之所以热心，是因为她想搭便车，弄清楚自己的身世。在替你鉴定基因的同时，她亦把自己跟林叔的基因样本送去鉴定。当然，这当中的一切费用全都算在你头上了。

当玉灵将鉴定书带回来时，你的美梦亦随之粉碎，鉴定书上是你最不想看到的结果——你不是老村长的亲生儿子。

你立刻将鉴定书销毁，而且没让包括金花在内的任何人知道这件事。因为此事一旦公开，你将不能再在苇塘村立足，更别说继续当村长。

鉴定结果使你原来的计划全盘落空，为了保住村长之位，你必须改变策略。就在这时候，玉灵不但向你展示她的忠诚，甚至向你投怀送抱。她毕竟是个城市来的女孩，跟你平日所见的乡村女性不一样，有一股令你无法抗拒的魅力。

跟你发生关系后，她便怂恿你铲除佳鑫这个威胁。你没有怀疑她的动机，单纯地以为她喜欢你，能为你做任何事，甚至为你杀人。

然而，你做梦也没想到，对你唯命是从的玉灵，竟然私下保存了鉴定书的复印件……

“所谓的‘绝对保密’在国内就跟洋品牌一样，只是个让人多掏钱的骗局。其实只要花点钱，要弄份鉴定书的拷贝并不难。”溪望将鉴定书复印件递给老村长，也没管对方因为突如其来的变化而变得目光呆滞，接着就高举另一份鉴定书向众人朗声说道："我想大家肯定没想到，玉灵这个从城市来的村官，竟然会是苇塘村的原村民。根据这份鉴定书，她跟林叔，也就是本村村民罗庆林存在父女关系的可能性为99.9%。"

"她是我的女儿又怎样？是我女儿就会杀人吗？"一直藏身于人群中的林叔缓步走到祠堂中央夺过溪望手中的鉴定书，并质疑他的推论。众人随即议论纷纷，但作为当事人之一的玉灵，却低下头沉默不语。

"好吧，既然已经把你引出来了，我就将这个隐藏了二十多年的真相说出来……"溪望狡黠一笑，向林叔道出了他的推理——

25年前，外出打工的姐姐回来看你，还带了一个名叫龚蓓蓓的女孩回来。蓓蓓是受到家人逼婚才跟随你姐姐逃到这里，因为已无家可归，所以暂时住在你家里。

就在这个时候，村里发现一条"天降神龙"。

老村长和金花为维护自身利益，打算将神龙付之一炬，但又怕引起村民恐慌。于是，他们就将蓓蓓抓到祠堂，讹称她是神龙化身，以堵住大家的嘴巴。

蓓蓓在苇塘村举目无亲，姐姐走后就只能靠你接济。正所谓长贫难顾，她跟你非亲非故，不可能一直依靠你。所以，她顺势接受了金花的提议，自称是神龙化身，以龙女的身份受村民供奉，只求能在此安身。

你虽然不希望蓓蓓跟金花等人同流合污欺骗大家，但亦明白她的处境，所以没揭穿这个骗局。她能在这里安顿下来，你对姐姐也算有个交代。但是，随后发生了一件让所有人都意想不到的事情，甚至令蓓蓓无法继续留在苇塘村。

鉴于蓓蓓的龙女身份，所有人都对她十分敬畏。姐姐离开后，她就只能跟你说句真心话。在这种特殊的情况下，你们无可避免地发展成恋人，其后更珠胎暗结。

蓓蓓被村民视为神圣不可侵犯的龙女，但竟然跟你这个凡夫俗子野合，要是让大家知道，不把你们活活烧死才怪。眼见蓓蓓的肚子越来越大，你知道瞒不下去了，便跟姐姐联系，让姐姐帮助你们逃走。

可惜的是，你们的计划被金花发现了，她叫来大批村民追捕你们。恰巧就在这时候，蓓蓓因受到惊吓而早产，且在产后无力逃走，只好让你抱走刚出生的孩子。

随后，蓓蓓被金花等人抓住，宁死不肯供出你这个奸夫，最终被活活烧死。而你带着初生的婴儿与姐姐会合后，因担心蓓蓓而没有跟随姐姐离开，而是返回村子寻找对方。

当你回到村子时，发现蓓蓓已经惨死，愤怒令你失去理性，随即展开疯狂的报复。你自小就擅长用吹箭捕捉禽鸟，于是便用这手绝活，以沾有麻痹树树液的吹箭攻击马家的亲属，向老村长及金花报复。

其后，老村长及金花虽发现你暗中搞鬼，但又怕你公开真相，只好以修建龙女庙为名，骗取村民的捐款，并拿出一部分给你，当作对你的补偿。

你虽然不肯就此了事，也为此跟对方纠缠了一阵子。但你要为托付给姐姐的婴儿筹集生活费，所以最终还是选择妥协，暂时不追究此事……

“胡扯，全是胡扯！”林叔激动得青筋暴露，冲溪望骂道，“就算你能证明我跟玉灵是父女，也不能就此乱说一通。”

“我可不是乱说。”溪望镇定自若地说，“你自称对苇塘村的事情无所不知，但在跟我们说龙女庙的来由时，唯独对令蓓蓓怀孕的男人只字不提，当时我就怀疑那男人是你。而且你也没说佳鑫为什么把你的手臂打断，我想你们大概是因这件事起冲突，被对方打断了一只手臂，你才无奈地接受赔偿。”

林叔似乎仍想反驳，但老村长却站出来对大家说：“相警官说的没错，事情大致上就像他所说的那样。”这句话让全场炸开了锅，村民无不激动地议论起来，甚至对他出言辱骂。

然而，他对此却毫不在意，眼泛泪光地喃喃自语：“佳鑫死了，我唯一的儿子死了，我马蓬超无人后继香火，什么都不重要了……”纵使一直怀疑天放并非他的亲生儿子，但当事情得到证实，对他的打击仍是致命的。

“真相往往是残酷的。”溪望耸耸肩，向众人朗声道，“发展到这一地步，事情已经非常明朗，就让我把余下故事讲完吧！”他继续把剩下的推理道出——

庆林和蓓蓓的女儿跟随姑妈到城市生活，因入学等原因使用了姑父的姓氏，取名为冼玉灵。

因庆林与老村长等人交恶，姑妈一直不敢带玉灵回老家探望他这个父亲。而庆林亦为未能救出蓓蓓，使玉灵失去母亲而感到自责，没颜面去见这个女儿。

十年前，姑妈意外离世，导致这父女俩失去联系。这就是玉灵要跟林叔做亲子鉴定的原因，因为她连自己父亲长什么样子也不知道，根本不能确认庆林是不是她的父亲。她到苇塘村当村官，大概也是为了寻找自己的父亲。

跟父亲相认后，玉灵知道了母亲的悲惨遭遇，同时亦原谅了父亲二十多年来的不闻不问，并决心要为母亲报仇……

溪望瞥了林叔及玉灵一眼，叹息道：“按照你们的计划，在佳鑫死后应该就是挑拨老村长跟金花的关系，并且利用老村长跟天放的亲子鉴定书使他们父子反目吧！”

“你还挺厉害的，什么都知道。但有一件事，你一定没想到……”林叔低下头，以单手艰难地将手中的鉴定书卷成管状。当他抬起头时，竟然以卷成管状的鉴定书作箭管，向溪望射出吹箭。

虽然两人的距离十分接近，但溪望早已意识到对方将会发难，并及时闪避。然而，林叔的目标并不是他，而是他身后的金花。

吹箭插在金花胸前，她惨叫一声随即倒地。玉灵仿佛早已预料到眼前这一幕的发生，立刻冲上前将吹箭拔出，猛然插向对方双眼。溪望扑上前阻止时，金花的双眼已经被插得血肉模糊，恐怕华佗再世也难以让她重见光明。

“哈哈哈……你们终于得到报应了！哈哈哈……”已被其他村民按在地上的林叔放声大笑。

“你笑个屁呀！”老村长突然发飙，欲冲上前殴打林叔，虽被溪望及时阻止，但仍气愤骂道，“你救不了自己的女人，女儿也被我儿子操了，你还有脸在这里丢人！”

林叔脸色一沉，但随即又放声大笑：“天放是你儿子吗？他是你老婆跟别人生的野种！你唯一的儿子已经死了，你等着无子送终吧！哈哈哈……”

“为了报仇，把自己女儿一生的幸福都赔上了，值得吗？”悦桐摇头叹息，“她犯的是谋杀罪，就算不用枪毙，下半辈子也要在监狱中度过。”

“杀人的是我，把佳鑫那王八蛋弄死的人是我！”林叔仍放声大笑，“蓓蓓是我这辈子的遗憾，只要能为她报仇，我愿意付出一切代价。”

“你别急着独揽罪名。”溪望冷漠道，“我不排除杀害佳鑫及在树林坟场袭击我们的人是你，但昨晚在祠堂门外袭击我们的龙鬼，明显要比之前那个敏捷。再加上我们在玉灵的发髻上发现树皮，应该是她将树枝插在发髻上假扮龙鬼时留下的，因此我能肯定她就是在祠堂门外出现的龙鬼。此外，昨天她说要去吃饭，大概是为了拖延时间，好让你能及时回到家里，避免我们产生怀疑。还有最重要的一点是，她刚才袭击金花婆婆，可是在众目睽睽之下。”

“袭击警员再加上伤人等罪名，加起来大概会判处入狱3至10年。要是认罪态度良好，应该只会判处5年以下。”被溪望以塑料带反绑双手的玉灵，蜷缩在地上面无表情道：“为了让父亲完成心愿，这点代价我愿意承受。”

“哟，这里还真热闹。”两名身穿制服的警察，从门外走进来，不明就里地东张西望。当他们发现两眼血肉模糊的金花后，立刻紧张起来。

“问题已经解决了。”溪望摆手示意他们别紧张，“你们来得还真……”

他话还没说完，天放便冲到两名警察身前，谄媚笑道：“两位警官大哥，你们来得真是时候，赶紧把这两个疯子抓起来，我大哥是被他们杀死的。”

“恶人先告状。”玉灵哑然失笑，盯着天放嘲笑道，“你以为自己能置身事外吗？”

“杀死大哥的是你们两父女，关我鸟事！”天放恼羞成怒。

“哎哟，现在怎么总是大哥前大哥后的叫得那么亲切，你在我面前不是一直都叫他蠢猪吗？”玉灵露出轻蔑的目光，又道，“我早知道你会把自己的罪名推得一干二净，所以我早有准备。你每次让我干坏事，我都会悄悄用手机把我们的对话录音，包括你指使我杀死佳鑫的时候。”

“你这个不要脸的臭婊子！”天放向玉灵冲过去，他身旁那名警察虽然扯住他的衣袖，却被他挣脱。

“小心摔倒。”溪望悄然伸脚，把从他身旁经过的天放绊倒，随即协助警察将其制伏。

“我再给你一个惊喜吧！”玉灵阴笑道，“我已经把你跟曹镇长合谋，准备违规将龙女庙附近的树林卖给伐木商的相关证据交给纪委了。”

“你……”天放气得说不出话，且愤怒渐渐变成悔恨。他无力地低下头，泪水悄然落下，喃喃自语道，“完了，一切都完了……”

“值得吗？”悦桐走到玉灵身前蹲下，怜悯地问道，“身体、青春、前途……为了替母亲报仇，你牺牲了对女人来说最宝贵的一切，真的值得吗？”

“值得！”玉灵的回答没有丝毫犹豫，“身体发肤受之父母，若不能报答父母生育之恩，纵有锦绣前程亦难展欢颜。”

尾声

一

“喂，柳姐，你们那边还忙得过来吗？”

“少跟我说这些风凉话，还没处理的案件快能把我们埋起来了。”

“别把我说得像在游山玩水似的，我也有干活呀！”溪望苦笑道，“龙女杀人案已经侦破，主犯跟从犯都交给镇派出所处理，还顺带牵出一宗贪腐案。你跟镇派出所联系一下，跟进处理结果吧！我得向下一个目的地出发了。”

“喂，你可别挂线呀！”映柳在电话另一头叫道。

“怎么了？这里可没什么特产可以给你带回去。”

“我才不要你的破特产。”映柳咕哝一句又道，“你起码也要把调查结果给我大概说一遍呀，不然我怎样向厅长汇报？找镇派出所跟进也不知道从哪里说起呀！”

“大概情况是这样……”溪望将调查过程粗略说一遍，随后又道，“林叔大仇得报，恐怕已不再留恋人世，大概会包揽所有罪名，等待跟蓓蓓在天堂团聚吧！不过玉灵将金花刺瞎是在众目睽睽之下，就算袭警一事她能蒙混过关，至少也要在牢里待两三年。至于马天放，他虽然是中了玉灵的圈套，但在某程度上他的确是这宗案子的主谋，而且他徇私舞弊亦证据确凿，让厅长有空打个电话去了解一下，他这碗牢饭就跑不了。”

“嗯嗯，我都记下来了。”映柳顿顿又道，“你找神隐村找得怎样，知道具体位置吗？”

“具体位置还不知道，只知道可能在苇塘村北方……”溪望愣了一下，遂问道，“你这么关心我的私事干吗？”

“没什么，只是随口问问。”

“你真啰唆，浪费我那么多话费，漫游可不便宜啊！”

“吝啬鬼！”映柳骂完这句便挂线了。

溪望收起手机，若有所思地往南方望去。

“发什么呆呀，上车吧！”悦桐从加油站内的便利店走出来，将一罐饮料抛给他，随即补充道，“记到你的账上。”

二

“我越想就越替玉灵感到不值。”悦桐一路上都为这事纠结。

好不容易才把车开到水泥路上，而且路上也没几辆汽车，她不由加快车速。但畅快的驾驶体验并不能解开心中的郁结，她便继续向溪望抱怨：“她为了替母亲报仇，以完成父亲的心愿，几乎付出了一个女人最宝贵的一切。单单是跟仇人的儿子发生关系，这得有多大的勇气才能做到？而且她还押上自己的青春跟前途。你能想象她坐完牢后，需要面对怎样的人生吗？到那个时候，她已经人老珠黄，而且还坐过牢，别人会怎样看待她？”

溪望正坐在副驾上翻阅档案，便轻描淡写地答道：“她不是说了，母亲惨死，父亲抱恨终日，作为儿女就算日子过得再好，她也高兴不起来。”

悦桐不忿道：“可是她付出了这么大的代价，作为罪魁祸首之一的金花只是被她刺瞎，老村长更是丝毫无损。镇派出所甚至没打算要他们为龚蓓蓓的死负责，你不觉得这样太不值得吗？”

“这是因为她的价值观跟你不太一样。”溪望放下档案，转头望向对方，又道，“金花以前虽然受村民尊敬，但她利用龙女诈捐的丑事被揭发后，还有谁会相信她？她在苇塘村没有近亲，晚年只能靠天放这个养子照顾。玉灵早就算好，天放至少得在监狱待上十年八载，你说金花以后的日子怎么过？眼睛瞎了又没人照顾，活着可比坐牢更惨。说不定，金花正琢磨着该怎样自杀呢！她眼睛瞎了，想死得舒服一点也不容易。”

“范威不是挺听她的话吗？”悦桐反驳道，“就算天放坐牢去了，还有范威照顾她呀！”

“这就是玉灵高明的地方啦。”溪望发出由衷的赞叹，“她让所有害过她父母的人都受到应得的惩罚，为何唯独放过范威？”

“为什么？”

“因为她看透了范威的为人，知道他是个势利小人，肯定会把金花的钱骗光。金花就算知道这一点，对此也无可奈何，因为她只能依靠范威照顾自己。”溪望欢快笑道，“眼睛看不见，身边不但没有可以信任的人，而且还有头想谋害自己的豺狼，这种日子叫人怎么过呀！”

“那老村长呢？”悦桐仍感不忿，“他眼睛没有瞎，而且在位时搜刮了不少民脂民膏，要过一个舒适晚年也不难。”

“你多久没给伯母打电话了？”溪望莫名其妙地问道。

“昨晚才打过。”

“你说老村长以后想找个人聊天，又或者过年过节想找个人一起吃饭该找谁？”溪望狡黠一笑，解释道，“老年丧子可是人世间最悲惨的事情，而且老村长还一次失去两个儿子。对他这种思想守旧的人来说，这可是比死更难受的事情。你没看见林叔说他无子送终时，他那悲痛欲绝的表情吗？他以后每天都得活在痛苦之中，还有比这个更可怕的惩罚吗？”

“听你这么说，他们好像也挺惨的。”悦桐的心情略微好了一些，叹息道，“可惜呀，玉灵这么好的女孩，这辈子就这样毁了。要是我们没去苇塘村就好了，她或许就不用坐牢了。”

“现在很多人宁愿把钱留下来买房，也不愿意拿出来治疗患病的父母，像玉灵这种女孩的确很难得。”溪望话锋一转又道，“不过，我不认同你的想法。每个人都要为自己做过的事负责，不可抱侥幸的心理。她是个聪明人，既然决心要为父母讨回公道，必定早就准备好承担后果。这就是她没有亲手杀死佳鑫，而让林叔出手的原因。我想他们两父女早就计算过其中得失，我们的出现其实并没有打乱他们的剧本。”

听他这么说，悦桐觉得心里舒坦多了，愉快地问道：“下一站要去哪里？”

“继续往北走吧！”溪望将导航设定好后又道，“老村长说他年轻时听说过神隐村的事情，虽然不知道具体位置，但肯定是在苇塘村的北方。我们先去北面的元新村碰碰运气，顺便调查另一宗案子。”

“随便你吧！”悦桐瞥了一眼后视镜，疑惑道，“奇怪了，后面那辆迷你车好像从加油站开始，就一直跟着我们。”

溪望回头一看，是一辆崭新的红色迷你奔驰。再看仔细一点，发现驾车的竟然是李梅！他愣了一下，遂于心中暗忖：她怎么会在这里出现?

不管对方为何而来，反正她跟着自己肯定没安好心。既然来者不善，那就没必要以礼相待。溪望打开车窗，随手拿起一罐还没开封的饮料使劲地往后扔。

饮料在车速的作用下，犹如炮弹般轰击后方的迷你奔驰，竟然将挡风玻璃砸破。由于事出突然，迷你奔驰紧急刹车，随即于路中心打转……

灵异档案　营口坠龙事件

据《营口市志》记述：“1934年8月8日午后，辽河北岸东小街一农民在苇塘附近发现一巨型动物白骨，长约10米，头部左右各有一角，长约1米，脊骨共29节……”

1934年8月12日的《盛京时报》亦有相关报道：“……该龙，体气参天，头部左右各生三支甲，脊骨宽三寸余，附于脊骨两侧为肋骨，每根有五六寸长，尾部为立板形白骨尾，全体共二十八段，每段尺余，全体共三丈余，原龙处，有被爪挖之宽二丈长五丈之土坑一，坑沿爪印清晰存在，至该龙骨尚存有筋条，至皮肉已不可见矣。”

从上述文献中，我们得知一个事实：1934年8月，辽宁营口曾发现一具疑似龙骨的巨型动物残骸。

“龙”到底是真实存在的生物，还是古人虚构的神兽？在解答这个问题前，我们需要先弄清楚另一个问题：我们对这个世界的认识到底有多深？

正如在本卷中混了个盒饭的沐师傅所言，“蛟龙号”从海底随便挖一块生物样本，就足以让全球生物学家啧啧称奇，不但谁也叫不出样本的名字，甚至属于哪个科目也说不清楚。而所谓的现今科技，亦无法复制一个三千年前的洗脸盆。

沐师傅提供的信息，说明了两个情况：

一、我们对这个世界的认识其实并不多；

二、现今科技在某些领域，比三千年前还要落后。

综合上述两点，我们能得出一个结论：古人在某些领域上，比现代人知道得更多。

在十二生肖中，其他十一生肖都真实存在，而且都与人类生活息息相关，为何只有“龙”没出现在我们的日常生活中？

我们都知道一个事实，就是人的想象力是有限的，古人不可能凭空想象出“龙”这种生物。但是，“龙”若真实存在，为何我们却难以得见其真身？

老求在琢磨这个问题时，首先想到的是“绝种”。向一个非洲人描述熊猫，其实跟描述“龙”没太大差别，反正都是对方可能一辈子也不可能看上一眼的生物。

或许，在数千年前，“龙”曾在华夏广阔的领土上活跃一时，以致古人将它编入十二生肖之中。但随后这个物种渐渐消失于时间的洪流当中，甚至沦为神话传说。

或许会有人反驳，就算绝种还能找化石呀！

这的确是个问题，“龙”若存在，就算活体不好找，找化石应该要容易一些吧！但是，大家有没有想过“龙”不但没有翅膀，而且体形巨大，为何还能“腾云驾雾”？

曾有科学家声称，已证实大气中可能存在一种未知生物，这种生物的状态“介于固态与液态之间”。有人怀疑这种未知生物，就是传说中的“龙”。若“龙”能化作液态，那么就不可能找到它的化石。

“龙”是否真实存在，老求不敢妄下判断，以上论点亦仅供参考。不过老求相信，这个世界还有很多我们不知道的事情，当中包括“龙”这种神话般的生物。

卷八·偷生鬼魅

引子

一

“别发呆，快给我把井管拿过来。”

前勇朝徒弟俊华大喝一声，对方才回过神来，从三轮车上将一根井管搬过来交到他手中。他虽然有点不高兴，但回想自己刚学打井时，也跟眼前这个年仅14岁的少年差不多，因不习惯在这么多人的注视下干活而感到拘束。

已到而立之年的他，可没空闲理会那些看热闹的村民。这个村子跟他家相距很远，不快点把这口井打好恐怕要摸黑回家了。

他接过井管利索地接上，再次启动打井机让钻头钻入更深的地底。然而，才钻了一会儿，其中一个围观的小孩便指着钻孔叫道：“哇，流血了，钻机流血了。”

前勇低头一看，发现正有少量红色液体从钻孔里涌出来，他用手指沾了一点放到鼻子前闻了闻，镇定自若道：“小屁孩别乱叫，哪来的血，不过是钻到红土罢了。没事，没事。”

他站起来把小孩赶走，回头摸着打井机皱眉道：“机头好像有点发热。俊华，我们休息一会儿，去走走，顺便抽口烟。”遂给徒弟抛了根烟，示意对方跟随自己走出围观的人群。

“师父，我们才刚开始干活，机头怎么会发热呢？”远离人群后，俊华便迫不及待地发问。

前勇低声答道：“当然不是机头发热，是钻到土地公老窝了。”

“这是怎么回事呀？”俊华脸上尽是好奇与兴奋。

“从钻孔里涌出来的东西有腥味，肯定是血。”前勇回头瞥了不明就里的村民一眼，小声说，“我刚才只是忽悠他们，免得他们害怕，不让我们继续打井。”

“现在怎么办？”俊华亦压低声音。

“到附近看看，看有没有坟墓或者土地庙之类的东西。”前勇边走边说，“刚才钻到的应该是守门的老蛇，还没真正钻到土地公的老窝。要是能找到土地公就给他道个歉，请他把窝挪一下。要是回去还是有血涌出来，这活儿我们就别干了。”

“嗯嗯嗯。”俊华连连点头，但他并没有将师父的教诲牢记于心，只为遇到这种怪事感到莫名地兴奋。他心想要是待会儿再有只狐仙跳出来，那就更好玩了。

他们在附近找了没多久，还真的找到一座孤独的坟茔。

前勇见墓碑很新，坟墓周围也很干净，应该是刚下葬的新坟。而且坟茔盖得颇有气派，肯定是大户人家的先人。刚到地府报到就能混到一官半职，可见后人没少烧香烛冥镪及纸扎祭品。

正所谓“新官上任三把火”，才刚上任就要人家挪窝，似乎有点说不过去。前勇已有心理准备，待会儿回去要是有什么不对劲，就说地下有岩层钻不动，这趟活儿也就不干了。白走一趟总比惹到麻烦要好，而且还是来自阴间的麻烦。

他跟徒弟一起跪在坟前叩三下头，然后抬头对坟主说：“我们两师徒到贵宝地只为混口饭吃，若有何得罪之处，还请大老爷见谅！大老爷要是方便，请稍移玉步，好让我们打好这口井。要是不方便，请给一点提示，我们立刻滚蛋。”

他恭敬地再叩三个响头，待他站起来准备回去打井时，却发现俊华死死地盯着墓碑。他怒喝一声，叫对方别再发呆，赶紧回去干活。但俊华竟然仍恋恋不舍地盯住墓碑，还一脸痴迷地说：“多漂亮的妹子呀！可惜这么年轻就死了，还不如嫁给我当老婆。”

“你发什么神经啊！”前勇惶恐地甩了徒弟一巴掌。他这时候才注意到，墓碑上镶有一张照片，照片中那名相貌姣好的少女，仿佛正向俊华展露迷人的笑颜。

他心底一颤，心想照片的位置这么显眼，自己竟然一直没留意到，这当中必定有问题。他声音颤抖地对俊华说：“你这小屁孩就喜欢胡言乱语，还不赶紧给人家道歉？”

话刚出口，一阵阴风卷起地上的枯叶，风中仿佛回荡着一个似有若无的少女声音：“我要嫁给你，我要当你的新娘……”

二

“俊华，宝宝还在发烧，你回来带她到镇里的医院看看好不好？”惠婷抱着不断啼哭的女儿，对电话彼端的丈夫苦苦哀求。

然而，从听筒传出的却是俊华厌烦的责骂：“烦死了！我不是已经说了，她没有患病，她是偷生鬼，投胎到我们家是为了骗取衣禄。”

“不管是不是偷生鬼，她都是我们的孩子……”惠婷急得眼泪直流，脸颊贴到女儿发烫的额头上，哽咽道，“俊华，你回来带宝宝去医院吧，我求你了。”

“哼，福婶今天来过没有？”俊华不耐烦地问道。

“她刚刚才走，说我明天如果还不去医院，她就带人过来抬我去。”惠婷用被泪水模糊的双眼，心痛地看着还差一天才满月的女儿。

“行了，我马上回来。”俊华冷哼一声便挂线了。

没过多久，门外传来熟识的摩托车声音，惠婷喜出望外地抱着女儿走到门口。果然，俊华回来了。她小心翼翼地将女儿放入对方怀中，并告知女儿的病情，随即又返回屋内，准备将尿布等女儿需要用的东西拿给丈夫。

然而，她才刚转身，俊华便往地上吐了口口水，接着从三轮摩托车上抽出一把半米长的砍刀，盯着怀中的女儿厌恶道：“你这个亏本货……”

他大步走到百米外的村口牌坊下，一手紧握砍刀，一手提起女儿纤细的双腿，放声怒吼：“你这只不知好歹的偷生鬼，竟敢一而再地到我家投胎？我陈俊华可不好欺负，现在就让你尝尝老子的厉害！”

说罢手起刀落，竟然亲手将自己女儿的脑袋砍了下来！

提着一袋尿布衣物走出门口的惠婷，刚好目睹这一幕，不由发出撕心裂肺的哭声。

一阵阴风于牌坊前掠过，风中除了惠婷的痛哭外，仿佛还回荡着少女的悲鸣：我会回来……

第一章　残杀骨肉

“哟，李大状，最近好吗？”

“好你妹！”

李梅的怒吼从听筒传出，震得溪望耳朵生痛，但他仍调笑道：“有心，我妹妹很好。”

“把我的新车砸了，竟然还打电话来耀武扬威……”李梅气得声音颤抖，“我长这么大，从没见过像你这么没品德的男人，操你妹！”

“都说了，我妹妹很好。我的兄弟会替我照顾她，你就别想打她的主意了。你觉得不爽尽管冲我来，什么姿势都可以，我受得了。”溪望仍不改调笑的口吻。

“你放心，我绝不会让你好受，等着瞧吧！”李梅怒气冲冲地挂线。

正在驾车的悦桐脸上闪现一丝不悦，往后视镜瞥了一眼，确认那辆被溪望砸破挡风玻璃的迷你奔驰没跟上来，遂问道：“刚才跟踪我们的是什么人？我好像看见是个美女呢！”

“算是吧。”溪望叹了口气，又道，“是那个叫李梅的律师，丫头应该有跟你说过，这个疯女人经常找我麻烦！”

“嗯。”悦桐点头道，“她这次是冲你来的？”

“虽然不清楚她的目的，但除了来找我麻烦之外，实在想不到她还有什么理由会来乡下这种地方。不过，她是怎样知道我们的行踪的呢？”溪望皱眉思索，突然想起刚才跟映柳通电话时，对方曾问及神隐村的位置，遂恍然大悟，“该不会又是柳姐出卖我吧？”

他给悦桐仔细分析：映柳可能借询问神隐村来推测他们的位置并告知李梅。映柳知道他们刚处理完苇塘村的案子，肯定就在该村附近，只要知道他们接下来往哪个方向走，李梅就能轻易跟上。

“不可能吧！”悦桐疑惑道，“映柳这姑娘是有些八卦，有时候也挺烦人的，但怎么看也不像个奸细呀！”

“你是想说，她这个笨蛋没当奸细的能耐吧？”溪望无奈地苦笑，“我去香港之前，她的确很笨，但现在似乎改变了不少。而且，她跟李梅的关系很微妙，出卖我也是有前科的。”

“怎么可能？”悦桐露出难以置信的表情，但并没有反驳。她沉默片刻又道：“现在怎么办？李梅已经知道我们的行踪，我们还要去元新村吗？”

“柳姐既然能透露我们的行踪，肯定也不会吝啬案件资料。我们接下来会去什么地方，李梅大概能猜到。而且不管我们处理哪宗案子，都要通过柳姐向厅长汇报，要隐藏行踪可不容易。”溪望叹息道，“还是按原计划去元新村吧！明枪易躲，暗箭难防，让敌人走入视线范围也不是坏事。”

两人暂且撇开此事，继续驾车前往元新村，并于途中谈及将要调查的案件。溪望翻开案件资料，简略地将案情告诉悦桐：“一周前，元新村发生一宗命案。死者为该村村民，名叫陈俊华，男性，29岁。据死者妻子杨惠婷交代，死者于案发当晚10点左右骑三轮摩托车外出跟朋友吃夜宵，大概凌晨时分回家，途经村口牌坊时突然整个脑袋掉下来，但现场既没有其他人，也没发现凶器……”

“死者妻子当时跟他在一起？”悦桐问道。

溪望摇头道：“资料上说，案发时死者是独自驾驶三轮摩托车经过牌坊。”

“如果死者是独自经过牌坊，他妻子怎么知道丈夫啥时候回来？又怎么知道案发现场没有其他人？”悦桐提出质疑。

“资料上没说清楚，我们得自己找答案。”溪望狡黠一笑。

大路转小路，再颠簸一个上午，两人终于来到元新村，并在治保会找到五十出头的许远东。远东是该村的治保会主任，因为村里的年轻人大多外出打工，附近也很太平，所以整个治保会就只有他一个人。

当溪望问及陈俊华的命案时，他脸上立刻露出惊惧之色，声音颤抖地说：“这件事大概查不出什么结果。”

“为什么呢？”悦桐问道。

远东答道：“村里也没几个年轻人，能把人的脑袋整个砍下来的，不用五个指头也能数个遍，但要么就有人能证明他们在别的地方，要么就跟俊华的关系很好，都不可能是凶手。”

溪望说：“凶手不见得一定是本村村民，熟人也不一定不会狠下杀手。只要不排除任何一个可能，并且仔细调查每一条线索，早晚能够查出真相。”

“要是人干的，的确早晚能找到凶手……”远东哆嗦了一下，又道，“如果杀人的是偷生鬼，就算知道真相也拿它没办法。”

“偷生鬼是怎么回事呀？”悦桐困惑地皱起眉头。

远东答道：“偷生鬼就是那些从地府逃出来的恶鬼，它们不能到阴司投胎，又无人供奉，所以看见谁家媳妇怀上孩子，就会把孩子的魂魄吃掉。然后，它们就会借孩子的身体偷生到人间，为了不被阴司发现，骗到几件衣服就会死掉。”

“这是坊间传说吧！”悦桐掩嘴娇笑，“大叔，你就别吓唬我了。现在都什么年代了，哪有人会相信这种事。”

“这不是传说，我们村一直都有偷生鬼作祟。”远东一脸严肃道，“我在这村子里生活了半个世纪，亲眼见过偷生鬼害死二三十个小孩。俊华那两个小孩都是被偷生鬼附身才死掉的，他也是得罪了偷生鬼，才会被对方整死。”

“能说详细一点吗？”虽然并不相信这种说法，但溪望仍向对方虚心讨教。因为若当事人相信此传说，那么了解详情必定对调查有帮助。

“可能是俊华不走运吧，其实偷生鬼近些年已经很少出现……”远东虽是上年纪的人，但谈及此事仍显得十分不安，夹着香烟的手指不住地颤抖。他狠狠地抽了一口烟，然后才向两人道出死者与偷生鬼之间的恩怨——

村里的年轻人大多外出打工，并且在外面生儿育女，近些年几乎没有孕妇住在村里。不过始终是人离乡贱，俊华留在村里虽然赚不了多少钱，但总算有两餐温饱，没必要到外面吃苦头。

也许是选择不多吧！村里就他媳妇一个年轻女人，所以第一胎就被偷生鬼盯上。他第一个孩子是个儿子，出生时好像有六七斤重，白白胖胖的，哭声也很响亮。这孩子看上去挺健康的，一点也不像短命鬼，可出生没到一个月，竟然就莫名其妙地死掉了。

年轻人这一辈或许不懂得，但我们这些老头子，一看就知道是偷生鬼作祟。偷生鬼到他家只为骗几件衣服，衣服到手，孩子就马上死掉。他媳妇还给孩子准备了一大堆衣服，没想到竟然被偷生鬼捡个大便宜。

可能他当时还不信邪，隔了一年多又生了第二个孩子，这次是个女娃。跟上回一样，这女娃也被偷生鬼附身，还没满月就发高烧，一连几天也没能退下来。

眼见这女娃也活不成了，俊华这下子才相信是偷生鬼作祟。于是他就拿着砍刀，把女娃提到村口，在牌坊下将女娃斩首……

“这可是杀人呀！就算是自己的孩子，也是要枪毙的重罪，派出所不管这事吗？”悦桐愤愤不平地叫道。要是当事人就在眼前，她肯定会甩对方几巴掌。

“这是我们村一直以来的做法，被砍头的孩子只会当作夭折，就算是警察也管不着。”远东一副理所当然的神情。

悦桐仍想继续争论，但溪望轻按她的肩膀，示意没必要做这种毫无意义的事情。毕竟当事人已经不在人世，远东的观念亦不是一时半刻就能转变过来。她稍微冷静下来，但仍感不忿，冷哼道：“简直是未开化的野蛮人。”遂气鼓鼓地走到一旁不再说话。

溪望为悦桐的失礼向远东道歉，并问道：“既然俊华已经把偷生鬼吓跑，为什么还说他是被对方杀死的呢？”

“这只偷生鬼大概不好惹。”远东将一条腿缩到椅子上，并用双手抱着，颤抖道，“刚才给你们说，我们村没多少年轻人，年轻的媳妇也只有俊华家那一位，能让偷生鬼下手的机会不多。”

“偷生鬼生前都是穷凶极恶的坏人，死后自然也不好对付。它瞄准俊华媳妇怀上的第三胎，大概再过个把月就会生产，所以就先把俊华杀掉，一来是为了报复，二来免得又被砍头。”

“这只是你的猜测，在没有其他证据支持的前提下，似乎过于牵强。”溪望皱起眉头，于心中暗忖：前一句砍头能吓跑偷生鬼，后一句这只偷生鬼不好惹，这不是自打嘴巴吗?

“你要证据是吧？”远东皱眉思索片刻又道，“俊华在牌坊下砍掉偷生鬼的头，现在他也是在牌坊下被砍掉脑袋。同样的地点、同样的方式，你说这只是巧合吗？肯定是偷生鬼回来找他报仇，所以才会以牙还牙，用同样的方式，在同样的地点把他弄死。”

“说是巧合或许不合情理，但就此认定是鬼魅作祟亦过于武断。”溪望不想在这个问题上浪费时间，只好催促对方到案发现场，为他们讲解案件详情。

三人正准备出发时，正好有一名年约五十、满脸横肉的妇人在治保会门前经过。看见有外村人从治保会出来，妇人便缓缓停下脚步，以尖酸的目光打量溪望及悦桐，并向远东问道：“这两个是什么人呀？”

远东唯唯诺诺地答道：“他们是省会来的警官，是来调查俊华那件事的。”

“俊华不是被偷生鬼弄死的吗？还有什么好查的。”妇人丢下这句刻薄的话后便转身离开。

悦桐盯着那个臃肿的背影，不忿地骂道："这大妈是谁呀？一点儿礼貌也没有。"

"她是村里的妇联主任，也是村长的老婆，我们都叫她福婶。"远东把声音压得很低，害怕那个已经走到百米外的妇联主任听见。

"做正事要紧，别管这种无关痛痒的闲人。"溪望知道悦桐心中有气难消，特意出言安慰。

随后，三人来到村口牌坊。

刚才进村的时候，溪望坐在车里没看清楚，现在仔细一看，发觉这个牌坊还真简陋，就一个用两根木头竖起来的牌匾。

牌坊由两根碗口粗的木柱竖立而成，高两米许、宽三米左右，中间挂着一个刻有"元新村"三字的牌匾。虽然看上去十分简陋，但意外地扎实，溪望用力拍打左边的木柱，并没发觉牌坊出现明显的摇晃。

远东告诉两人，死者被发现时，头颅就在牌坊下，但身体及摩托车却在牌坊后方近十米处的榕树前。他站在牌坊下向两人比画发现尸体的位置，然后指着进村的小路说："俊华当时应该是骑着摩托车从村外回来，经过牌坊时被偷生鬼一刀把头砍掉。所以他的头就掉在牌坊下，而身体跟摩托车则继续往前走，直到撞上榕树才停下来。"

"有人目睹案发经过吗？"溪望往四周张望，发现牌坊附近并没有民居，最近的房子也在约一百米外。

远东摇头道："俊华出事时是半夜12点左右，这附近没房子也没路灯，谁会三更半夜蹲在这里乘凉呢？"

"死者的妻子也没看见案发经过吗？"悦桐提出疑问，并补充道，"资料上说她曾向派出所交代，案发时现场没有其他人。她要是没有目睹案发经过，怎么会知道当时这里没人？"

"他媳妇呀，这该怎么说呢？"远东皱着眉头想了一会儿，遂指着距离牌坊最近的房子说，"门口停着一辆三轮摩托车的就是俊华家，他媳妇是在房子里看见他出事的。"

"那晚有月亮吗？"溪望望向俊华的房子，"以这个距离，要是月光不是特别明亮，应该看不清楚这里的情况。"

悦桐亦认同他的观点，附和道："如果凶手穿黑色衣服，没被发现也不稀奇。"

“那晚的月色好像……”远东抬头看天，皱眉苦思良久，遂拍手叫道，“我想起来了，那晚应该刮着大风，天色很暗，第二天好像还下了场大雨。”

此时，一名风韵犹存的村妇于远处出现，提着一篮子鸡蛋往俊华家的方向走。

远东看见她便挥手叫道：“勇嫂，你快过来一下。这两位是从省会来的警官，是来调查你们家俊华的事……”待村妇走近，他便给溪望两人介绍，“她叫王丽萍，是俊华的母亲，我们都叫她‘勇嫂’。”

悦桐盯住丽萍没多少皱纹的脸庞，讶异问道：“你还这么年轻，怎么可能有个快30岁的儿子？”

第二章　家有仙妻

据案件资料显示，死者今年29岁，可丽萍怎么看也就40出头，不可能十二三岁就当母亲吧？悦桐对此感到十分迷惑。

“东哥没告诉你们吧！”丽萍娇嗔地瞄了远东一眼，“俊华其实是我跟老陈的养子……”遂告诉两人收养俊华的经过——

俊华的生父是达哥，他为了生计跟达嫂两口子一起到城里打工，将唯一的孩子交给母亲六婆照顾。达哥两口子识字不多，只能干些脏活，他在工地做杂工，达嫂就到餐馆洗碗。

在外打工虽然辛苦，但为了将来供孩子念大学，让他能够出人头地，再辛苦也值得。可是，达哥为了多赚点钱，三十几摄氏度的高温还得顶着太阳在工地上干活。或许实在太辛苦了，他被太阳晒得发晕，一时没站稳竟从十几楼掉下来，当场就翘辫子了。

达嫂去找建筑商讨说法，老板却把责任推给包工头。包工头先是推回给建筑商，后来干脆就跑掉。达嫂有冤难申，一时想不开竟然上吊自杀了。

达哥两口子死了倒是一了百了，可俊华当时才十岁出头，只能靠他们寄钱回来过活。他们一走，俊华就只能跟六婆守着那几亩瘦田过日子了。

大概过了三年，六婆把积蓄花光了，身体也越来越差，不能下田干活，就想让达哥的兄弟照顾俊华。可是，这些家伙都不念兄弟情，把俊华当皮球踢来踢去，谁都不肯收留他，最终还是把他推给六婆。

六婆这时候已经油尽灯枯，她知道自己快要升天了，就想在临终前将俊华托付给我们。她跪下来求我，要我跟老陈收留俊华，说只要这孩子以后能有一碗饱饭吃，她就走得安心了。

她是个慈祥和善的人，活了一辈子也没跟谁吵过架，村里的人都很尊敬她。她这么一个长辈，竟然跪下来求我，我怎么好意思拒绝呢？而且他们祖孙俩也太可怜了，正好我跟老陈又没有孩子，于是我就跟老陈商量收俊华做养子。

我丈夫老陈是打井的，正好想收个学徒帮忙干活。俊华那时候14岁左右，给他当学徒正合适，所以他也没有反对。

六婆走后，俊华就正式过继到我们家，并且改姓陈……

“他是个牛脾气，偶尔会跟老陈吵架，但这些年总算替我们做了不少事。”丽萍长叹一声，难掩脸上的伤感，“而且他的仙妻还一直保佑我们，让我们家事事顺利。他突然就走了，真让人难过啊。”

“仙妻？你是说他妻子吗？”悦桐疑惑地问道。

“是。哦，不是！”丽萍先点头，随即又猛摇头。她苦恼地皱起眉头，思索了好一会儿，才再度开口，“该怎么说呢？俊华其实有两个妻子，一个是阳间的妻子，另一个是阴间的妻子。”她随即在两人困惑的目光下，解释当中的因由——

俊华刚跟老陈学打井时，因为不懂得规矩，竟然在一个叫苇晴的女孩坟前乱说话，结果被对方看中了。

之后没过几天，苇晴的父母就登门拜访，说女儿给他们托梦，在梦里说要跟俊华冥婚。他们说苇晴只想有个归宿，免得做无主孤魂。还说苇晴不但会保佑我们事事如意、全家安康，而且不介意俊华日后另讨媳妇继后香灯。

俊华当时虽然只有14岁，但胆子可不小，不但对冥婚毫不畏惧，反而还一脸兴奋。可能是初生牛犊不怕虎吧，他竟然说能讨到一个这么漂亮的老婆，就算马上死掉也值得。这可把我跟老陈吓死了，以为他中了邪，立刻就去找神婆帮忙。

还好，神婆说俊华没有中邪，还说他跟苇晴有宿世姻缘，今生虽然无缘相遇，但能结为夫妻也是好事，对他有百利而无一害。而且苇晴的父母很有诚意，连嫁妆都准备好了，我跟老陈当然没理由阻止，于是就答应让他跟苇晴举行冥婚。

苇晴成为俊华的仙妻后，一直保佑我们家，让我们身体健康、事事顺利。虽然家里经常会发生些怪事，但问题不大，我们渐渐就习以为常了……

“怪事是指哪方面？”悦桐好奇地问道。

“就是经常会听见些奇怪的声音，或者晚上在没开灯的房间看见人影之类，还有……”丽萍的脸颊略显红润，不自觉地将目光移往别处。她露出尴尬的苦笑，思量片刻又道：“还有就是俊华的房间有时会传出奇怪的声音，像有人在里面聊天，但当时就只有俊华一个人在房间里。白天跟他提起这事，他说在跟仙妻聊天。”

“这也太可怕了吧，你们竟然还能‘习以为常’？”悦桐的脸色不太好，虽然她不算胆小，但仍感背脊发凉。她向溪望投以询问的目光，希望对方能为这些怪事找到合理解释。

然而，溪望在意的并非这些怪事，他向丽萍问道：“如果你所说的仙妻真的一直保佑你们，为何俊华又会……”他没说下去，免得让对方难过。

“唉，他就是倚仗有仙妻保佑，养成一副天不怕地不怕的牛脾气，以为天底下没有他办不到的事情。因为就算他不能搞定，苇晴也会替他把事情办妥。”丽萍眼泛泪光，似在抱怨，但脸上的伤感却难以掩饰。她抹去眼角泪珠，又道，“虽然一直得到仙妻保佑，但苇晴终究是法力有限，俊华这回惹上的是偷生鬼，苇晴想帮他也力有不逮。”

“能把偷生鬼的事情详细告诉我们吗？”溪望问道。虽然远东已经说过一遍，但他只是道听途说，肯定没有当事人那么了解事情的经过。

“嗯，其实这事在俊华跟惠婷结婚后，就已经出现端倪了，只是当时大家都没在意……”丽萍徐徐讲述俊华与偷生鬼之间的恩怨——

惠婷是俊华人间的媳妇，是个挺乖巧的姑娘。

苇晴曾说俊华可以娶妻继后，不过我想应该没几个女人能够完全不介意自己的丈夫每晚都睡在另一个女人身边吧！哪怕苇晴已位列仙班，但她始终是个女人，大概也不会例外。

惠婷跟俊华结婚后个把月，有一天我看见她脸色很差，就问她怎么回事？她说昨晚梦见苇晴打骂她，要赶她离开，她要是不走，就把她折磨到死。

我以为是苇晴耍性子，想趁惠婷入门之初，先来一个下马威。于是我就给苇晴烧了些金银纸钱，希望她别忘记当初的承诺，不要再折腾惠婷。

之后，惠婷没再提起这事，我以为事情已经告一段落，也就没再过问。可是，事实上并不是这样，惠婷毕竟是刚进门的媳妇，很多事情都不敢开口。其实她之后还做过类似的噩梦，只是怕我厌烦，不敢一再向我抱怨。她不说，我们也没发现问题，这事就一直拖到她为俊华生下第一个孩子。

我跟老陈没有生过孩子，所以看见俊华的孩子，就像见到自己的孩子一样，那感觉不只是高兴，简直就是激动。老陈平时在俊华面前很严肃，但一抱起孩子就不停地亲他的小脸蛋。我还笑话老陈说："这小家伙是你孙子，你别把他当成外面的花姑娘了。"

小家伙给我们带来不少欢乐，可惜这欢乐却非常短暂。俊华的孩子还没满月，竟然就莫名其妙地死掉了。

俊华跟我说这事的时候，我还骂他，让他别拿这种事开玩笑，不吉利。可俊华却说是真的，孩子本来还好好的，惠婷给他喂奶时他突然吐奶，接着就脸色发紫，没多久就断气了。

我跟老陈没养过小孩，但好歹也活了三四十年，总算有些见识。刚出生的小孩，突然莫名其妙地死掉，十有八九是偷生鬼作祟。俊华还年轻，没见过被偷生鬼害死的小孩，开始还不相信，说有仙妻保佑我们，妖魔鬼怪哪敢到我们家作祟。

我当时想，会不会是他讨媳妇让苇晴不高兴，不再保佑我们了。自从他结婚后，我们家好像就没之前那么顺利了。他开车没多少生意，找老陈打井的人也没之前那么多。

我把这个想法告诉他，他立刻就火冒三丈，拉上我去找神婆，说要向苇晴问个清楚。可是，万万没想到，神婆竟然告诉我们，不是仙妻不想保佑我们，而是她根本无能为力。

苇晴通过神婆告诉我们，早在俊华娶惠婷进门的时候，偷生鬼就盯上了他媳妇。偷生鬼守在俊华家里，打算等惠婷怀上孩子，就马上钻到她肚子里把孩子的魂魄吃掉，好让自己能够偷生到人间骗取衣禄。

知道偷生鬼在打坏主意，苇晴自然不会任由它胡作非为。可是这妖孽实在太厉害了，苇晴根本不是它的对手，不但被它修理了一顿，还把她赶出了家门。

惠婷梦见苇晴打骂她，其实是偷生鬼在梦里变成苇晴的样子，想借此污蔑苇晴，好让我们不再相信她，使我们没能及时发现问题。

所以，不是苇晴不想保住俊华的孩子，而是她根本没办法。要不是俊华来找神婆，她连把这事告诉我们的机会也没有……

"偷生鬼有这么厉害吗？"悦桐打了个冷战，虽然是大白天，但她却有种阴风阵阵的感觉。

溪望对此倒没太在意，他只想着一个问题："惠婷有见过苇晴吗？"

"没见过。"丽萍摇头道，"我跟老陈，甚至是俊华都没见过苇晴本人。但俊华家里供奉着她的灵牌，有她的遗照。惠婷每天都能看见她的遗照，自然就认得她了。"

解答溪望的疑问后，话题又回到偷生鬼上，丽萍继续讲述俊华被偷生鬼害死的经过——

苇晴说，这不是一只普通的偷生鬼，它生前是个杀人如麻的马贼，死后本应打入十八层地狱，但竟然侥幸逃到人间。它生前杀孽深重，死后亦戾气冲天，经过多次偷生竟然化成妖怪。别说苇晴打不过它，就算是牛头马面，也不见得能拿它怎么样。

如果是别的事情，苇晴还有办法替我们解决，唯独这只偷生鬼，她一点办法也没有。这次它到我们家作祟，我们也只能自认倒霉。

俊华对苇晴的解释将信将疑，怀疑她介怀自己娶妻继后，故意对偷生鬼的事袖手旁观。可是孩子都已经死了，孰是孰非也不重要。只要偷生鬼不再来我们家作祟，待惠婷把身子养好，再生一个就是了。

惠婷调养了一段时间后，又怀上俊华的孩子，虽然这次生下来的是女娃，但我跟老陈还是很高兴。毕竟是我们的孙子，是男是女都没关系。可是，我们谁也没想到，偷生鬼竟然又来了。跟上次一样，女娃还没满月就出问题，连续发烧好几天，打了几次点滴也没见好转。

眼见这女娃也活不长，俊华气得火冒三丈。为了把偷生鬼赶走，他就用老人教的土办法，把还没断气的女娃提到村口，用砍刀把女娃的头砍掉，警告偷生鬼以后别再到他家作祟。

本以为这样就能把事情解决，可就像苇晴所说，这不是普通的偷生鬼。俊华这么做不但没把偷生鬼赶跑，反而把它惹怒了……

“不是仙妻不想救俊华，而是她根本斗不过偷生鬼，所以俊华才会被偷生鬼害死。”丽萍黯然泪下，“偷生鬼选这个时候把俊华害死，大概又看中了惠婷肚里的孩子。唉，我们也不知道做错了什么，竟然招来这种厄运。”

“这也是没办法的事，偷生鬼不是我们能对付得了的。”远东安慰道。他瞄了一眼丽萍篮子里的鸡蛋，问道：“勇嫂，你准备去看俊华的媳妇吧？”

“嗯，虽然她肚子里的孩子十有八九已经被偷生鬼附身，多半会夭折。但这毕竟是俊华的骨肉，是我们陈家唯一的血脉。不管有多困难，我们也要把孩子保住。”丽萍提起装满鸡蛋的篮子又道，“这些鸡蛋就是拿去给她补身子的。”

“既然你要去找俊华媳妇，那就顺道给两位警官带个路吧！我还要回治保会值班，先走喽。”远东说罢就一溜烟地走了。

“他就算十天半月不去值班，大概也没有谁会在意吧！”悦桐以鄙夷的目光目送远东离开。对方所谓的“值班”显然是借口，只不过想把他们当包袱甩给丽萍。

溪望知晓她的想法，苦笑道："反正他留下来也帮不上忙，就由他去吧！"

悦桐虽然仍觉不悦，但也没继续为此而纠结，转头向丽萍问道："根据派出所的资料，俊华的妻子好像对丈夫出事的经过了解得比较仔细。但资料上又说俊华出事时是孤身一人，这到底是怎么回事呀？"

"虽然我不太明白你的意思，但惠婷只要打开窗户就能看见村口这里的情况。"丽萍指着俊华的房子又道，"我带你们去看看就知道了。"

第三章　厉鬼报复

从村口牌坊到俊华家不足一百米，三人步行约一分钟就已经来到门口。

这是一间平房，但没有溪望想象中那么残旧，俊华结婚时应该把这房子修葺了一遍。溪望特别留意了一下窗户，发现的确有一个窗户正对村口牌坊。

房子门前停有一辆三轮摩托车，丽萍告知两人，俊华出事时就是骑在这辆车子上。溪望走近仔细观看，发现这是一辆用于载货的三轮摩托车，前段类似于男装摩托车，后段拼接了一个敞开式货车车厢，车厢左右两侧各有一列长椅，应该是为了载客而加装的。不管是前段还是后段，皆没有遮篷。

车头有撞损痕迹，但不算很严重，修理一下应该还能驾驶。但从车身上明显的锈蚀迹象判断，这辆拼装车的车龄至少有五年。虽然看上去有点破旧，但车身还算干净，溪望甚至没发现意料中的血污。

远东曾提及案发后下了场大雨，这辆车就停放在室外。车身上的污迹应该是被雨水洗掉了，也就是说，车身上的线索已被雨水破坏。

或许因为经常要走凹凸不平的乡村小路，所以三轮车的车身比较高。溪望在得到丽萍的同意后，骑到摩托车上，然后跟站立在他身旁的悦桐比画一下，发现骑在摩托车上要比他站立时高约20厘米。

根据资料显示，俊华的身高跟溪望差不了多少。他骑在摩托车上，若要把他的头砍下来，那么凶手的个子肯定不矮。

溪望跟悦桐在摩托车旁琢磨凶手的身高时，一名二十五六岁、大腹便便的孕妇打开大门探头出来。她看见两人后，便腼腆地向丽萍问道："妈，他们是……"

孕妇怯生生地低着头，似是不敢跟陌生人对视，但溪望尚能看清楚她的面容。

以二十来岁的女性而言，她的长相着实有点儿丑，不但肤色黝黑，还长着一张方块脸，左眼眼皮亦有些下垂。丽萍虽然比她大十多岁，但相貌却比她好看多了。

“他们是省会来的警官，来调查俊华的事。”丽萍言语间带有一丝悲凉，“其实也没什么可以查的，俊华是被偷生鬼害死的，难道能抓住它去枪毙吗？”

“嗯，先进来坐吧！”孕妇羞怯地低下头，请他们入内。

溪望进门后便审视屋内环境。这房子跟一般乡村人家没多大区别，装修较为简陋，家具电器也不多。不过日常生活需要用的东西，在这里基本上都能找到。

对小两口而言，这房子算是相当宽敞的。但厅堂左侧放有一大堆晒干的稻草，以及用稻草编织的草帽、草鞋、篮子等物，几乎占了厅堂的一半，所以显得有些拥挤。

厅堂正对门口的位置放有一张供桌，桌上放有一个跟这房子格格不入的精美相框，虽然有点陈旧，但仍能让人一眼就看出是高档货。

相框内装有一张黑白照片，照片中是一名十来岁、千娇百态的甜美少女。别说屋内的两名村妇，就连悦桐与之相比亦稍显逊色。不过，相片中的少女虽貌美如花，但笑颜中却带有三分邪气。

丽萍请溪望及悦桐到厅堂右侧的桌子前坐下，并为两名儿媳妇作介绍：“她就是俊华的媳妇惠婷，供桌上那位是俊华的仙妻苇晴。”接着吩咐惠婷给两人端茶。

“这里怎么会有把砍刀？”悦桐发现门后放有一把约半米长的砍刀，出于职业习惯，她立刻上前查看。她刚走近砍刀，便闻到一股血腥味。她回头给溪望使了个眼色，遂若无其事地向丽萍问道：“这把刀是用来砍柴的吗？”

丽萍瞄了刚走进厨房的惠婷一眼，确认对方没留意厅堂的情况，才小声地解释：“这把刀本来是俊华开摩托车时用来防身的，他用这把刀砍掉偷生鬼的头之后，就一直放在门边。”

“他是想用凶器吓退偷生鬼吧？”溪望问道。坊间传说，枉死的冤魂非常畏惧生前将其杀死的凶器，若将凶器放在门边，纵使已化作厉鬼，亦不敢踏入房子半步。

丽萍点了下头，叹息道：“偷生鬼是没敢进门，可它却守在村口把俊华……”她看见惠婷从厨房出来，便没说下去。

“俊华会自己修理摩托车吗？”溪望往墙角那堆扳手、钳子等五金工具瞄了一眼，借此转换话题以打破尴尬气氛。

丽萍答道：“我们村没有修摩托车的店，要是车子有小毛病，他通常会自己修理。他要是修不了，就只能把车子推到公路旁边那间汽修店。你们开车过来的时候，应该有看见那家店吧，离这里挺远的。”

悦桐返回溪望身旁坐下来，指着放在窗前椅子上的望远镜，故作好奇地发问：“咦，这个望远镜是干什么用的？”

惠婷低着头给她端上热茶，腼腆地答道：“是俊华给我的……”她沉默了一会儿，再次开口时已语带哽咽，“俊华整天都在外面跑，他见我老是坐在窗户前面等他回来，就给我带回这个望远镜，说这样他回来的时候，我能第一时间知道。”

“你老公应该对你不错吧？”悦桐怜悯道。

“嗯。”惠婷点了下头，泪水悄然落下，哽咽道，“他对我很好。”

“陈夫人，我知道你很难过，但为了不让你先生含冤而终，希望你能告诉我们一些信息。”溪望往惠婷腹部瞄了一眼，以隆起的程度判断对方应该怀孕八个月以上，说不定马上就要生产了。

他的目光回到惠婷脸上时，发现对方正呆望着自己，似乎不习惯“陈夫人”这个称呼，他只好继续道：“听说你目睹俊华的遇害过程，能否将当时的情况详细告诉我们？”

“嗯。”惠婷总算回过神来，愣怔地点了下头，遂向他讲述案发当晚的情况——

那晚风很大，天气预报说将会下大暴雨。大概10点钟，俊华的朋友给他打电话，叫他到邻村吃夜宵。我说：“马上就要下雨了，你这么晚还要出去？”

他说：“这场风雨还没到，雨没这么快落下来。我去去就回，顺便给你打份夜宵。”说完就开着摩托车出去了。

他走了之后，风好像越来越大。我把门窗都关紧了，还是听到风声飒飒响，仿佛有人在屋外走动，甚至随时会冲进来一样。再想到那可怕的偷生鬼……我越想越害怕，而且风这么大，就算没下雨，骑摩托车也很危险。

我既害怕又担心俊华，就给他打电话，说我饿了想吃炒河粉，叫他快点打包一份回来。他当时正跟朋友喝酒，而且他的朋友好像知道是我打来的电话，都叫他赶紧回来陪我，他也说马上就回来。

可是，我等了快半个小时也没见他回来。

我很担心他，就打开窗户看他回来没有。我连开三次窗户，也没看见进村的小路上有摩托车的灯光。第四次打开窗户时，好像看见有个黑影在窗外闪过，吓得我马上把窗户关上。

我怕是偷生鬼又想来打我们小孩的主意，就立刻给俊华打电话，问他什么时候回来。他似乎正在开车，我能听见飒飒的风声。他说马上就回来，都快到村口了。

虽然还是很害怕，但我更想知道他走到哪里了，啥时候能回到家里。于是，我就把窗户打开一点点，用望远镜看着进村的小路。

透过望远镜，我看见黑乎乎的小路上有一个光点，我想一定是俊华的摩托车。知道他快要回来了，我心里也没那么害怕了，就继续用望远镜盯着村口附近的情况。这时已经是半夜12点，而且还刮着大风，牌坊附近别说人，就连牲畜也没有，安静得让人害怕。

随着摩托车的灯光渐渐靠近村口，我也稍微安心一点。只要俊华回到家里，我就不会觉得害怕。可是，当俊华把摩托车驶近村口时，突然有道黑影在望远镜前面闪过，吓得我整个人都要跳起来了。

我放下望远镜往窗外瞄了几眼，没发现奇怪的东西，便安慰自己只是被风刮起的树叶在望远镜前飞过。但我突然有种很强烈的感觉，觉得俊华马上会出事，便慌忙拿起望远镜朝村口望过去。

透过望远镜，我看见俊华正开着摩托车快要经过牌坊。就在穿过牌坊那一刻，他的脑袋突然掉下来……是整个脑袋从脖子上掉下来，就像被人用杀头的砍刀一刀砍掉那样，可是我根本没看见刀，甚至没看见有人在他附近出现！

我被这状况吓呆了，以为自己看错了，揉了揉眼睛想再看清楚。可是我还没将望远镜拿起来，就听见一声巨响，不用望远镜也能看见俊华的摩托车撞到村口的榕树上。

这下子我终于相信俊华出事了，也没管外面正刮着大风，立刻冲出门跑向村口……

“我在牌坊下看见俊华的脑袋，之后事情就记不清楚……”惠婷此刻已泪眼婆娑，且语带哽咽，大概说不下去了。

“骑摩托车不是要戴头盔吗？”悦桐困惑于死者若戴着头盔，她怎么能通过望远镜认出死者，但看见她如此伤心，又不好意思追问。

“俊华从来不戴头盔。”丽萍代儿媳妇作答，“他说戴着头盔很闷热，所以一直都不肯戴。开始时我还会跟他说这样不安全，被交警抓到还要罚款之类的话。但他开了好几年也没出意外，而且附近也不会有交警过来，所以我就没再唠叨他。”

“节哀顺变。”溪望向惠婷稍作慰问，遂转头询问丽萍是否知道俊华出事后的情况。

“算是知道吧！”丽萍点头道，“我家距离这里不远，那天半夜惠婷跑过来拍门，哭着说俊华出事了把我跟老陈吵醒。我起床时看了下时间，约莫是12点半。”

“她大概是吓蒙了，话也说不清楚，只说俊华在村口出事了，还缩成一团不住地发抖。老陈担心会影响到她肚里的孩子，就让我留下来照顾她，自己跑去看看是怎么回事。”她长叹一口气又道，“没想到俊华真的出事了，老陈报警后在村口守了一整夜，直到天亮，派出所的人才过来处理。”

“尸检报告出来没有，能否给我们看看？”溪望问道。

丽萍摇头答道：“我们都没什么文化，看不懂那东西，所以没跟派出所要。而且把俊华害死的是偷生鬼，怎么查也拿它没办法，派出所的人也这么说。”

“这里的派出所竟然用这种态度办案？”溪望皱眉道，“办案必须遵从科学依据，像偷生鬼这种没科学根据的坊间传说，不可能写进报告里。”

“你们这些城里人就是这样，总把科学挂在嘴边，把自己没弄懂的事情全说成封建迷信。”丽萍稍显激动，愤慨道，“偷生鬼在我们村一直存在，被它害死的小孩，光我知道的就有十几个。而且仙妻也说了，俊华之前的那两个小孩都是被偷生鬼害死的。这些都是事实，又不是我胡扯出来的，你们这些城里人怎么就这样不讲理呢？”

“既然你们家的仙妻这么厉害，怎么就不提醒一下俊华，偷生鬼会向他报复呢？”悦桐冷嘲道。她本想继续反驳对方口中的“仙妻”就跟偷生鬼一样，根本没多少存在依据，只不过是由所谓的托梦及神婆的一面之词等无法验证的说辞构成，无法令人信服。

溪望知晓她的心思，以眼神示意她没必要跟丽萍作唇舌之争。要改变一个人的观念不是一件容易的事，而且对调查也没多大帮助。

“关于仙妻的事情，能否详细些告诉我们，譬如她生前的情况之类。”溪望向丽萍问道。

“我知道的之前都已经说了，你们要想知道别的事情，就去问老陈吧！”丽萍似乎仍为悦桐的嘲讽生气，低声咕哝，“反正你们这些城里人听了也不会相信。”

悦桐嘟起嘴，准备给予反驳，但被溪望再次以眼神制止。

随后，溪望询问丽萍去哪儿才能找到她的丈夫陈前勇，被告知前勇在邻镇替人打井后，便与悦桐向对方告辞。

“你相信她们口中的‘仙妻’真的存在？”悦桐刚出门口便向溪望发问。

“我是否相信对案情没有影响。”溪望狡黠一笑，“但是他们全家都相信，这就有必要调查一下，毕竟人的观念是会影响其行为及判断的。”

“我们现在就去邻镇找陈前勇吗？”

“用不着这么着急，先到派出所走一趟吧！”

两人随即驾车前往派出所，路上的颠簸肯定是免不了的，幸好路程不算很远，大概一小时就到达目的地了，并找到了处理该案的民警冯吉。

“不是我们偷懒没有深入调查，而是这宗案子根本不可能是人为的。”冯吉将尸检报告递给溪望时，眉头皱得能夹死苍蝇。

“何以见得？”溪望以谦逊的语气问道。

“你先看报告吧！”冯吉似乎不想自己的解释被视为狡辩，替溪望翻开报告，并指引他查看重点，“你看这里，死者脖子上伤口平整，脑袋显然是一刀砍下来的。你再看这里，死者的身体除了从摩托车上掉落时擦伤部分皮肤外，就没找到其他特别的伤痕，而且所有伤口都是极短时间内造成的。”

“也就是说，可以排除死者的头颅是死后才被割掉。”溪望仔细翻阅报告。

“尸检报告是这样写的，死者的死因就是被砍头。”冯吉点头道，“死者虽然有多处伤口，但除了脖子上的致命伤，其他都是普通的擦伤，不可能出人命。”

“死者出事前曾经喝酒呢！”悦桐插话道。

“酒精浓度不算高，应该没多大影响。”溪望将尸检报告递给她查阅。

“就是嘛！一个牛高马大的大男人，如果不让他乖乖跪下来，像古代斩首那样把头砍下来，切口怎么可能这么平整？”冯吉认真地分析道，“按他媳妇的供词，他是骑摩托车经过村口时，脑袋突然掉下来。我们先假设当时有个穿黑衣服的人，拿着一把黑黝黝的大刀，在他经过村口时，将他的头斩下来。”

悦桐接话道：“这样的话，这个黑衣人必须比死者高很多，而且力气非常大。”

“城里来的就是不一样，一说就明白了。”冯吉向她竖起拇指，遂解释道，“死者当时骑着摩托车，在车速的惯性作用下，要把他的头砍下来，理论上虽然不难，但实际操作起来问题也不少。譬如反作用力，如果凶手没有足够的力气，不但不能把死者的头整齐地斩下来，反而会被车速的惯性推倒。”

溪望也接话道：“如果凶手不够高大，那么切口就往一边倾斜，而不是尸检报告中的显水平状态。”

冯吉亦向溪望竖起拇指，点头道：“死者的摩托车你们已经见过了吧，他骑在车上要比站立时高20厘米以上。如果要让切口显水平状态，那么凶手必定是身高两米以上，而且臂力惊人的成年男性。别说跟死者有关系的人当中没有这种大块头，我们镇也没几个人身高超过两米。”

“也不一定要两米高，可以借助凳子之类的协助工具，或者跳起来。”悦桐说。

“理论上是可以，但实际操作却非常困难。”溪望轻轻摇头，“凶手不论是站在凳子上或者跳起来，都会在斩首的过程中因反作用力而被往后推，这样切口就会出现不规则的起伏。”

“那么说，凶手必须在行凶的瞬间，站在原地纹丝不动，才能将死者的脑袋整齐地砍下来。”悦桐已弄明白案情的关键。

“凶手非常高大，或者骑在马上都可以做到类似的效果。”冯吉苦恼道，“但问题是这里高大的人不多，近些年马匹也很少见，我们查了一个星期连个怀疑对象也没找着。所以我们才会怀疑这个凶手到底是否存在，或者说凶手会不会不是人。”

“脚印！”悦桐恍然道，“你们到达现场时，有没有留意地上的脚印？”

第四章　无中生有

“妹子，虽然这里是乡下的派出所，但我们好歹也念过警校，这点办案常识还是知道的。”冯吉的脸色稍微沉下来，“我们到达现场时，首先做的就是给现场环境拍照。”

他翻出调查记录递给悦桐，补充道：“还好我们去得早，拍完照片就下了场大雨，否则什么痕迹都被雨水冲掉了。”

悦桐翻看记录中的照片，并特别留意那近十张对脚印的特写照。根据这些照片，案发现场并没发现马牛等大型动物蹄印或凳腿压痕等异常痕迹，只有车轮的轧痕及多组鞋印。

记录还对此加以详细说明，现场虽发现多组鞋印，但大多是较早以前村民经过留下的，于案发前后留下的鞋印只有两组，分别属于死者养父陈前勇及妻子杨惠婷。

“案发前后曾到现场的人就只有两个，分别是陈前勇及杨惠婷。”冯吉指着照片说明，“根据陈的妻子及儿媳妇的供词，他是在案发后才到达现场的，因此可以排除他是凶手的可能性。至于杨惠婷，她不但是死者的妻子，而且还是个怀胎八月的孕妇，就算死者跪在地上让她砍头，她也没有足够的力气把死者的脑袋平整地砍下来。”

“再结合杨的供词，我们得到的结论是：凶手不但来无影去无踪，而且脚不沾地。唯一能证明它存在的，就只有死者的脑袋被平整地削下来这一点。”他摊开双手又道，“我们既找不到大砍刀之类的凶器，也找不到凶手留下的任何痕迹。如果不是关公斩杀颜良时，刚好穿越到牌坊下，把死者脑袋砍掉又穿越回去，那么就只剩下偷生鬼这个可能。”

“你也相信偷生鬼的传说？”溪望皱眉道。

“不是我想相信，而是根本没有别的解释。”冯吉颇为无奈地叹了口气，“而且偷生鬼的传说在元新村流传多年，也不是毫无根据的。”

“你对这个传说很了解吧！”悦桐从他眉宇间察觉此事似乎另有隐情。

“实不相瞒，我姐姐就是被偷生鬼害死的，所以我自小就对这个传说十分在意。而且当上警察后，我曾处理过几宗疑似跟偷生鬼有关的案子，其间收集到不少相关的信息……”冯吉于叹息中向两人详述偷生鬼的来历——

偷生鬼的传说在本镇已超过大半个世纪，据说这只偷生鬼原是一个名叫林沁楠的马贼，新中国成立前曾于本镇活跃一时，以元新村附近的山林为据点，经常带领手下一帮亡命之徒抢掠附近村落。

传说此人十分凶残，喜欢用大刀杀人，说这样不但能省子弹，而且沐浴于喷涌的鲜血当中，让他觉得十分痛快，所以有“淋血刀”这个外号。

由淋血刀带领的马贼团伙虽然猖獗一时，但新中国成立后还是被军队剿灭了。当时他跟手下躲在一个山头里不出来，跟剿匪军血拼了一天一夜。剿匪军前后派出了五拨人上山，死伤过百人才把他们剿灭，据说单是被淋血刀砍掉脑袋的士兵就有十多人……

“这个马贼也太凶残了。”悦桐脸色不太好，并不自觉地往溪望身旁靠近，“但他跟偷生鬼又有什么关系？”

“传说偷生鬼生前都是穷凶极恶、罪孽深重的匪徒，所以老一辈人大多认为盘踞这一带的偷生鬼就是淋血刀。”冯吉说着皱了下眉头，又道，“当然事实是否这样，我就没办法证实了。”

“你觉得偷生鬼的传说是真还是假？”悦桐在驾车前往邻镇的路上向溪望问道。

坐在副驾上的溪望正查看地图，刚才他向冯吉询问神隐村一事，对方告知前不久到八坊村办案，好像曾听人提及神隐村，应该就在那个村子附近。冯吉还说那里有宗棘手的案子未破，若他要去那里，希望他能够帮忙调查一下。

他将地图叠好，掏出手机向悦桐扬了扬，答道：“这个问题最好请教‘专业人士’。”说罢便拨通沐师傅的手机。

“找我干吗？我正忙着，没时间应酬你。”手机听筒里传出沐师傅不耐烦的声音。

“说话注意点，我好歹也是你上司，你再忙也得应酬一下。”溪望没好气道。

“那就长话短说吧，我正跟雪晴抓妖怪，可忙着呢！”

溪望心想哪有什么妖怪让你去抓，分明就是你自己瞎掰，趁机浑水摸鱼占人家原美眉便宜。当然，他可不会把心中的想法说出来，免得跟对方在这个无聊的话题上浪费时间。因此，便直接将当前遇到的情况简要地告诉对方，并询问对方有关偷生鬼的传说。

“你是说偷生鬼么？这种半妖现在不多见……”沐师傅似乎对这个话题颇有兴趣，滔滔不绝地向他讲述相关传说——

所谓的“偷生鬼”就是侥幸逃离地狱，流窜人间的恶鬼。它们无人供奉，还得逃避阴司的追捕，沦为东躲西藏的孤魂野鬼。它们不敢再入轮回，但又贪恋人间衣禄，只好强行闯入孕妇体内，吞食胎儿弱小的魂魄，从而霸占胎儿的肉身。

此举有违天道，若强占的肉身阳寿耗尽，鬼差前来索魂必定会发现问题。故此，这些恶鬼必须在肉身阳寿耗尽之前离开，通常骗取几套衣禄就会跑掉。因为肉身原来的魂魄已被吃掉，所以它们一走，肉身就会坏死，犹如夭折。

这种绕过轮回的投胎方式被称为“偷生”，故此，这些恶鬼被称作“偷生鬼”。

由于偷生鬼生前大多暴戾恣睢，死后亦戾气冲天。经多次偷生后，因吞食胎儿魂魄日多，渐渐化作半鬼半妖之精怪……

听完对方的讲解，溪望虽略感惊讶，但随即质疑道：“这些都只是传说吧？”

“你非要说是传说，我亦没话可说，反正我也没见过。”沐师傅顿了顿又补充道，“偷生鬼这种半妖，其实没多大能耐，只能吞食非常弱小的魂魄。现在医学证明，孕妇怀孕的条件比旧时好多了，胎儿的魂魄也就没以前那么弱小。所以偷生鬼已没多少下手的机会，都快绝迹了，能遇上也算你走运。”

“先别管我们遇上的是不是偷生鬼……”溪望将俊华遇害的细节，以及亲友、村民大多认定凶手是偷生鬼等情况告知对方，遂问道，“我想知道根据相关的传说，偷生鬼是否有能力将人的头颅砍掉？”

“也不是绝无可能，只是可能性比较小。”沐师傅解释道，“能有这个能耐，这只偷生鬼恐怕已经吃掉上千个胎儿的魂魄了。”

“你说偷生鬼能吞食胎儿魂魄，我还能理解，但鬼魅不是以能量的形态存在吗？”溪望困惑地问道，“怎么可能直接令人受到物理伤害？”

沐师傅答道：“用‘迷信’的说法是道生一，一生二，二生三，三生万物……”

“还是说人话吧，你这种鬼话以我的水平理解不了。”溪望没好气道。

“那我就跟你说科学，‘大爆炸宇宙论’应该听说过吧……”沐师傅给他作详细讲解——

根据“大爆炸宇宙论”，宇宙是由一个致密炽热的奇点于137亿年前一次大爆炸后膨胀形成的。而在大爆炸之前，别说物质，就连时间和空间也不存在，只有一团密度、温度极高，体积极小的能量。

也就是说，宇宙间的一切，包括时间、空间及所有物质，全都是由能量转换而成。《道德经》的“道生一，一生二，二生三，三生万物”及《易经》的“易有太极，是生两仪，两仪生四象，四象生八卦”，说的就是这个道理。

世间一切都源自“虚无”，由无形的能量化作有形的万物。当你明白这个道理时，要理解偷生鬼如何杀人就容易多了。

灵体也是由能量构成，根据“大爆炸宇宙论”，是有可能转换成实体的。虽然这当中存在诸多限制，但只要这只偷生鬼拥有高深的道行，也就是说只要它拥有足够的能量，要在极短的时间内化作一把细如蛛丝的刀刃，也不是没有可能……

“如果你说的是真的，那么这世界不就跟鬼片一样，鬼魅满天飞？杀人犯全都不用判刑，让受害者的鬼魂找他们报仇就行了。”溪望质疑道。

“我说的只是可能性。”沐师傅严肃更改，“事实上要让无形的能量转换成有形的物质，在过程中存在诸多限制，不是一般灵体可以做到的事情。这就好比全身雪白的麻雀，出现概率仅为百万分之一，但就是有人见过。”

挂掉电话后，溪望的思绪有点混乱。每次跟沐师傅通话后都会这样，他那些似是而非的理论，总令人有种世界观崩塌的感觉。虽然觉得他的理论狗屁不通，但他总能引经据典，为自己的理论提供科学依据，让人无从否定。

然而，作为一名警员，不论沐师傅的假说如何煞有介事，溪望也必须将其抛开，不能视为办案的依据。当然，鬼神之说对涉案人员的心理影响，需要纳入调查范围。

以休班警员身份同行的悦桐，似乎并没太多顾虑，在得知通话内容后，随口说道：“那么说，凶手有可能是偷生鬼喽！”

“理性告诉我，鬼魅杀人是天方夜谭。”溪望情绪十分低落，皱眉道，“但至少在这一刻，我找不到反驳的理据。”

看着他垂头丧气的样子，悦桐不由有点担心，眉头皱得像突然老了几岁，试探问道：“如果凶手不是人，这宗案子还有继续调查的必要吗？”

“嗯，人间的法律的确对阴间的鬼魅不起作用。”溪望长叹一声，伸了个懒腰，马上就重燃斗志，目光坚定地说，“沐师傅只是说不排除这个可能，但实际上鬼魅作祟无异于天方夜谭。不把这宗案子查个水落石出，我肯定会睡不着。”

见对方已恢复常态，悦桐嘴角微微上翘，踩着油门叫道：“那我们就把这宗案子查个水落石出，不管凶手是人还是鬼都要弄个明白。”

两人驾车来到邻镇，花了点时间才找到正在打井的陈前勇。当溪望表明身份，并向他问及俊华遇害一案时，他脸上的表情变得不太自然。他吩咐徒弟照看打井机，自己则点了根烟，指着旁边一棵大树说：“我们到树下乘凉吧！”

溪望正欲举步，却发现蹲在打井机前的年轻小伙子正盯着自己，似乎有话想说，但又怕受师父责骂而不敢开口。他给小伙子使了个眼色，遂快步跟随前勇。

“很多事情都是命中注定。”前勇蹲在树荫下深深抽了一口烟，在吐烟的同时惆怅地凝视远方。

“何以见得？”溪望蹲在对方身旁，并仔细打量眼前这名约莫45岁的中年汉子。或许因为出生于物资短缺的年代，他的身形较为矮小，皮肤黝黑而粗糙，脸上的皱纹犹如刀刻一般，显然是长年在户外工作所致。

然而，让溪望觉得奇怪的是，对方穿着一身破旧的衣服，且毫不在意打井机带出的泥浆溅到自己身上，头发更乱得像鸟窝。尽管如此不修边幅，但在他脸上竟然没看见一根胡子。就算是刚刮过胡子，似乎也刮得太干净了。

“俊华之前的两个孩子都是偷生鬼，可他对我来说，又何尝不是一只偷生鬼呢？”前勇吐着烟圈，惆怅道，“当年之所以收他做养子，就是为了老来有个依靠，能有个儿子给自己送终。唉，这些年算是白养这个臭小子了。”

“话可不能这么说，俊华也有替你做事呀！”站在溪望身旁的悦桐翘起双手，面露不悦之色。

“替我做事？”前勇冷哼一声又道，“这臭小子没给我添乱就算不错了。”

“他不是一直帮你打井吗？”溪望问道。

“他是有跟我学打井，但他要是用心做事，我也用不着再收庆贺这个徒弟。”前勇遂道出俊华生前的一些生活琐事——

俊华这臭小子其实是条大懒虫，他大概被六婆宠坏了，习惯衣来伸手、饭来张口，所以他的伯父叔父都不愿意收留他。

当初六婆来求我的时候，我就担心这小子光吃饭不做事。可六婆都快要进棺材了，还一把鼻涕一把泪地求我，只要是个男人都狠不下心拒绝。不过，我还是跟他们祖孙俩当面说清楚，我家是不会养好吃懒做的家伙的，俊华要来我家，就得给我认真做事。

这臭小子刚来我家时，还装模作样地勤奋过一阵子。但没多久就原形毕露，每天都睡到日上三竿，我不把他从被窝拉出来，他就不会起床。跟我打井时也整天开小差，要么站着发呆，要么趁我不注意就溜走去玩……

前勇额上青筋隐约凸显，语气中更带三分愤慨：“要不是这小子运气好，莫名其妙地娶到苇晴这个仙妻，我早就把他踹出家门了。”

“苇晴很厉害吗？为什么要怕她？”悦桐不解地问道。

前勇答道：“不是苇晴厉害，而是她爹厉害。”

第五章　仙妻来历

“关于苇晴的事情，能否详细告诉我们？”溪望诚恳地问道。

“这事得从十多年前说起，当时俊华刚跟我改姓，也就14岁左右……”前勇又点了根烟，徐徐道出俊华娶得仙妻的经过——

当时俊华刚来我家，还不太敢偷懒，不过偶尔也会开小差不专心做事。有一次，我带他去打井，刚下钻没多久就有血水从钻孔涌出来。我干打井这行多年，自然知道是怎么回事，肯定是钻到土地公的老窝了。

土地公的老窝通常会有老蛇守门，血水就是从老蛇身上涌出来的。我当然不会把这事说出来，要是把雇主吓到，这趟活儿恐怕就做不成了。所以我借口说打井机发热，要歇一下才能继续往下钻，然后拉着俊华到附近看看，看能不能找到坟墓或者土地庙之类的东西。

我们没走多远就找到一座坟墓，看上去很干净，应该是刚下葬的新坟。而且还盖得很有气派，一看就知道是有钱人家的先人，怪不得刚下地府就能混个土地公来做。

打井要是钻到土地公老窝，按规矩要给土地公拜祭一番，不但要烧香烛冥镪，还得奉上三牲酒水。这才能请土地公挪窝，好让打井能够顺利进行。

可我们当时什么也没带上，而且这么一弄，雇主肯定会知道出了问题，弄不好这趟活儿就要拉倒了。更何况这位土地公才刚上任，就算多烧香也不一定能让他挪窝。

我当时想，最好还是别跟这种晦气的事情沾上关系，于是就打算和俊华给土地公叩个头，待会儿打井时要是还不对劲，就立刻收拾东西走人。

可是，当我叩完三个响头，却发现俊华盯着墓碑上的照片发呆，像被对方迷住似的，竟然迷迷糊糊地说：“多漂亮的妹子呀！可惜这么年轻就死了，还不如嫁给我当老婆。”

我被他吓个半死，立刻打了他一巴掌。我本来想骂他一顿，叫他别在这种地方乱说话。可我刚想开口就看见墓碑上镶有一张女娃的照片，长得还挺漂亮的。照片的位置明明很显眼，但我竟然一直没看见，就算用脚指头想也知道出了状况，这小子肯定被坟里的女娃看中了。

我也不知道该怎么办，只好叫他赶紧给人家道歉。也不知道是不是心理作用，虽然当时是大白天，但我却觉得坟墓周围阴风阵阵。而且还好像隐约听见有女娃的声音，重复地说着“嫁给你”之类的话。这可把我吓得头皮发麻，立刻拉着俊华跑回打井的地方。

之后的事情很顺利，钻孔没再涌出血水，我还奇怪这个新上任的土地公怎么这么好说话，谁知道事情原来还没有结束。

大概过了三四天，突然有对四十来岁的夫妇，提着一个大袋子来我家，指名道姓地说要找俊华。俊华当时不知道跑哪里玩去了，他们知道我是俊华的养父就跟我说，他们的女儿叫吴苇晴，今年才14岁，是个人见人爱的小姑娘。

就在个把月前，苇晴骑自行车出去玩，看见有人在空地上放风筝，当中还有她的同学，想过去跟对方一起玩。可能因为太心急，她没注意到那些悬起的风筝线，被其中一根割到脖子，当场把喉咙割破，送到医院时已经救不回来了。

他们两夫妇就只有这个女儿，所以非常伤心，好不容易才把她的后事安排好。可刚下葬没几天，他们接连几晚都梦见苇晴。苇晴在梦里跟他们说，不想当无主孤魂，叫他们到我家找俊华，说要跟俊华冥婚，当俊华的鬼新娘。

他们还带来女儿的照片，我一看就头皮发麻，果然就是前几天在墓碑上看见的那个女娃。

冥婚可不是小事，俊华虽然不是我的亲生儿子，但他可是住在我家里，他要是跟死人结婚，不就是要把鬼新娘带回家。我可不想夜夜提心吊胆，说不定半夜去趟茅坑，就会被他的鬼新娘活活吓死。

我本想拿俊华做借口拒绝他们，说他还年轻，以后还要讨老婆生孩子。要是现在跟死人结婚了，以后哪还有姑娘敢嫁给他。

本以为这样就能打发他们，谁知道俊华恰好就在这时候回来。他知道对方是为冥婚的事而来，不知道发什么神经，竟然欢天喜地地答应了。

我觉得不对劲，就往他后脑勺拍了一巴掌，把他赶回房间。然后，我就跟那两夫妻说，他还小，不懂事，你们就当没听见好了。

那对夫妻叫我别急着拒绝，先考虑一下再决定也不迟。他们把带来的大袋子留下来，说是给我们的见面礼，过几天会再来找我。

他们走后，我打开袋子一看，发现里面有香烟洋酒，也有糖果零食，不是进口货就是国产的高档货。像中华呀、XO之类，我听是听过，但从来没尝过，一下没忍住就立刻点了根烟，还对着瓶口连灌几口酒。

那些进口零食也很好吃，都是些我从未尝过的味道。我几乎把袋子里的东西全都掏出来尝了个遍，而我女人就一直在旁边唠叨，说我这么大的人还像个小孩似的，要是被人看见可丢人了。

我这时才想到，那对夫妇出手这么大方，肯定不是普通人家。再想到他们女儿的坟墓也盖得很气派，他们家一定很有钱，于是就想打听一下他们的情况。

我正想着该到哪里打听，突然看见村长皮笑肉不笑地站在门外。我问他有什么事，他笑盈盈地走进来，问我啥时候跟吴书记攀上关系了。我记得刚才那男的好像说自己姓吴，看样子村长应该知道他是什么人，就向村长打听他是什么来头。

我把对方来意告诉村长后，村长就跟我说，吴书记是镇里的领导，他老婆靠着他的关系，跟别人在镇里开了个洗浴中心，挺赚钱的。

“吴书记夫妇通吃黑白二道，让女儿跟俊华冥婚是看得起你们。你要是不识抬举，他们一句话就能让你们全家死无葬身之地。别说我不提醒你，要是不想让俊华跟吴书记的女儿冥婚，就立刻收拾几件衣服离开。有多远走多远，以后也不要回来了。不然俊华被抬去冥婚时，你跟勇嫂还得陪葬。”

村长一再叮嘱我别惹吴书记不高兴，不然我们全家死了也不知道怎么回事，把吴书记说得像土匪头目似的。其实他不就是怕我跟吴书记闹不愉快，影响到他的官帽子嘛。

不过吴书记这种官老爷，也不是我能招惹的，我要是还想在这里立足，肯定不能得罪他。可是让俊华讨个鬼新娘回家，我心里又是千万个不愿意。我实在想不到有什么办法能解决这件事，只好听我女人的主意，去找神婆问一下。

神婆替我问过神明后，说这可是天大的好事。她说吴书记的女儿不但在阳间有个当官的亲爹，在阴间也有个当大官的亲戚，地位只比阎王低一点，她算得上是阴间的公主。

“这门亲事你得赶紧点头，你们家俊华跟这阴间公主有宿世姻缘，而且还是他先向人家提亲。你们要是想要赖，别说人家阳间的亲爹会找你们麻烦，她阴间的亲戚也不会让你们好过。不过，你们要是答应这门亲事，她不但会保佑你们一家平安，她阳间的亲爹多少也会给你们一点照顾……”

神婆没完没了地说了半天，说了些什么我大多忘记了。只记得她说让俊华跟苇晴冥婚，对我们只有好处没有坏处，不然肯定吃不了兜着走。因为苇晴是惨遭割喉枉死，要是没找到归宿，必定会化成厉鬼，还会找我们麻烦。

她说得我心也慌了，就决定答应吴书记，让俊华跟苇晴冥婚。临走前，她还一再叮嘱我，一定要把这场冥婚交给她办，免得吴书记那边耍花招，占我的便宜。

过了几天，吴书记夫妇俩果然又带着礼物来找我，他们说连嫁妆都已经准备好了，只要我肯点头让俊华跟苇晴冥婚，他们还会给我一份丰厚的茶礼。

反正神婆都说这事对我没有坏处，所以我就答应了，只要求冥婚要由我这边找人操办。吴书记对我的要求没意见，立刻就同意了，当天就叫人把嫁妆跟茶礼一起送过来。

之后的事情很顺利，我跟吴书记约了个时间，带着俊华到神婆那里，他也跟老婆带着苇晴的遗照过来。仪式完成后，他还把冥婚的开销全付了。

我跟俊华带着苇晴的遗照回家，算是把仙妻娶回来了。虽然神婆说仙妻不会害我们，可我心里总是有点害怕。反倒是俊华不但不害怕，还为自己讨到漂亮的鬼新娘而高兴得不得了。既然他这么喜欢自己的鬼老婆，我就干脆让他把灵牌放到自己的房间里，免得半夜把我吓到。

这之后，我们家虽然发生了不少怪事，但总算没出什么大问题，全家都平平安安，大概是受仙妻庇佑的缘故。不过俊华这臭小子仗着跟吴书记攀上关系，就把自己当大爷，老是找借口不跟我去干活。

怎么说他也算是吴书记的女婿，我总不能把他赶走吧！

吴书记虽然没有特意关照我们，但大家都知道我跟他攀上关系，找我干活的人也比之前多了不少。所以，我才一直养着这条大懒虫，一来是看在吴书记的分上，二来是想老来有个依靠。

谁知道他竟然比我先走，亏我养了他这么多年……

“冥婚后，你们家发生过哪些怪事？”溪望问道。虽然丽萍曾有提及，但他想听前勇会怎样讲。

“就像家里多了一个……人。”前勇黝黑的脸庞上闪现一丝畏惧，“譬如半夜里会看见有个黑影在房子里走动，俊华的房间里也经常有女人的声音传出来。刚开始我还挺害怕的，还好这么多年也没出问题。”

“你有进去看吗？”悦桐虽有点心慌，但仍壮着胆子问道，“听到房间里有女人声音的时候，你有进去吗？”

“没有。”前勇惊惶摇头，“我怎么敢进去，要是坏了他们的好事，说不定仙妻会怪罪下来。”

“好事？”溪望露出疑惑的目光。

前勇愣了下，随即意识到自己说漏嘴，尴尬道：“从他房间传出来的，通常是女人的呻吟声……”他不好意思说下去。

“你有问过俊华吗？说不定是他带别的女人回来。”悦桐猜测道。

“我有问过，他开始时没敢说，后来我问多了，他才说是跟仙妻亲热。”前勇长叹一声，又道，“虽然仙妻一直庇佑我们，但我始终有些害怕。所以俊华跟惠婷结婚后，我就让他回达哥的老屋住，还替他把老屋翻新了一遍。”

“俊华结婚后有没有特别的事情发生？譬如有没有说过，苇晴不喜欢他的妻子之类？”溪望问道。

“那小子每次开口都是跟我要钱，别的事情才不会跟我多说一句。”前勇气愤地往一旁吐了口痰，遂站起来又道，“我该干活了。那个臭小子拍拍屁股就走，给我留下两个亏本货。也不知道我上辈子是不是挖了他祖宗的坟，这辈子是来跟我讨债的。”

“两个……”溪望本想追问对方，为何说俊华留下“两个亏本货”。但前勇一脸愤慨，头也不回地走向打井机，显然已无意继续交谈，他亦只好作罢。

悦桐站在车前，皱着眉头向溪望问道：“听他这么说，仙妻似乎真的存在呢！一会儿是偷生鬼，一会儿又来个仙妻，我真怀疑我们是不是穿越到另一个世界了。”

“不是穿越到另一个世界，而是来到一个世界观跟我们不一样的地方。”溪望无力地靠在车门上，背向对方抬头看天。

悦桐见他没上车的意思，便催促道：“你想在这里发呆到什么时候？”

“再等一会儿吧，应该很快会过来。”溪望转头往前勇打井的方向望去。

“你觉得他还有话要跟我们说吗？”悦桐不解问道。

“不是他，是他的徒弟。”溪望凝视远方，莞尔笑道，“来了。”

悦桐扭头一看，果然看见刚才替前勇照看打井机的小伙子正朝他们跑过来。

第六章　命运多舛

太阳已渐渐西斜，乡村地区的夕阳景色格外美丽，不仅空气清新，有较高的能见度，而且也没有都市的喧嚣。然而，溪望此刻可没有欣赏眼前美景的闲情逸致。

根据沐师傅提供的信息，鬼魅的存在及能对人体做出物理伤害，在理论上存在可能。这就像黑洞，虽然谁也没亲眼见过，但理论上却是存在的。偷生鬼也一样，若没有证据证明沐师傅的理论不适用于本案，那么凶手是偷生鬼这一假设，至少在理论上存在可能。

要推翻这个假设，与本案相关人员的供词最为重要，可偏偏这里的人都非常迷信，供词一面倒地倾向支持这个假设。溪望甚至开始怀疑，自己是否过于倾向无神论，完全否定偷生鬼的存在，才导致调查陷入死胡同。

或许有一个人能帮他走出死胡同，而这个人此刻正向他迎面跑过来。

“你怎么知道他会来找我们？”悦桐盯着正快步跑过来的小伙子，讶然问道。

溪望笑道：“如果我说我能预知未来，你会相信吗？”

“你以为我还会像以前那样，那么容易被你骗到。”悦桐白了他一眼。她转过头来，小伙子已经跑到眼前。

“我，我叫康庆贺，是陈师傅的徒弟……”小伙子弯着腰，双手按在膝盖上，大口大口地喘气。

“有话要跟我们说？”溪望仔细打量对方。

庆贺二十出头，瘦削精干，肤色黝黑，一副腼腆老实的模样。他把气儿喘顺后，抬头对溪望说：“刚才师父在身边，有些话不方便跟你们说。我撒谎说要去茅坑，才跑过来追上你们。”

悦桐打开车尾箱，拿了一瓶矿泉水出来给他，并问道：“你想跟我们说什么？”

“谢谢。”庆贺羞怯地接过矿泉水，却没好意思喝，咽了一口口水又道，“是关于我表姐的事情。”

“苇晴是你表姐？”溪望两眼放光，但随即意识到这不可能。他若是苇晴的表弟，也就是吴书记的外甥，怎么可能会跟前勇学打井？只要吴书记开口，给他在镇里找份差事并不难。

果然，庆贺摇头道：“我表姐是杨惠婷。”

“你表姐怎么了？”悦桐指了指对方手中的矿泉水，“先喝水吧，你嘴唇都干了。”

庆贺愣了一下，大概没想到悦桐会这么留意他，似乎有些感动。他喝了口水又道：“表姐嫁给俊华后受了不少委屈……”他随即道出一个让两人颇为惊讶的秘密——

你们刚才有留意师父的脸吗?

有没有发现他一根胡子也没有?

听说他曾经被井管打中那话儿，所以才生不了小孩。他那里不行，可师母当时还年轻呢，哪能守得住活寡。所以，师母趁他出去打井的时候，偷偷去找野男人。

跟师母好上的男人有好几个，而且都是他们村里的人，所以这事在他们村也不算秘密。治保会的老许还取笑师父，说师父要是生不出孩子，可以跟他借种。

师母找野男人的事，师父多少也知道一些。但他自己那里不成，也不敢责怪师母，只好装聋作哑。可是被老许当面嘲笑，哪儿还忍得住，当场就发飙跟老许打了一架。他回家后还教训了师母一顿，警告师母别在外面乱搞。

自此之后，师母就没敢像之前那样，在外面找野男人。但狗就是改不了吃屎，她不敢在外面乱搞，只好在家里偷吃，趁师父不注意就跟俊华搞在一起。

师父虽然知道他们的丑事，但俊华有吴书记这个靠山，师父也奈何不了他。师母也拿俊华的仙妻当借口，说仙妻不能直接跟俊华亲热，所以才会借用她的身体。她不敢得罪仙妻，只好无奈地接受对方要求，充当对方的替身。

他们这对狗男女就这样整天没羞没臊地搞在一起，完全不把师父放在眼里。师父怕会得罪吴书记，不敢把俊华赶走。但自己老婆天天跟别的男人搞在一起，而且还在自己家里搞，有哪个男人受得了啊?

师父被这事弄得神经兮兮，老说看见仙妻在家里乱逛。其实他只是安慰自己，让自己相信跟俊华搞在一起的是仙妻，而不是师母，师母只是把身体借给仙妻。

他这样欺骗自己也解决不了问题，而且俊华越来越放肆，就算他在家里也敢跟师母乱搞。尤其是跟他要钱的时候，他要是不给，俊华就当着他的面把师母拉进房间，还故意搞出很大动静。

他实在受不了，只好托媒婆给俊华找个老婆，顺便把这条大懒虫赶出去自立门户，别老是吃他的住他的，还搞他的老婆。

这附近的年轻人大多外出打工了，合适的姑娘本来就没几个。而且俊华名声也不好，人家稍微打听一下，就立刻摆手摇头。媒婆问了好几户人家，好不容易才找来一个姑娘，可俊华也没认真看对方一眼，便说不合眼缘，扭头就走掉了。

师父知道他是故意跟自己斗气，回家后就气冲冲地跟他摊牌，问他到底想怎么样？

俊华说：“要我结婚也可以，但我结婚后不要干打井的活。又脏又累，钱也赚不多，只有你这种老头子才会干。你给我买辆三轮摩托车，好让我去载客赚钱。还得给我把老屋装修一遍，不然就别再跟我提起这件事。”

俊华摆明就是想敲一笔，但师父也没别的办法，只好按对方的要求去办，但他也要求俊华结婚后要自食其力，不能再跟他要钱。俊华只想着弄辆摩托车威风一下，其他事情都不重要，当然什么都答应。

师父怕他反悔，马上就去找媒婆，让对方去问之前那个姑娘的心意……

“这姑娘就是你表姐？”悦桐问道。

庆贺点头道：“俊华跟表姐结婚，只是为了骗师父给他买摩托车，他根本不喜欢表姐。”

“你说惠婷受委屈又是怎么回事？”溪望问道。

盲婚哑嫁现在虽已基本绝迹，但没感情基础的婚姻，别说是农村，就算在城市也很平常。都市人往往会为一套房子而结婚，这跟俊华为一辆摩托车而结婚，在本质上其实没什么区别。这种没感情基础的婚姻，也不见得一定会出问题，部分人甚至能在婚后孕育感情，当然更多是将就过一辈子。

“俊华是个浑蛋，他根本没把表姐当人看……”庆贺激动得满脸通红，向两人道出俊华的种种劣迹——

俊华跟表姐结婚后就终日游手好闲，开着师父给他买的摩托车到处兜风。说好听是载客赚钱，但附近几个村子也没多少人经常出门，他一天也就往镇里跑一两趟。他赚到的钱只够给摩托车加油，却不够跟狐朋狗友吃喝嫖赌。他的钱不够，就只好跟表姐要。

表姐连小学也没念完，人又胆小，除了种田编织篮子，什么都不会。只好让我给她弄点稻草，在家里编些草鞋、篮子，待我有空时再替她拿到镇里卖，换几个钱应付家里的开销。

卖草鞋篮子本来就不赚钱，应付家里的开销也很吃力。可俊华却整天跟表姐要钱，表姐要是拿不出来，他就出手打人。他根本不把表姐当人看，经常把表姐打得头破血流。更气人的是，他都已经跟表姐结婚了，竟然还跟师母搞在一起。

表姐本来不知道这件事，因为他们总是趁师父出去干活的时候，才偷偷地在师母家里乱搞。可后来他们的胆子渐渐大起来，竟然就在俊华家里搞，而且还是在表姐睡的床上。

尤其是表姐怀孕的时候，师母隔三差五就借口过来照顾表姐，可是每次刚进门就迫不及待地跟俊华走进房间，还把门给关上。表姐再傻也知道他们在房间里做什么，但他们就是欺负表姐胆小怕事，知道他们怎么乱搞，表姐也不敢吭声……

“这些事情你是怎么知道的？”悦桐问道。作为女性，她明白有些事情是难以向异性启齿的。尤其像惠婷这种腼腆胆小的女人，尽管对方是自己的表弟，应该也不会将“家丑”如此详细地告诉他。

“有些是我在师父那个村子里听来的，有些是姨妈告诉我的。”庆贺激动地说，“有一次姨妈去看表姐，恰好碰见师母跟俊华从房间出来。之后姨妈一再追问，表姐才把这些事告诉她。”

“能把你姨妈的地址告诉我们吗？”溪望问道。庆贺的一切供词都是从别人口中听来，属于不可尽信的传闻证供，因此有必要加以核实。

将地址告诉溪望后，庆贺便匆忙跑回前勇那里，免得被对方发现自己告密。临走前他还跟溪望说：“我虽然不相信世上有鬼，但俊华这浑蛋死了也活该。不过，如果他是被人杀死，那么凶手很可能是师父。”

“你觉得他的话可信吗？”悦桐看着庆贺渐渐消失的背影问道。

“罗生门，各人的供词都有一定倾向性，都不可尽信。”溪望狡黠笑道，“庆贺似乎对前勇颇有微词，但他的供词没有像其他人那样，向神怪论倾斜，偏向支持凶手是偷生鬼这个假设。所以，我比较相信他的供词。”

“你的判断不也有倾向性？”悦桐白了他一眼，又道，“你说庆贺会不会喜欢惠婷呢？”

“你怎么会有这种想法？”溪望一脸愕然。

悦桐耸肩答道：“女人的直觉。”

溪望斜眼盯着她，没好气道：“他们可是表姐弟。”

“你的思想也太迂腐了，只要心中有爱，就算是表兄弟也可以，更何况是表姐弟？”悦桐又白了他一眼，遂打开车门道，“赶紧出发吧，我们今晚连落脚的地方也没有。”

“我不介意在车上睡一晚。”溪望不以为意。

“问题是我介意。”悦桐朝他吐舌头。

据庆贺说，惠婷的母亲名叫康来弟，住在距离元新村不远的元尾村。两人到那儿时，已经天黑，还好元尾村是个小村落，村民都互相认识，所以没花多少时间就找到来弟的住处——一间破旧的瓦顶平房。单以这间仿佛随时会倒塌的房子判断，房子的主人应该十分贫困。

轻敲仿佛多用点儿力就会敲出破洞的破旧木门，没过多久便有一个头发如染白稻草，满脸沧桑的老妇探头出来问什么事。溪望道明来意，得知这名老妇就是惠婷的母亲康来弟，并得到对方邀请入内。

溪望稍微留意了一下屋内的情况，发现这里不但没有电视机，甚至连电风扇也没有。要不是吊在屋顶的电灯泡正发出昏黄的光线，他还怀疑这里是否通电。

他道出庆贺所说的情况，询问来弟是否知道俊华婚后仍跟丽萍保持不正当的性关系。

“都怪我家男人死得早，留下我跟惠婷孤苦无依。”来弟一说起女儿，眼角便涌现泪光，悲凉地向两人诉说惠婷的苦况——

其实惠婷跟俊华相亲的时候，我就打听过这青年的情况，知道他跟养母的关系不正常。还听说他十来岁的时候娶了个鬼新娘，到现在仍在家里供奉着。

那时候，我是打心眼里不喜欢他，可我又不能不让惠婷嫁给他。

惠婷出生后，我家男人就跟同乡出去打工，在电镀厂里干了十多年抛光。钱是赚到一点儿钱，却换来一个尘肺病。按理说，他这个病应该算工伤，老板要给他付医药费，让他把病治好。可是老板很黑心，欺负他老实，只给了几百块就把他赶走。

为了治他这个病，我们不但把积蓄全部花光，还借了一屁股债。可是他的病却一直没好转，而且还越来越严重。惠婷跟俊华相亲后的第二天，他就翘辫子了。

他才刚走，债主就排着队来找我要钱，我连给他办后事的钱也拿不出，哪来钱还债呢？就在这时候，媒婆过来找我，跟我说俊华看上惠婷，想马上跟她结婚。

按这里的风俗，男家要给女家聘礼。虽然很不喜欢俊华，但我就算不给债主还债，也得找钱给我家男人办后事。所以我只好让媒婆代我答应这门亲事，先把聘礼弄到手再作打算……

“这样跟卖女儿有什么区别？”悦桐杏眼圆睁骂道，“你明知道俊华不是好人，却非要把女儿往火坑里推，你还有脸当她的母亲吗？”

“这也没有办法啊……”来弟泪眼婆娑道，“谁让我的肚皮不争气，生下惠婷这个亏本货，能换到这笔救命钱已经算不错了。如果我生的是儿子……”

“你……”悦桐气得拍案而起，把对方吓呆了。

溪望连忙拉她坐下来，并对来弟说：“就算惠婷是男生，似乎也不能改变些什么。”

“当然不是了。”来弟摇头道，“如果我生的是儿子，我就算去卖血也要让他出去念大学，这样他就能够出人头地，能赚钱回来养我们，给我们盖新房子，给我家男人治病。”

悦桐暂且将满腔怒火压下来，嘲讽道：“儿子能养你们，女儿也可以，为什么你们不让惠婷去念大学？”

“女人念那么多书干吗？早晚还不是要嫁到别人家里，当别人的媳妇？”来弟满脸疑惑地反问。

悦桐的怒火一下子就消失了，只觉得对方很可笑，也很可怜。就像溪望之前说的那样，这里的人世界观跟他们完全不一样，跟他们说道理只是对牛弹琴。

正所谓“话不投机半句多”，她已不想再在这里待下去，便给溪望使了个眼色，示意对方尽快向来弟确认是否目睹俊华跟丽萍一同从房间出来，以及从惠婷口中得知俊华婚后仍跟丽萍保持不正当性关系一事。

然而，让她意想不到的是，在随后的交谈中，来弟竟然道出一个可怕的秘密：“惠婷嫁给俊华之后，就没过一天好日子，不但被那对狗男女欺负，还被俊华的鬼妻子糟蹋了好几次。”

第七章　与鬼同床

“听庆贺说，你曾经亲眼看见俊华跟他的养母一起从房间走出来。”溪望在悦桐的催促下，向来弟问道，“有这回事吗？能不能把当时的详细情况告诉我们？”

“俊华真不是人，都已经跟惠婷结婚了，还跟别的女人乱搞。而且那人还是他的养母，简直就是个畜生……”来弟抹去泪水，心中怒火尽表于颜，愤慨地向两人哭诉当日的情况——

那是惠婷第一次怀孕的时候，她没生过孩子肯定有很多事情不懂。俊华的养母也没生过孩子，肯定不懂得教她该注意些什么。

嫁出去的女儿就是泼出去的水，俊华怕我会跟惠婷要钱来还债，一直不让她回来看我。但她怎么说也是我养了十多年的女儿，我担心她会应付不来，就过去看看她有什么要帮忙的。

那天我到她家时，虽然看见俊华的摩托车停在门口，但进去却只看见她一个人在厅堂编草帽。我以为俊华不在家，想起这阵子债主催得很紧，就想跟她借点钱来应付一下。

我刚想开口，就听见房间里有动静，是女人说话的声音。我问惠婷怎么会有女人在房间里？她低着头没敢回答我，我正奇怪这到底是怎么回事，就看见俊华打开房门出来。

俊华看见我先是一愣，然后就黑着脸说：“你来我家干吗？如果是来要钱，你可走错地方了。”我被他这话气得半死，正想回骂几句，却看见他的养母丽萍，竟然跟在他身后走出房间。

丽萍脸色红红的，可一看见我就吓了一大跳，脸色立刻白了一半。她边手忙脚乱地理着乱蓬蓬的头发，边跟我打招呼，接着说要回家煮饭，叫俊华载她回家，然后像见鬼似的拉着俊华走了。

这时候我还没反应过来，直到听见摩托车的发动声，我才想起丽萍不是就住村子里吗？回家能有几步，怎么会叫俊华载她回去?

我这才开始想他们刚才在房间里干什么。俊华那句话似乎是想让丽萍知道我来了，只是丽萍没注意到。难道他们刚才在房间里乱搞?

我几乎不敢相信，惠婷就在厅堂，他们怎么能这么不要脸呢。我问惠婷到底是怎么回事，他们两个走进房间还把门关上，到底在里面做什么。

我这一问，惠婷就哭出来了，对我说：“俊华跟我结婚，只不过是为了让公公给他买摩托车，他压根没把我当人看……”

来弟满脸泪水地诉说俊华的种种恶行，包括与丽萍苟合、终日游手好闲，以及向惠婷施暴、索要钱财等，跟庆贺所说的情况吻合。

溪望向她递了张纸巾并稍作安慰，然后在悦桐催促的眼神下，准备向她告辞。然而，就在此时，来弟突然幽怨地来一句：“惠婷嫁给俊华后就没过一天好日子，不但被那对狗男女欺负，还被俊华的鬼妻子糟蹋了好几次。”

“糟蹋？你这话是什么意思呀？”悦桐本已准备离开，但对方这句话却让她打消了念头。

来弟抹着眼泪说：“用你们城里人的话，应该叫‘强奸’或者‘强暴’吧！”

“你理解‘强暴’的意思吗？”溪望虽颇为惊讶，但仍保持镇定，严肃问道，“或者说，你知道俊华的仙妻是怎么回事吗？她是一个十多年前就已经去世的女孩，怎么可能向惠婷施暴？”

“是呀，就算她还没死，也没有……”悦桐不好意思把话说得太直白，迟疑片刻又道，“也没有作案工具啊。”

来弟说：“我知道你们的意思，我虽然没你们城里人见识广，但好歹也生过孩子，怎么会不懂得那档事。”

“惠婷是怎样遭到仙妻强暴的？她有告诉你吗？”溪望问道。

来弟点头道：“她说嫁给俊华后，大概过了一个月，有一晚梦见俊华的鬼妻子。鬼妻子说不喜欢她待在俊华身边，要把她赶走，然后就扑过来把她糟蹋了。”

“只不过是做梦而已。”悦桐松了一口气，给溪望使了个眼色，示意没必要继续留在这里。

溪望对此亦颇为失望，本以为能得到新线索，谁知道竟然只是个梦。然而，正当他准备向对方告辞时，来弟却非常认真地说：“这不是梦，惠婷说她被鬼妻子糟蹋后，第二天醒来发现下面有血。她半个月前才来过例假，怎么会无缘无故地流血呢？”

悦桐摇头道：“例假也不一定是一个月来一次，而且还有很多情况会引起下体出血，譬如炎症之类。不能单凭这一点，就确定惠婷真的被仙妻强暴了，只能说这是巧合。”

来弟反驳道：“一次或许能说是巧合，但惠婷被鬼妻子糟蹋了好几次，每次下面都流血了，这也能算是巧合么？”

“类似的事情一共发生了多少次？是在什么时候？”溪望意识到这事似乎另有隐情。

“一共有三四次吧，我记得不太清楚。第一次是她嫁给俊华后一个月左右……”来弟思索片刻又道，“最近一次是在大半年前，中间应该还有一两次。反正每隔一两年，鬼妻子就会糟蹋她一番。”

“一共三四次，每隔一两年……”溪望若有所思地喃喃自语。

离开元尾村后，虽已入夜且尚未有落脚的地方，但为验证来弟的“鬼奸人”一说，两人来不及多想，立刻马不停蹄地前往元新村，打算向惠婷当面求证。

他们到达元新村时，已经是晚上9点多，惠婷正准备休息。对她这个少见世面，且怀有身孕的农村妇人而言，丈夫突然离世所带来的焦虑与不安，及安排后事的操劳，均令她身心疲惫。

两人道明来意后，惠婷便歉意道：“我不是存心骗你们。俊华虽然对我不好，但他毕竟是我的男人，家丑不可外扬。而且当时婆婆也在这里，我总不能当着她的面说俊华坏话吧！”

“我们也明白你的难处……”悦桐对她稍作安慰，遂询问她遭苇晴强暴一事。

“从住进这房子的第一天，我就很害怕‘她’……”惠婷缓缓转头往供桌上的遗照瞄了一眼，浑身哆嗦了一下，立刻回过头来向两人讲述遭仙妻强暴的经过——

打从我们结婚开始，俊华就经常很晚才回来，但通常不会超过凌晨1点，因为附近只有邻村那间大排档会开到这么晚。1点过后，他就没什么地方可以去，只好回家睡觉。不过，有时候他会跟些狐朋狗友赌钱，不把钱输个干净也不会回来。

晚上只有我一个人在家，我就特别害怕。尤其是看到苇晴的遗照时，总觉得她会突然出现在我身后。所以我总是不停地给俊华打电话，问他什么时候回来。

电话打多了，他就向我发脾气，不准我老是给他打电话。可我心里就是害怕，不给他打电话，我还能怎样？后来，他不知道从哪里弄来一个旧望远镜，说我想知道他啥时候回来，就自己往村口看。反正进村的那段路比较开阔，距离很远也能看见摩托车的大灯。

我拿他没办法，只好按他的意思办。

大概是婚后一个月吧，那晚他又出去了，我只好坐在窗户前，拿望远镜守着村口等他回来。等到凌晨1点多也不见他回来，我怕他出意外，就给他打电话。他那边很吵，好像是在打麻将，但他却说在跟朋友谈大生意，今晚不回来了，叫我不要再打电话去烦他。

我知道他在赌钱，除非把钱输光，否则不到天亮他不会回来。他不回来，我只好先睡，睡着了就不会觉得害怕，最好能一觉睡到天亮。可能是因为等得太晚，我觉得特别困，一上床就睡着了。

半夜里我迷迷糊糊地听到厅堂有动静，好像有人往房间这边走过来，接着又听见房门打开的声音。我想应该是俊华回来了吧，还没天亮就回来，肯定把钱输光了。于是我就没在意，转过身子背向房门继续睡觉。

我感觉到有人钻进被窝，还摸我的身体。我想应该是俊华想要吧，就迷迷糊糊地说："我很困，你自己进来吧！"

他说："你想我怎么进来呀？从前面，还是后面？"

我突然觉得有点不对劲，跟俊华结婚已经一个月了，他几乎每晚都要，就连我来例假那几天也不例外。但他每次都是一句话也不说，直接脱我衣服，压在我身上，从来不会问我想怎样。

我一下子就吓醒了，连忙翻过身子想看清楚他的样子。虽然没有开灯，但有月光从窗户照进来，勉强能让我看清楚房间里的状况。我看见钻进被窝的并不是俊华，而是一个陌生的女孩。这女孩大概就十四五岁的样子，长得很漂亮，我应该不认识她，但又觉得她有些眼熟。

仔细地多看几眼，我就头皮发麻了。因为我已经认出她是谁了，她是俊华的仙妻苇晴。我虽然没见过她，但她的照片就放在厅堂的供桌上，低头不见抬头见，不可能认错。

她摸着我的脸，用俊华的声音说：“你长得这么丑，哪能跟我比呢？就算是婆婆那个老娘们也比你好看多了。”

我害怕得浑身哆嗦，根本说不了话，只想着爬起来逃走。可是身体却不受控制，想动一根手指也不成。她把手从我脸上往下移，摸我的身体。她的动作很轻，跟俊华很不一样，让我整个人都软下来了。她边搓着我的胸部，边说：“年轻就是好，奶子又软又有弹性，不像那老娘们又松又垂。”

虽然还是很害怕，但被她搓了一会儿，身体却热起来。她把手再往下移摸我下面，对我说：“下面挺紧呢，而且还这么嫩。婆婆就差多了，松松垮垮的，怪不得俊华每晚都要你。反正只要把灯关掉就看不清你的样子，再丑也没关系。”

她把我的衣服脱掉，温柔地亲我的身体，几乎亲遍我上身每个地方。我觉得很热，感觉很奇怪，跟和俊华亲热的感觉完全不一样。虽然我仍觉得很害怕，而且她还是个女的，她亲我让我觉得很别扭。但心底里又有一种奇怪的感觉，觉得很舒服。跟俊华亲热时，我从未有过这种舒服的感觉。

她把我的裤子也脱掉，钻进被窝里亲我下面。没看见她的样子，我就没有之前那么害怕，只觉得很羞臊。下面那么脏，俊华从来不亲那里，但她竟然一点也不怕脏。

舒服的感觉也让我暂时忘记她并不是人，甚至忘记了害怕。可这时候她却跟我说：“我可不想俊华喜欢你，就算只喜欢你的身体也不行。”虽然她在被窝里面，但她的声音却很清晰，仿佛是在耳边对我说。而且她仍是用俊华的声音，感觉就像是俊华在跟我说话。

尽管她的语气很温柔，却让我感到无比地畏惧。

她突然从被窝里钻出来，压在我身上，笑着对我说：“让我也来尝尝你的身体。”我知道她是女人，应该没有那话儿，却感觉到有东西从下面钻进我身体。这感觉跟和俊华亲热时有点像，又有点不一样。她不像俊华那么粗鲁，她很温柔，让我觉得很舒服。

之后的情况我没记得清楚，好像又迷迷糊糊地睡着了。

第二天醒来时，俊华还没回来。房门是关着的，不像有人进来过，而且衣服还穿在身上，昨晚的事情仿佛只是一场梦。可是，当我准备起床时，却发现裤子染红了……

从惠婷开始讲仙妻怎样跟她亲热，溪望便以抽烟为借口走到屋外。事实上他早已戒烟，此举只为不让对方感到尴尬。他待在门外静心聆听惠婷的叙述，并探头进屋给悦桐使了个眼色。

悦桐会意地点头，遂转头向惠婷问道："类似的事情发生过多少次了？还记得是什么时候吗？"

惠婷羞怯地答道："我经常会梦见苇晴，但她在梦里通常只是赶我走，这种梦做过多少遍就不记得了。梦见她糟蹋我，前后一共有三次，第二次大概是两年前，第三次是大半年前。"

"都是在你怀孕前发生？"溪望从门外冲进来。

惠婷愣了一下，遂点头道："好像就是这样，每次被她糟蹋过后，没过多久我就发现自己怀孕了。"

第八章　皆为虚幻

"惠婷的情况，从生理及心理上都找不到合理的解释。"溪望在村口的榕树下生火时，对正在附近捡树枝的悦桐说。

现在已经是晚上11点，他们今晚只能在车厢里过夜。还好，溪望总算有点野外生存经验，而且为应付这种情况，他们在车尾箱里准备了不少物资。

溪望生好火，并用树枝架起装满水的78式军用水壶，放在火堆上烧开水。悦桐将收集到的树枝放在火堆旁，没好气道："烧壶开水还得大费周章，买个车载电水壶不是更省事吗？"

"生火还能取暖呀！"溪望走向停在牌坊前的轿车，回来时双手各拿着一份单兵口粮。

"这里可是南方，就算我们往北再走三百公里也不会下雪。要取暖待在车厢里就行了，还能遮风挡雨。"悦桐接过对方递上的单兵口粮，嘴巴横成"一"字，"你就不会准备些正常人吃的东西吗？"

"这可是好东西，既方便又能补充体力。"溪望把包装拆开，并把水倒入发热包将口粮加热。

"问题是这东西不是一般地难吃。"悦桐瞥了火堆上的水壶一眼，遂蹦蹦跳跳地跑到车尾箱，将单兵口粮换成杯面。

"方便面吃太多对身体不好，要不我现在给你做饭。"溪望关切道。

“好呀，给我做个海鲜菠萝饭。”

“你觉得在这里能做出来吗？”

“那就快给我倒开水呀！”悦桐盯着已烧开的水壶，不停地催促，“快点，快点！我快饿死了，快倒一碗来。”

两人把晚饭夜宵算作一顿，吃饱后便继续之前的话题。

“惠婷梦见被苇晴强暴，或许能从她的经历中得到合理的解释。”溪望往火堆里添树枝，并向悦桐道出自己的分析——

弗洛伊德认为，梦往往能反映人的真正欲望。

人处于清醒状态时，因受道德习俗等因素约束，往往不能随心所欲。这些受压抑的欲望隐藏于潜意识当中，日积月累便成为压力。当这些欲望通过梦境浮出意识层面，并在梦境中以幻想的形式得到满足，便能有效地释放压力。

从已收集的情报可见，惠婷婚后产生了多种负面情绪，包括对仙妻的恐惧，因俊华的冷落而感到不安，得知俊华跟丽萍有染而产生焦虑。虽然这些因素都会对梦境产生影响，但并非主要原因，她之所以会做这个梦，恐怕是因为婚前对性生活过分期待，但婚后性生活的质量却不理想。

简单而言，就是性欲没有得到宣泄。

这从她梦境中的多种表现可以得到验证，譬如她一再提及苇晴的动作非常温柔，这跟俊华的粗鲁形成强烈反差。这表明在她的潜意识中，非常渴望能在性生活中受到温柔对待，但现实中俊华的冷漠令她意识到，这种情况不可能存在于他们夫妻之间。

因此，她于潜意识中渴望跟俊华以外的人发生关系，但同时又因受道德观念约束，所以才会产生强暴及女性施暴者等情节，以此减轻自己的罪恶感。

此外，苇晴在梦中出现，且一再提及丽萍，分别反映了她对仙妻的恐惧，以及对丽萍的不满……

“不到街上竖个牌子给别人解梦，真是太浪费你的才华了。”悦桐调皮地向他竖起拇指，但随即又认真发问，“那她下体出血又是怎么回事，你有头绪吗？”

“我还以为你会告诉我呢！”溪望佯装为难道，“这可是女人的生理问题，我又没来过月经，怎么可能知道？”

“你就装吧！”悦桐白了他一眼，娇嗔道，“你既然提起月经，说明你已经知道是怎么回事。”

溪望点头道：“嗯，惠婷说婚后的第一个月，俊华几乎每天都跟她行房，甚至例假期间也不例外。她很可能因此得了炎症，并导致下体出血。因为炎症不算严重，并在其后自行痊愈，所以她完全没有察觉。”

悦桐调笑道：“你的解释倒头头是道，但这个推理只针对惠婷一次在梦中遭到苇晴侵犯。”

“事实的确如此。”溪望无奈苦笑，“惠婷再次做类似的春梦，或许能在心理层面上找到合理解释。她的性欲长期受到压抑，为释放压力只好在梦境中寻求满足。但每次在梦中遭到苇晴侵犯，都伴随着下体出血，这似乎不是单纯的心理问题。”

悦桐接着他的话头说：“而且三次梦见被苇晴侵犯，都是在她怀孕之前，这已经不能用巧合来形容。”

“我想又得请教专业人士了。”溪望皱着眉头取出手机，拨通沐师傅的号码，并启动免提功能。

“都什么时候了，还让不让人活啊！”电话彼端传来沐师傅慵懒的声音。

溪望笑道：“这么早就睡了，还不到12点呢！”

“都三更半夜了，还早个屁！而且老子已经两天没睡了，才刚合眼，你就来电话。”沐师傅似乎已经醒过来，冲溪望怒骂，“都是你这个王八蛋做的好事，留下个烂摊子就跑掉，害我要替你擦屁股。”

“你能不能别这么恶心。”溪望没好气道，“好歹也是隐世高人，虽然只是自称，但至少说话得像个人样。”

沐师傅不屑道：“切，跟你说话有这个必要吗？”

“那跟我呢？”悦桐调皮地插话。自从溪望生了堆火后，她似乎就特别兴奋。

“请问你是？”沐师傅的语气一下子就变了。溪望为悦桐作简单介绍后，他便严肃道：“未知佳人在此，小生失礼了。”

“你还是说人话吧，我们听不惯你这些文绉绉的话。”溪望没好气道。

“不会呀，我觉得很好玩呢！”悦桐将手机从他手中抢过来。

沐师傅继续他的文绉绉：“佳人来电不知所为何事，小生若能略尽绵力亦深感荣幸。”

“我们想知道鬼魅能不能向活人施暴？”悦桐将惠婷屡次遭仙妻侵犯的经过告诉对方。

沐师傅听完她的转述后，严肃道：“你们思考的方向错了。”

“错在哪里？”溪望不解问道。

沐师傅答曰：“七情六欲皆源自肉体，鬼魅已失去肉身，又何来肉欲？”

“你能给我一个比较靠谱……”溪望觉得自己的措辞略显失礼，慌忙改口道，

“或者说比较科学的说法吗？”

“你把鬼魅换成家电来理解就行了。”沐师傅不悦答道，“肉欲是源于肉体的生理欲望，而鬼魅作为一股没有躯体的能量，其实就跟洗衣机、电冰箱没两样，根本没有任何生理上的欲望。”

“那惠婷梦见被仙妻侵犯又是怎么回事？”悦桐追问道，“她不但在事后下体出血，而且还在不久之后发现自己怀孕。三次都是这样，不可能是巧合吧？”

沐师傅矫揉造作道：“尘世间从来就没有巧合，一切皆有因果。”

溪望没好气道：“说人话。”

“世人多受表象所迷惑，鬼魅往往利用这一点达到它们的目的……”沐师傅徐徐解开他们的疑惑——

惠婷先梦见鬼魅，随后发现自己怀孕，这只是表象。事实上，她是先怀孕，之后才梦见鬼魅。只是因为怀孕初期未有察觉，所以才会把这个顺序弄反。

鬼魅没有肉体，因此不会有肉欲，更不可能为了不存在的性欲而侵犯活人。惠婷梦见那所谓的仙妻，其实只是鬼魅弄出来的幻象，她在梦中所见一切皆为虚妄，都不是真的。

但是，鬼魅不会闲来无事拿她消遣，既然对她施以幻术，必定有所图谋。而鬼魅所图的，就是她刚怀上的孩子。这显然是偷生鬼作祟，利用幻象迷惑她，趁机进入她体内，将胎儿还没成型的魂魄吞噬，以便借此偷生……

“如果偷生鬼的目的只是她肚里的胎儿，为什么要如此大费周章，让她做这种奇怪的春梦呢？”悦桐不解问道，“不是嗖一声就能钻进她肚子里吗？”

“要你们理解当中原理，恐怕有点困难……”沐师傅沉思片刻，遂给他们详细解释——

鬼魅是活人死前残留的念力，或许可以将它们理解为一团能量，当然这跟我们日常生活中接触到的热能、电能等能量有点不一样。

作为一团能量，鬼魅的能力其实十分有限。就算是成功偷生多次的偷生鬼，跟人待在同一个房间里，充其量也只会让人突然觉得有点冷。要对人产生直接伤害，或许只能像我之前所说，化作一把比发丝还细，且瞬间即逝的刀刃。这还得让受害者在一定冲力下，主动地往刀口撞过去。

所以，鬼魅通常会以幻象迷惑世人，让世人对自身或同伙做出伤害，以此达到目的。

不过，每个人身上都有三盏阳火灯，一盏在头顶、两盏在肩膀。这是活人对鬼魅的防卫机制，只要精神状况正常，阳火灯的火焰就能将鬼魅迫退。用科学的话说，这三盏阳火灯就是脑电波及生物电流。

因此，在通常情况下，鬼魅很难向人下手。

惠婷的遭遇属于非正常情况，她的阳火灯因怀孕而变得暗淡，而且她又受恐惧困扰，总觉得仙妻的鬼魂在房间里游荡。再加上生活上的种种压力，进一步扰乱她的脑电波及生物磁场，从而使偷生鬼有机会乘虚而入。用算命先生的话说，这叫印堂发黑、乌云盖顶。

虽然惠婷自身的防守机制变得薄弱，但还不至于会被偷生鬼“嗖”一声就钻进体内，鬼魅的能力远比你们想象中要弱得多。

你们可以把鬼魅理解为类似电流之类的能量，不过我还是要强调一下，两者是截然不同的能量。

只要惠婷还活着，就会产生磁场。这对偷生鬼来说，相当于一道无形的墙壁，因此它不可能穿过墙壁进入惠婷体内。它要钻进惠婷体内，必须等惠婷睡着，防守机制处于最弱水平的时候，才有成功的可能。而且还要得门而入，这扇门就在惠婷的下体。

你们应该能想象电流通过下体时，会有什么感觉。虽然两者截然不同，但偷生鬼从下体进入时，惠婷必定会感到不适，甚至产生异物感，因此从睡梦中惊醒。她一醒，脑电波及磁场都会产生变化，使防守机制瞬间增强，从而将偷生鬼挡在体外。

为了不让惠婷惊醒，偷生鬼便干扰她的脑电波，利用梦境迷惑她，使她以为自己遭到仙妻侵犯。处于梦境中的惠婷，以为自己正遭到侵犯，因此大脑接收到下体传来的异物感，亦不会做出本能反应，从睡梦中惊醒……

“惠婷下体出血又是怎么回事？”悦桐继续追问。

“我回答你这个问题好像不太适合。”沐师傅故作为难道。

溪望没好气道：“你再装下去，我的手机就没电了。”

“那我就只好直说了。”沐师傅解释道，“跟之前一样，你们把鬼魅理解为类似于电流的能量，再想象一下电流通过女性娇嫩的阴道时会发生什么事？”

“会灼伤？”悦桐脸上闪现一丝惊惧。

沐师傅答道：“应该没这么严重，但破点皮是肯定的，出血也是理所当然。”

“鬼奸人”的疑问算是得到答案了，虽然沐师傅的解释鬼话连篇，但在未找到更合理的解释之前，这番鬼话亦有胜于无。然而，若假设偷生鬼真实存在，那么就会得出一个疑问——根据惠婷的叙述，苇晴似乎经常借用丽萍的身体跟俊华做爱，如果鬼魅没有肉欲，应该没必要这么做。

他向沐师傅请教这个问题，对方答道：“不要被表象迷惑，做爱的是这对乱伦母子。那个所谓的仙妻，充其量只能干扰他们的脑电波，勾起他们的性欲。附身之类的说法，恐怕是这对狗男女为减轻罪恶感而臆想出来的。不过，他们自以为被附身，防守机制就会在意志干预下减弱。仙妻只要再稍微影响一下他们的脑电波，就能让他们产生幻觉。虽然这种幻象没梦境那么真实，但要假装附身在养母体内并不难。”

“苇晴为啥要这么做？”悦桐不解地问道。

“男女交合本来就有损精气神，更何况他们是苟合，必然会产生罪恶感。修道之人将这种行为称为淫邪，将会大损元气。仙妻刻意诱使他们犯淫，无非是想从旁吸收他们外泄的元气。”沐师傅顿顿又补充道，“要听科学的解释么？简单来说，就是仙妻趁他们做爱时，吸收他们散发的能量……”

“原来已经这么晚了，我们就不打扰你休息了。”溪望没理会仍想把话说完的沐师傅，说了声“晚安”便把电话挂断，他已对对方的连篇鬼话感到厌倦。

挂掉电话后，两人对着火堆沉默了好一会儿。首先打破沉默的是悦桐，她说：“你说偷生鬼会不会是苇晴呢？”

第九章 差之毫厘

“你今晚好像特别开心。”溪望问道。

“有吗？不就跟平时一样。”悦桐盘坐于火堆前，装作若无其事地伸出双手取暖，但脸上却挂着一丝难以掩饰的笑意。

此时已是凌晨1点，在这荒郊野外难免会有几分寒冷，还好两人席地坐于火堆前，旺盛的火焰不但照亮四周，还为他们驱走寒意。这就像他们刚开始交往的时候，一起在沙滩上等待流星雨的那个晚上。

溪望已经知道对方为何如此雀跃，大概是从他拿出单兵口粮的时候，就记起当晚的情境。除了没有水清沙幼的海滩外，今晚的情况的确跟当时十分相似。

还记得那一夜，他们第一次四唇相接……

“喂，别再发呆了。”悦桐把手伸到溪望面前晃了几下，把对方从回忆中带回现实，接着又道，“你说偷生鬼会不会是苇晴呢？”

“为什么会有这个想法？”溪望问道。

“我们先假设沐师傅的推断正确，惠婷的怪梦是偷生鬼作祟。”悦桐换上一副严肃的表情，认真地分析道，“那么我们得先考虑一个问题——偷生鬼为何以女性形态出现？之前你的分析是惠婷的潜意识值此减轻罪恶感，但如果是偷生鬼作祟，那么这个假设就不成立了。”

溪望点头道：“嗯，偷生鬼的确没必要理会惠婷的感受，相反这种罪恶感能让它更容易冲破惠婷的心理防线。”

“我们再进一步想，为何施暴者是惠婷从未接触过的苇晴，而不是她身边的人。”悦桐将手指逐只竖起来，“丽萍、来弟、前勇、庆贺、远东，这些人都可以是偷生鬼的幻化对象。如果我是偷生鬼，肯定会选择较为年轻，而且跟惠婷感情不错的庆贺。”

“你这是什么心态。”溪望郁闷道，“惠婷跟庆贺可是表姐弟。”

“就是乱伦才更能加强惠婷的罪恶感呀！”悦桐理直气壮道，“其实这只是法律层面上的乱伦，旧时表亲婚可是亲上加亲哟！”

“我看你是小说看多了。”

“别岔开话题。”悦桐瞪了他一眼，继续道，“反正偷生鬼的幻化对象有很多，为何偏偏是惠婷从未接触过的苇晴？我认为这是因为偷生鬼本来就是苇晴，她只是以自己生前的形象去侵犯惠婷。”

“单凭这一点就判断苇晴是偷生鬼，似乎过于武断。”溪望分析道，“而且苇晴作为俊华阴间的妻子，偷生还能理解，但杀害俊华似乎就没必要了，这对她毫无好处。”

“那可不一定。”悦桐自信地轻晃食指，指着村口牌坊又道，“你忘记俊华把自己的孩子杀了？就在这个牌坊下。”

她说着突然感到一阵寒意，不自觉地往溪望身旁靠近，但仍不改自信的语气：“苇晴虽然是俊华的仙妻，但人间的夫妻也有吵架离婚的时候，她这个鬼妻子就不能生俊华的气吗？她借俊华的孩子偷生，遭到俊华斩首警告，因而感到恼火，甚至向俊华报复也在情理之中。”

“人间的事情还能用这个世界的法则去推理，阴间的规律我可不懂。”溪望无奈苦笑，“鬼神之说虚无缥缈，难以令人信服，我们还是从能戴上手铐的活人着手调查吧！”

“明天一早我们再去问一下惠婷，或许能找到些蛛丝马迹。刚才她没说几句就已经困了，还有很多地方没说仔细呢！”悦桐伸了个懒腰，用手掩住嘴巴打哈欠，“我们今晚真的要在车里睡吗？”

“你也可以直接睡在这里呀，但我不敢保证偷生鬼不会在半夜往你肚子里钻。”溪望笑着站起来，并把火堆弄熄。

“我又没有怀孕。”悦桐白了他一眼，遂爬起来走向车子。

翌日，悦桐在第一道晨光照进车厢时便醒过来。

她从放平的座椅上爬起来，扭了几下睡得僵硬的脖子。当她想向躺在副驾上的溪望抱怨时，发现对方仍在睡梦当中。一个顽皮的念头在她脑海中闪现，使她脸颊泛起两团红晕。

“上一次趁他睡着时亲他，已经是三年前的事了。”她于心中念道，遂撩起秀发，准备低头往对方脸颊亲去。

然而，当她翻过身子，挡住原本落在对方脸上的晨光时，溪望猛然睁开眼睛，剑刃随即从袖口弹出，并以双手摆出防卫姿态。

突如其来的变化可把悦桐吓了一跳，身体本能地后仰。车厢本来就十分狭窄，她又因受惊而动作过猛，竟然撞到后视镜上。后脑勺吃痛使她本能地往前倾，从而导致上半身失去平衡，于惊叫声中往溪望身上扑去。

幸好溪望及时反应过来，立刻触动手腕机关，将剑刃收起来，避免她受伤。可是她这样压下来，溪望正护于胸前的双手，自然无可避免地触摸到她柔软的胸部。

有道是“无巧不成书”，不知道是天意，还是受潜意识左右，悦桐芳软香柔的朱唇，竟然不偏不倚地落于溪望唇前。也不知道是愣住了，还是两人都很享受这突如其来的浪漫，反正他们就保持着这个姿势，且你眼望我眼地相互对视，直到悦桐发现自己的左手似乎按错了地方……

“色狼！”悦桐挣扎着爬起来，坐回自己的位置并慌乱地整理衣饰。

“好像是你偷袭我呢！”溪望颇感无奈地调整椅背，让自己坐起来，“而且晨勃是正常生理反应，只能说明我的身体很健康。”

“谁偷袭你呀，我只是……只是……”悦桐一时没能为自己出格的行为找到合理的借口。

她明眸一转，瞥见惠婷从房子里走出来，拿着一碗谷糠于家门前喂鸡，便马上转移话题，指着惠婷说：“她起床了，我们快去问她俊华和苇晴的事。”头转过来，发现溪望正在嚼口香糖，并把瓶子递过来问她要不要？她板着脸沉声道：“你是不是想向我暗示些什么？”

“没有，我没说你刚睡醒有口气……啊！”溪望刚把话说出口，悦桐就抓住他的手，往上臂狠狠地咬了一口。

两人来到惠婷家里，向对方询问自第一次于梦中遭到苇晴侵犯后，是否发生过奇怪的事，以及之后两次于梦中遭苇晴侵犯的经过。

“后来两次她都是趁俊华不在的时候糟蹋我，第二次跟第一次差不多，区别不是很大，但第三次……”惠婷在溪望自觉地走到门外回避后，才缓缓向悦桐道出自己的痛苦记忆——

第三次发生在大半年前，就在我第二个孩子走后两个月左右。

自从这苦命的孩子走后，俊华就有些奇怪。之前，他每天早上都会亲自给苇晴上香，哪怕前一晚通宵赌钱，第二天也会一早回来上香。可是在那之后，他就没再给苇晴上香了。

我觉得很奇怪，问他怎么回事。

他说：“这个贱货害死了我们的孩子，干吗还要供奉她！”

我说：“你不是问过神婆吗？不是苇晴不想保佑我们的孩子，而是她斗不过偷生鬼，她也有她的难处。”

他拍着桌子骂我：“你什么都不懂就别多嘴！要上香你自己上，我连一眼也不想看见她。”他发这么大的脾气，我哪还敢多嘴，就没再管这事了。

供奉苇晴的香烛，一直由婆婆负责买回来，她见很久也没把香用完，就问我是不是俊华忘记上香了。我如实告诉她，她就说：“俊华真是孩子气，这事怎么能怪苇晴呢！他不肯上香，就由你来上吧。”

就这样，之后就由我替俊华给苇晴上香。

约莫过了两个月，有一晚俊华又出去赌钱，他在电话里说不回来睡，我只好自己先睡。

半夜里，我又在迷迷糊糊间听见厅堂里传来动静，好像有人往房间这边走，但我没听见脚步声，就跟之前那两次一样。我知道肯定又是苇晴要来糟蹋我，虽然我很想爬起来逃走，但身体却不听使唤，连动一根指头也不行。

她打开房门走……或许是飘吧，反正我知道她来了。她慢慢地爬上床，摸我的身体，在我耳边说：“想我吗，宝贝？”

听见她的声音，我就害怕得浑身发抖。跟之前两次不一样，这次她不是用俊华的声音，而用一个十来岁的女孩声音。我想这应该是她本来的声音吧。

我没敢应话，虽然知道是做梦，但我还是很害怕。

她把手伸进我的衣服里，边摸着我的奶子，边慢悠悠地对我说：“怎么了？还没开始，你就已经兴奋得全身发抖了？”

她的手很冰，就像冰块一样。但不知道为什么，我却觉得很舒服，觉得全身都很热，像被火烧一样。她爬到我身上亲我的脖子，很轻很柔地跟我说："俊华真不是东西，竟然把我的头斩掉，还不给我上香。还是你对我好，一直替他给我上香，今晚我得好好地疼你。你想我从前面进来，还是后面？"

她见我不说话，就说："你真害羞，那我就从后面进来吧，我知道你喜欢后面。"接着，她就把我翻过来……

"之前两次她都是用俊华的声音说话，唯独这一次是用自己的声音？"溪望从门外走进来，"她没侵犯你时，又是用谁的声音呢？"

"嗯，她就只有这一次用自己的声音。"惠婷羞怯地点头，"其实我只是嫁给俊华的头一年，才经常梦见她。生了第一个孩子后，梦见她的次数就少很多了。第三次被她糟蹋过后，直到现在也没有再梦见她。"

"你之前有没有听过她的声音，或者说你有没有觉得她的声音跟谁很像？"溪望又问。

惠婷不假思索地摇头道："没听过，我认识的女孩就只有几个，没有一个跟她的声音相似的。"

溪望皱着眉头陷入沉思。

梦境本应由做梦人的经历组成，惠婷虽然没见过苇晴本人，但至少也见过对方的照片。可是苇晴的声音，别说她没听过，就连俊华，甚至前勇夫妇也没听过，怎么可能凭空出现在她的梦里？

是溪望对梦境的认识太肤浅，还是事实正如悦桐的猜测，在惠婷梦中出现的是真正的苇晴，一只跟随俊华十多年的鬼魅？

"努力，加油！"悦桐盘坐于榕树下，一手捧着杯面，一手举拳为正在生火的溪望打气。

"其实我们可以跟惠婷要一点开水，不必特意为泡个杯面而生火。"溪望抹去额上汗水。跟昨夜不同，现在是早上9点多，虽然阳光不算猛烈，但气温已经升高，在这个时候生火免不了会大汗淋漓。

"老师没教你吗？"悦桐跳起来，叉着腰向他说教，"自己的事情自己做，别总是依赖别人。"

"那你为什么不自己来生火？"

悦桐又坐下来，抬头眨着眼睛，笑眯眯地对溪望说："人家不会耶！"

"你干脆说我上辈子欠你的。"溪望无奈苦笑。

悦桐趁他转身时，冲他吐舌头，心里嘀咕道：“你这辈子也欠我的。”

溪望留意到她的小动作，于心中笑道：“这才是真正的桂悦桐。”一种熟识的感觉涌上心头，仿佛回到两人仍在交往的那段甜蜜时光。

“这或许就是真相了。”悦桐填饱肚子后，向正在收拾地上杂物的溪望说，“在梦中侵犯惠婷的是苇晴，她因为妒忌惠婷能为俊华传宗接代，而以偷生的方式一再害死他们的孩子。俊华在第二个孩子出状况时，意识到这一点，因而跟苇晴反目，甚至将被苇晴附身的孩子提到牌坊下斩首，以此警告苇晴不要继续胡闹。苇晴对此心生怨恨，赶在第三次偷生之前将俊华杀死。”

溪望已收拾好杂物，并将火堆弄熄。他跟悦桐同坐于树荫下，思索片刻才开口：“就目前的状况而言，似乎没有证据能反驳你的假设，而且这宗案子实在有太多超乎想象的地方。尤其是偷生鬼跟仙妻的说法，我到现在还是接受不了。”

“或许就像丽萍说的那样，我们总是把科学挂在嘴边，却拒绝接受自己未知的事物，并把这些事物斥为迷信。”悦桐幽幽地叹了口气，“其实我们这样何尝不是另一种迷信？一种对科学的盲目崇拜。”

“或许你说得没错，但我总觉得有些地方不对劲。”溪望苦恼地皱起眉头。

“是你想太多了。”悦桐白了他一眼，“不管偷生鬼是传说中的淋血刀，还是俊华的仙妻苇晴，两者都是虚无缥缈的鬼魅，我们怕是管不着了。”

“嗯，没新线索就只能放弃了。”溪望泄气地点头，“毕竟我们的时间不多。”

“走吧，去八坊村继续找神隐村的消息。”悦桐站起来，蹦蹦跳跳地走向车子。然而，在她经过牌坊时却突然停下脚，目不转睛地盯住牌坊左侧的木柱。

“怎么了？”溪望上前问道。

“你看这里。”悦桐指着木柱上一道幼细凹痕。

“难道我们之前的推理都是错的？”

第十章　人心为鬼

在牌坊左侧的木柱上，有一道如头发般幼细的凹痕，若不是在阳光照射下仔细查看，很难会被发现。溪望绕着木柱转了一圈，发现凹痕呈环形水平状，木柱外侧的凹痕要比内侧略深，高度大概到他鼻尖。一个念头在脑海中闪现，他立刻跑到右侧木柱前，发现相同高度的地方亦有一道几乎一模一样的凹痕。

“难道我们之前的推理都是错的？”他露出惊愕的表情，脑海中瞬间闪现无数片段——

远东：“在牌坊下把女娃的头砍掉……”

丽萍：“俊华其实有两个妻子，一个是阳间的妻子，另一个是阴间的妻子……我跟老陈没有生孩子……”

惠婷：“就在穿过牌坊那一刻，他的脑袋突然掉下来……”

冯吉：“切口平整地将他的脑袋砍下来……凶手不但来无影去无踪，而且脚不沾地……”

前勇：“苇晴被风筝线割破喉咙……”

庆贺：“表姐嫁给俊华后受了不少委屈……”

来弟：“惠婷第一次怀孕…………”

“你想到什么？”悦桐向陷入沉思的溪望问道。

“凶手不是偷生鬼。”溪望沉着道，“或者说，偷生鬼根本就不存在，凶手只是利用这个传说掩饰真相。”

“知道凶手是谁没有？”悦桐又问。

“嗯，凶手的身份已经很明确，问题只在于怎样才能让凶手伏法，我们缺少能让凶手认罪的证据……”溪望盯着木柱上的凹痕，灵光一闪想起俊华放在门后的砍刀，遂向悦桐笑道，“或许你能帮我一个忙。”

惠婷坐在厅堂左侧的稻草堆旁，用稻草编织篮子。她看见溪望两人来到门前，便问是否还有其他问题要问她?

“不是，不是，要问的都问过了。”溪望摇头道，“我们是来借厕所用的。”

“这附近好像没有公厕，我们找了很久都没找到。”悦桐露出尴尬的表情。

“我要解决倒是很方便，但她却非要找厕所。”溪望苦笑道，“所以只好来打扰你了。”

“不打扰。”惠婷连忙摇头，并指向内堂又道，“茅坑在房子后面，经过房间从后门出去就能看见。要不要我带你去？”

“我自己去就行了。”悦桐似乎快要忍不住，快步走向后门，边走边说，“你肚子都这么大了，一定要多休息，别到处乱走动。”

她刚走，仍站在门前的溪望便向惠婷问道：“俊华死了，你伤心吗？”

惠婷愣了一下，遂难过地垂下头，低声答道：“嗯，虽然他不是一个好丈夫，但他始终是我肚里孩子的父亲。”

“你觉得他会是个好父亲吗？”溪望问道。

惠婷沉默良久，才给出答案：“不知道。”

“是不知道，还是不想回答？”溪望淡漠道，“其实你心中早就有答案，像俊华这种好吃懒做的浑蛋，不但不可能成为一个好父亲，甚至不配做孩子的父亲。”

“可我肚里的孩子是他的种，这是个不能改变的事实。”惠婷缓缓抬起头，眼角涌出的泪水悄然滑过黝黑的脸颊。

“你的确不能改变这个事实，但你也不愿意接受现实。或者说，你不甘心任由命运蹂躏。”溪望以冷酷的目光凝视对方，又道，“所以，为了孩子的将来，你必须将俊华这个犹如毒瘤般的父亲铲除！”

“你……你想说什么？”惠婷一脸惊愕。

溪望耸肩道：“简单来说，就是你杀死了俊华。”

“胡说！”惠婷激动地站起来，冲他叫道，“俊华是我丈夫，我为什么要害他？”

“别激动，小心动了胎气。”溪望双手于胸前缓缓下压，示意对方放松。待惠婷坐下来，他才继续道：“你为什么要杀死俊华，又是怎样将他杀死的，我已经心中有数。要不我现在就说出来，让你来判断一下是不是胡说……”他随即向对方讲述自己的推理——

你出生于贫困的农民家庭，虽是家中独女，无奈父母重男轻女的观念深重，一直视你为“亏本货”。再加上为医治父亲的尘肺病，而向外举债无数，屡遭债主上门讨债，因而对你构成巨大的心理压力。

你自幼就对男尊女卑的观念根深蒂固，加上家境贫困，使你认为自己处于社会的最下层。你不但因此而变得自卑，更养成逆来顺受的懦弱性格，就算受到欺负也不敢吭声。

你明知母亲要你嫁给俊华，只是为了得到男家的聘礼，也对俊华的斑斑劣迹略有听闻，但你却没有违抗母亲的意志。这除了因为你的懦弱，还因为你心中存有一丝幻想，希望借此改变自己的命运，憧憬婚后拥有美满幸福的生活。

可惜现实却是残酷的，俊华就像传闻中那样，是个一无是处的浑蛋。婚后，你不但没有迎来憧憬中的生活，反而经常遭到俊华欺负，甚至是殴打。更令人心碎的是，你发现自己的丈夫竟然跟婆婆有染。

就在婚后头一个月，你已对俊华彻底绝望，可是懦弱的性格又让你不会对此做出任何反抗。你不但没考虑过离婚或者逃走，甚至没想过向别人求助。你唯一的应对办法就是继续憧憬未来，将希望寄托在儿女身上。

可是，你又害怕儿女会像俊华那样，长大后变成一个令人厌恶的恶棍。在无人可以倾诉的情况下，你的忧虑渐渐变成压力，并展现在梦境当中。你之所以梦见遭到苇晴侵犯，其中一个原因就是你在潜意识中不想怀上俊华的孩子。

你好不容易才熬到孩子出生，本以为这个孩子能为你谱写人生的新篇章。可是初为人母的你，毫无照顾婴儿的经验，内向的性格亦使你不敢开口向外人讨教。本应教导你相关知识的丽萍及来弟，前者没有生育经验，后者因为俊华不准你回娘家，而几乎没有机会跟你接触。

你根本不知道如何照顾婴儿，所以当孩子吐奶的时候，你没有将他上身抬高，而是让他一直保持平躺姿势。你不知道这样会让呕吐物进入气管，甚至会导致孩子窒息死亡。

你的第一个孩子，就是因为你不懂如何处理这个小问题而夭折。

你跟俊华、丽萍、前勇，甚至是来弟，都不能接受这个现实。所以你们将孩子的死归咎于偷生鬼作祟，借此消除心中的愧疚与伤痛。

第二个孩子出生时，你已从别人口中听来一些照顾婴儿的经验，但你在这方面的知识还是非常少，因而导致孩子生病发烧。

这种情况其实很多年轻夫妇都经历过，而且都不懂得正确的处理方法，只会抱着孩子去医院，跑完一趟又一趟。其实婴幼儿就算患上普通感冒，也会反复发烧三四天，打针吃药只能暂时令体温降下来，药效过后体温还是会再度上升。只要按医生的吩咐给孩子喂药，再用口服退烧药控制体温，熬过这几天通常就能康复。

虽然你不知道这些事情，但充其量也只会让孩子多吃点苦头，到医院多挨几针。但俊华却不一样，他深信偷生鬼的传说，认定这个女婴跟之前那个孩子一样，都已被偷生鬼附身。而且他也是个重男轻女的人，根本不在乎这个女娃的死活。所以，他毫不犹豫地将女娃提到村口，用砍刀将自己的骨肉斩首。

这一刻，你终于对未来不再抱有任何幻想。活在俊华这个恶魔的阴影下，根本不存在希望与将来。因此，在接下来的日子里，你就像一具行尸走肉，除了等待死亡，活着于你而言，根本没有任何意义。

但是，当你发现自己怀上第三个孩子时，情况就不一样了。

你想改变这个孩子的命运，既不能让他成为俊华那样的恶魔，也不能让他惨死于俊华的砍刀之下。而要做到这一点，唯一的办法就只有将俊华杀死！

你知道苇晴是遭风筝线割喉致死，且从中得到启发，想到一个可以杀死俊华，并将罪名推给偷生鬼的办法。可是，因为怯懦和胆小，你迟迟没有付诸行动。眼见肚皮渐渐隆起，为了孩子的将来，你知道不能再犹豫了，终于下定决心杀死俊华。

就在一个星期前的晚上，俊华再次像往常那样出去跟朋友吃夜宵。你算好时间给他打电话，叫他回家。若在平时，他肯定不会理会你。但你肚里怀有他的孩子，并且以肚子饿为由叫他回家，看在孩子的分上，他肯定会马上回来。

你知道他回来需要多少时间，而这段时间足够你做好一切准备。

你带着一根犹如头发的钢丝走到村口牌坊下，用俊华修理摩托车的工具，将钢丝按某个高度绑在两根木柱之间。这个高度就是俊华骑上摩托车后，脖子与地面的距离。你跟他同床共枕多年，就算不用尺子测量，也能知道大概位置。

然后，你就回到家里，像平时那样坐在窗前，用望远镜盯住村口。不同的是，这次你不只是等俊华回来，还得注意是否有人误闯你为俊华准备的陷阱。

还好，这个时段通常不会有人在附近经过，你每晚都在窗前等俊华回家，对此非常清楚。所以，你要做的只是等待那期待已久的一幕——绑在两根木柱之间的钢丝，将俊华这个恶魔的脑袋削下来，就像他将你们的女儿砍杀时那样。

这一幕你已幻想过无数次，你甚至忘记自己并没有亲眼看到这个可怕的瞬间……

"当晚的情况，你还能记得清楚吗？"溪望狡黠笑道，"俊华出事当晚，月黑风高，他又骑着摩托车以较快的速度经过牌坊。你不可能看见他的脑袋掉下来，充其量只能看见他穿过牌坊后，连人带车撞上了榕树。掉脑袋的一幕，只是你想象中的画面，而非亲眼所见。"

惠婷一直低头不语，此刻才抬头怯弱地反驳："你说的不也同样是你的想象？当时我都吓呆了，能把每个细节都记清楚吗？"

"看见这样东西，你应该能记清楚了吧？"悦桐从房间里走出来，手中拿着一张大红色的襁褓。

"你……你什么时候溜进房间里了？"惠婷惊诧地叫道。

"你刚才听得太入神，完全忘了我的存在。"悦桐露出调皮的笑容，然后对溪望说："你猜得没错，她果然把凶器藏在枕头下。"说罢便拿起惠婷用来修剪篮子边沿的剪刀，将襁褓剪破。

一根细如发丝，中段沾有血污的钢丝，从襁褓内层掉落。溪望戴上手套将钢丝捡起，对已面无人色的惠婷说："你终究是个迷信的人，怕俊华死后会回来找你报仇。所以，你就学俊华那样，把杀死他的凶器藏在家里。"

“现在你无从抵赖了吧！”悦桐得意地笑道。

惠婷放下快要编织好的篮子，双手捂住脸庞，泪如泉涌。她哭了好一会儿才喃喃念道：“我只是为了孩子，我不想我的孩子一个接一个地死掉，我不能让俊华再杀死我的孩子……”

“你为什么会觉得俊华这次又会将孩子杀掉？”悦桐怜悯道。虽然眼前是一名双手沾满鲜血的凶手，但同为女性，她能理解对方为了孩子，可以做出任何事情，包括亲手弑夫。

“因为我这次怀上的很可能是个女孩。”惠婷低声抽泣。

“俊华不想要女孩？”溪望皱起眉头。

惠婷点头道：“你说的基本上没错，唯一没猜对的就是俊华压根不相信偷生鬼。他明知道我们的女儿只是普通的感冒发烧，却硬说她被偷生鬼附身，把她提到村口一刀砍死。”

她力竭声嘶地仰天哭喊：“为什么？为什么要杀死我的女儿，就因为她是个女孩，所以连生存的机会都没有吗？”

“你哭什么！”悦桐冲她骂道，“现在死掉的是俊华那个贱男人，以后再也没有人会欺负你，你该高兴才对。”

“可是，可是……”惠婷泣不成声，良久才继续道，“我杀了他，我也要枪毙，我肚里的孩子怎么办？”

“你放心，你不会被枪毙。”溪望解释道，“死刑对孕妇不适用，哪怕是触犯谋杀罪，法官也不能判你死刑。”

惠婷呆望着他，良久才破涕为笑。

“你别高兴得太早，死罪可免活罪难逃，坐牢还是少不了的。”溪望无奈地叹了口气，又道，“不过在此之前，你得先把事情的真相给我们仔细说清楚。”

第十一章　自私自利

“俊华是个养子，他待在公公身边这么多年，很清楚公公那份无奈……”惠婷的情绪已稳定下来，徐徐道出该案的来龙去脉——

公公婚后多年也没有孩子，才会收俊华做养子，所以经常被人嘲笑他是阉鸡。

公公对此总是敢怒不敢言，因为人家也没说错，没能生个儿子为自己传宗接代，不就跟阉鸡一样?

俊华待在公公身边久了，这些闲言闲语自然没少听，所以他很怕自己也会遭人笑话。拜堂那天他就跟我说，娶我进门只是为了给他生儿子，要是生不出儿子就给他滚蛋。

我的肚子还算争气，进门还没到一年，就给他生了个儿子。可惜就像你刚才说的那样，我根本不会照顾孩子，而且也没有人教我，所以连孩子吐奶都不会处理。

第一个孩子就这样被我害死，我们都很伤心，但这事也不能全怪我。公公婆婆都不会照顾孩子，俊华又整天在外面瞎跑，而且他还不让我回娘家。我一个女人待在家里，遇到什么事情都会慌手慌脚。

孩子的死，可以说我们都有责任。所谓的偷生鬼作祟，只是我们安慰自己的借口。至少我跟俊华心里都知道，这事跟偷生鬼无关，只是嘴上没说出来。

不管有多伤心多难过，日子还是要过，不到两年，我就生下第二个孩子。这本来是该高兴的事，可整个家里就只有我一个人高兴。不管是俊华，还是公公婆婆，看见我怀里的女娃都没露出半点笑容，俊华甚至都不愿意抱一下孩子。

我知道他们都重男轻女，尤其是俊华，他只想要个儿子，免得像公公那样遭人嘲笑。可是，不管是男孩还是女孩，都是我们的孩子，怎能因为是个女娃就嫌弃她呢?

当女人就是这么命苦，打从刚出生就不讨人喜欢。不过，就算他们都不喜欢女娃也没关系，不管有多辛苦，我也会把她养大，因为她是我的孩子。

但俊华可不这样想，他觉得女娃是“亏本货”，不但浪费米饭，还让他丢脸。而且村里计划生育抓得很严，孩子才出生几天，村妇联主任福婶就上门来了。她说我们没拿生育指标就生第二胎，按规定属于违法，但我们第一胎夭折，这事就不追究了。不过，她要我马上结扎，别让她难做。

俊华当然不会让我去结扎，他还要我给他生儿子。可是村里迫得很紧，福婶隔三差五就来给我们做思想工作，后来还发狠话，最晚在孩子满月当天去结扎。不然她就带人过来，把我抬到医院去。

我问俊华怎么办，他说他会想办法。可是，他所谓的办法只是把家里的钱全拿去跟狐朋狗友大吃大喝。说是找人帮忙疏通，但钱花光了也没疏通到谁，福婶还是隔三差五就来一趟。

眼见距离限期越来越近，福婶也就来得越频繁，可俊华却还是整天在外面瞎逛，我一个人也不知道该怎样应付。或许是被这事弄得心慌意乱，我没把宝宝照顾好，害她生病了。

我还在坐月子，不能随便出门，只能让俊华带宝宝到卫生站看医生。可俊华带宝宝去了两趟卫生站，烧还没能完全退下来。之后他就不管了，说宝宝是被偷生鬼附身，这病怎么治也治不好。他一天到晚都在外面瞎逛，我给他打了很多次电话，也没能把他叫回来。

就在宝宝满月前一天，我刚应付完福婶，就发现宝宝的额头非常烫。我也不知道该怎么办，只好给俊华打电话，求他带宝宝到镇里的医院看病。

我一再苦苦哀求，俊华终于回来了。可是，他回来却不是带宝宝去看医生，而是趁我没注意，把宝宝提到村口一刀砍死……

他拿偷生鬼当借口，把我们的女儿杀死，目的只是不让我结扎，好再给他生儿子。

尽管知道他是个毫无人性的杀人魔，但我也拿他没办法，因为他是男人，是我的丈夫。哪怕他亲手杀死我们的女儿，我也不敢反抗他，甚至不敢向外人道出他的恶行。我可以做的，就只有继续忍受命运的蹂躏，顺从他的意思，为他再生一个孩子，而且必须是儿子。

我第三次怀孕时，俊华比之前两次紧张不少，前后三次带我到镇里的小诊所照B超。他本想确定我肚里的是儿子才让我生下来，是女儿就立刻打掉。可是，这三次B超得出的结果都不一样：第一次说一定是儿子；第二次说可能是女儿；第三次说可能是儿子，但也有可能是女儿。

照B超也没能弄清楚，只有将孩子生下来，才知道到底是儿子还是女儿。可是按福婶的说法，我们这次已经是第三胎，恐怕孩子出生的第二天，她就会上门抓我去结扎。

如果是儿子，倒无所谓；是女儿的话，俊华可是怎样也不会让我去结扎的。但福婶也不好招惹，她要是硬来，俊华也拿她没办法。

为了确保我能给他生个儿子，俊华想出一个办法，一个令我害怕得全身发抖的可怕办法——他竟然跟我说，这次就在家里生孩子，反正已经是第三胎，用不着去医院。要是生下来的是儿子还好，如果是女儿就丢在面盆里淹死，跟外面的人说难产就是了。

太可怕了，他为了生儿子，已经失去了人性。对我跟孩子来说，他简直就是个恶魔……

“简直就是人渣！”悦桐气得拍案而起，愤慨怒骂，“他这种贱男人，该抓去枪毙一百遍，然后剁碎拿去喂狗。”

“他已经身首异处了，你就留一点口德吧！”溪望拉她坐下来，遂对惠婷说，

"我们很同情你的遭遇，但法不容情，犯了事必须受到惩罚。"

"现在就跟我们去派出所吧！"溪望走到惠婷身边，准备扶她起来。

"放过她！"

一声怒喝从身后传来，悦桐的惊叫亦随之响起，溪望更感到一股劲风袭向自己后脑勺。他猛然转身，发现庆贺不知道何时闯入屋内，并高举原本放在门后的砍刀，往他脑门劈下来。

他慌忙抬起左手，以藏于衣袖里的百鬼鸣抵挡。在金属碰撞声响起的同时，他的右拳已陷入对方腹部，再以一脚破门踹把庆贺踢倒。

庆贺倒地后立刻爬起来，发现悦桐就在身旁，连忙扯着她的头发，并把砍刀架在她脖子上，慌乱地冲溪望喊道："别过来，不然我一刀砍死这个臭婆娘。"

"有话慢慢说。"溪望举起双手作投降状，"少抓一个犯人也不会扣工资，我们没理由拿命跟你拼。你要把惠婷带走，我不会阻止，你把刀拿稳别伤人就行了。"

庆贺握着砍刀的右手抖得厉害，溪望生怕他会误伤悦桐。

"表姐，快去收拾几件衣服，我带你走。"庆贺冲惠婷喊道，接着便如临大敌地与溪望对峙。

"是呀，快走，然后你们就浪迹天涯、双栖双宿，过着神仙快活的日子。"悦桐故作镇定道，"但孩子怎么样？跟着你们这对逃犯，孩子会有未来吗？"

"孩子，我的孩子……"惠婷黯然泪下，怜惜地抚摸隆起的腹部。

见她如此哀伤，庆贺亦不禁落下男儿泪，哭喊道："姐，现在不走，你可能要坐牢一辈子啊！"

"现在才说这些话又有什么用？"悦桐趁对方分神，悄然掏出唇膏状的电击器，往庆贺腰间捅过去。电击使庆贺整个人弹起来，幸好她及时退避才免受误伤。

她往倒卧在地、暂时失去知觉的庆贺轻踢一脚，遂得意扬扬地瞥了溪望一眼。虽然她什么也没说，但溪望能凭眼神读懂她的意思：别小看我，我也能保护自己。

溪望将已经恢复知觉的庆贺双手反绑，悦桐走近一巴掌打在他脸上，怒骂道："你这么在意惠婷，为什么要让她嫁给俊华这个人渣？你现在敢带她逃走，当初怎么不跟她私奔！"

"她，她是我表姐，我们在一起是乱……"

庆贺没把话说完，又被悦桐掴了一巴掌，她再度怒骂："你要是真心喜欢她，就只会想她好，想让她幸福，根本不会在乎肉体上的关系。说白了，你跟俊华一样，都是自私自利的贱男人！惠婷这辈子算是毁在你们这两个废物手上了。"

尾声

一

“知道那个无赖的位置吗？”李梅站在简陋且肮脏的汽修店门前，通过手机向电话彼端的某人问道。

熟识的女性声音从听筒传出，带几分嘲讽意味：“哟，我之前不是已经告诉你了，怎么又来问我？难道……你跟丢了？哈哈哈，这种事怎么可能发生在李梅大人身上？”

“死丫头，什么时候变得这么牙尖嘴利。”李梅脸上略现不悦之色。

“还不是跟你学的。”

“别的没见你学得这么快，赶紧告诉我，那姓相的现在跑到哪里去了？”

“他们准备去八坊村，你现在出发肯定能赶上。不过，这次你得打起十二分精神哦！他们好像已经察觉我给你通风报信，下次不一定会再向我透露行踪。”

“你真啰唆，还是想一下该怎样应付厅长吧！要是姓相的向厅长告密，你的麻烦可不少。”

“我什么时候要你担心过，倒是你总让人放心不下。”

“你还敢说，也不想想我替你背了多少次黑锅……”

……

没完没了的吵架，犹如天空上飘过的云朵，为这沉闷的午后增添了生气。结束通话后，李梅抬头看天，脸上露出温暖的笑容。这是难得一见的画面，至少溪望尚未有幸目睹，或许这辈子也没此机会。

随后，李梅拨打另一个号码，在电话接通的同时，她脸上的肌肉瞬间绷紧，语气亦一改刚才的轻松，拘谨而敬畏地说：“BOSS，我这里出了点状况……放心，我一定能把姓相的解决掉，绝不会让他活着离开……”

挂线后，她如释重负地松了口气，再次抬头看天，一脸憧憬地笑道：“妈，我们很快就能团聚了。”

“美女，你的车子修好了。”

她带着笑颜转过头来，面容渐渐变得狰狞，并发出愤怒的咆哮：“好你妹！用胶布把玻璃粘上就想打发我，你妹的就不会给我换一块挡风玻璃吗？”

二

在前往八坊村的路上，悦桐喋喋不休地声讨俊华及庆贺：“俊华这种人渣，死一百遍也是活该。庆贺也是个杀千刀的，既然喜欢惠婷，还管什么世俗伦理。只要两人在一起，日子过得开心就行了。”发泄过后，她开始思考一个问题：苇晴作为俊华的仙妻，到底是否存在?

溪望回答道：“不好说，根据各人的供词，仙妻的确有存在的可能。但他们都倾向神怪论，供词不可尽信。”

悦桐又问：“假设仙妻真的存在，她应该知道惠婷打算杀死俊华，那她为什么不给俊华一点提示呢？譬如托梦之类，她应该有能力办到。”

“天晓得，凶手虽然找到了，但这宗案子还有很多地方我没想明白。”溪望双手抱头瘫在副驾上，“或许是苇晴也觉得俊华该死，又或者她的确是偷生鬼，为了报斩首之仇，不但没保佑俊华，反而暗中帮惠婷一把。”

他长叹一声又道：“这年头人都不能相信，更何况是鬼?”

“你……相信我吗?”

“就跟你没怀疑过我一样。”溪望莞尔一笑，“就算你说猪胆是甜的，我也不会怀疑。”

悦桐横了他一眼，娇嗔道：“不过你会让我先尝一口罢了。”

“哈哈，我们都能猜透对方的心思，‘不信任’是不适合用在我们身上的，就像没人会说自己左脑不信任右脑一样。”

“我又不是你肚里的蛔虫，哪知道你想什么？”悦桐娇嗔骂道，但嘴角却微微上翘。

“我还有两件事没想明白。”她突然皱起眉头，“首先是吴书记夫妻声称苇晴给他们托梦一事，你觉得是真的吗?”

溪望答道：“你也说是他们自己‘声称’，是真是假还不是他们一句话。”

“假设他们撒谎，根本没有托梦这回事，但他们为何要这么做呢？”悦桐面露困惑之色。

“苇晴年纪轻轻就去世，吴书记夫妇肯定会很伤心，甚至想替死去的女儿做点事以弥补心中的遗憾。”溪望分析道，“他们可能从别人口中，得知俊华在苇晴坟前的举动，便想让这个年轻人跟苇晴冥婚，好让女儿有个归宿，免得做只无主孤魂。”

“俊华在苇晴坟前乱说话，过了三四天吴书记夫妇才登门拜访，其实是因为他们花了点时间打听俊华的背景和地址。”悦桐恍然大悟。

溪望点头道：“这个可能性很大，毕竟当时有很多村民观看前勇跟俊华打井，有人注意到他们在苇晴坟前的举动并不稀奇。”

“我还有一件事想不通。”悦桐提出最后一个问题，“惠婷几乎足不出户，杀死俊华的钢丝，她是怎样弄来的？”

“这个得去问庆贺。”

“庆贺是帮凶？”悦桐愕然道，“你好像没跟冯吉提起呢！”

“光是袭击我们的罪名，已经够庆贺在牢里待上一段日子了。”溪望轻声叹息，“要是再给他添罪，惠婷的孩子恐怕没人照顾了。惩罚不一定非要以牢狱的方式，用责任来代替亦未尝不可。”

“这好像不是你的处事原则。”

“原则固然要坚持，但有时候也可以变通一下……停！”溪望看见前方有一个白衣女子俯卧于路旁，连忙让悦桐停车查看。

“奇怪，她这身打扮怎么看也不像附近的村民。”悦桐走到女子身边，蹲下来将手伸向对方的脖子，“应该只是昏倒……”

在她修长的手指触及对方那一刻，溪望已察觉有异，但还没来得及开口便出状况了。白衣女子猛然翻身把悦桐抱住，并将一把精巧短小的匕首架在她的颈动脉上。

女子缓缓拨开遮挡面容的长发，露出她傲雪欺霜的冷艳容颜。

“易露妍？！”

灵异档案　坟前多嘴惹鬼妻

在讲述本卷的灵异档案之前，先特别鸣谢“陈俊华”同学提供相关灵异素材，老求对你在故事中的遭遇深表遗憾，并默哀三秒……

据陈同学讲述，“仙妻事件”约莫发生在二十年前，当时他刚小学毕业，跟其他同学一起参加学校组织的毕业旅行。

这次所谓的“旅行”，其实只是郊游，老师带学生到附近的郊野山林转一圈就算完成任务。因为目的地人流不多，也没什么危险的地方，所以通常不会出问题。

不过，有时候也会有例外。

参与这次旅行的同学当中，有个十分早熟的捣蛋鬼，来到目的地就到处乱跑乱钻，说看看能不能在附近找到宝藏。他钻了半天也没发现宝藏，倒是找到一座坟墓。

墓碑上不但刻有坟主的生卒年月，还镶有一张少女照片。捣蛋鬼盯着照片看了半天，竟然说：“这么年轻就死了，还不如嫁给我当老婆。”他在附近随手弄来一根竹子，在墓碑上轻敲三下，还把这根竹子当宝贝带回家。

两天后，一对夫妇捧着女儿的遗像来到捣蛋鬼家中，找到他的父母。这对夫妇声称已去世多时的女儿给他们托梦，说自己要结婚了，有人愿意娶她，还把她带回家呢！他们就是根据女儿提供的地址，才找到这里来，还指名道姓说捣蛋鬼要娶他们的女儿。

捣蛋鬼的父母当然不会相信他们的鬼话，立刻把儿子揪出来，谁知道一问之下，竟然跟他们说的不差半字。这可把两口子吓坏了，以为捣蛋鬼中邪，被这只女鬼迷住了，立刻去找神婆解救。

神婆跟女鬼沟通过后，说这只女鬼只想有个归宿，捣蛋鬼要是肯娶她，她就保佑捣蛋鬼一家大小平安，还会帮他们赚钱，她也不介意捣蛋鬼以后另娶妻子传宗接代。

有道是“鬼话连篇”，总是说的比唱的还好听。

捣蛋鬼迎娶女鬼后，果真是全家都事事顺利，可是这种顺利只维持了十来年。在他娶妻生子后，似乎就交上了噩运。去打工，老板“跑路”；开间小手机店，半夜被洗劫一空；更要命的是，他的身体莫名其妙地转差，明明没有生病，但身体却日渐衰弱，不到三十岁就一命呜呼了。

或许正如溪望所言，“这年头人都不能相信，更何况是鬼？”

女鬼说保佑捣蛋鬼是假，吸取他的精气是真。长年与鬼共处，如果还能长命百岁，老求只能说一句：这不科学。

卷九·百年怨尸

引子

一

清代嘉庆年间，五匹快马于市集中穿行，所经之处无不鸡飞狗跳。商贩们虽怨声载道，却没人敢上前拦阻，皆因带头的是身穿三品武官补服的都尉大人。

都尉脸色阴沉，不断扬鞭策马，领着四名侍卫风风火火地直奔都尉府。当他到达自己府第时，门前那几个乱作一团的家奴便慌忙上前迎接。

为首者名曰钮祜禄·福庆，他单膝下跪向都尉行礼，诚惶诚恐道：“老爷，夫人马上就要生产，稳婆已经来了。”

“谁出的主意？”都尉翻身下马，官服上的花豹图案随着他敏捷的动作晃动，犹如跟身形魁梧的主人一同发出愤怒的咆哮。

“是，是夫人的贴身侍婢找来的……”福庆声如蚊蚋，生怕受都尉责罚。

果然，都尉甩手一掌扇在他脸上，打得他眼冒金星，并呵斥道：“放屁！常言道‘十月怀胎’，夫人入门不足七月，岂有临盆之理？”

一名刚下马的侍卫上前小声说道：“都尉大人，可曾听闻‘七星仔’？”

都尉回头瞪了他一眼，横眉怒目道：“本官没有问你。”

侍卫心中一慌，知晓自己多言，连忙自打嘴巴，求饶道：“小人胡言乱语，请都尉大人恕罪。”

都尉没理会他，转头便抬脚往福庆腰间踹过去，斥骂道：“本官公务繁忙，交托你这个狗奴才打理府中琐事，你竟敢马虎了事，让别人看本官的笑话？”遂上前往倒地的福庆身上狠狠地踢了几脚。

表面上，都尉是责怪福庆未经他的同意，便请来稳婆替不该在这时候生产的夫人接生。但旁人都能看出，他是为自己没发现夫人嫁入都尉府时已怀有身孕这件事发怒，却拿这个倒霉的奴才出气。

然而，谁也没敢为福庆说句公道话，甚至没人敢吭声。就连福庆本人，也只是强忍腰腹痛楚从地上爬起来，卑躬屈膝地对都尉说：“老爷，千错万错都是奴才的错。请老爷稍移玉步，先进府看望夫人，然后再处置奴才。稳婆说夫人身子虚弱，恐怕大小只能保其一。”

都尉冷哼一声，遂转头昂首阔步进入府第，一众侍卫奴才立刻诚惶诚恐地紧随其后。当他穿过大厅步入内堂，便听见夫人力竭声嘶的叫声，不由怒容满脸，啐骂道：“本官在沙场上浴血奋战，遍体鳞伤亦未曾吭过一声。尔等妇人下崽儿也叫个不停，真是丢人现眼。”

“都尉大人，你终于回来了。”双手沾血的稳婆从房间冲出来，匆忙向都尉行礼，焦急道，“不好了，不好了，夫人难产，大小只能保其一。到底是保大还是保小，小人不敢做主，还请都尉大人定夺。”

“保小。”都尉不假思索地答道。

稳婆不敢多言，再次行礼，然后匆匆返回房间。

约莫过了半个时辰，夫人虚弱无力的叫声渐渐消失，稳婆喜笑颜开地抱着一个包裹于襁褓中的婴儿出来报喜：“恭喜都尉大人，夫人为都尉大人生了个阿哥。”

脸上仍沾有血污的初生婴儿，一离开温暖的房间便浑身发抖。都尉瞥了他瘦弱且微微发紫的脸庞一眼，额角随即青筋暴起，竟挥拳打在身旁的柱子上。

这一刹那，稳婆仿佛感到整个都尉府都在颤抖。

“本官力拔山河，沙场杀敌无数，怎会有如此弱不胜衣的阿哥？什么‘七星仔’，根本就是放屁！”

都尉暴跳如雷的咆哮声响遍整座府第，围在他周围的奴仆全都低头看地，谁也没敢吭声，稳婆更是被吓得倒退三步。

纵使极不情愿，但稳婆一再挤眉弄眼示意，福庆只好硬着头皮上前向都尉问道：“老爷，夫人只剩一口气……”

“把那个贱人埋了，立刻！”都尉丢下这句话便拂袖而去。

福庆知道这是气话，但毕竟是都尉当众下达的命令，若不照办恐怕又会招来一顿拳脚。他扬手招来几名家奴，示意他们在门外等候，遂独自走进房间，对躺在床上奄奄一息的女人说：“夫人，可有听见都尉之言？”

夫人气若游丝，每呼吸一下都非常吃力，仿佛被佩戴于胸前的精美和田玉佛吊坠压得喘不过气。她说话亦有气无力，福庆好不容易才听清楚她的喃喃细语：“我本乃大家闺秀，自幼规行矩步，嫁与都尉亦谨言慎行。他平日忙于公务，对我百般冷落，我尚可忍受。但……但我为他怀胎数月，此刻诞下麟儿，他竟怀疑我不贞……是可忍，孰不可忍！”

“夫人，都尉只是一时误会……”福庆凑近床前并把声音压低，免得被门外的奴仆听见。

“误会？”夫人用尽最后一点力气，揪住他的衣领，把他拉到跟前，双眼闪现出这辈子从未有过的凶光，咬牙切齿道，“狗奴才，别以为我不知道你心里在想什么！你不过想用花言巧语哄我上路，好让你安心把我丢进坟墓，以完成都尉的交代。”

福庆被她凶狠的目光吓到，本能地挣脱后退。

“你们这些男人没一个好东西，我要诅咒你们全都不得好死，我就算死了也要从棺材里爬出来，向天下间所有男人报复……”

夫人悲愤的哭喊声于房间内回荡，哪怕她已合上双眼，甚至停止呼吸，但福庆觉得她的灵魂仍留在躯体之内，等待时机向自己、都尉以及天下间所有男人报复。

二

月上枝头，五名灰头土面的农村汉子，扛着锄头、铲子等工具走向八坊村。当他们走到村口时，其中较年轻的小伙子便向另外四人挥手道别。但他才走出两步便立刻折返，压低声音对众人说：“我们说好了，明天再一起进古墓看个清楚，谁也不能半夜摸进去。”

“哈哈哈，你这个小鬼头，有胆子你自己去呀！”其中一名40来岁的汉子爽朗大笑，并用力拍打对方肩膀，“我江华在外面摸爬滚打多年，向来牙齿当金使[①]。要是连本村兄弟也敢骗，还有脸叫你们选我做村长吗？”

“华哥我当然相信，就怕别人不像你这样。”小伙子有意无意地望向另外三人。

“钟毅，你欠揍是不是？”一名五大三粗的汉子丢下锄头，怒气冲冲地上前揪住小伙子的衣领，呵斥道，“我们都打算跟华哥混饭吃，华哥说明天再进去，就明天再看个清楚。谁敢今晚偷偷摸进去，就算古墓里的死人肯放过他，我王珏也不会让他好过。”

“好了，好了，大家都是本村兄弟，别为这些小事伤和气。”江华将两人分开，并往钟毅背脊轻推一把，笑道：“想打架就回家跟老婆在床上打。”

他随即收起笑容，郑重地向对方承诺：“我们明天一早在这里集合，人到齐了才一起去，缺了谁也不走。”

“说好了，你们可别漏掉了我。”钟毅一步三回头，好不容易才离开众人视线。

“华哥，真的要等明天吗？”扛着铲子的赤脚汉子问道。

“刘涛呀，你不穿鞋，古墓也不长脚，你还怕会跑掉不成？”江华苦笑摇头，“你又不是不知道‘诅咒之地’的传说，那片湿地前不着村后不着店，我们村里的人也很少过去，外村人更不会闲来没事到那里溜达。古墓埋在这里至少有上百年，要不是我们修路刚好在那里取土，也许再过几百年也不会有人发现。”

“话可不能这么说，不怕一万，就怕万一。”刘涛一脸忧虑，“刚才你们也看见了，古墓里头那两副棺材，一看就知道不是普通货色。躺在里面的人肯定是达官贵人，准有不少值钱的宝贝陪葬。”

他身后那个走路一瘸一拐的汉子突然捅了他一下，并压低声音道：“别乱说话。”

“你怎么了，陈瘸子？”刘涛回头以不悦的眼神盯着对方。

“有人。”陈瘸子往不远处的大榕树瞄了一眼。

刘涛往那边看过去，发现有两名青年待在树下抽烟，便立刻闭嘴不言。

“散了散了，都回家吃饭去，明天一早在村口集合。修路的活儿还多着，谁也不许偷懒。”江华轻推各人腰背，刻意放开嗓门叫道，同时偷偷往榕树下瞥了一眼。

注：①“牙齿当金使”乃粤语方言，意为牙齿可以当黄金使用，即“一诺千金”之意。

于树下吞云吐雾的是钮晓轩及孙鹏，两条终日游手好闲的大懒虫。他俩总说自己是干大事的人，却连小事也办不好，江华最看不起这种好高骛远，也没啥能耐的废物。

此刻两人正对六合彩高谈阔论，似乎并没有听见关于古墓的事情。江华稍微安心，给同行三人使了眼色，示意不必在意他们，遂各自回家。

“听见没有？”瞄见江华等人已经离开，孙鹏便龇牙咧嘴笑道，“他们好像说发现古墓了。”

“大概是在‘诅咒之地’发现的吧，他们这些天都在那里修路。”晓轩仍难掩兴奋之色，“我就知道那里肯定藏着些什么，要不然我爸不会一直反对在那里修路。”

“我们今晚过去看看？说不定会找到些值钱的宝贝。”孙鹏两眼发光，仿佛已看见古墓里堆积如山的金银财宝。

“当然是现在就去了。”晓轩将烟头扔到地上，一巴掌拍向对方后脑勺，责骂道，“等到明天啥宝贝都被人抢光了。”

“嘿嘿，我们随便摸块金子回来，那笔账也就小意思。”孙鹏揉着脑袋，傻乎乎地笑起来。

两人兴冲冲地前往那片受诅咒的湿地，完全没想过在那里等待他们的，竟是一个可怕的噩梦。

第一章　路上奇遇

在前不着村后不着店的山区公路旁，一男两女正在对峙。

“你想怎样？”溪望强作镇定地对用短匕首架着悦桐脖子的易露妍问道。

“走路好累。”露妍满脸倦容，有气无力道。

“谁不知道走路会累，但你走路关我们屁事！”这句话于溪望脑海中浮现，但他没说出口，毕竟悦桐在对方手上。他以温和的语气向对方说：“你要是不想走路，可以把我们的汽车开走。只要你不伤人，一切都好说。”

“我都说好累喽，开车也很累耶！”

溪望有点不相信自己的耳朵，露妍的语气不像威迫，仿佛在向他撒娇。若换作是别人，他或许还会心软，但对方可是杀手王的弟子，徒手也能瞬间夺人性命。此刻除了莫名的恐惧，他就没有其他感觉。

他稍微思量，遂再次向对方问道："你到底想怎样？"

"我想坐顺风车。"露妍展露俏皮的笑容，这表情跟她手中锋利的匕首格格不入。

"你……没病吧！"溪望迟疑再三才道出这句话。

"你才有病！"露妍瞪了他一眼，随即又撒娇道，"人家走了好几天，现在已经累得走不动了。好不容易才遇到你们，想坐个顺风车也不行吗？"

"你觉得我会相信，跟你在这种荒郊野外相遇，仅仅是巧合？"溪望警惕道。

"不管啦，反正我就要坐顺风车！"露妍撒娇不成就干脆撒泼，往压在悦桐脖子上的匕首加重力劲，眼见就要将皮肤划破，"你们好歹也是替警察做事，难道就忍心把我这个弱质纤纤的美少女丢在荒山野岭？"

"你哪里像弱质纤纤，我才是呀！"一直没敢吭声的悦桐，此刻已弄清楚情况。露妍虽然神经兮兮，但似乎没有伤害她的意思。至少暂时不会对她怎样，毕竟她要是受伤，溪望肯定不会轻易罢休。若两人大打出手，对处于疲累状态的露妍来说，可不是一件好事。

因此，她断定露妍绝不会伤害自己。

她轻轻推开架在脖子上的匕首，转过身来对露妍说："而且你也不照照镜子，都多大的人了，竟然还自称美少女？真不知羞，你要是命好都能当妈了。"

"你……"露妍杏眼圆睁，一副张牙舞爪的架势，却只是拿着匕首干瞪眼，并没做出威胁性的举动。

"我怎么了？"悦桐白了她一眼，转身走向车尾箱取出一瓶运动饮料，向对方问道，"要不要喝水？"

"要。"露妍像只斗败的公鸡似的，缓缓点头。

悦桐把饮料抛给对方，随即又问："饿了没？"

露妍将饮料拧开，喝了一口便变得像只温驯的小猫，一个劲地点头。

"现在能吃的就只有饼干。"

悦桐将一包饼干交到对方手上，露妍则像个小女孩似的，一声不吭地打开包装，默默地吃起来。

眼前的变化让溪望感到迷茫，他一时间无法判断露妍到底是个怎样的人？初次见面时，对方是个高贵冷艳、勤奋实干的秘书，但其后又化身为冷酷无情的杀手；

在香港再遇到时，对方虽神经兮兮，但为完成师父嘱咐，却愿意付出一切代价；而此时在他眼前，怎么看也是个落难的邻家女孩。

归纳已知信息，溪望最终只得到一个结论——她是个神经病。

“她也不是很难应付嘛！”悦桐挨在车门上，往像只松鼠似的不停吃饼干的露妍瞄了一眼，对身旁的溪望细语道。

“你之所以有这个想法，是因为你还不了解她。”溪望一脸警惕之色，目光一刻也没从露妍身上移开。

“你了解她吗？”悦桐笑道，“其实你也只是跟她见过几次面而已。”

“但每次她都几乎要了我的命。”溪望没好气道。

“可她最终都没有杀你呀！”悦桐反驳道，“她是宏叔的徒弟，为了完成宏叔遗愿，她可以冒险到香港救宏叔的女儿。你也是跟宏叔最亲近的人，我想她绝不会对你下杀手。”

“她是不会杀我，但也不见得不会害我呀！”溪望仍警惕地盯住还在吃饼干的露妍，不无担忧道，“而且她对你没任何忌讳，天晓得她什么时候会发神经向你下手。”

“你担心我？”悦桐露出娇羞的笑容。

“以前是，现在也是，你永远是我生命中最重要的人……”溪望随即又补充道，“就像见华那样。”

“你怎么不说也像榴莲那样！”悦桐凶巴巴地瞪了他一眼。

溪望感到一阵心虚，于心中暗忖：其实还有安琪跟倩琪，她们都是我最在乎的人。不知道倩琪现在怎么样，或许可以向那个神经病打听一下。

两人于耳边细语期间，露妍已把整包饼干吃了个干净。溪望见状便将悦桐推到身后，跟眼前这个神经病保持约五米的距离，并问道：“现在香港跟内地都在通缉你，你不会无缘无故在这里出现。你最好给我说清楚，到底来这里干什么？”

盘坐在地上的露妍，慢条斯理地将饮料喝光，然后对着溪望眨眨眼，露出一副楚楚可怜的表情，欲言又止，良久不发一言。就在溪望开始感到不耐烦时，她才皱着眉头，羞涩道：“我要尿尿。”

“想上厕所到奈何桥上找！”溪望抓狂地冲过去，瞬间从衣袖内抽出百鬼鸣及飞镰，并组合成一把长柄镰刀。他转身使出旋风斩，眼见刀刃快要落在露妍的脖子上，但对方竟然仍纹丝不动。

“我死了你就找不到神隐村了。”露妍泰然自若地坐在地上，镰刀就停在她脖子外不足两厘米处。

“你知道神隐村的位置？”溪望讶然道。

“我要尿尿。”露妍就像个撒娇的小女孩，完全没有理会对方的问题。

溪望拿她没办法，只好将镰刀拆卸并藏回衣袖内，然后转过身背向她，没好气道：“你自便吧！”

露妍一脸认真地说：“你们不准偷看！”

“大家都是成年人，你觉得我们会这么无聊吗？”悦桐也转身背向她。

约莫过了三分钟，溪望察觉身后没有任何动静，便催促道：“好了没……”话没说完，他便听见身后传来一声惊呼：“有蛇啊！”还没来得及转身，露妍已跳到他的背上，还把他牢牢地抱住。

纵使对方柔软的躯体、丰满的乳房全压在自己背上，溪望也丝毫没有艳福无边的感觉。此刻在他脑海中只有一个念头——我竟然完全没察觉到她的靠近。

尽管他时刻保持警惕，但露妍依然可以悄然靠近。

这是警告?

还是露妍在测试两人实力的差距?

不管事实如何，露妍已证明了自己的实力远在溪望之上，就算溪望如何小心谨慎，她仍可随时发动偷袭。当然，她下一次的目标不一定仍是溪望。

心念及此，溪望不由大为恼火，遂使劲地抓住露妍双臂，弯腰将对方往前摔。

然而，露妍似乎早已料想到他会用这招，倒地后往前一滚便将冲力抵消。当她再次站起来的时候，只是衣服沾了些尘土，似乎没受任何伤害。她拍打着衣服上的尘土，盯住溪望厌恶道：“人家被蛇吓得跳起来，你不安慰也就算了，还把人家扔到地上。枉人家对你痴心一片，你这个没良心的负心汉。”

“你这种挑拨离间的伎俩，对悦桐不管用。”溪望冷眼盯着她。

“是吗？”露妍毫不在意地将长发拨到身后，“但对你那个香港女朋友好像挺管用的！”

“什么香港女朋友呀？”悦桐露出一副好奇的表情，但眼神中带有一丝难以掩饰的醋意。

“就是那个在香港当警察，头发染成金色，长得还挺漂亮的……”露妍仰头想了想，随即又对悦桐说，“我想起来了，她的腿可长呢，比你的还要长。”

“她叫什么名字呢？”悦桐走到露妍身旁，拉着对方的手，亲切问道。

“好像是叫安琪吧，那个叫榴莲的大块头是她哥哥。她跟你的负心汉可亲密呢，两个人几乎天天都黏在一起，还睡一个房间……”露妍滔滔不绝地细数溪望在香港期间跟安琪的亲密片断。

虽然知道她意在离间自己跟悦桐的关系，但溪望对此却毫无办法，毕竟她所说的都是事实。而且悦桐跟自己的关系正处于一个较为模糊的状态，两人虽有复合的意愿，但谁也没开口提出。若此刻出言打断，难免会让悦桐觉得欲盖弥彰，因此只好闭口不言。

悦桐其实早已察觉露妍的意图，但这跟她是否介怀溪望的“浪漫史”却是两回事。

她曾苦等溪望三年，期间一直替对方照顾妹妹见华。作为一个无名无分的女朋友，她也算有情有义了。但两人刚分手，溪望就在香港另结新欢，这可不是一件容易让人接受的事情。

“上车。”悦桐面露不悦之色，向被晾在一旁的溪望瞪了一眼。

溪望往已钻进车厢后座的露妍瞥了一眼，走到她身前细语：“你确定要带上她？”

“你以为我在赌气吗？”悦桐白了他一眼，“你在香港做什么，跟谁一起，是你的自由。你当时已经跟我分手，这事轮不到我管，就算我要管也管不着。”

“你不就是赌气吗？”这话只在溪望脑海中浮现，他可没敢说出来。

悦桐接着又道：“你也听见了，她似乎知道神隐村的位置。不把她带上，你这一趟说不定会一无所获。而且她要是想害你，刚才就可以下手了，但你现在还不是毫发无损吗？”

“我担心的是你。”溪望皱眉道。

“那你最好打起十二分精神，本大小姐要是有什么三长两短，肯定会保佑你这辈子夜夜做噩梦。”悦桐娇笑一声，遂示意对方一同上车。

汽车发动后，溪望便向像只小猫咪似的、蜷缩成一团在后座睡觉的露妍发问：“你知道神隐村的位置吧，我们该往哪个方向走？”

“你急什么？”露妍厌烦答道，“还没到约定时间呢！就算现在让你找到神隐村，你也找不到想见的人。”她打了个哈欠又道，“我现在很累，起码要休息两三天，你们想去哪儿就去哪儿，等我休息够了再告诉你们怎么走……”

她蜷缩成一团继续睡觉，但突然又抬起头来问道：“这附近有村庄吗？”

悦桐答道：“最近的是八坊村，我们正准备去那里。”

“就去八坊村吧！”露妍闭上眼睛，如梦呓般说道，“我想找个地方洗澡……”

溪望回头瞄了她一眼，于心中暗忖：你什么也没带，有地方给你洗澡，你也没衣服替换呀！

他随即又想，这里距离城市这么远，她怎么可能双手空空地来到这里呢？这个问题一时间似乎难有答案，因为后座那个神经病已经睡着了。

因为半路上跟露妍折腾了一阵子，所以未能按原定计划于入夜前到达八坊村。天色渐渐暗下来，露妍睡眼惺忪地爬起来，抱怨道："怎么还没到呀？"

"还不是因为你！"溪望没好气地回头白了她一眼，"要不是被你耽误了时间，我们已经到了。"

"你们到那村子干吗？"露妍装疯卖傻地转移话题。

溪望答道："在找到神隐村之前，除了查案还能干吗？"

"这次是怎样的案子？"正在驾车的悦桐问道。

溪望简要地道出案情："八坊村的村民修路时发现一座古墓，因为当时已经入夜，所以他们打算第二天再仔细查看古墓里的情况。可是这个消息走漏了，当晚有两名年轻的村民闯进古墓。不过他们非但没找到宝物，人倒是一死一疯。"

"这有什么好查的。"露妍不屑道，"挖人家的坟墓，被吓死、吓疯也是活该。"

溪望没好气道："你只是蹭车的，没人问你意见。"

悦桐道："她说的也不是没有道理，如果只是普通的盗墓，的确没有调查的必要。反正已经知道盗墓贼是谁了，把那个还活着的送到精神病院，之后的事情交给考古专家收拾就是了。"

"如果事情就这么简单，冯吉就不会哭丧着脸求我们帮忙了。"溪望解释道，"事发后，古墓里其中一具古尸不见了，且随后接连有三名村民死于非命，先是44岁的江华，接着是33岁的刘涛，然后是28岁的王珏。三人都是最先发现古墓的修路工人，因此有村民怀疑古墓里的古尸复活了，并且向他们报复。"

"古尸复活了？"露妍突然跳起来，兴奋地叫道，"被咬过的人是不是都变成僵尸了？"

"美剧看多了吧！"悦桐笑道，"这里可是中国，就算真的有古尸复活，也该像香港的僵尸片那样，穿着清朝官服，双手往前伸直，一跳一跳的那种。"

"要不要找林正英道长来帮忙？"溪望苦笑摇头，遂严肃道："这事已经引起村民恐慌，县政府对此高度重视，要求派出所尽快破案。冯吉被逼急了，才会放下面子向我们求助。"

第二章　湿地险境

“我突然想到一个问题。”溪望回头向露妍问道，“你香港的名字叫易露妍，内地的名字叫杨露，我们该叫你哪个名字？”

“可以叫我露露呀！”露妍眨着眼睛答道，“没有外人的时候，师父也是这样叫我的。”

溪望有种满头黑线的感觉，宏叔该不会是个“大丧失”[①]吧！或许，他因为一直不敢跟倩琪相认，所以把露妍当成替代品。

“你不觉得我们这样叫你不太合适吗？”溪望对这个过于亲切的称呼实在叫不出口，摇头道，“我们还是叫你露妍吧！”

“不行，一定要叫露露！”露妍像个小女孩似的鼓起腮帮子。

“为什么不叫妍妍？”悦桐插话道，“这不是更好听吗？”

露妍突然低下头不说话。

“怎么了，我讲错话了？”悦桐回头瞄了她一眼。

“叫我什么都可以，就是不能叫这个名字。谁敢这样叫我，我就把谁弄死！”露妍的话里带有一股彻骨的寒意。

但这股寒意很快就消失了，她突然指着前方大叫：“哇，见鬼了！”

因交谈而分神的悦桐，立刻转头望向前方，发现马路中间竟然有一座土坟！她立刻踩刹车，在快要撞上土坟的时候，汽车才惊险地停下来。

“谁这么缺德，竟然把先人葬在这里？”她下车走到堵在路中间的土坟前骂道。回想刚才惊险的一幕，她仍心有余悸。在这段坑坑洼洼又没有路灯的乡村小路上，要不是得露妍提醒，恐怕早已经车毁人亡了。

然而，当她看清楚插在土坟上的“墓碑”时，更是气得七窍生烟，因为“墓碑”上写着“前方修路，请绕道行驶”。这不是一座坟墓，而是修路留下的土堆，但插上告示牌后，除非走近仔细看，否则肯定会让人误以为是坟墓。

土堆后面虽然还有一小段泥路，但也就只有三十米左右，再往前便是一片杂草丛生的湿地。按地图所示，没有可以让汽车行驶的道路通往八坊村。要进村必须步

注：①“大丧失”主要用于形容丧失伦理道德的人，譬如有乱伦、恋童癖等行为或意欲的人，多指男性，尤其是中年男性。

行约五公里，穿过眼前这片湿地。

步行五公里大概需要一小时，这本在溪望预算之内。若没遇上露妍，他们应该能在天黑之前到达八坊村，但现在却只能摸黑穿过这片湿地了。

溪望从车尾箱取出一个半人高的登山包，包里装有帐篷、食物等一切野营用品，所以十分沉重。他背上登山包并将车尾箱门关上，随即让悦桐把车锁好，准备步行进村。然而，露妍却双手抱肩，蹲在地上不肯离开。

溪望瞥了她一眼，厌烦地问道："又怎么了？"

露妍将脸埋在手臂里，发出含糊的声音："我很累，不想走。"

"那你就在这里等我们。"溪望给悦桐使了个眼色，示意不必理会这个神经病，遂向湿地迈步。可是，他刚抬脚便发觉有东西缠住自己的脚，还差点令他摔倒。

他好不容易才站稳，发现自己的右脚跟露妍戴在左手的手镯之间，有一条细如头发的钢丝相连，遂想起对方曾从手镯中抽出钢丝勒自己的脖子。他没想到对方的手镯竟然还有这种功用，更没想到对方竟然能在自己毫不察觉的情况下，将钢丝绑到自己脚上。

"你到底要不要跟我们走？"溪望没好气地解开脚上的钢丝，钢丝随即缩回露妍的手镯里。

"你背我呀！"露妍抬起头，露出调皮的笑颜。

"你觉得我背上还有空位吗？"溪望抖了抖塞满野营用品的登山包。

"你没有，但她有呀！"露妍不怀好意地望向悦桐。

"我才背不动你呢。"悦桐连忙摆手拒绝。

"我也没叫你背我。"露妍突然跳起来，走到溪望身后将登山包扒下来扔给悦桐。然后像猴子爬树似的，一眨眼就爬到溪望背上，还牢牢地搂住他的脖子。

"你不是说自己累了？"悦桐娇俏的脸庞上，隐约能看见细微的肌肉抽搐，"动作还挺敏捷嘛！"

"您呼叫的用户已经关机……"露妍将脸埋在溪望背上，并装模作样地打起呼噜来。

溪望给悦桐使眼色，询问对方要不要将背后这个神经病摔到地上。悦桐无奈地耸耸肩，同样以眼神回应：还是算了吧，毕竟要靠她寻找神隐村。随即将沉重的登山包背起来，转身向杂草丛生的湿地迈步。

眼前这片广阔的湿地，若在白天或许会是个鸟语花香的郊游胜地。但到了晚上，这里却是一个危机四伏的地雷阵。茂盛的杂草大多长及膝盖，有些地方甚至长到腰间。而且这里没有道路，加上昏暗的天色，令人无法预测下一步会不会踏进能将人沉没的水潭里。

这种危险若多加留神，或许还能回避。更令人感到不安的是，那些随着晚风晃动的草丛里，可能隐藏着某些可怕的事物，譬如那具从古墓中消失的古尸。

“你听见了吗？”悦桐突然停下脚步，脸色于瞬间变得煞白。这是因为她于飒飒风声中，隐约听见一阵哀怨的哭声。她仔细聆听，觉得哭声越来越真实，仿佛就在耳畔响起。

她哆嗦了一下，颤抖道：“好像是个女人的哭声，而且就在附近。”

“只是风声而已。”溪望安慰道，“这里除了我们就没有其他人，别吓唬自己。”

“不是，肯定不是风声……”悦桐的脸色越来越苍白，因为盘旋于耳际的哭声比刚才更哀怨，也更清晰。哭声虽时大时小，让人有种忽远忽近的感觉，但她却觉得哭声的源头就在身旁。

她闭上眼睛仔细聆听，并缓步移动以查找哭声源头。当她睁开眼睛时，却发现自己竟走到溪望身前——哭声是从溪望身上传出的！

“我死得很惨呀……”哀怨的女声从溪望背后传出。

就在悦桐为此感到惶恐不安时，露妍猛然从溪望背后探出头来，冲她大叫一声“哇”，把她吓得倒退两步，随之被杂草绊倒。

“太过分了！”溪望气愤地将露妍从背后摔下来，快步上前将悦桐扶起来，遂回头向露妍怒目而视。

“我只是跟她玩玩而已。”露妍站起来，低头拨弄自己的长发，犹如一个做错事的小女孩。

溪望呵斥道：“你神经病呀！都多大的人了，还玩这种无聊的游戏，小时候没玩够吗？”

“小时候没人陪我玩……”溪望隐约看到有两滴泪水从她白皙的脸上滑落。

虽然一直觉得对方在装疯卖傻，但溪望认为她此刻的眼泪是真的，毕竟她有个坎坷的童年。不过，这可不是她能胡作非为的理由，故此溪望向她责骂道：“我知道你在孤儿院长大，受过不少苦，但这不代表你可以把我们当玩具。”

“你知道个屁！”露妍缓缓抬起头，双眼流露出令人心寒的杀意，“跟我原来待的地方相比，孤儿院除了有些无聊之外，简直就是个天堂。”

“你进孤儿院之前，发生什么事了？”悦桐此刻已没有为对方的戏弄而生气，反倒起了怜悯之心。

“与你无关。”露妍的语气冷若冰霜。

“终于不再装疯卖傻了。”溪望于心中暗忖。眼前这个才是真正的易露妍，一个冷酷无情的杀手。

他用身体挡住悦桐，面向露妍冷峻道：“那就说些跟我有关的事，你把宏叔的女儿藏哪里去了？”

“哟，你这个负心汉，怎么把人家叫得这么疏远？”露妍面露鄙夷之色，嘲讽道，“人家可把你当成可以托付终生的人呢！你之前不是‘倩琪’、‘倩琪’的，叫得挺亲切嘛。怎么当着前任女友的面，就叫人家‘宏叔的女儿’了？”

“别浪费唇舌了，你这种伎俩离间不了我们。”悦桐勇敢地从溪望身后走出来，双眸闪现出一丝怒火。此刻，她终于明白露妍并不简单，之前的软弱都是装出来的，而且只要稍有机会，就会离间她与溪望的关系。

与其让对方有机可乘，倒不如主动出击。因此她鼓起勇气，毅然道：“而且我不是他的前任，而是现任，我们已经复合了。”

溪望盯住她愣了好一会儿，虽说这些天的相处，已让他们爱火重燃，但两人始终没有再进一步，重新确定恋爱关系。毕竟两人都太在乎对方，都害怕会遭到对方的拒绝。

此刻悦桐勇敢地踏出第一步，溪望又岂能退缩？

“我跟倩琪之间只有亲情！”溪望义正词严道，“或许我对她的关怀，令她有所误会，但我喜欢的人自始至终就只有悦桐一个。”说罢便将悦桐拥入怀中。

“切，你搂着安琪时，也是这么说的吧！”露妍低声嘀咕，并不屑地别过脸。

溪望顿感窘迫，只好立刻让话题回到倩琪的下落上，再次询问倩琪现在的情况。露妍一脸不屑地答道：“你大可放心，她现在很安全。除了你这个负心汉，谁也伤害不了她。”

正当溪望想继续发问时，突然听见身后传来一声犹如野兽咆哮的怒吼。叫声诡秘骇人，虽与野兽无异，但只要仔细分辨，不难听出是出自成年男性。

三人一同望向声音的来源，却只看见半人高的水草在夜风中轻轻摇曳——谁也不知道草丛里隐藏着何等可怕的恶魔！

此刻，可谓前有豺狼后有虎，后方的露妍刚显露本性，前方的草丛中又有未知的危机。故此，溪望迅速将悦桐背后的登山包取过来自己背上，万一遇到危险，对方也不会因为背着沉重的登山包而跑不动。

就在他们如临大敌，准备上前搜索那暗藏危机的草丛时，咆哮声再次响起，随即有一道人影从草丛中扑出来。

人影的动作不快，但因天色昏暗，一时难以看清其容貌。仅以身形判断应该是个成年男性。他不但全身湿透，而且衣物污秽不堪，沾满了污泥及水草。他是人是鬼都不好说，亦难保不是僵尸或者野人。

溪望本能地挡在悦桐身前，准备迎击眼前这头来历不明的怪物时，后方的露妍亦有所行动，使出杀手王的绝学“疾步”，以迅雷不及掩耳之势前行。

在这电光石火的瞬间，该迎击前方的豺狼，还是防范身后的恶虎？哪怕是刹那间的犹豫，亦足以令溪望失去性命。

他在乎自己的生命，因为还有见华这个妹妹需要他照顾。

但他更在乎悦桐，因为对方是他生命中的最爱。

故此，他没有丝毫犹豫，立即转身抱住悦桐，以背后的登山包抵挡那头未知的怪物。他触动右手手镯机关，使剑刃从袖口弹出，以防备露妍的偷袭。然而，疾速而来的露妍，目标并非他们，而是两人身后的怪物。

露妍跟他们擦肩而过，随即与怪物短兵相接。只见她侧身起脚，以膝盖撞击对方腹部。一下沉声闷响，怪物便被她放倒了。

“她好厉害呀！”悦桐于溪望怀中，看着露妍的英姿发呆，喃喃道，“你之前真的打赢过她吗？”

“算是吧！”回想起那次生死相搏，几乎什么下流招数都用上方能险胜，溪望既感尴尬亦感后怕。他于心中暗忖：要是跟她再打一场，别说取胜，能否保住性命都不好说。

溪望与悦桐一同上前，以手电筒照明，想看清楚这怪物到底是人是鬼。露妍在怪物身旁蹲下来，将对方脸上的水草掀开，在手电筒的照射下，得见是个20岁左右的年轻人。

露妍伸出修长的食指，一个劲地戳青年的脸颊，不悦道：“我还以为会跳只僵尸出来呢，竟然是活的，真没劲。”

得知“怪物”原来是个活人，溪望跟悦桐同时松了一口气。但他们还没从刚才的紧张气氛中缓过来，麻烦便再次出现。

从八坊村的方向传来鼎沸人声，溪望抬头一看，得见火光点点，似有近十人举着火把朝这边跑过来。随着人群走近，他们的叫声渐渐变得清晰。

“应该就在前面，声音从那里传过来。”

“尽量别用棍子，可别把人打死。”

“放心吧钮村长，我们下手会尽量轻一点儿。”

单凭这几句话判断，来者不善。

第三章　都尉夫人

十数名手持火把的农村汉子，把溪望三人团团围住。带头的是一名40余岁的汉子，他上前向三人喝道：“你们是什么人？”

溪望还没来得及作答，便有人指着被露妍打晕的青年，对带头人叫道：“钮村长，是晓轩！”

被称作钮村长的带头人，立刻走到青年身前查看，接着便怒气冲冲地回头质问溪望等人：“你们对我儿子做过什么？”

“他突然从草丛里跳出来袭击我们，我们只是给他一点教训，好让他安静一点。”露妍以不屑的眼神环视众人。

“你们竟敢打我儿子？”钮村长怒目圆睁，似要将三人剥皮拆骨。

溪望处变不惊，镇定自若地向对方问道：“敢问阁下是不是八坊村村长钮荣泰？”

“你……你怎么知道我的名字？”钮村长愕然反问。

“晓轩只是晕倒，应该没有大碍。”一名上年纪的老头，查看青年的情况后向钮村长说道。

“那就好，那就好，你们先带他回去。”钮村长如释重负地松了口气，遂回头对溪望说：“我儿子晓轩前几天出了点事，现在精神不太好。我很担心他，刚才语气可能重了一些，希望你们别见怪。”他顿顿又道，“请问你们是什么人？为什么天黑后还跑到这荒郊野外？”

“我们正是为令郎的事而来。”溪望告知对方，自己是受派出所邀请，前来调查八坊村命案的省会刑警，且知晓其儿子钮晓轩因夜闯古墓而受到惊吓，以致精神失常。

“原来三位是警官。”钮村长连忙点头哈腰，“我们都是乡下的粗人，出了事就只会吼，刚才要是有哪里冒犯了三位，请你们多多包涵。”

“我饿了。”露妍像只游魂野鬼似的，飘到两人身前。话虽是对溪望说，但显然是给钮村长听。

“三位长途跋涉来到这里，作为本村村长，我本应尽地主之谊，好好招待你们。”钮村长面露尴尬之色，“不过你们也知道我儿子出了状况，让你们留宿恐怕不太方便。”

“请我们吃顿饭总可以吧！”露妍飘到钮村长身旁，还凑近他的脸，以幽怨的眼神盯住他。

钮村长极不自然地咽了口口水，慌忙答道：“可以，可以，要是你们不介意，请到我家吃一顿粗茶淡饭。”他随即又补充道，“我们村是贫困村，实在没什么好东西招待你们，希望你们不要介意。”

“行了，行了，管饱就行！”露妍又飘到悦桐身旁，低声嘀咕道，“就算是青菜白饭也比啃饼干好。”

在这一瞬间，悦桐很想往她屁股上狠狠地踹一脚。

露妍的乌鸦嘴非常灵验，三人来到钮村长家，果然就只有青菜白饭。

八坊村确实是个鸟不下蛋的穷地方，露妍跑到厨房翻箱倒柜，连一块豆腐乳也没找着。幸好悦桐从登山包里掏出午餐肉、豆豉鲮鱼等罐头，要不然她肯定会把钮村长的房子翻个底朝天。

溪望对此倒没啥意见，他本来也没打算要求对方招待，只希望借此机会向钮村长了解案情。因此，他在饭桌上询问发现古墓及其发生命案的详细经过。

“你们一路走过来，应该知道到我们村有多麻烦吧……”钮村长坐在窗前拿起油亮的竹筒，抽着水烟缓缓道出事情的起因——

我们村地处偏远山区，除村外有大片湿地外，就没有其他可用资源，连耕地也不多。自我记事以来，大家就很穷，经常要勒紧裤带过日子。后来改革开放，年轻力壮的村民都跑到外面打工，而且他们大多在外面落地生根，村里只剩下些老弱妇孺，自然就更穷了。

虽然大家都穷得叮当响，但穷也有穷的好处，至少不会有小偷光顾。如果你们留意，应该会发现村里的房子大多没有门锁。反正现在村里就只有三十来户，加起来也没一百人，全都打小就认识。加上没马路连接到村里，很少会有外村人过来，根本用不着把门锁上。

自从在我爹手中接过村长这位置，都快二十年了，村里也没出过乱子，一直都很太平。充其量就是村民之间偶尔吵一下嘴，都是屁大点儿事儿，很少需要我出面调停。出人命的大事，在我当村长期间从未发生过，至少在晓轩出事之前从没发生过。

但自从江华这家伙从外面回来之后，村里的平静就一去不复返了。

江华是我们村的村民，年轻时跟大伙到外面打工，自以为见多识广，学到一身本领。他回到村里后，整天在大家面前兴风作浪，煽动大家跟他一起养鹅，吹牛皮说能赚大钱，把大家骗得团团转。

养鹅是好事，我也不反对他靠这个赚钱，但他在别人面前乱吹牛皮就不对了。

我们村根本不通路，鹅养再多也运不到城里卖。光靠我们村这点人，别说买不了这么多，就算不用钱，送我们也吃不完。

我为这事严肃地批评了他一顿，可他非但没反省自身的过错，反而责怪我没做好村长的工作，没让村子连上公路。后来他还拿修路的事大做文章，一再诬蔑我、抹黑我，想让大家推举他当下任村长。为了得到大家的支持，他还组织部分村民去修路。

平心而论，修路也是件好事。虽然他们就几个人，但只要肯坚持，总有一天能把路修到外面去。我本来也很支持修路，但在往哪个方向修路的问题上，我跟他就谈不拢了。

村子要通路有两个方案：一个是往东连接可以通往县城的碎石路，距离虽然长了一点，没什么障碍物；另一个是往南连接那条修了一半，坑坑洼洼的泥路，距离是比往东的要短，但必须经过“诅咒之地”，就是我们相遇的那片湿地。

要是往东修路，我一定支持，但这“诅咒之地”却无论如何也不能碰……

“‘诅咒之地’是怎么回事呀？”悦桐不解地问道。

钮村长抽着水烟，沉默了好一会儿才答道：“我们村有个世代流传的传说，说那片土地受到诅咒，是只属于死人的地方。活人若踏入这片土地，会打扰死者的安宁，甚至会遭到死者报复。以前我们还会将先人安葬在这片土地上，后来强制推行火化，我们就极少踏足这片土地。因为那里一到晚上就会听见凄厉的女人哭声，就算是白天也阴风阵阵。所以，除非像今晚这样有一大群人，否则我们在夜里一般不会靠近那里。”

“但令郎却触犯了你们的禁忌。”溪望婉言道。

钮村长将烟筒放到一旁，长叹一声后回话：“都怪阿华那帮人，他们要是听我的劝告往东修路，就不会发生这种事。”

“你儿子也有帮忙修路吗？”悦桐插话问道。

古墓是因为修路而被村民发现，但钮村长不支持往南修路，他的儿子应该不会跟他唱反调吧！可晓轩要是没帮忙修路，又怎会知道古墓的存在？这个问题让悦桐十分迷惑。

“没有。”钮村长摇头道，“听陈瘸子说，他跟阿华那帮人修路回来时，在村口讲起古墓的事。当时晓轩跟孙鹏就在村口的榕树下抽烟，可能听见他们说的话了，所以才知道在‘诅咒之地’发现古墓。”

“能否请令郎亲自将事发当晚的情况告诉我们？”溪望问道。

“这恐怕不好办……”钮村长一脸为难，“不是我不想配合，晓轩的情况你们也见过了。他从古墓回来后，精神就不太正常，时好时坏。好的时候还跟我们说上几句，不好的时候就像刚才那样，发疯到处乱跑，还会袭击别人。”

他再叹一声，惆怅道：“都怪他一时财迷心窍，竟然闯入古墓打扰都尉夫妇安息。他恐怕是受到都尉夫人的诅咒，所以才会变得疯疯癫癫。”

“都尉夫妇是怎么回事，是古墓的主人吗？”悦桐问道。

“安葬在古墓里的是都尉夫妇。”钮村长点头道，“传说都尉夫人嫁给都尉后，仅七个月便生下孩子。都尉怀疑她在出嫁前已怀有野种，因而气愤难平，命令奴仆将她活葬。可怜的都尉夫人才刚生产完，还没回过气来就受此天大冤屈，心中恶气难舒，于死前诅咒所有曾经诬蔑她、冒犯她的人及天下间所有男人，发誓日后要复活向他们报仇。”

露妍已吃饱喝足，像个大老爷似的将一条腿伸到凳子上，还大大咧咧地用她的短匕首剔牙，以粗犷的语气问道：“大叔，能说得上是古墓，至少有上百年历史吧？”

钮村长被她豪迈的架势吓到了，立刻诚惶诚恐地答道：“三百年，这是三百年前的事。”

溪望及悦桐同时瞪着露妍，她这才收起匕首，并将双腿合拢端正地坐着。她挤出一副害羞的模样，娇憨问道：“事情已经过了三百年，当时你爷爷的爷爷都还没出生，你怎么会知道得这么清楚呢？”

钮村长答道：“当年埋葬都尉夫人的是都尉的家奴钮祜禄 · 福庆，都尉死后也是由他安排与夫人合葬，之后他还留下来守陵。”

“钮祜禄……”悦桐思索片刻，遂恍然大悟道，“福庆是你们家的先祖？”

钮村长点头道：“我其实是满族人，本来该叫钮祜禄 · 荣泰，改汉姓只是为了应付户口登记。我们家族受都尉之命，世代为他们夫妇守陵。”

“切，都过了三百年了，为什么还要待在这个穷地方替他们守陵？”露妍不知何时溜到钮村长身旁，蹲在地上拿起他的竹筒，并从裤袋里掏出一个刻有“三”字的精致打火机，将烟丝点燃抽起水烟来。

钮村长被她吓了一跳，但很快就回过神来，盯着她的打火机说：“哟，挺好看的，哪里弄来的？”

“想要吗？”露妍把打火机拿到钮村长面前晃了晃，当对方想伸手去拿的时候，她却迅速将手收回，并朝对方吐舌头，“才不给你！是师父送我的，谁敢碰一下，我就杀了他。”

钮村长愣了一下，但似乎已习惯她的奇怪举动，随即继续刚才的话题说：“听家父说，三百年前这里还是一片荒地，福庆先祖带着都尉生前赏赐的金银财宝来到这里建起了八坊村。那时候我们家族可是人丁兴旺，但到我这一代，就只剩下我这一脉了。”

“你们家族世代都是八坊村的村长吧？”溪望问道。

钮村长点头答道：“这个村好歹也是由我们家族创建，所以我们世代都很受村民尊重，当选村长也是理所当然。不过这都是以前的事，毕竟事情过了那么多年，而且最近阿华老是抹黑我，现在还肯听我说话的村民已经不多了。”

“你反对往南修路，就是怕都尉夫妇的墓穴会被村民发现？”悦桐问道。

“我不清楚墓穴的准确位置，但大概知道是在‘诅咒之地’里。”钮村长点头道，“虽然已经过了三百年，但都尉的恩泽或多或少也有惠泽到我这一代。而且家父临终前吩咐，只要我们家还有男丁，就要继续为都尉守陵。所以我也想在能力范围内，继续这份家族使命。”

“老爸守陵，儿子盗墓，这剧情多狗血呀，哈哈哈……”露妍于吞云吐雾间放声大笑，被溪望及悦桐同时以眼神警告才略有收敛。

“我们家族三百年来都把守陵视为家族秘密，为避免让外人知道，一直都是族长临终前才将这个秘密告诉长子。”钮村长长叹一声，又道，“报应呀，真是报应！虽然我还没将这件事告诉晓轩，但他作为我们家族的一员，竟然冒犯都尉夫妇，闯入墓穴打扰他们安息，受点惩罚也是应该的。他现在变成这样子，已经是都尉夫人手下留情。跟他一起的孙鹏，还有阿华那帮人，连命都没保住。”

“看你把都尉夫人说得像大罗金仙似的，她有这么厉害，还会被你家先祖活埋？”露妍不屑道。她说罢就转过身继续抽水烟，以回避溪望两人的责备。

“你可别乱说话！”钮村长露出惊慌神色，“都尉夫人生前或许是个柔弱的妇人，但她含着一口怨气入棺，死后必定会化成厉鬼。”

“这只是坊间传说而已。”溪望淡然道，“这世上也没有谁亲眼见过所谓的厉鬼。”

“不是厉鬼……”钮村长一时没找到合适的言辞，想了好一会儿才叫道：“是僵尸，都尉夫人已经变成僵尸，是晓轩亲眼看见的，孙鹏跟阿华那帮人都是被她弄死的。”

第四章　三人同床

子夜，月色朦胧，死寂的湿地上阴风阵阵。

“孙鹏快过来，应该是这里了。”晓轩站在深两米有余的泥坑前，盯着坑底那道青砖墙上的漆黑洞穴。

“他妈的，在这鬼地方找了半晚上才找到这个破洞。”孙鹏快步跑过来，搭着晓轩的肩膀喘气。

“要进去看看吗？”晓轩看着那漆黑的洞口，面露惊惧之色，谁知道洞口之内是否隐藏着可怕的东西。发出咯咯笑声的骷髅头、肠子掉到地上的僵尸、皮甲上布满灰尘的陵墓守卫，一一在他脑海中浮现。

“你脑袋被夹了？”孙鹏一巴掌打在晓轩后脑勺上，责骂道，“我们在这里瞎跑了半晚上，不就是为了进去寻宝？”

“那你先进去吧，我有点怕。”晓轩畏惧道。

“真没出息，跟我来。”孙鹏纵身一跳，从泥坑边沿滑落底部。待晓轩也跳下来，他便掏出打火机以细小的火苗，探索洞穴里的未知世界。

跟随孙鹏穿过洞口，在打火机火苗的照明下，晓轩发现这座古墓比想象中要小很多，约为十平方米。盗墓小说里那些迂回曲折的阴森通道、瞬间夺人性命的精妙机关，以及千年不灭的长明灯，还有堆积如山的金银财宝，在这里似乎都不存在。他只看见这个方形的墓室里，放有两副陈旧但精美的棺材，地上虽放有不少陪葬品，但都是些破碗烂罐，别说金子，就连一个铜钱也没看见。

“操，连一点值钱的陪葬品都没有，还学人家盖陵墓。”孙鹏气愤地抬起脚踢向棺材旁边的陶罐，一下子踢碎了好几个，碎片散落一地。

“既然这里没啥宝贝，我们就回去吧！”晓轩怯懦道。在这狭小的空间里，虽然没发现奇怪的东西，也不像设有机关陷阱，但眼前这两副棺材总让人感到不安。

孙鹏踢开脚边一块瓷片，目光落在墓室左侧的棺材上，咧嘴笑道：“说不定棺材里藏着宝贝。嘿嘿，小说里不是说以前那些有钱人，喜欢往死尸嘴里塞宝贝吗？像珍珠、宝玉之类。瞎忙了一整晚，我才不想两手空空回去。”

“棺材盖是钉死的，我们怎样撬开它？”晓轩往墓室四周张望，没发现能将棺盖撬开的工具。

“到外面找根棍子就行了。”孙鹏转头走向洞口。晓轩慌忙跟随，生怕对方把自己单独留在古墓里。

两人刚走出墓室，便听见一声可怕的呻吟声，夹杂于飒飒风声之中。仿佛来自浩瀚的夜空，亦好像源于身后的墓穴。

“你听见了吗？”晓轩惊惶问道。

孙鹏双眼亦露出不安的神色，但很快就被贪婪的眼神取代，呵斥道：“怕什么，不就是牛叫的声音嘛。”

村里本来就没几头牛，就算是白天也不会跑到这里来，更何况是三更半夜？晓轩突然有种头皮发麻的感觉，一个可怕的念头占据他的脑袋——墓室的主人醒过来了！

“就用这根吧！”孙鹏捡起一根两指粗的树枝，转身想返回墓室。

“我们还是回去吧！”晓轩盯着漆黑的洞口，脸上尽显惶恐与畏惧。

“你怕个鸟呀！”孙鹏一把抓住他，把他推向洞口。

两人于推扯间再次返回墓室，孙鹏将树枝塞给晓轩，让他将棺盖撬开，自己则再次取出打火机照明。

“用树枝能把盖子撬开吗？”晓轩拿着树枝，极不情愿地走近墓室左侧的棺材。

“试一下就知道了。”孙鹏往他后脑勺拍了一下，催促道，“赶紧动手，说不定里面有一大堆宝贝呢。”

晓轩无奈地尝试用手中的树枝将棺盖撬开，虽然他并不觉得会成功，但竟然真的把棺盖撬开了。孙鹏见状兴奋叫道：“快把盖子掀开，看看里面有啥宝贝。”

晓轩扔掉手中的树枝，双手颤抖地将棺盖缓缓抬起。

在打火机昏黄的火苗照射下，棺材里的状况渐渐映入眼帘……

出现在晓轩眼前的，是一张扭曲的女性脸庞，不但可怕至极，而且充满愤怒与怨恨。她狰狞的双眼、怒张的大口仿佛能同时喷出灼热的火焰，将亵渎者烧成灰烬。

“吼！！！”一声不知从何而来的怒吼响遍整个墓室，孙鹏被吓得浑身颤抖。随即惨叫一声，他手中的打火机应声掉落，墓室瞬间漆黑一团。

“跑！”这是晓轩脑袋中唯一的念头，他使尽全身力气扑向墓室的缺口，恨不得多长几条腿，好让他能尽快逃离这个可怕的地方。

就在他冲出洞口的瞬间，身后传来孙鹏撕心裂肺的惨叫。他仿佛看见一只枯槁的手臂从棺材里伸出来，插入孙鹏的胸膛，将一颗仍在跳动的心脏掏出来……

以上是溪望根据晓轩的叙述，想象出来的情景。

此刻被绑在床上的晓轩，情况虽然要比刚才好一些，但也只是比“语无伦次”稍微好一点儿。溪望花了不少时间，才从他口中了解到事发当晚的大概情况。

“之后怎样？”溪望问道。

“死了，孙鹏被棺材里的女尸弄死了。”晓轩像癫痫发作似的全身抽搐，但随即就恢复过来，接着又不停扭动想挣脱束缚。当他发觉一切挣扎皆徒劳无功，才停下来继续道：“她跑出来追我，想把我也杀掉，就像她杀死孙鹏那样。”

“‘她’是指古墓里的女尸？”溪望确认道。

晓轩没回答他的问题，继续自说自话：“她走得很慢，但一直追着我。我逃到哪里，她就追到哪里。她要把我杀掉，就像杀死孙鹏那样把我杀掉……”

之后，他一直重复着类似的话，溪望好不容易才问清楚，刚才他之所以跑到湿地，是因为觉得女尸要来杀他。他还说女尸就在房子外面徘徊，正要找机会杀死他。

“有发现吗？”悦桐向从晓轩房间出来的溪望问道。

“暂时还不好说。”溪望摇头道，接着转头向钮村长发问：“我想向你打听一件事，你听说过神隐村吗？”

“神隐村？”钮村长愣了一下，反问道，“你问这个干吗，跟晓轩的事有关吗？”

钮村长的反应让溪望知道，对方肯定对神隐村的事有所了解。为了得到相关情报，他只好利用一下对方对儿子的关切之情，于是便顺势道：“为了把这宗案子查清楚，必须到神隐村跑一趟，但我们还不知道具体位置。”

“神隐村就在……”钮村长突然止住话头，顿顿又道，“现在都这么晚了，这事明天再谈吧！我这里不方便让你们过夜，要不我去替你们安排一下，看哪家能腾出房间让你们住一晚。”

“不必了，我们带来了帐篷，在外面找块空地扎营就行了。”没得到答案让溪望颇感失望，但亦没继续追问，反正这事也不急于一时。

“我要洗澡！”露妍像厉鬼似的飘到两人中间，就像之前那样，话是对溪望说，却是给钮村长听。

“可以，可以，我现在就去烧水。”钮村长见鬼似的跑掉了。

“你有替换的衣服吗？”悦桐朝双手空空的露妍瞥了一眼。

露妍像跳芭蕾舞般不停地转圈，转到放在墙角的登山包前又转回来。当她停下来的时候，手上多了一套白色的女性衣服。她对悦桐娇笑道：“现在有了。”

“你拿我的衣服干吗？”悦桐怒目斥责。

露妍从衣服中挑起一件性感的淡黄色胸围，挑剔道：“款式还可以，就是尺码好像小了一号，先凑合着用吧！”

“你想暗示些什么。”悦桐被气得抓狂，张牙舞爪地扑过去。

“人又老，胸又小，皮肤又粗糙……”露妍边嘲笑悦桐，边转来转去回避对方的扑击。

溪望没好气地叹息道：“我就说不该让这个神经病上车。”遂提起登山包往外走，准备在附近找个适合的地方扎营。

露妍一直都没跑远，但悦桐从屋里追到屋外，就是没办法把她抓住。她总是跟悦桐保持着一只手臂的距离，使悦桐勉强能用指尖碰到她，但就是不能把她抓住，当然也抢不回自己的衣服。

两人追逐到房子后面，悦桐终于放弃了，双手按着膝盖弯腰喘气。

露妍似乎还没玩够，嘲笑道：“哇，怎么跑几步就喘气了，是因为年纪大了么？”她从手上的衣服中挑起一条与胸围配成一套的性感丁字裤，于指尖转动，又道：“都已经上年纪了，还穿这种内衣，你也太不要脸了吧？想勾引那个负心汉也用不着这么卖力啊，就算让你得逞了，说不定他哪天又会跑去勾搭其他女人。”

悦桐没有被她惹怒，把气儿喘顺便露出冷酷的表情，沉声道：“你跟钮村长是什么关系？”

“怎么了？你不会连乡下的老头子也不放过吧！”露妍掩嘴偷笑，“是负心汉满足不了你，还是你天生就是水性杨花的荡妇？”

“少跟我胡扯！”悦桐杏眼圆睁，严肃道，“刚才钮村长准备告诉我们神隐村的位置时，你正好站在溪望后面，所以他没注意到你给钮村长使眼色，但我可是看得清清楚楚。”

“我再问你一次。”她义正词严道，“你跟钮村长到底是什么关系，为什么你使个眼色，他就把说到嘴边的话咽回去了？”

“我才不告诉你。”露妍像个小女孩似的，向她做鬼脸吐舌头，“你可是我的情敌！”说罢便一溜烟地溜走了。

溪望在距离钮村长家没多远的一块空地上扎营，并生了一堆火，此刻正与悦桐围坐在火堆旁讨论案情。他将晓轩关于事发当晚的叙述，经整理后简要地告诉对方。

“腰身松，胸口紧，裙子快掉下来了……”露妍穿着悦桐的衣服，围着营火转来转去，百褶裙在她轻快的动作下随风飘扬，偶尔露出性感诱人的丁字裤。

“要是有电蚊拍，我就立刻拍死这只烦人的大苍蝇。”悦桐瞪了一眼那个抢了她衣服，还嘲笑她身材没自己好的“小偷”。

“你从什么时候开始，变得这么没自信？”溪望莞尔笑道，“你不是一直都觉得自己的身材很适中吗？衣服不合身，是她太瘦，不是你的问题。”

“但她胸部比我大。”悦桐一时口快说漏嘴了，这才是她最介怀的事情。

她为自己出糗而窘迫地低下头时，溪望却笑道：“这也不是越大越好，我倒觉得你的刚刚好，既不张扬，也不低调。”

“想念它……们吗？”悦桐娇羞笑道。

“真不知羞！”露妍不知何时蹲在他们对面，利用营火的衬托，弄出一副恐怖阴森的表情。她有意无意地展露裙下春光，也不知道是想勾引溪望，还是向悦桐示威。

“滚一边去！”悦桐恶狠狠地瞪着她，威胁道，“再吵就把衣服扒下来还我。”

“小气鬼。”露妍对她做鬼脸，随即又再围着营火转来转去。

“你刚才似乎有些话不方便在钮村长面前说。”悦桐让话题回到讨论案情上。

“嗯。”溪望点了下头，伸出右手食指又道，“晓轩的手指有烫伤后愈合的痕迹。”

“但他说事发当晚是孙鹏拿打火机照亮的呀！”悦桐愕然道，遂恍然大悟，“他撒谎？”

“现在还不能确定。”溪望轻轻摇头，随即解释道，“如果拿打火机的人是他，那么将棺盖撬开的人就是孙鹏，因为他不可能单手将棺盖撬开。”

“等等，他不是说用树枝将棺盖撬开的吗？”悦桐质疑道，“这怎么可能，棺盖还没撬开，树枝就已经折断了。”

“这就是我不能确定他是否撒谎的原因。”溪望解释道，“他有可能撒谎，亦可能因惊慌过度，或者对孙鹏的死感到内疚，而将两者的角色调换。他的记忆因此变得混乱，导致部分细节与事实不符，甚至违反常理。”

“或许我们要到古墓实地调查，才能找到更多线索。”一想到那传闻中曾有古尸复活的墓穴，悦桐既害怕又兴奋。

“明天再去吧，今晚遇到的事情可不少，还是早点休息，养足精神比较好。”溪望抬头向一直在自娱自乐的露妍问道：“你今晚要睡哪里？我们的帐篷只能睡两个人，而且睡袋也只有两个……”

他没把话说完，露妍就已经钻进帐篷，并从里面探头出来，嬉皮笑脸道：“我这么苗条，多我一个也不会挤。”

“挤一点倒无所谓，就怕你半夜偷袭我们。”溪望没好气道。

第五章　古墓隐情

在狭小而拥挤的房间内，一名年仅七岁的小女孩，裸露下体蜷缩于双层床下铺抽泣。她身下那张草绿色的床单上，有一抹格外耀眼的鲜红，这是她失去初夜的证明。

然而，天真无邪的她，并不知道已失去女生最宝贵的东西，只知道自己刚经历一场地狱般的梦魇。那个向她施虐的恶魔，此刻就站在床前整理衣饰，并对她露出淫猥的笑容。

恶魔脸上的笑容突然消失，取而代之的是一副令人心惊胆战的狰狞脸孔。他揪着女孩枯黄的长发，恶狠狠地说：“要是敢向你姨妈告状，我就打死你。”

女孩停止抽泣，对于恶魔的威吓，除了颤抖之外，她不知道自己该做些什么。或者说，她不知道自己能做些什么。

反抗?

这只会招来更可怕的虐打。

“姨妈快来救我……”

她于心中祈求救星尽快出现，这是她唯一能做的事情。

或许，她心底的呐喊传入上帝耳中，期待已久的救星终于来了。

“你在干什么？”

姨妈愤怒的声音从门外传来，恶魔般的男人回过头来，不屑地答道：“在教妍妍怎样做女人。”

“你这个禽兽，竟然连自己的外甥女也不放过？”姨妈愤怒地扑向自己的丈夫，却被对方重重的一巴掌，打得扑倒在地。

“她在我家白吃白住，给我玩一下也不行吗？”男人揪住妻子的头发，把她拉起来，凑近她脸前问道，“你这个时候回来干吗，怎么不去上班？”

“我，我有点感冒，跟老板请了半天……”她还没把话说完，又受到丈夫的掌掴。

“请假可是要扣工钱的！”男人指着蜷缩于床上的女孩，冲妻子破口大骂，“你让我白养这个‘亏本货’还不够，还要我白养你这个废物？”

他将妻子扔到门外的走廊上，还往对方大腿上踢了一脚，骂道：“立刻给我滚回去上班！”

姨妈在丈夫的淫威下，艰难地爬起来，一瘸一拐地离开家门。

“哼，出炉铁——不打不成器。”男人啐骂道，随即发现13岁的儿子躲在厅堂的沙发后面偷看自己。他掏出钱包并向儿子招手，待儿子走近便抽出一张钞票递给对方，平静地说道：“我要去开工，待会儿你自己买饭吃。”

“我会照顾自己，爸你放心吧！”儿子接过钱后，立刻喜笑颜开。他向已走到屋外的父亲挥手道别，待大门关上，他的脸上便露出跟父亲如出一辙的淫猥笑容。

他转身走到双层床前，对仍蜷缩于床上的女孩说：“反正你都已经被爸破处了，给我玩一下也无所谓吧！”

“不要！”

露妍于噩梦中惊醒，立刻确认自己是否仍置身于那个只有痛苦的房间，那个曾经令她受尽折磨的可怕地狱。还好，她很快发现自己身处一个狭小的帐篷之内，左边是用衣服当被子的溪望，右边是被睡袋包裹，犹如一条大毛虫的悦桐。她再看看自己，也是一条被睡袋包住的大毛虫。

她盯着面朝外侧睡的溪望，于心中暗忖：负心汉，别以为我会感谢你。你把睡袋让给我，只是怕我半夜偷袭你的时候，你不能及时还击而已。我非要睡在中间，你也肯让步，恐怕已经做好反击的准备了吧！

随后，她又转头望向悦桐，于心中说道：你很喜欢负心汉吗？喜欢一个人是什么感觉？是否跟我一样，只要对方能记住自己，哪怕恨不得把自己杀死，也会觉得很高兴？

她心中的问题没有得到答案，她也没想要答案。她只是静静地看着眼前这个女人，这个她口中的“情敌”。

或许是第六感使然，悦桐突然从睡梦中惊醒，睁眼便看见眼前有条“大毛虫”！她好不容易从惊惶中回过神来，借助穿透帐篷的朦胧月光，才得以看清楚，原来是套了睡袋的露妍坐起来盯着自己。

然而，这可比看见大毛虫更令人恐惧，她惊恐问道：“你想干什么？”

“看你呀！”

“为什么要看我？”

“因为你很漂亮。”露妍露齿一笑，随即像中枪似的一下子倒下，还打起呼噜来。

“神，神经病……”悦桐被她吓得有点慌，但马上意识到，对方在给自己施加心理压力。不过知道归知道，要除去对方留下的阴影，可不是一件容易的事。

悦桐在与恐惧的争斗中，再次进入梦乡。与此同时，在帐篷的另一侧，溪望紧握的拳头亦缓缓松开。他睁开双眼缓缓转过身来，确认露妍没再做小动作才将眼睛合上。

翌日，天刚亮溪望就准备跟悦桐到古墓调查。露妍对此不感兴趣，说要自己去找乐子，然后就不知道跑哪里去了。

能甩脱这个危险的神经病，对溪望两人来说，是求之不得的好事。悦桐趁机告诉溪望，露妍以眼神示意钮村长不要道出神隐村位置一事。

“奇怪了，她应该是第一次来八坊村，钮村长也是个甚少出门的乡下人。按理说，他们之前不可能认识。”溪望面露困惑之色。

这个问题一时间恐怕难有答案，只好暂且放下，先到古墓调查再说。

根据钮村长的描述，他们在湿地深处，找到了那道隐藏于泥坑底部的青砖墙。初升的阳光没能照到泥坑底部，在青砖墙上只能看见一个黑黝黝的缺口，看不清楚里面的情况。

尽管是大白天，但悦桐站在泥坑前仍觉得阴风阵阵，而且风声中仿佛夹杂着幽怨的女性哭声。回想昨晚的情况，露妍好像是在听见哭声之后，才开始装神弄鬼吓唬自己的。

心念至此，她不禁哆嗦一下。

溪望似乎察觉到她的心理变化，正欲开口安慰时，突然发现缺口内有动静。溪望连忙将她拉到自己身后，如临大敌般盯住泥坑下的漆黑缺口。

缺口内人影晃动，随即有一个提着公事包的男人从里面钻出来，站在泥坑下点了根烟。当他发现坑外有人时，立刻警觉地抬头，看清楚是他们后遂展露欢颜，对两人笑道：“我就知道你们会过来。”此人正是之前拜托溪望前来调查的冯吉。

“你怎么也跑过来了。”溪望扶着悦桐，一同落到坑底。

冯吉正欲作答，缺口内传来一个严肃的声音：“谁来了？别让闲杂人等进来，这里的文物都被他们毁坏掉了。”

冯吉回头冲古墓内喊道：“萧教授，他们是省公安厅的人，来帮忙调查命案。”

“你那些同事不也一样，把这里弄得乱七八糟。”一名50多岁，戴着眼镜，身形颇为清瘦的男人从缺口内钻出来。他瞄了溪望两人几眼，遂严肃道：“我跟你们说呀，调查归调查，这座古墓可是清代嘉庆年间兴建，距今至少有三百年，里面的一砖一瓦都是珍贵的文物。你们可别在里面乱翻乱倒，把文物都给弄毁了。”

溪望先礼貌地向对方点一下头，然后向冯吉问道：“这位是……”

“他是文物管理局的萧余风教授，这两位是……”冯吉给三人互作介绍，并告知溪望两人，萧教授是来处理仍在古墓内的文物的。

自案发第二天，派出所在接到报案后，就立刻派人守住这座古墓，以防有人盗窃里面的文物。刑警取证后，文物管理局的工作人员便将包括其中一具古尸在内，较为珍贵的文物运走了。但是，因为这里地处偏僻，而且不通公路，所以至今仍留有部分文物。

萧教授打算将剩下的文物全部运回文物管理局，此次前来是做准备工作，他的同事下午就会来将文物运走。冯吉知道他要来，便要求陪同，顺道向他请教一些跟命案相关的问题。

“电视里的古墓都堆满金银财宝，但我们来到的时候，就只见到两副棺材跟一些破瓷烂瓦。”冯吉回忆初次进入古墓时的情况，“当时我还想，这回可糟糕了，值钱的东西都被人偷走了。我还跟大伙商量，要不要到村里逐家逐户搜查。”

“闲来没事就多看书，别看那些害人的电视剧。”萧教授训斥道，“拿大堆金银财宝来陪葬，不就摆明叫别人来盗墓？”

“要是古墓都没有财宝，为什么还会有那么多人盗墓呢？”悦桐问道。

“你们跟我进来。”萧教授扬手示意他们一同进入古墓。

此时太阳已经升起，墓室内虽然不算明亮，但无须照明工具仍能看清楚里面的情况。此刻墓室内只留下两副掀开棺盖的棺材，和一地破瓷片，两棺材之间还有一个人形标记。标记内上腹部的位置上，有一摊暗红色的血迹。虽距离案发时间已过了好几天，但凑近仍能闻到血腥味。

墓室内没多少杂物，但四人同时进入后，这个约十平方米的狭小墓室，便显得十分拥挤。若当中有人挡住入口，墓室便会立刻暗下来。

萧教授指着散落在墓室四周的破瓷片，气愤地说道：“值钱的东西都被你们弄毁了。”他随后向众人解释，墓室内的瓷器都是有三百年历史的古董，若完整无缺，就能在古玩市场中高价出售。

他愤愤不平道：“我宁愿首先发现这个古墓的是盗墓贼，至少他们懂得这些都是宝贝。文物被他们偷去卖掉，也比被那些什么都不懂的外行人毁掉要好。”

见他一脸怒容，溪望觉得也是时候换个话题了，便指着地上的人形标记，向冯吉问道：“死者的尸体就躺在这里？”

“是的。”冯吉点头道。

溪望又问：“有他的资料吗？你之前给我的资料十分简略，很多细节都没提及。”

“幸好我早有准备。”冯吉连忙打开公事包，取出一叠资料，“死者名叫孙鹏，20岁，八坊村村民。之前曾在外打工，三个月前回到村里，到事发前一直没有工作。他被发现时头部朝向洞口仰卧，额角有撞击留下的伤痕。”

他将包括现场照片在内的案件资料递给溪望，随即指着墓室内侧墙壁一处与人同高的位置，补充道：“我们在这里找到死者的皮肤组织，他应该是撞到墙壁后倒地，被地上的陶瓷碎片从背后刺穿肺部，因而导致死亡。”

“被瓦片刺死？”悦桐惊奇问道，“钮晓轩说他是被棺材里的女尸掏出心脏弄死的。”

“他也这样跟我们说，但根据现场证据和尸检结果，孙鹏的确是倒在地上被瓦片刺死的。”冯吉搔着脑袋说，“而且他神志不清，说的话也不能当真。不过古尸莫名其妙地不见了，倒是挺奇怪的。”

悦桐转头向盯着墓室内侧墙壁的溪望问道：“你有什么想法？”

溪望皱眉思索片刻才答道：“根据晓轩的叙述，他跟孙鹏在撬开棺盖后，突然听见一声怒吼。打火机在这个时候掉落，使墓室变得漆黑一团。我们先假设这是事实，在这个情况下，他们应该本能地往外走。”

“孙鹏往相反的方向跑，所以就撞到墙壁上了。”悦桐讶然道。

“这就叫‘慌不择路’了，竟然敢打古墓的主意，还把这里文物都毁坏了，活该得到报应。”萧教授啐骂道。

“不可能。”溪望轻轻摇头，指着墓穴入口又道，“这个缺口是墓室唯一的光源，哪怕是晚上，应该也能看见外面有光。除非孙鹏是个瞎子，要不然他肯定知道出口在哪。”

冯吉说：“孙鹏的视力正常，没近视，资料上有写着。”

“那就奇怪了，会不会有东西挡住他，所以他才往反方向跑？”悦桐的目光落在墓室左侧那副打开的棺材上，不自觉地哆嗦了一下，遂声音颤抖地向萧教授问道：“你说……棺材里的古尸会不会真的复活了？”

一直趾高气扬的萧教授，在面对这个问题时，变得出奇地沉默。他皱眉思索良久，遂给出一个让在场三人震惊不已的答案：“这具古尸……曾经复活。”

第六章　死而复生

在抛出一个震撼的言论后，萧教授随即对此加以解释：“人死后，尸体就开始腐烂，一般在三年内就会只剩下骨头。如果在高温高湿的条件下，腐烂速度还会加快。”

“可是，你们看看这里。”萧教授走到左侧的棺材前，指着里面一些颗粒状的黑色物体，“这些是从古尸身上掉落的皮肤组织，这些组织可以证明，棺材里的古尸在经过三百年的漫长岁月后，仍然没有腐烂。”

“这只能证明棺材里面的是一具干尸，似乎跟复活沾不上边。”溪望皱起眉头。复活之说若出自他人之口，他还能一笑置之。但说这话的是一名接受过高等教育的考古学教授，则令他感到十分困惑。

“你不明白保存尸体是一件多么困难的事。”萧教授严肃道，“古埃及人需要经过多道工序才能将尸体制成木乃伊，不但要把尸体开膛破肚掏出内脏填入香料，甚至连大脑都要掏空，还得给尸体全身抹上香油，才得以将尸体保存。没经过防腐处理，光是肠道里的细菌就能令尸体腐化成白骨，这还没算上外在的环境因素。做考古工作的人都知道，干尸十分罕见，通常只会在非常干燥或者寒冷的地方，才会发现。”

“你们再看看这边。”他转头指向另一副棺材，问道，“留意到没有？”

溪望仔细观察后回答：“这副棺材里没有任何皮肤组织。”

“我们撬开这副棺材时，里面的主人就只剩下骨头，皮肉组织早已腐化。”萧教授对此详加解释，“这是一个夫妇合葬的墓穴，这副棺材里面是丈夫的遗体，左边的棺材本应躺着妻子的遗体。”

“以棺材的情况判断，妻子应该比丈夫早30年下葬。两具尸体葬在同一个墓穴里，有着相同的保存条件。但较晚下葬的丈夫早已化成白骨，较早下葬的妻子反而没有腐烂，这情况本身就说不通。你们再过来这边看看。”萧教授又走到左边那副棺材，指着翻开的棺盖说，“棺盖内侧的抓痕很明显吧！这就是有力的证据，可以证明妻子在下葬后曾经复活。她复活后发现自己被困在棺材里，于是就拼命挣扎，因而在棺盖内侧留下这些抓痕。”

“复……复活？”悦桐面露惊疑之色，“人死后真的可以复活吗？”

“我不知道该怎样回答你这个问题。”萧教授皱眉道，“我们本应相信科学，人死不能复生是最基本的常识。可是西方的专家学者，却大多相信耶稣曾于死后复活。”

悦桐声音颤抖地问道：“难道都尉夫人的传说是真的？她真的复活了，并且要向天下所有男人报复？”

“传说？”萧教授双眼放光，立刻追问道，“你怎么知道这座古墓的女主人是都尉夫人？你听到了哪些传说？”

“钮村长没告诉你吗？”溪望问道。

“我没见过什么村长。”萧教授一个劲地摇头。

冯吉随即解释，萧教授只负责文物保存，因而没有跟八坊村村民接触。他虽为晓轩涉案而跟钮村长有联系，但对方并未提及关于都尉夫人的传说。

溪望觉得冯吉似乎跟钮村长并不熟识，便多嘴问一句：“那你怎么知道神隐村的事？”

“案发的第二天，我去找钮晓轩做笔录，钮村长当时正在接电话，期间曾提起神隐村……”冯吉愣了一下，似乎突然想到些什么，慌张地向溪望解释，“我真的听见他说过‘神隐村’这三个字，绝对不是为了让你们来帮忙而撒谎。”

“没事，你想多了。不管怎样，我们也会把事情查清楚。”溪望虽露出毫不在意的表情，但心里却没能将此事放下。

钮村长不可能无缘无故地跟别人提起神隐村这个神秘的村庄。联想到露妍给他使眼色这一举动，溪望不禁怀疑当时跟他通话的便是露妍。

难道露妍来八坊村，不是想打发时间，而是怀有某种目的？

就在溪望为此而陷入沉思时，萧教授正一个劲地追问悦桐关于都尉夫人的传说。悦桐将从钮村长口中听来的传说，一字不漏地向对方转述，告诉对方都尉夫人入门七月诞下孩子，都尉怀疑她出嫁前怀有身孕，并命令家奴将她活葬。她觉得自己受到天大的冤屈，于死前诅咒天下所有男人，并发誓要复活向他们报复。

“想不通，想不通……”萧教授眉心紧锁，不停地苦恼摇头。

溪望一时未能想到露妍到此有何目的，见萧教授如此烦恼，便暂且放下，对其说道：“如果棺材里的抓痕是都尉夫人被活葬时造成，她根本没有复活，这又有何想不通呢？”

萧教授叹息道：“你误解了我的意思，我想不通的不是她有没有复活，而是她为何会复活？”

“此话何解？”溪望虚心求教。

“首先，这座古墓位于湿地，在高湿的环境下就算做了防腐处理，尸体还是很容易腐烂。其次，你看看这些皮肤组织掉落的位置。”萧教授走到都尉夫人那副棺材前，“组织掉落的地方分别是脖子及双手双脚的关节，你知道这说明什么吗？说明这些组织是在皮肤因缺水而变得干燥、硬化的情况下，随着关节的活动而剥落。单就这一点，已经可以证明都尉夫人曾于死后复活。”

他又走到棺盖前，指着内侧的抓痕说：“你仔细看这些抓痕，每道抓痕里都有不少皮肤组织，这些组织都是皮肤硬化后才剥落。也就是说，抓痕是在都尉夫人死后复活时留下的，而不是活葬时留下的。”

他严肃地分析道：“按我的推断，都尉夫人虽然惨遭活葬，但当时她因产后虚弱无力，加上棺材里没多少氧气，她稍微挣扎了几下就晕死过去。所以，这些抓痕应该是她死后复活时留下的。”

“她死前棺材里就已经没有氧气，她复活时不就无法呼吸了？”

对于悦桐这个问题，萧教授沉默了很久才回答：“我不理解她为何会复活，也不知道她复活后是否需要呼吸。我只能说，按照她留在棺材里的痕迹判断，她肯定曾于死后复活。”

萧教授的言论太可怕了，很难想象“复活”这种不靠谱的结论，会出自他这个考古学家口中。然而，溪望虽未能完全接受这种说法，但又想不到更合理的解释。单是古尸莫名其妙地失踪，就已经让人感到十分困惑。

冯吉说，自案发第二天，派出所已组织大批警员，协同文物管理局的人员，在古墓附近大范围地搜寻古尸的下落。可是这附近都是湿地，不但草木茂盛，而且遍布沼泽。他们接连找了三天，不但什么也没找着，好几个伙计还差点出意外。无奈之下，只好放弃搜寻古尸。

“到现在已经一个星期了，如果古尸是被人偷走，早就被运到别的地方去了。如果是……”冯吉的脸色突然变得不太好，“如果真的复活了，找不到或许是好事。”

事实或许正如他所言，找不到比找到更好。但这具古尸现已涉及四条人命，谁知道是不是还有下一个受害者?

因此，溪望绝不能坐视不理，尤其是晓轩对事发当晚的叙述疑点重重，让他觉得此案绝非表面上那么简单，内里可能大有文章。故此，他再次向冯吉确认：“你们到的时候，真的没发现这里有任何值钱的东西？或者说，这里是否有令人觉得有价值的物件不见了？”

“你觉得钮晓轩可能见利忘义，跟孙鹏起争执，因而错手杀人？”冯吉问道。

“不能排除这个可能。”溪望对此做出详细分析——

按现场情况判断，晓轩的叙述很可能把自己跟孙鹏的角色调换。他们再次进入墓室时，孙鹏的位置应该在墓室内侧。那么，孙鹏逃出墓室时，肯定会受到晓轩阻挡，甚至会撞到对方身上。

但是，如果他是因为撞到晓轩而跌倒，那么他会脚朝外倒下，不会在墓室内侧的墙壁上留下撞击痕迹。他会撞到内侧墙壁，只有一个可能，就是晓轩用力把他推向墙壁。

会让男人起争执的事情，不外乎钱财与女人。就目前的情况判断，前者的可能性比较高……

“那两个臭小子，闯入宝穴也不知道啥是宝贝，把容易卖钱的古董全毁掉了。”萧教授气愤骂道。

“教授，我知道你很生气，但这不是问题的重点。”溪望婉言道。

“这里的文物被毁坏的倒不少，不见了的就只有棺材里的都尉夫人，这一点我可以肯定。”萧教授露出一副毋庸置疑的表情，“这座古墓至少有三百年历史，这里每一件文物都存放了三百年，必定会在摆放的位置留下印痕。我们到达后，第一件事就是确认这里的文物有没有被偷走，所以这个问题你就不用考虑了。要是有文物不见了，我早就带人到村里逐家逐户地找去了。”

“难道是我想错了？”溪望不禁皱起眉头。

跟冯吉及萧教授道别后，溪望和悦桐返回八坊村，准备到发现古墓后离奇死亡的三名村民家里，了解他们各自出事的经过。

途中，两人皆沉默不语，都在为心中的疑问找答案。

溪望在想案发当晚发生了什么事，晓轩是否曾跟孙鹏起争执，争执又因何而起；悦桐则念记着萧教授的言论，脑海里全是都尉夫人复活后爬出棺材的画面。

她越想越害怕，终于忍不住向溪望问道：“人死后真的可以复活吗？”

溪望停下脚步，迟疑片刻才答道：“《圣经》上说可以。不过我们还是用老办法，找专业人士来解答这个问题吧！”遂掏出手机准备给沐师傅打电话，却发现没信号，只好继续步行返回村里。幸好，当他们回到村子时，手机终于接收到信号。

电话接通后，听筒如常地传出沐师傅不耐烦的声音：“又遇到什么麻烦事了？”

有了之前的经验，这次溪望启动免提让悦桐先开口。跟预料中一样，沐师傅听到悦桐的声音，态度马上就转变了，热情地询问有什么可以帮忙。

“我想知道人死后是否可以复活？”悦桐将都尉夫人的情况，详细地告知对方。

沐师傅沉默片刻后，换上严肃的语气答道：“世人常说入土为安，却不明白当中的意思，以为人死后埋进泥土中便能得到安息。其实这应该读作‘入土为（wèi）安’，把尸体埋进泥土里，不是为了让死人安息，而是为了活人的安全。”

“你是想说尸体会引起疾病，甚至是瘟疫吗？”溪望问道。

“这只是其中一个原因，但真正的目的是防范尸变，你们也可以理解为死后复活。”沐师傅说着突然问道，“你们知道尸体为什么要装在棺材里下葬吗？”

溪望思索片刻后答道：“大概是防止尸体污染土地及水源吧！”

“不对，万人坑也不见得会污染水土，而且墓葬区通常远离民居，根本不用担心污染。”沐师傅解释道，“老祖宗的智慧不容忽视，棺材其实是尸体的牢房，是用来将尸体囚禁，以防日后尸变祸害一方。所以在下葬之前，必须用钉子将棺盖封死。这样就算真的发生尸变，尸体也会被困在棺材里，无法出来害人。”

“你是吓唬我们吧，如果尸体都可以复活，不就满街都是僵尸了？”悦桐质疑道，“被困在棺材里的不算，战乱时期也不知道有多少尸体随处弃置。”

沐师傅沉着作答：“首先，死而复生是一种发生概率非常低的特殊事件；其次，在那人命如草芥的战乱时期，大家都只管自己活命，谁有空记录这种破事？再者，就算有人记录下来，‘成王败寇’是千古不变的定律，战后掌权者必定重写历史，将这些不和谐的怪异事件通通抹除，以免在自己的功绩上留下污点。”

溪望两人沉默不语，没有对此做出反驳，他便继续道：“你们以为推行强制火葬，真的是因为人口众多，土地稀缺吗？我国幅员辽阔，一个省就比不少国家全境还要大。以山西省为例，面积稍比孟加拉大一点，但全省总人口不到四千万，而孟加拉却有1.6亿，超过山西的四倍。单论人口密度，我国远远不及孟加拉，但人家以土葬为主，也不见出现土地稀缺的情况。”

悦桐怯弱道：“难道……强制火葬也是为了防止尸变？”

第七章　杀人动机

沐师傅得意扬扬道：“没错，尸变虽然不常见，但偶尔发生一次就足以引起民众恐慌，甚至发展成严重的社会问题。譬如1995年四川就曾经闹过僵尸，虽然政府及时处理，但还是吓到不少人，部分家长甚至不敢让孩子上学。”

他顿顿又继续道：“随着人口不断膨胀，人越来越多，尸体的数量也相应增加，发生尸变的机会亦随之大增。为了确保不出乱子，最好的办法就是将尸体火化。虽然这种做法有点儿偷懒，但就我国目前的情况而言，却是最有效的解决方案。”

“原来强制火葬的真正目的是防范尸变，我之前还真的没想到耶。”悦桐喃喃道。

“怎么把话题扯到火葬上去了？”溪望显然对沐师傅那些似是而非的鬼话不感兴趣，皱起眉头重提他所关心的问题，“我们想知道的是，像都尉夫人这种情况，是否有复活的可能，毕竟她已经离世超过三百年。”

“还是那句话，入土‘为’安。”沐师傅答道，“殓葬一是为活人安全，二是为死者安息。若死者入土不安，受生前念力影响，导致尸体不化，就有可能复活害人。”他随即详加解释——

像都尉夫人这种情况，生前含着一口冲天怨气被活葬，导致部分脑细胞处于活跃状态，并向身体发出假死指令。假死是生物的原始本能，但这项能力在人类进化过程中渐渐退化，以致身体未能完全执行假死指令，只能勉强抗衡细菌的侵蚀，使身体以干尸的形态保存下来。

而发出指令的脑细胞则成功进入假死状态，等待适合的环境，重新启动各个器官，使身体能够再次运作——也就是复活。

经过漫长的岁月后，这些脑细胞受到某种刺激，譬如闪电或身体腐化等信息影响，错误判断可以或必须让身体活过来，便发出重新启动指令。

可是，已经变成干尸的身体，大部分器官均受到严重损害，尤其是大脑受损极其严重，只有部分进入假死状态的脑细胞得以幸存。大脑功能因此而瘫痪，改由幸存的脑细胞支配身体。这直接导致都尉夫人变成一具没有思考能力，只有求生本能的“僵尸”。

她复活后，首先要做的事情是寻找水和食物，这时候棺材的作用就展现出来了。棺材将她困住，她在本能驱使下，对棺盖内侧乱抓。当她快用尽气力时，幸存的脑细胞再次发出假死指令，使她再度陷入无止境的长眠，等待一个更适合的复活时机……

“晓轩跟孙鹏将棺盖撬开，就是她一直等待的复活时机？”溪望问道。

沐师傅答道：“棺盖被打开，大量新鲜空气进入棺材里，幸存的脑细胞受到刺激，因而重新启动身体也不是没可能。”

溪望皱眉道：“问题是都已经过了三百年，就算进入假死状态的脑细胞仍得以幸存，都尉夫人的身体亦已经面目全非。根据残留在棺材里的皮肤组织显示，她的皮肤已干燥硬化，甚至会因活动而剥落。”

“我想你对生物的构造还不太了解。”沐师傅再次对自己的观点做出解释——

利用电流刺激青蛙残肢上的神经，能使肌肉产生收缩。尽管大脑已经死亡，甚至主要器官均受到严重损坏，但只要肌肉尚未完全萎缩，神经仍能传达大脑的指令，尸体就有可能再次活动。

人体的潜能是无限的，但大脑为了保护身体不受伤害，而对我们的能力做出限制。譬如平时很少运动的人，跑一公里就会觉得累。但这并不代表他只能跑一公里，只是继续跑会对身体造成伤害。

都尉夫人的大脑功能受损，因而失去这种保护机制。幸存的脑细胞发出指令后，身体只会执行相应的指令，而不顾及是否会造成损害。譬如脑细胞发出的指令是离开棺材，哪怕手臂被卡住，都尉夫人仍会强行离开棺材，毫不理会手臂因此而会被扯断。

不过这只是理论上可行的事情，实际上能否复活，还得视尸体的保存状况而定。如果肌肉已经完全萎缩，就算复活了，也没有活动能力……

“那她是否仍拥有生前的记忆？”溪望问道，“她复活后会不会仍记得死前的恶誓，向天下所有男人报复？”

“这需要看她幸存的是哪一部分的脑细胞，理论上她就算能复活，也不具备思考能力。但若幸存的脑细胞当中，有掌管这些记忆的小脑细胞，那么选择性地袭击男性，也许会成为她的本能之一。”沐师傅沉默片刻又道，“但是，孙鹏以外那三名村民，是在棺盖被撬开之前进入古墓，都尉夫人根本没见过他们，应该不会有意识地跑到村里袭击他们。如果她是无意识地闯入村子，那么看见男人她就会扑过去，而不是选择性地只对他们三个下手。”

挂掉电话后，溪望与悦桐同时陷入沉思，都在消化沐师傅向他们灌输的信息。

“沐师傅的解释真酷，就像美国的科幻大片一样。”悦桐首先打破沉默。

溪望皱眉答道：“我倒觉得他是美剧看得太多，把幻想与现实混淆了。”

在沐师傅眼中，尸体复活并不稀奇，虽然有着苛刻的条件，但偶尔还是会发生，而且会引发严重后果。因此，古人才会利用棺材这种细小的“囚牢”将尸体囚禁。到了现代，国家更推行强制火葬以绝后患。

然而，若事实果真如沐师傅所言，都尉夫人已变成没有思考能力，只会本能袭击男性的僵尸，那么她应该不会把棺盖被撬开之前，曾进入墓室的村民锁定为袭击对象。

在思考这个问题时，溪望想到一个细节，就是在晓轩的叙述中，他跟孙鹏是用树枝将棺盖撬开。被钉死的棺盖，不可能靠一根两指粗的树枝撬开，要么是晓轩所讲的并非事实，要么就是……

“你想到什么？”悦桐亦察觉问题所在。

“跟你想到的一样。”溪望狡黠笑道，“但现在还不能肯定，我们得先了解其他遇害村民的情况，然后才能下判断。”

两人来到其中一名出事村民江华家中，该村民的儿子江浩风正好在家里。待两人道明身份及来意后，浩风便滔滔不绝地向他们诉说父亲及另外两名村民的死疑点重重。

“爸在村里长大，还没去念书就已经学会游泳，而且对村里村外的地形了如指掌。哪里有几棵树，哪里又有几根草，他都一清二楚，怎么可能掉到水里淹死？”浩风越说越生气，“派出所那些酒囊饭袋，竟然说爸死于意外，简直就是胡扯！”

“先别激动，你得把事情的经过说清楚，我们才能查出真相。”溪望劝说道。

“爸在外面摸爬滚打了近二十年……”浩风按下心中怒火，平心静气地向两人讲述父亲出事的起因——

我们村算是穷得叮当响，人家靠山吃山，靠海吃海，可这里既没有山也有没海，就只有大片湿地。虽然能开垦出几块瘦田，但大家都得勒紧裤带过日子，要是哪年天不作美还得饿肚子。

爸年轻的时候赶上改革开放，就跟村里的兄弟到外面闯荡。他读书不多，也没学过哪门技术，辗转换了不少工作。后来，他意识到要赚钱就得有知识、有技术。

他当时在养殖场打工，给场里的鹅准备饲料时，突然想起村外的湿地可是个养鹅的好地方。人总是希望落叶归根，他也想以后能回到村里生活，于是就很努力地学习养鹅的技术。

尽管在养殖场工作很辛苦，工资也不高，但他还是坚持了下来。等到完全掌握相关养殖技术，他毅然辞去工作，决心回来创一番事业。

回村里养鹅比他想象中还要顺利，村外有大片湿地，鹅会自己去找东西吃，根本不用担心饲料的问题。而且放养的鹅不但少生病，肉质还特别好，可以卖更好的价钱。

爸跟我把一些成鹅带到县城里，那些饭馆的老板都抢着下订单，说这些鹅块头大、肉质细嫩、味道鲜美，做出来的菜好吃得不得了。这可乐坏我们了，赶紧回来准备请车把成鹅都送出去。

可是，这时候我们才发现，根本没有货车能直接开进村子。但已经签了订单，不发货就要赔钱。我们实在没有办法，只好请村里的人帮忙，把成鹅赶到外面的公路，然后再装上货车送去县城。

销路是有了，价钱还不错，但算上运费就没多少赚头。可是，大家见我们每隔一阵子就把鹅送去县城，以为这门生意容易赚钱，都纷纷来向爸学习养殖技术。

爸把我们的难处告诉大家，说村里不通路，算上运费没赚多少钱。大伙说修路可以找钮村长，再不成就找镇政府，甚至有人说可以闹到县市去。

爸跟大伙说，自己不知道找过钮村长多少次，镇政府也跑了好几趟，可这事一直都没能落实。钮村长更是借口多多，一会儿说修路的程序很复杂，一会儿又说镇政府不愿意拨款，反正最好就是不要修路。

这时候不知道谁提议说，靠政府不如靠自己，大家一起修一条路进村行了。大家都觉得这个办法靠谱，于是爸就一边教大家养殖技术，一边组织大家去修路。

可这时候，钮村长突然跳出来说，要修路就往东修，绝不能在“诅咒之地”修路，不然会坏了村里的风水。他分明就是找碴儿，往南修路只有五公里左右，但往东至少要修十公里。

他以为我们不知道，其实爸跑了几趟镇政府，多少打听到一些消息。镇政府曾给村里拨了一笔修路款，却被他挪用了。眼见马上就要换届选举，大家又都在跟爸学技术，他怕自己的位置被爸抢走，就想找借口闹事。

爸跟大伙都知道他的鬼主意，当然没有理会他，继续往南修路。他见自己的诡计落空，就到处瞎说我们坏了村里的风水，早晚会自食恶果，弄不好还会出人命。

修路是造福全村的大好事，几乎所有村民都赞成往南修路。所以不管他怎样污蔑我们，大家都没有理会他，还是坚持继续往南修路。可是，自从发现了古墓之后，情况就起了变化。

发现古墓本来也不是什么大问题，可晓轩跟孙鹏这两个浑蛋竟然半夜跑进去，还闹出大乱子。钮村长这臭不要脸的，就趁机兴风作浪……

“这跟钮村长有什么关系？”悦桐不解问道。

“这不是摆明的吗？”浩风愤慨道，“大家都打算推举爸做下任村长，那个姓钮的浑蛋，趁儿子闹出大乱子就信口雌黄、颠倒是非。他说修路亵渎了死者，惊醒了长眠于古墓的什么夫人，所有闯入古墓的人都受到这位夫人诅咒。还说他儿子命大，虽然受诅咒，但总算没有丢掉性命。至于其他曾闯入古墓的人，早晚会像孙鹏那样不得好死。”

“他的恶毒咒骂还言犹在耳，爸就出事了……”浩风扭过头，让倔强的泪水不洒落于人前。其后，在溪望的要求下，他抹去眼角的泪水，继续讲述江华出事前的经过——

就在晓轩跟孙鹏出事后第二天，钮村长把大家都叫到他家门前的空地上，表面上是告诉大家出了什么状况，其实是趁机颠倒是非，把责任推到爸跟其他一起修路的村民身上。

修路发现古墓，本来也没啥大不了，把这事上报政府，让政府派人来处理就行了。要不是那两个王八蛋财迷心窍，半夜跑进古墓盗窃文物，政府说不定会给我们发奖金呢，修路的事情也好办多了。

可钮村长这个臭不要脸的，不但没责怪儿子胡作非为，反而把责任往爸身上推。尽管他巧舌如簧，骗到了不少村民，但不相信他的人还是占多数。

现在已经不是封建社会，谁还会相信诅咒这种迷信的玩意儿？要是诅咒几句能要别人的命，世上也没剩几个活人了。

见我们都不相信他的鬼话，他就把心一横向爸下手……

第八章　旧日往事

“钮村长如何向令尊下手呢？”溪望皱眉问道。

根据冯吉提供的案件资料，现场没发现他杀迹象，江华很可能是自己掉进水里淹死的。可是，浩风一再强调父亲的死非常可疑，甚至认定钮村长就是凶手，却没能提供任何实质证据，难免令人怀疑这只是他的主观臆断。

“就在钮村长咒骂爸和几个人不得好死的那天下午……”浩风悲愤地向两人讲述父亲出事的经过——

爸之前每天都会跟大伙去修路，出乱子后他跟大伙商量，先暂停几天，等派出所把这事处理好再继续修路。

修路这段时间，一直都是由我来放鹅。可爸是个闲不下来的人，非得找点儿事儿干才成。所以那天下午，他让我休息一下，由他去放鹅。

放鹅其实就是把鹅带到村外的湿地溜一圈，然后再带回来。湿地长满野草，鹅会自己找东西吃。而且这批鹅已经养了一段时间，都会认路了，只要稍微留意一下，别让它们掉队就行了。

爸养鹅这么多年，对村外的地形又了如指掌，放鹅对他来说，就像洗菜做饭一样平常。尽管那天他的心情不太好，但我跟妈都没想过会出问题，就当让他出去散散心。

可是，他出去才两三个小时，我就听见门外有人叫我名字。我走出门口看见全身湿透的陈瘸子，一瘸一拐地跑过来，快到门口时还差点摔倒。

我连忙冲过去扶他，问什么事让他急成这样子。他说："华哥出事了，你快叫华嫂，我带你们过去。"

当时我还没想到，爸竟然淹死了，只是问他："是不是爸跟钮村长吵起来了？我马上操家伙去打死那个不要脸的王八蛋！"

他冲我叫骂："你就知道打架，华哥死了……"他说自己刚才在村外抓鱼，刚好碰见我爸放鹅经过。过了一会儿，他抓到好几条鱼，自己吃不完就想送两条给我爸。

可是，当他找到鹅群的时候，却没看见我爸的踪影，只看见旁边的水潭里有个黑影。他立刻跳下去一摸，水里果然有个人，潜下水去发现这人竟然是我爸。

他慌忙想把我爸拉上来，可怎样使劲也拉不上来，好像被什么缠住了。他只好大吸一口气潜到水底去，发现爸的脚被水草缠住了……

"就这样？"悦桐讶然问道。

在浩风点头确认后，溪望便皱着眉头说："就你所说的情况推断，虽不能确定令尊的不幸是否属于意外，但跟钮村长似乎没必然关系。"

"有关系！"浩风激动地说，"村外的湿地就像我们家的后园，爸从小就在那里玩儿，怎么会莫名其妙地淹死呢？而且我怀疑钮村长，也不是单凭他那几句话。"

"还有什么令你怀疑他呢？"溪望问道。虽然并不期待对方能提供有力的证据，但他亦不想错过任何一条线索。

浩风言之有据道："陈瘸子在找到爸之前，曾看见全身湿透的钮村长，神色慌张地从爸出事的地方离开。"

对方说了半天，就这句话是有用的。不过这也只是相对而言，作为从别人口中听来的传闻证供，必须找陈瘸子本人确认此事。

溪望曾听钮村长提起此人，但当时没问及其底细。故此，他便向浩风了解此人的情况。

"陈瘸子本来没瘸腿，听爸说他年轻时跑得比谁都要快……"浩风长叹一声，道出陈瘸子的身世——

他叫陈春瑞，40多岁还是个光棍，也挺可怜的。他也像爸那样，年轻时外出打工，在一间鞋厂里做了几年搬运工。虽然没文化，但他手脚利索，也不怕累，有时还能帮忙做些简单的水电维修，连老板也称赞他能一个顶两个。

可是不管他干活有多卖力，搬运工始终是搬运工，老板或许会赞扬他几句，却不会给他加工资。不过他也认命了，谁让自己读书少，搬运这种几乎是个男人就能干的活儿，他不干还有一大堆人等着顶替他的位置呢。

他曾跟我说过，当时的想法是：老老实实地干活，能赚多少是多少。反正工厂包吃包住，每个月能剩下不少工资。把这些钱都存起来，存够了就能回家讨老婆。

他当时就是太老实，太容易相信别人，什么事情都没在意，最终吃了个大亏。

鞋厂本来生意很好，可是后来订单少了，就经常没活干，连工资也发不了，经常要拖几个月才发一次的工资。鞋厂就这样半死不活地撑了两三年，老板终于"跑路"了，拖欠的工资全都打水漂，谁也讨不回一毛钱。

受了这次教训，他明白了一个道理，就是做人不能太老实，也不能太相信别人。他还觉得打工终究是受制于人，不但在老板面前要夹着尾巴，说不定哪天连工资也讨不到。所以，之后他没再去打工，而是跑去摆地摊卖玉石首饰。

他对玉器虽然不在行，但在地摊上买玉器的人同样也不懂。于是，他就瞎掰说这个手镯是A级货，那个吊坠是B级货，本来要卖上千块，他从熟人手里拿所以才卖这么便宜。

尽管他的话都是胡吹，但竟然还有人相信。十块八块的石头能卖两三百，他还说自己是亏本甩卖。光临他的傻子虽然不多，但一天能做三两宗生意就够了，至少要比他打工赚得多。

这买卖他做了近十年，开始时还挺好的，但后来城管抓得严，老是没收他的摊子。有一次，他一时火起跟城管打起来，可对方人多，下手又狠，他不但打不过，还被打断一条腿。

他把之前赚的钱都花在这条腿上，但那些医院太黑心了。他把所有钱都花光，腿还是没能治好。这回他觉得外面的世界太可怕了，还是回老家过穷日子吧，至少不会被人欺负。所以，他就一瘸一拐地回到村里。

后来，爸回来养鹅，见他日子过得不太好，有啥活儿都先找他干，好让他能赚点儿工钱过活。因为爸经常关照他，所以爸组织大伙修路时，他第一个站出来帮忙。当日发现古墓的五人里，他就是其中一个……

"另外三个人呢？"溪望问道。

据资料显示，除江华及陈春瑞外，其余三人分别是28岁的王珏、33岁的刘涛及24岁的钟毅。三人都是八坊村村民，当中除钟毅外，另外两人均在发现古墓后三天内死于意外。

浩风告知，王珏于江华死后次日，在家中被毒蛇咬死，刘涛则在发现古墓后第三天死于触电。两人的死虽说是意外，但都像江华那样疑点重重。

“我在村里生活了这么多年，还是第一次听说有人被毒蛇咬死。”浩风质疑道，“村外的湿地虽然有不少水蛇，但大多没毒，而且很少会爬进村里，之前也从没有过人被毒蛇咬死。这次突然有毒蛇在村里出现，说不定是有人在外面把毒蛇抓来的。”

“我们不排除这个可能性，但现时似乎没证据支持这个假设。”溪望对他提出的疑点颇为失望，因为跟他之前所说的没两样，都是没有实质证据支持的主观臆断。

见对方不相信自己的怀疑，浩风便气急败坏道：“刘涛的死也很可疑。”遂详述刘涛出事经过，及自己怀疑的依据——

刘涛有两个习惯，一个是喜欢不穿鞋子，尤其是下田干农活的时候，从来都是赤着脚。另一个习惯是天刚亮就下田，这样他干完农活就能马上去帮忙修路。

虽然修路已经暂停，但那天他还跟往常一样，一大早就赤着脚下田。他大概没想到，这两个习惯会要了他的命。

田地里有一台公用的水泵，对大家来说，这可能是钮村长给村里做过的唯一一件好事。但对刘涛来说，这水泵却是死神的“镰刀”。

这个水泵大家每天都在用，之前都没出过问题。可那天刘涛准备用水泵给自己的庄稼浇水时，却因触电而死。大伙赶过去时，他都已经被电焦了。

后来，我们把水泵跟电线全都检查过，发现水泵里的电线损坏了，所以才会漏电。而且安全跳闸竟然也坏了，这才是真正要刘涛命的原因。

不管是水泵还是跳闸，一直都是由钮村长维修。虽然他自己说是被老鼠咬坏，但老鼠一夜间把水泵跟跳闸都咬坏，这未免太巧了吧？而且，这还是发生在他诅咒爸和几个人不得好死之后，谁会相信这只是一场意外……

“又是毫无证据的主观臆断。”溪望于心中暗忖，他已经懒得提出质疑。浩风完全认定钮村长就是谋害江华等人的凶手，一时间难以改变他的想法，而且他提供的信息都带有倾向性，似乎也没太多参考价值。

正当他准备向对方告辞时，悦桐却问起钟毅的情况。

浩风面露不屑之色，答曰：“他呀，只是个没出息的家伙。”遂告知钟毅前几年也曾外出打工，可他不但没本事，而且好吃懒做，更糟糕的是还喜欢赌博。他在外面欠了一笔赌债，实在混不下去，只好跑回来避债。

“他虽然一无是处，可他父母倒是挺好的，不但帮他讨了老婆，还来求爸多关照他，教他养鹅的技术。所以，他才会跟爸一起去修路。”

问了陈瘸子的住处后，溪望便向浩风告辞，随即跟悦桐去找陈瘸子。两人来到一间简陋的平房门前，发现大门敞开，可以看见厅堂中间的桌子上放有一个打开的旅行袋，一名40多岁的汉子正一瘸一拐地在屋内走来走去，似乎在收拾行装。

两人于门前敲门，并向屋内的男人道明身份及来意，得知此人正是陈瘸子陈春瑞。

“你们想问啥就赶紧问，我还得收拾东西。”陈瘸子请两人进屋，随即又走来走去收拾细软。他的腿虽然不利索，但动作却风风火火，仿佛非常焦急。可是，尽管他不停地走来走去，却没见他往旅行袋里放入任何东西。

他仿佛非常忙碌，使溪望找不到发问的机会。正为此犯愁时，对方却突然停下脚步，并问道：“对了，你们是开车过来的吗？”

“我们把车停在南面湿地外的泥路上了。”悦桐掏出车钥匙向他晃了晃，然后问道，“你准备出门吗？要去哪里呢？”

陈瘸子忧心忡忡地叹了口气，遂坐在地上抬头答道：“我也不知道自己能去什么地方。”

“那你还收拾行李干吗？”悦桐不由感到惊奇。

“阿华死了，王珏也死了，就连刘涛都死了。当天进入古墓的四个人，已经死了三个，现在就只剩下我。说诅咒也好，巧合也罢，我要是继续留在这里，恐怕早晚也逃不过这一劫。”陈瘸子说着突然流下眼泪，“我虽然浑浑噩噩地过了半辈子，但我还想把命留着讨个媳妇呀！这几天我都在家里瞎转，琢磨着该往哪里逃，可到现在还想不到自己能去哪里。”

溪望不解地问道：“你曾到外面谋生，怎么不去你之前待过的地方呢？”

“要是在那里能混得开，我就用不着回来过穷日子了。”陈瘸子心酸道，“我原来待的那个地方，本地人都很排外。他们不但看不起外来人，还经常找我们麻烦，而且都是明目张胆。像治安队那些混混，总是三更半夜来收钱，治安费、垃圾费、计生费等乱七八糟的杂费一大堆，说白了就是保护费。收完钱还要我们去办暂住证，不然下次再来就要罚款。”

“你已经很久没到外面了吧？”悦桐皱眉道，“现在很多地方已经取消对外来人收取杂费，办暂住证也只收工本费。”

“姑娘，我看你衣着光鲜，应该有份体面的工作吧？”陈瘸子稍微打量了她一下，随即又道，“我想你大概没跟社会底层有太多接触，当你跟我们这种农民工接触多了，你就会知道这个社会有多丑恶。”

“我不太明白你的意思。”悦桐疑惑问道。

“治安队都是些没本事、没工作的本地人，靠关系混进去的，说白了就是个土匪窝。”陈瘸子激动地骂道，“就因为都是关系户，人越养越多，政府哪能养得起？养不起就只好让他们自己想办法弄钱。”

“取消对外来人收费？不在我们身上弄钱，他们哪来钱发工资？只不过换一种方式，用其他名堂跟我们要钱而已。”他轻蔑一笑，随即又激动起来，继续骂道，“还有城管那些浑蛋，同样是摆地摊，本地人想怎么摆就怎么摆。他们充其量就只会让本地人把摊子摆好一点，别把路给挡住。可是我们这些外地人，他们都是二话不说就把摊子给没收了。”

“你这条腿是被城管打断的？”悦桐同情道。

陈瘸子轻轻点头，遂长叹一声，似乎准备跟悦桐继续这个话题。然而，溪望可不想为此浪费时间，他更关心的是，陈瘸子为何说当日进入古墓的是四个人，而不是他之前所知道的五个。

第九章　形迹可疑

“当天进入古墓的，只有我、阿华、王珏和刘涛……”陈瘸子在溪望的要求下，详细讲述发现古墓当日的情况——

在“诅咒之地”上遍地都是沼泽，修路需要往很多坑坑洼洼的地方填土。我们没有挖土机，也没有运泥车，只能在附近取土来修路。

我们沿路挖了不少泥坑，之前都没挖出奇怪的东西，但那天竟然在坑底挖出一道青砖墙。我们虽然是乡巴佬，但还不至于连这是啥玩意儿也不知道，用脚指头也能猜到是古墓。

我们五个人当中，要数阿华最有见识，大家都问他该怎么办？

阿华说：“古墓埋得这么隐蔽也能被我们发现，或许是老天爷见我们修路辛苦，想帮我们一把。要是不进去看看，可辜负了老天爷一番心意。”

王珏听他这么一说，立刻挥锄头在墙上敲出一个洞来，然后跟刘涛兴冲冲地钻进去。但没过多久他们就在里面喊话，说没看见有啥值钱的东西，只有两副棺材跟一些破罐子。

我怕他们不识货，不知道啥是值钱的宝贝，就想叫上阿华跟钟毅一起进去。可钟毅这个胆小鬼竟然说里面有棺材，怕会有不干净的东西，连洞口都不敢靠近。阿华说留一个人在外面接应也是好事，就没有强迫他跟我们一起进去。

当时太阳已经下山了，我们平时这个时候就会回家，所以都没带照明工具。幸好洞里面还不至于漆黑一团，不过也挺昏暗的，我进去时还差点摔倒。

你们也去过古墓，应该也知道那里就巴掌大的一点儿地方。虽然当时已经天黑，看得不太清楚，但用手摸也能摸到没啥值钱的东西，除了些瓶瓶罐罐，就只有两副棺材。不过棺材看上去也挺高档的，躺在里面的肯定是有钱人，应该有些首饰之类的陪葬品。

我们本想把棺材撬开，阿华却说都已经天黑了，就算有宝贝也看不见。反正古墓就我们几个人知道，等明天一早再仔细把这里搜个遍也不晚。

大家都当阿华是头儿，既然他已经开口，我们也不多啰唆。说实话，这古墓咋说也是死人的地盘，虽然我们都不是小孩，但总会有点儿害怕。所以，我们就走出古墓，把修路的工具收拾好，然后一起回到村里。

我们在村口约定，第二天再一起进古墓，谁也不准耍花样。虽然我们都遵守自己的承诺，可万万没想到这事竟然被晓轩跟孙鹏那俩小子听见……

“之前我还经常取笑钟毅，说他胆子小，没出息。”陈瘸子唉声叹气道，“唉，没想到他这回却因为胆小而逃过一劫。”

“你先别吓自己，他们不一定是因古墓而死，或许只是意外而已。”悦桐出言安慰，随即话锋一转向对方问道，“对了，江华出事之前，你不是看见钮村长在附近出现吗？当时的情况怎样，这事说不定跟钮村长有关。”

“那天我的确在村外见过荣泰，他当时还挺奇怪……”陈瘸子似乎想到些什么，皱着眉头露出疑惑的目光，遂向两人道出当日的情况——

之前我每天都去帮忙修路，这本来是自愿参与，谁也没报酬。但阿华说我没别的收入，就偷偷给我塞了点工资，虽然不多但够我吃饱肚子。

出事之后，修路在荣泰的要求下暂停。不用干活，我也不好意思要阿华的钱，可日子还是要过。幸好，我一人吃饱全家不饿，到村外的湿地里抓几条鱼就能顶一天。

那天下午，我正在村外抓鱼，看见阿华出来放鹅，就跟他聊了几句。他当时还在为修路的事揪心，跟我说荣泰肯定会继续拿古墓大做文章，阻拦我们修路。

路修不成，村里已经开始养鹅的人，肯定会埋怨阿华。如果荣泰再在大家面前多说他几句坏话，他要选村长恐怕就没戏了。反正一天没把路修好，就很难把荣泰从村长的位置上拉下来。

我问他有没有想到办法，他说办法有两个：一是放弃选村长，但要荣泰落实修路的事，至少不阻挠大家修路；二是由他出钱收购大家的成鹅，再倒贴运费卖到县城里。

第二个办法虽然要亏很多钱，但大家都跟他混饭吃，要当选村长就易如反掌。不过他选村长也是为了修路，只要荣泰不再阻挠大家修路，他也不想以本伤人。毕竟代价实在太大了，弄不好还没选上村长，就欠下一屁股债。

他还跟我说，约了荣泰过来谈这件事，所以没跟我继续聊，就到其他地方边放鹅边等荣泰过来。

没过多久，荣泰在水潭旁边经过，他一副凶神恶煞的模样，看见我就问看见阿华没有，我给他指了方向，问他怎么了。

他当即对我破口大骂："你们这几个浑蛋，叫你们别在'诅咒之地'上修路，你们非但不听，还挖出古墓害我儿子出事。现在阿华还嫌我不够烦，竟然约我出来谈判。操他妈的，他有资格跟我谈判吗？"骂完就找阿华去了。

我当时还忍不住偷笑，在心里说：待会儿你就知道，阿华到底有没有资格跟你谈判。

荣泰最重视村长的位置，阿华用以本伤人这招来威胁他，他肯定乖乖就范，不再阻拦修路。所以，我就没再管这事，先把那天的晚饭解决，继续在水潭里抓鱼。

大概过了一个小时，我看见荣泰全身湿透，慌慌张张地走回来。他经过水潭时也不看我一眼，一溜烟地走回村里。

我想他大概是被阿华唬到了，不敢再阻挠我们修路，而且还一不留神掉到水里。看见他像条落水狗似的，我就忍不住笑了。

当时我已抓到好几条鱼，反正我一个人吃不完，就想送阿华两条，顺便问一下谈判结果怎样。没想到，我找到阿华的时候，他竟然已经……

"发现阿华淹死时，我只想到古墓的诅咒，根本没想过他的死跟荣泰有关系。"陈瘸子轻叹一声，感慨道，"好歹也是相认了几十年的同村兄弟，虽然有些争吵，但不至于要拼个你死我活吧？我宁愿相信阿华是死于诅咒，也不想相信他是被荣泰害死。"

离开陈瘸子家后，溪望两人便按他所说的位置，找到钟毅的住处。

对于发现古墓当日的情况，钟毅的叙述跟陈瘸子差不多，他承认自己当时没有进入古墓。但他声称这不是因为害怕，而是为了大家的安全，才主动要求留在外面接应。

此外，在他的叙述中有一个细节，与陈瘸子的供词有出入，他声称在古墓外曾听见里面传出撬开棺盖的声音。

“你确定自己没听错？”溪望谨慎地向对方确认。

“应该没有吧！”钟毅皱起眉头，不停地搔脑袋，“你们去过‘诅咒之地’，应该知道那里风声很大。尤其是晚上，经常能听见些奇怪的声音。我也说不清楚那声音是古墓里传出来的，还是泥坑外的风声。”

“你没看见古墓里的情况吗？”悦桐问道。

钟毅摇头道：“当时天已经黑了，古墓里面很昏暗，华哥又刚好挡住了洞口。所以里面的情况，我一点也没看见。”

溪望思索片刻，遂提出一个关键性的问题：“他们有带工具进去吗？”

钟毅皱着眉头想了好一会儿，突然拍手叫道：“我想起来了，当时是王珏用锄头把墙敲破的。他怕古墓里面有危险，就拿着锄头当武器。”

如果都尉夫人的棺材是这个时候被撬开，那么就能解释晓轩跟孙鹏为何能用树枝打开棺盖。亦能解释复活后的都尉夫人，为何将江华等三人锁定为目标。她跟三人及陈瘸子已有“一面之缘”，可能靠着气味或其他特征找到他们。

疑团是一下解开两个，但同时又多了两个新疑团：一是陈瘸子为何隐瞒此事？二是已失去思考能力的都尉夫人，能用撕咬以外的方式杀人吗？

都尉夫人的问题已超出常理，再怎么想也想不明白，所以溪望想先弄清楚陈瘸子的问题。可是，钟毅自己也说不清楚，到底是否曾听见撬开棺材的声音。若就此质问陈瘸子，恐怕会打草惊蛇。

两个问题都不能马上得到答案，溪望只好暂且放下，询问钟毅另一件事：“听说你曾经外出打工，而且在外面过得还不错，为什么又回到村里？”

“唉，只能说年少无知吧！”钟毅长叹一声，遂向两人道出自己的经历——

人呀，总是越穷就越想发大财，老以为自己总有一天能大富大贵，现在挨穷只是时运未到。要想知道运气啥时候会来，最好的办法就是赌博。我也想试试自己运气，就学别人那样去买私彩。

大家都说私彩挺容易中奖的，因为每期的中奖号码都是之前就定下来，有一套规律。尤其是特码，这期开龙，下一期很可能开马。还有人说报纸上有提示，譬如这天的报纸有火灾的新闻，而火灾是老鼠咬断电线引起的，那么这期的特码肯定是鼠。

后来我回到村里，跟华哥说起这些事。他当时给我说了一句话，立刻让我有种当头一棒的感觉：“要是很容易就能中奖，还有人做庄吗？”

他接着跟我说，按私彩的玩法，庄家赢的机会很高。而且买私彩的人越多，庄家越能稳赚。哪些号码是之前定下来，报纸、电视上有提示之类的传言，全都是庄家放出去的鬼话，目的是让更多的人上当。

他这一说，好像的确是这么一回事，可惜我知道得太晚了。

刚玩私彩时，我也中过几次特码。不过当时下注不多，没赢到多少钱。后来我越陷越深，下注越来越大，但总是输多赢少，打工赚到的钱全都送到庄家手里了。

一想到自己辛辛苦苦赚回来的钱，全都输光了，我心里就不舒服，非要把钱都赢回来不可。于是我把心一横，玩一盘大的，一次给庄家下注三万块。当然，这三万块是记账的，我根本拿不出这么多钱。

我只想着把之前输掉的钱赢回来，根本没有想过要是输了怎么办。之后的结果，我想你们也能猜到——我又输了。

庄家都不是善男信女，他们收不到赌债，什么事情都敢做。我实在还不起这笔赌债，无奈之下只好逃回村里。

其实村里也有不少人像我这样的，孙鹏就是其中一个……

“你怎么知道孙鹏也欠下赌债？”悦桐好奇地问道，“他跟你在同一个地方打工吗？”

“不是，他之前跟晓轩一起出去打工，三个月前又一起回来。”钟毅摇头道，“大概个把星期前……对了，就是发现古墓前一天，有三个凶神恶煞般的大汉来到村里，说孙鹏欠了他们十多万，专门跑过来找他讨债。”

“孙鹏承认这笔债务吗？”溪望问道。

“他连露脸也不敢。”钟毅答道，“知道有人到村里找他，他立刻就躲起来了。之后那三个大汉到他家里闹，连借据都拿出来了，上面还有他按的指模。”

“之后怎样？”悦桐问道。

“那三个大汉见孙鹏不敢露脸，说过几天再来，要是还收不到钱，就把他家的房子拆了。”钟毅叹了口气又道，“他们再来的时候，孙鹏已经死了，村里正为古墓的事闹得沸沸扬扬。人都死了，他们也不想把事情闹大，只好自认倒霉，灰溜溜地走了。”

离开钟毅家时，天已经黑了。溪望跟悦桐打算在返回营地之前，顺道到钮村长家，询问他跟江华谈判一事。然而，当他们走近钮村长家时，竟然发现露妍正在门前搂住钮村长的肩膀，跟对方轻声细语，似在交谈些不可告人的秘密……

第十章　夜探古墓

“妍妍，给我站住！”

恶魔的怒吼于身后传来，年仅八岁的小女孩只好用双手捂住耳朵，拼命地往前跑。她不知道自己要去哪里，或者说她不知道自己能去哪里。在这个冷漠的城市里，除了那间犹如地狱般的小房间，就没有其他能让她容身的地方。

她不想回去，但她也没地方可去。

她知道逃走的后果——受到更可怕的欺凌。因为不管逃到哪里，“善良”的警察叔叔最终还是会将她送回地狱。但她还是本能地逃走，本能地远离心中的恐惧——那对禽兽不如的父子。

她终日祈求能得到上帝的怜悯，渴望天使带她离开地狱。但是，一年时间过去了，上帝仍未对她的祷告做出回应。她感到绝望，虽然这种情绪不该在八岁的小女孩身上出现。

跑，漫无目的地跑。

这是她唯一可以做的事情，至少能让她暂时离开恶魔的掌心。泪水已经模糊了她的双眼，但她仍没有停下脚步。她害怕一停下来，就会被那只可怕的魔爪抓住，把她抓回那间只有痛苦的房间，那个可怕的地狱。

她不停地跑，直到撞进一个温暖的怀抱。她抹去泪水抬头一看，发现自己撞到一个强壮，但面容慈祥的男人。对方挡住了耀眼的太阳，在她眼中犹如一个被圣光笼罩的天使。

“你是天使吗？救救我……”

话刚出口，恶魔的魔爪已扯住她的头发，粗鲁地将她从天使的怀抱中拉走，并怒骂道：“死丫头，竟然敢跑，看我回家怎么收拾你。”

恶魔抓住她的头发，想把她拖走，却被一只粗壮的手臂制止——是天使。天使强而有力的五指，犹如一把大铁钳，牢牢地夹住恶魔的手腕，使恶魔于惨叫中放开女孩的头发。

“干什么呀你？”恶魔恼羞成怒地冲天使大骂，“我管教自己的女儿关你屁事？”

“他是你父亲吗？”天使在女孩身前蹲下，温柔地问道。

女孩惶恐地瞄了恶魔一眼，遂低头对天使细语：“他是我姨丈。”

“你想跟他走吗？”天使又问。

女孩慌忙摇头，在天使耳边说：“他会打我。”

天使站起来挡在女孩身前，对恶魔说：“她不想跟你走。”

“我家的事，轮到你管吗？”恶魔粗暴地伸手，想将天使推开，却再次被对方抓住手腕。

天使转动恶魔的手腕，迫使对方俯身弯腰，并往女孩裙摆上那一点细微但鲜艳的血迹瞥了一眼，在恶魔耳边说：“先去医院，还是先去警局？”

恶魔惶恐地挣脱开去，留下一句“给我小心点”，遂仓皇逃走。

“能告诉我是怎么回事吗？”天使再次蹲在女孩身前，指着她裙摆上的血迹温柔问道。

女孩没有丝毫犹豫，立刻将自己的可怕经历，如实地告诉天使。在此之前，她没有将这些事告诉任何人，包括那些一再将她送回地狱的“善良”警察。她害怕一旦告诉别人，恶魔就会打死她，但此刻在天使的保护下，她已不再感到恐惧。

“带我走，带我离开那个可怕的地狱。”女孩向天使苦苦哀求。

“如果我们还有机会见面，我就带你走。”天使按住女孩瘦弱的双肩，温柔道，“但在此之前，你必须克服心中的恐惧。”他掏出一个刻有“三”字的精美打火机交到女孩手上，遂转身离开。

女孩盯着手中的打火机，愣了一下，遂抬头冲天使叫道：“天使，你有名字吗？”

“我叫王三。”天使回头露齿一笑，“我会回来找你，那时你可以叫我师父，但在此之前你必须克服心中的恐惧。”

“师父……”

童年的零碎片断于露妍脑海中闪过，她坐在钮村长家门外，盯住手中那个刻有“三”字的打火机，喃喃念道：“师父，我没有令你失望。”

当她抬起头时，钮村长已来到她身前。

“你为什么来这里？”钮村长问道。

“为了兑现师父的承诺。”她拿着打火机向对方晃了晃，遂站起来搂住对方的肩膀，在对方耳边细语，似在谈论某个不可告人的秘密。

这一幕刚好被前来找钮村长的溪望及悦桐目睹。

钮村长看见他们，心虚似的惊惶地从露妍身旁挣脱开去，随即尴尬地向溪望问道：“调查了一整天，有发现吗？”

溪望瞥了露妍一眼，遂答道：“的确发现了些问题，正想向你请教。”随即询问对方，江华是否曾邀约他到湿地谈判，以及村民指责他挪用修路款一事。

“都是浩风那小子说的吧？”钮村长面露愤慨之色，怒气冲冲道，“上级的确曾给我们村拨了一笔修路款，但被层层截留，到我们手上已没剩多少，根本不够用来修路。而且当时村里的田地灌溉比较困难，所以我就把这笔钱用来买水泵，先解决灌溉问题。不通路还能如常过日子，但没收成大家就得饿肚子。事情有轻重缓急之分，我这样做有错吗？”

“至于阿华的事……”他痛心地长叹一声，遂徐徐道出当日的情况——

晓轩前一晚才出事，阿华就迫不及待地找我谈修路的事，所以我当时很生气。这乱子由他惹出来，他竟然还想继续修路，就不怕会惹出更大的麻烦吗?

那天下午，我气冲冲地到村外的湿地找他，本想骂他一顿，叫他别再给我添麻烦。可我找到他的时候，他竟然拿选举来威胁我，迫我就范。

给都尉夫妇守陵是我们家族的使命，现在古墓让他挖了，都尉夫人的遗体也不见了。他还想在古墓旁边修路，让来往的汽车日夜骚扰都尉夫妇的灵魂?

这事我要是答应了，还哪有颜面见泉下的先祖?

我们各不相让，越吵越来气，还动起手来。我跟他扭成一团，就像小时候那样，只想分出胜负，至于为啥而打架倒已经不重要了。因为我们小时候每次起争执，都是由打赢的做主。

我们打着打着，竟然一起掉到水里。给冷水一泡，我马上就清醒过来，意识到我们已经不是小孩，不能再靠打架解决问题。于是我就爬出水潭，还回头给仍在水里的阿华伸手，想拉他上来。

他浮在水面看着我的手，愣了好一会儿才开口：“如果你还当我是兄弟，就别阻挠修路。”

我都已经把守陵的事说出来，他竟然还要为难我。我一时来气，就骂他说：“这样的兄弟不要也罢！”然后，甩手就走……

“你离开时，江华还活着？”溪望确认道。

“当然活着，我们虽然有分歧，但终究是相识几十年的同村兄弟，他要是出意外，我会见死不救吗？”钮村长气急败坏道，“他的水性不比我差，谁会想到我才刚走，他就出事了。”

溪望与悦桐一同沉默。

一个小时后……

“你跟钮村长到底是什么关系？”悦桐神色凝重地盯着坐在营火对面的露妍，

后者正大口吃着从溪望手中抢来的单兵口粮。

露妍停下进餐的动作，娇羞道：“你这样盯住人家，人家都不好意思吃了。”

“别扯开话题！”悦桐站起来一声怒喝，小队长的气势瞬即展露出来，质问道，“你们到底是怎么关系？刚才鬼鬼祟祟地说了些什么？”

然而，露妍并没有买她的账，仰望着她继续吃饭，还若无其事地说：“好吃。”

悦桐伸手按住额头，一脸挫败地叹气。无奈之下，她只好使出绝招，把手摊开伸向对方，没好气地说：“把衣服脱下来还我。”

“别这么小气嘛。”露妍扭扭捏捏，像个小女孩般撒娇道，“我今天可不是到处瞎逛，替你们打听到不少有趣的事情呢！”

“我们只对你跟钮村长的事情感兴趣，怎么办呢？”溪望把单兵口粮从她手中抢回来，“要不，你先去钮村长家蹭顿饭，回头再给我们慢慢说。反正你们这么熟，多蹭几顿饭也没关系。”

露妍张牙舞爪地扑向溪望，把食物再次抢过去。她蹲在营火前，边吃边说：“我就知道吃人嘴短、拿人手软，说就说吧！钮村长刚才告诉我不少秘密。”她随即将打听到的秘密逐一道出……

江华、陈瘸子和钮村长三人，小时候是关系很好的玩伴。他们经常一起到村外湿地玩，游泳、抓水蛇是夏天几乎每天都做的事情。他们挺大胆的，竟然把抓到的水蛇烤来吃，钮村长说味道还不错呢！

除了抓水蛇外，他们还经常一起抓鱼。陈瘸子对这个最在行，随便找根竹竿往水里一跳，没一会儿就能抓到三五条鱼。但钮村长觉得这样抓鱼太慢了，只有他们三个吃勉强够分，要想带回家就不行了。

为了能多抓鱼，钮村长想到一个办法，就是用电来电鱼。他爸是当时的村长，那时村里刚通电，全村就只有他爸学过一些电工知识，所以村里的电工活儿都由他爸包办。

钮村长跟在他爸屁股后面看多了，多少也懂得一点儿电工知识，就偷偷拿了他爸的工具，想跟玩伴一起弄套电鱼机出来。

他们都是不懂装懂，哪有可能成功，不但电鱼机没做成，钮村长还差点儿被这破玩意儿电死。这事被大人知道后，他们三个都被打得屁股开花……

“这是哪门子的私密呀？充其量只是童年趣事。”悦桐横眉怒目地盯着露妍，一副别以为这样就能蒙混过关的样子。

“先别急，我还打听到一些有趣的事情……”露妍几口把口粮吃光，随即又道，“晓轩跟孙鹏之前曾经一起出去打工，三个月前才回到村里。大概一个星期前……”

“有三个大块头来村里找孙鹏讨债是吧！”悦桐瞪着她，不耐烦道，“你就不能来点儿干货？”

“慢慢听我说，有一件事你们肯定不知道。”露妍抢了溪望手中那杯已喝了一口的热茶，仰头喝了半杯又还给对方，继续说，“这笔赌债其实是晓轩欠下的。”她在两人惊诧的目光中，道出当中的因由——

孙鹏其实是条应声虫，晓轩叫他做啥他就做啥，从来不会说半个“不”字。就像他俩出去打工，也是因为晓轩跟钮村长吵架，一气之下要往外跑，但又怕一个人出去会被人欺负，所以就抓他来做伴。

他俩都是好吃懒做的人，在村里还能靠父母，到外面自然混不出人样。可是，晓轩是个心高气傲的人，离开村子时掷下豪言壮语，说日后要坐直升飞机回来。现在钱没赚到，连直升飞机的模型也买不起，就像条丧家之犬似的跑回来，钮村长不笑话他，其他村民也会拿他当笑柄。

晓轩丢不起这个脸，于是恶向胆边生，想跟孙鹏做一宗“大买卖”，然后再衣锦还乡。他本想抢银行，可是到银行溜了一圈后，发觉实行起来太难了。银行柜台像个牢房似的，他们没枪没炮哪能抢到钱？之后，他又打算抢运钞车，但发现押运员都有枪，他就打消了这个念头。

思前想后，他发现自己只能抢便利店，可便利店里也没多少钱能让他抢。要是为了这点儿钱被抓去坐牢，也太不值得了。

最后，他想到唯一能发财的办法就是买私彩。

他打算让孙鹏去下注，赢了大家一起分钱，输了就再找另一个庄家继续下注，直到赢钱为止。他这想法是好，但庄家可不是笨蛋，不把你的底细摸清，谁会让你下注？在输掉第一次后，其他庄家都不给他们下注，除非他们先支付之前的赌注。

他们根本就没想过要付赌注，下注时能下多大就下多大，竟然下注十万块。现在计划泡汤了，欠庄家这么多钱，不立刻逃回村里，不被庄家砍死才怪……

露妍抢过溪望手中的口香糖，扔进嘴里边咀嚼，边以说教的语气道：“常言道十赌九骗，庄家都是老奸巨猾的老江湖。他们那点儿智商想在庄家手里讨便宜，不就是茅厕点灯——找死么？不过晓轩也够损的，自己不去下注，而是叫傻头傻脑的孙鹏去，让自己能置身事外。”

“你从谁口中知道这些事的？”溪望面露疑惑之色，“钮村长应该不会跟你说自己儿子的坏话吧！”

“我猜的。”露妍调皮地笑了笑，遂解释道，“那三个来讨债的大块头走后，村里有个大妈看见孙鹏跟晓轩吵架，就是为了赌债的事情。孙鹏说自己只是帮忙下注，这笔债应该由晓轩偿还，晓轩也承诺会想办法解决这件事。”

溪望闻言后便陷入沉思，他曾假设晓轩在古墓里将孙鹏推向墓壁，导致对方跌倒后被瓦片刺死。但之前他一直没想通，两人为何会起争执。若事实如露妍所说，那么孙鹏死后，晓轩便无须偿还赌债，这很可能就是杀人动机。

可是，江华等三人的死又是怎么回事？

是意外，还是都尉夫人的报复？

“有头绪吗？”悦桐问道。

溪望瞥了一眼刚把悦桐的手机抢去玩游戏的露妍，遂道出心中的想法，并说道：“就目前而言，晓轩虽然很可疑，但仍不能确定他到底是真疯还是装疯。当晚古墓里的情况很特殊，就算他有意加害孙鹏，也难保他不会因为心理压力过大，而导致精神失常。毕竟，孙鹏是跟他一起长大的玩伴。”

“那钮村长呢？”悦桐又问，“他会抓蛇，也会电工，而且水性也很好。更重要的是，他有充足的杀人动机。就像浩风说的那样，江华当选下届村长的呼声这么高，直接威胁到他的利益。他先清除威胁，接着再诛除异己也合情合理呀！”

“你的假设很合理，但对钮村长构成威胁的只有江华一个，如果只是为了营造诅咒的假象及诛除异己，而接二连三地犯案，风险似乎太高了。”溪望皱眉道，“而且还有一个很重要的问题，就是现在没任何实质证据能够证明，他跟这三宗命案有关。我们甚至不能证明江华三人的死，到底是意外还是人为所致。”

“也就是说，现在陷入死胡同了？”悦桐泄气道。

“你们好笨哦！”正低头玩手机的露妍插话道，“一切事情都是从古墓开始，当然该到古墓找线索呀！”

“我们白天已经去了。”悦桐没好气地白了她一眼。

“白天有月亮吗？”露妍仍玩着手机，连头也没抬起来，“案发时是晚上，现在过去说不定会有意想不到的收获。”

她的态度虽令人厌恶，但她的话却不是没有道理。溪望跟悦桐以眼神交换意见，遂一致决定立刻前往古墓调查，希望能找到白天遗漏的线索。

“手机还我。”悦桐从露妍手中抢回手机，“你为什么老是拿我手机玩？”

露妍瞥了溪望一眼，一脸无辜地说：“他那台三防手机只能当砖头用，什么游戏都没有。”

“我不是跟你说这个，你都这么大的人了，怎么会没有自己的手机？”悦桐面露不悦之色。

“我的手机丢在车子上了。”露妍嘟起嘴，调皮笑道，“反正也没人给我打电话，不带在身上也没关系。”

悦桐查看手机电池容量，发现只剩下一格，嗔怒道：“给你玩没电了，叫我今晚怎么用？”

“反正出了村口就没信号了，有电没电都一样呀！”露妍朝她做鬼脸，随即又问，“你们要去古墓探险吗？我也一起去。”

“你早上才说对古墓没兴趣。”溪望警觉地盯着她。

第十一章　落单遇险

“早上你也不吃晚饭呀！”露妍朝溪望扬了扬眉，遂兴致勃勃道，“盗墓这种勾当，当然要晚上干才刺激，白天去有啥意思。”

“别说得那么难听，我们才不是去盗墓呢！是调查，合法的，知道不？”悦桐瞪眼骂道，“而且古墓里根本没东西可以给你盗，文物管理局应该把所有东西都运走了。”

“跑了和尚跑不了庙……”露妍像只冤鬼似的飘到悦桐身旁，阴阳怪气道，“东西可以运走，但都尉夫妇的灵魂仍留在古墓里。”

“你就省省吧，我又不是小女孩。”悦桐没理会露妍，准备跟随已收拾好行装的溪望一同出发。

然而，就在她转身的一瞬间，突然有阵阴风吹进耳朵，并伴随着一个幽怨的女声：“我死得很惨呀……”这可把她吓了一跳，转过头来发现原来是露妍在搞鬼。

“今晚不把你的衣服扒下来，我就不叫桂悦桐！”她张牙舞爪地扑向露妍，这次竟然三两下子就把对方抓住了。

“桐姐，露露以后不敢了。”露妍出人意料地向悦桐认错，并挨在对方身上撒娇，“衣服就借我多穿一晚嘛！”

悦桐盯着她露出疑惑的目光，良久才挤出一句话：“你……怎么了你，吃错药了么？”

随后，三人一同前往古墓，路上溪望让悦桐待在自己身旁，并刻意跟露妍保持距离。

“我没传染病，你们用不着离我这么远。”露妍嘟起嘴说。

溪望瞥了她一眼，答道：“听说神经病会传染。”

“你才神经病！”露妍朝他吐吐舌头，然后气鼓鼓地别过脸不再说话。

溪望没再理会她，与悦桐对望一眼，后者能从眼神中读懂他的意思：那个神经病不会闲来无事跟我们瞎逛，待会儿说不定会有小动作，必须小心提防。

站在泥坑上，凝视坑底那个漆黑的墓穴入口，感觉的确跟白天不一样，仿佛有种从心底涌现的恐惧，令人望而却步。然而，就在悦桐强行压抑心中恐惧以平复心情时，露妍竟然趁溪望没注意，突然大叫一声，从后面抱着她一同跳到坑底。

“干什么呀你！”悦桐被吓了一跳，不由向对方怒骂。

“别磨磨蹭蹭了，快进去看看有啥好玩的东西。”露妍调皮地冲她做了个鬼脸，随即欢喜雀跃地走向墓穴入口，并冲墓室里大喊：“里面有僵尸吗？都尉夫人在不在？”她这一叫，墓室立刻传出回音，这个细节引起溪望的注意。

溪望让她先待在外面，自己则跟悦桐进入古墓，然后再让她在外面冲入口大叫一声。泥坑特殊的地势加上墓室这个相对封闭的狭小空间，犹如扩音器般将她的叫声放大，溪望及悦桐在墓室里的感觉，只能用震耳欲聋来形容。

“怎么样，是不是发现有趣的东西了？”露妍也进入墓室，但当她发现墓室内空无一物时，便露出失望的表情，娇嗔道：“切，还以为会有僵尸在这里跳来跳去，竟然啥都没有。”

“别挡住入口。”溪望让露妍移步，并将手电筒熄灭，墓室随即漆黑一团，仅能看见洞口外的微弱光线。

他再次打开手电筒时，看见露妍不知何时跳到自己面前，正张牙舞爪地扮僵尸。他用手按住对方的脸，把这个神经病推开，遂向悦桐分析：“在晓轩的叙述里，曾提及打开棺盖时，突然听见一声怒吼。他以为声音是棺材里的古尸发出的，但从刚才的实验来看，这声怒吼应该是来自墓室之外。”

“当时有人在外面？”悦桐愕然问道。

“这是其中一个问题。”溪望冷静地继续分析，“刚才你也体会到回声的效果有多厉害，我们虽然有心理准备，但还是吓了一跳。晓轩被这声突如其来的怒吼吓得连打火机都丢了，却没有本能地朝有微弱光线的洞口逃走，而是趁混乱将孙鹏推向墓壁，并导致对方倒地后被瓦片刺死。”

悦桐接着说：“这说明他当时仍神志清醒，虽然不能说是冷静，但至少仍有思维能力。而且他早就准备在古墓里，将孙鹏连同那笔赌债一起‘解决’。”

“或许他是做了两手准备，要是在这里找到值钱的东西，就用来还赌债；要是没啥收获，就将孙鹏杀死。”溪望顿顿又补充道，“此外，他既然被吓到，说明他不知道外面有人。”

悦桐讶然道：“难道都尉夫人的尸体是被那个人偷走了？”

“这个可能性很大。”溪望点头道，“晓轩声称逃出古墓后，曾遭古尸追赶。假设他没有撒谎，只因过于惊慌，没仔细辨别追赶者的身份，而主观地认定对方是古尸。那么，从他被追赶者吓跑之后，到第二天派出所的人到达之前，在这段时间就只有追赶者接触过古墓里的东西，包括都尉夫人的遗体。”

“那人偷都尉夫人的尸体干吗？”悦桐面露困惑之色。

“偷去卖呀！”露妍插话道，“好歹也是具古尸，多少能卖点钱。”

“你以为我没想到。”悦桐白了她一眼，指着仍留下棺材印痕的地面，分析道：“这里原来有两具古尸，又有一整晚的时间，既然能偷一具，为什么不把两具一起偷走？成对的夫妇古尸，肯定比单具古尸更值钱。”

露妍锤打掌心，恍然大悟道：“说不定偷尸贼是个男的，还是个恋尸癖，只对女尸有兴趣。”

“你以为是流……”悦桐本想说流年那个变态法医或许会这么做，但想起对方已经离世，便立刻止住话头，转头看着溪望，以眼神询问对方有何想法。

“这里地处偏僻，而且古墓刚被发现，不可能立刻引来专业的盗墓贼。”溪望分析道，“古尸交易对行外人来说，不比抢银行容易。在普通人眼中，古尸根本不值钱。至于恋尸癖，因为附近没发生过盗尸案件，所以这个可能性很低。”

露妍朝他扬了扬眉，以挑衅的语气问道：“那你觉得这个盗尸贼干吗要偷走古尸？”

溪望答道：“就目前的情况而言，很可能是为了隐瞒某件事情。”

“都尉夫人都已经死了三百年，跟现在的人几乎没任何关系，还有什么需要隐瞒呢？”悦桐说着突然想到一件事，遂讶然叫道，“钮村长！”

她随即补充道：“钮村长世代为都尉夫妇守陵，或许知道一些不为人知的秘密。并且按照祖辈的遗训，必须为都尉夫妇隐瞒这个秘密。”

“虽然不能排除这个可能性，但是……”溪望沉默片刻又道，“钮村长不可能故意吓唬晓轩。如果当时在墓室外的人是他，他大可以直接走到自己儿子前面，甩对方一巴掌。然后，再让晓轩跟孙鹏帮忙把古尸转移到其他地方，而不是把自己的儿子吓个半死。”

“如果不是钮村长，那又有什么秘密要隐瞒呢？”悦桐困惑道。

“人为财死，鸟为食亡。”露妍掩嘴偷笑，“除了钱财，还有啥能让人干出盗尸这种天打雷劈的勾当。”

“刚才不是说了，普通人根本不知道能拿古尸到哪里卖钱。而且萧教授也说了，这里根本没外行人觉得值钱的东西。除了都尉夫人的遗体，也没有啥被偷走，要不然一定会留下痕迹……”悦桐说着突然止住话头。

溪望狡黠笑道：“想到了？”

她点头道：“值钱的东西在都尉夫人身上，不把尸体带走就会被人发现陪葬品不见了。”

“如果盗尸贼在都尉夫人身上找到宝贝，为什么不去翻都尉的棺材？”露妍质疑道，“不是说都尉的棺材没被撬开吗？”

“就是因为棺材没撬开。”溪望分析道，“江华等人发现古墓时，已把都尉夫人的棺材撬开，但另一副棺材则没有碰过。盗尸贼把晓轩吓跑后，虽然有充足的时间处理都尉夫人的遗体，却没工具将另一具棺材撬开。”

“回村里拿呀！”露妍说罢见两人定睛看着自己，便讪笑道，“你们不会认为是村外人做的吧？这里方圆十里都没有其他村落耶，发现古墓当天，根本不会有村外人知道这件事。”

“这个我们知道。”溪望答道，“问题是，晓轩逃回村里，村里就炸开锅了，钮村长也在当晚向派出所上报此事。这时村里正闹得沸沸扬扬，如果有人扛着工具往村外走，你不觉得会很显眼吗？”

“也就是说，盗尸贼不是不想向都尉下手，而是受条件限制，没能撬开棺材……”悦桐思索片刻又道，“那么说，盗尸贼只是为了掩饰自己偷走陪葬品，而把都尉夫人也一起带走，事后肯定会将尸体遗弃。可是冯吉他们找了三天，也没找到都尉夫人的遗体呢！”

“他们是只找了三天就放弃了。”溪望分析道，“这片湿地方圆几公里，到处都是长及膝盖的杂草。把尸体随便扔一个地方，也不是十天半月就能找到的。”

“你们说这么多废话，对调查有啥帮助？”露妍不耐烦道，“警察办事都是这么没效率么？扯淡了半天，就只知道盗尸贼是村里人，而且还是我先说出来的。另外那三个村民是死于意外，还是受到诅咒，你们却连一点头绪也没有。”

“江华等人的死虽有很多疑团，但已经有眉目了。”溪望苦笑道，遂露出狡黠目光，又道，“至于盗尸者的身份，我已经知道了。”

“是谁？”悦桐与露妍同时发问。

“其实不难猜，既知道古墓的存在，又有能力犯案的人，就只有……”溪望正要说出嫌疑人的身份时，突然听见墓室外传来细微的泥土滑落声。他与悦桐对视一眼，以眼神告知对方，外面有人监视他们。然而，露妍的反应更为迅速，立刻转身冲出墓室。

溪望于心中大叫不好，当即拉着悦桐一同离开墓室。他们刚钻出洞口，就看见露妍已爬到泥坑外，指着西南方冲他们大叫：“跑那边去了！”随即往所指方向追去，只留下兴奋且神经质的笑声于晚风中回荡：“哇哈哈……等了半晚，终于有乐子送上门了。”

露妍本来就不能信任，来到八坊村后亦形迹可疑，跟钮村长的关系更扑朔迷离。她是敌是友也不好说，正在逃走的嫌疑人或许是她的同党，也可能是她要铲除的障碍。

因此，溪望必须抢先一步逮到这个嫌疑人。

可是，他又不能将悦桐丢在这个可能遇到危险的地方。

正为此犯难时，悦桐掏出手机向他晃了晃，充满自信地说：“放心吧，我会保护自己。就算出了状况，也会立刻打电话向你求救。”

“你先回营地，我马上就回去找你。”溪望说罢便迅速爬出泥坑，往露妍离开的方向追去。

“怎么说走就走了……”悦桐回头瞄了一眼那漆黑的古墓入口，浑身哆嗦了一下，“我只是说说而已，其实我不介意你先送我回村里，然后再去追他们。”

她虽不胆小，但始终是个女人，被丢在这种荒郊野外，而且还在古墓旁边，哪会不害怕。光想到都尉夫人的冤魂可能仍留在古墓，就已感觉毛骨悚然。

然而，恐惧她尚能克服，此刻最大的难题是怎样爬出泥坑?

泥坑约两米深，坑壁呈倾斜度60度左右，男生的话三爬两爬就能离开。可她是个娇滴滴的女生，之前都是溪望扶她上下，现在要靠自己就有些困难。

她手脚并用好不容易才爬出泥坑，但还没来得及高兴，便有一阵阴风迎面吹来，风声还隐约夹杂着幽怨的女性哭声。更可怕的是，她发现东北方向三十米开外的草丛里，好像有东西在晃动。

“该不会又是晓轩吧？”她于心中暗忖。此情此景就跟初次与晓轩相遇时差不多，不同的是她现在落单了，而且知道晓轩在装疯。因此，在她脑海里浮现出一个念头——他想杀人灭口?

不过，她很快就纠正了自己的判断，因为她想到一件更严峻的事情——露妍撒谎了，嫌疑人没有往西南方逃走，而是躲在与之相反的东北方。

果然，一个人影从草丛里冒出来，并向她说：“你好像有辆汽车停在南面的公路上，不想死就立刻载我离开这里！”

第十二章　湿地激战

与悦桐分别后，溪望一直紧随着前方的白色身影。露妍的速度非常快，他几乎使尽全力才能跟上对方的脚步。追了两三公里，他便察觉出问题——普通人不可能跑得这么快。

露妍是杀手王的徒弟，动作比普通人要快很多。可是溪望跟随她一路追过来，竟然仍未见嫌疑人的踪影，这莫非是调虎离山之计?

就在他为此存疑之际，眼前的白色身影骤然消失。还没来得及思考原因，他突然脚下一空，竟掉进水潭里。

此刻天色昏暗，湿地上茂盛的杂草又阻拦了视线，在快速奔跑的情况下，很难发现隐藏于草丛中的水潭。溪望猜想露妍的情况大概也跟自己一样，故此便想先离开水潭，容后再作打算。然而，当他想浮上水面时，却发现脚踝被缠住了。

外面光线昏暗，水下更是视线模糊，根本无法分辨是什么东西在作怪。或许是水草，也可能是露妍，甚至是都尉夫人。在水下待的时间越长，窒息的机会就越大。他没浪费时间去思考这个问题，果断地触动百鬼鸣的机关，使剑刃从衣袖弹出，挥刀斩断脚下的束缚，随即浮出水面。

虽然掉进水里不足两分钟，但再次吸入新鲜的空气时，溪望却有恍如隔世的感觉。然而，他还没来得及为此感慨，便发现露妍就在五米开外，正对他展露冷艳笑颜。

他爬出水潭，重新审视眼前这个冷霜美人。

沐浴于暗淡月色下的露妍全身湿透，水珠沿着乌黑的长发，滴落在薄如蝉翼的衬衣上。原来的白色衬衣，弄湿后变成透明且紧贴婀娜苗条的诱人胴体，淡黄色的性感胸罩因而格外耀眼。

此刻的露妍犹如半裸，但她并未表现出一丝女性应有的羞怯，毫不在意地在溪望面前展露她的曼妙身姿。

眼前虽春光无限，但溪望却没有欣赏的兴致，冷峻道：“刚才在墓室外的嫌疑人，根本没往这个方向逃走。”

“是吗？”露妍脸上的微笑冷若冰霜，“也许我看错了。”

“为什么要引我过来？”溪望将仍缠在脚踝上的水草甩掉，“还做这种无聊的小动作。”

“想跟你过二人世界呀……”露妍往对方伸出衣袖的剑刃望去，冰冷的面容突然变得扭曲，右手一晃，扬起湿答答的裙摆，将藏在白皙大腿上的精巧短匕首拔出。她再次开口时，声音已变得狂热：“你还欠我一刀！”说罢便使出杀手王绝技“疾步”，如疾风般扑向溪望。

杀手王的“零距离猎杀术”，在近身搏击中占有绝对优势。若被露妍成功靠近，溪望别说取胜，就连保命的机会也没有。因此，他必须跟对方拉开距离，再将百鬼鸣及飞镰组合成长柄镰刀做出反击，以在中远距离中取得优势。

露妍已扑到眼前，身后的水潭断了退路，溪望只好往右侧闪避。就在他转身闪避的一瞬间，露妍玉手疾挥，锋利的短匕首于黑暗中带着一道银色光弧往他的脸颊袭来。

溪望侧身仰头，勉强避开对方攻击，并触动飞镰的机关，使锋利的镰刀割破衣袖弹出。他本来想借转身的冲力，顺势以手臂上的镰刀攻击对方露出破绽的背门，以一招定胜负。

然而，在这个确定是否要夺取对方性命的一瞬间，他脑海中浮现一个问题：她不想杀我?

对方若要取自己性命，必定会以能一刀毙命的颈动脉为目标。但露妍这一刀，显然是朝不会造成致命伤害的脸颊划过来。因此，溪望得出一个结论，就是对方并非要跟他生死相搏，只是想还他一刀。

对方没有杀意，溪望亦不会狠下杀手。但当他想止住攻势时，却发现事实并非像他想象中那样。

露妍所出的是虚招，露出破绽亦只是诱敌之计。在溪望因犹豫而错过下手机会的一刹那，她使出黄蜂尾后针，右腿往后倒勾，不但勾住了溪望的脖子，同时锁住对方对自己有威胁的左臂。

她顺势一个前空翻骑在溪望脖子上，利用前冲的惯性将对方推倒。她这招实在用得巧妙，在扭转劣势的同时，还把溪望压在胯下。而且在落地那一刻，她的左脚重重地踩在对方的右手上，以断绝对方反击的机会。

“杀手王的弟子果然名不虚传，一招就把我放倒了。”溪望被对方白皙修长的美腿夹住，不但上半身动不了，就连说话也有点困难。

“是杀手王的大弟子。”露妍得意扬扬道。

“宏叔还有其他弟子？”溪望面露惊愕之色。

“干吗要告诉你？”露妍以拇食二指捏住匕首悬于溪望面前，使刀尖绕着对方的鼻尖打转，“上次在研究所，要不是我故意放水，你早就死了。”

“技不如人败在你手上，我也没什么好说的，要杀要剐悉听尊便吧！”溪望镇定自若道。

以对方一贯的行事作风，若要取自己性命，绝不会多说一句废话。此刻露妍占有绝对优势，却仍没向自己下手，显然没打算要自己的命。故此，溪望并不担心自己性命。

“你不怕死吗？”露妍捏着匕首，在他脸颊上轻轻地划出一道血迹。

“算上香港那一刀，前后两刀已经还你了。”溪望仍面不改色。

“你不是不怕死，而是吃准我不会杀你。”露妍将匕首收起，从手镯中拉出一条幼细的钢丝，“师父不让我杀你，但不代表我会放过你。”

“你想怎样？”溪望突然有种不祥的预感。

露妍用钢丝绑住他的手脚，然后将自己湿透的衬衣脱掉，于朦胧的月色下展露婀娜的身段，并娇媚笑道：“我要强奸你！”

“你脑子进水了？”溪望一脸惊愕地看着对方美艳的胴体，片刻后惨绝人寰的叫声便于黑夜中回荡。“救命啊！强奸啊……”

露妍把溪望蹂躏了近一小时，才满意地替对方松绑，并给自己穿上本属于情敌的衣服。

被扒光衣服的溪望挣扎着爬起来，随手抓了件衣物挡住重要部位，悲愤骂道：“你神经病呀！竟然、竟然在这种荒郊野外……”

“难道你还想我带你去酒店开房呀！”露妍瞪了他一眼，并伸手去抢他手中的衣物，“胸罩拿来。”

溪望慌忙抱起自己的衣服，跳到旁边的草丛中穿上，并朝对方骂道：“你给我记得，我绝不会就此罢休。”

“你咬我呀！”露妍已把衣服穿好，故意走到他面前嘲笑道，“你打算告我强奸，还是准备回去叫你姘妇把我身上的衣服扒光？”

我国没有女性强奸男性的相关法律，也就是说露妍的行为是合法的，溪望就算到警局报案也不予受理。至于告诉悦桐……这不是找死吗？

所以，溪望真的不能拿她怎么样。

“走吧，手下败将，呵呵呵……”露妍待溪望穿好衣服，便盯着他的下体掩嘴偷笑，遂往八坊村的方向走去。

溪望沮丧地跟着对方，心情非常复杂。虽然这种事对男性而言并没什么损失，但被对方霸王硬上弓，心里难免会有种挫败感。他一路上就为这事纠结，竟然忘记了另一件更重要的事。

两人刚回到村头，溪望的三防手机便响起。他掏出手机一看，发现是悦桐发来的信息，随即记起自己把对方丢在古墓外，而且那个嫌疑人很可能就躲藏在附近。

他慌忙查看信息，内容就两个字——村东。他立刻拨打悦桐手机，得到该用户已关机的提示，遂想起露妍把悦桐的手机玩没电了，焦急道：“悦桐出事了，我要去救她。”

“刚跟人家亲热完，才一眨眼就想你的姘妇，真是个负心汉。”露妍醋意大发，嗔怒道，“我回营地换衣服，要去你自己去。”

“随便你。”溪望风风火火地往东面跑，连看也没看对方一眼。

露妍看着他远去的背影，怒容渐渐消失，一滴晶莹的泪水随之滑过脸颊。她轻抚腹部，伤感地说：“再见了，负心汉，露露会让你这辈子也无法忘记我。”

溪望于奔跑中再次查看信息，得知信息约在40分钟前发出，悦桐应该没被拐到很远的地方。可是，对方为何要带她往东走呢？

悦桐的汽车停在南面的公路上，若要逃走，往南不是更好的选择吗？他没心思为这个问题费神，当务之急是在那个该死的浑蛋手中，将悦桐救回来。

村子东面是一片山地，草木不多，起伏亦不大，不便于隐藏。因此，寻找悦桐的踪迹，比溪望想象中顺利，大概追了二十分钟，便听到她的叫声：“你把我的手抓痛了。”

随之响起的是一个粗暴的男性声音：“再吵就一刀把你砍死！”溪望快步追上去，随即看见两个人影。

这两人其中一个是悦桐，至于另一个是谁，溪望早已心中有数。而且对方拐走悦桐无异于承认自己的罪行，这可替溪望省了不少工夫。现在问题只在于如何毫发无损地将悦桐救下，因为他看见那人手中拿着一把明晃晃的菜刀。

他悄然跟随两人，待他们走到一处被山林挡住月光的昏暗洼地时，便装出一个男女难辨的沙哑声音，怨怒道：“把宝贝还我……你这个该死的盗墓贼……”他虽然不擅长口技，但在荒无人烟的地方，此刻又是三更半夜，突然出现一个奇怪的声音，还是能把人吓到。

果然，前方的两人同时停下脚步，悦桐惶恐的声音随之响起：“你听见没有，都尉夫人追来了。”

粗暴的男性声音亦响起：“放屁！我把那具破干尸，埋在之前修路挖的另一个泥坑里，还搬了几块大石头压住。都已经一个星期了，她要是能爬出来，也不会现在才来找我。”

“她在那里！”悦桐放声惊呼，“她正朝这里走过来。”

溪望以阴影作掩护，模仿电影中的僵尸，双手前伸蹒跚前进，再次以沙哑的声音说：“把宝贝还我……”

那男人显然被吓到，一瘸一拐地拉着悦桐往后退，挥舞菜刀叫道：“别过来啊！你都已经死了，还留着这宝贝干吗？你要是敢过来，我就把你砍成十块八块，让你做鬼也不灵。”他虽然置身于黑暗之中，令人看不清楚他的相貌，但跛脚已表明其身份——陈瘸子。

溪望继续扮僵尸蹒跚前进，直到跟对方的距离拉近至十米之内。他看准时机猛然拔出飞镰，并触动机关使前端高速弹出，击中陈瘸子的手臂。

痛楚使陈瘸子手腕一松，菜刀随之掉落。当他弯腰想将菜刀捡起时，溪望已将飞镰锋利的刀刃架在他的脖子上。

“有个问题我怎样也想不通，就是你为什么要往东走？”溪望打开手电筒，让光束照在陈瘸子的脸上，确认对方的身份，“你明明可以往南走的，只要走到公路上，就能坐汽车离开，这样谁也追不上你。”

“他本来是打算往南走。”悦桐像只受惊的小猫，仓皇躲到溪望身后，紧紧地依偎在对方身上，寻找熟识的安全感。她稍微定了定神，遂继续道：“可他发现我没带车钥匙，回去拿又怕被村民发现。无奈之下，只好往东走。”

若不是收到悦桐的信息，溪望必定会先往南寻找她的踪迹，这样就给往东逃走的陈瘸子留下充足的时间。可是，陈瘸子又是怎样确定，悦桐身上没有钥匙呢？

溪望为此向悦桐投以询问的目光，后者突然浑身颤抖，眼角泪光隐现，哭喊道：“他摸我！”

一顿报复性的暴打后，溪望揪住陈瘸子，与悦桐一同来到钮村长家前的空地。在叫醒钮村长，并让他把村民召集过来后，溪望便向大家宣布：“盗取古尸及谋杀江华等三人的凶手已经找到了。”

他指着被绑起来坐在地上，鼻青脸肿的陈瘸子说：“凶手就是他——陈春瑞！”

村民一片哗然，都不敢相信陈瘸子竟然是凶手。大家要么说三人死于诅咒，与陈瘸子无关；要么说陈瘸子跟江华等人一起修路，杀死他们对他没有好处。就连浩风也认为陈瘸子跟其父情同手足，不可能狠下杀手。

“人有时候为了钱，可以完全罔顾情义，什么可怕的事都能做出来。”溪望举起一块精美的玉佛吊坠向众人展示。

第十三章　拨开云雾

“在大多数人眼中，这只是一个普通的玉佛吊坠。”溪望举起吊坠向众人展示，遂转头对陈瘸子说，“但对一个有近十年贩卖玉器经验的人来说，一眼就能看出这个吊坠是价值不菲的上等货色。”

“我没做任何坏事，你别想拿块破石头冤枉我！”陈瘸子别过脸冷哼一声，露出一副含冤受屈的表情。

“没做坏事？”悦桐愤然骂道，“单是你刚才把我抓去做人质，就已经触犯强制猥亵、侮辱妇女罪，可以判处五年以下有期徒刑。”

“我、我只是跟你开玩笑……”陈瘸子窘迫地低下头。

“拿着菜刀开玩笑，这个玩笑也开得太大了。”溪望将他刚才胁持悦桐时用的菜刀丢在地上，“你要是不肯说，我就替你把犯罪经过说出来。”遂将心中的推理道出……

你经营玉器近十年，虽然一直卖地摊货，但没吃过猪肉也见过猪跑，对于高品质的玉器，你或多或少也见识过，亦有些许鉴别能力。

当日你们首次进入古墓，并将都尉夫人的棺材撬开，你一眼就看出古尸胸前的玉佛吊坠绝对能卖一个好价钱，甚至能令你下半辈子衣食无忧。你向我们讲述当日情况时，刻意隐瞒曾撬开棺材，就是怕我们知道吊坠的存在，以及你对此见财起意。

江华跟大家约好，第二天才彻底搜索古墓，但你可不想跟别人平分这财富。为了独吞这块古玉，你违背了跟大家的约定，打算当晚就悄悄地到古墓里偷走古玉。

你曾想过向另一副棺材下手，但撬开棺材肯定会被其他人发现。而且这个时候带着工具出门，也会引起别人注意。故此，你只好放弃另一副棺材，反正只要把古玉弄到手，就算把另一条腿敲跛也不用愁了。

可是，当你来到古墓外，却发现已经有人在里面。你以为是江华等人不守信用，但随即发现原来是晓轩及孙鹏闯进古墓。若是江华那个老江湖，或许还不好对付，但这两个黄毛小子，你根本不放在眼里。你只要随便弄一点儿动静，就能把他们吓得屁滚尿流。

你在古墓外仔细观察这两个小子，他们掀开棺盖时，你觉得时机成熟了，就在洞口冲里面放声怒吼。这一吼把他们吓得连打火机都掉了，导致古墓变得漆黑一团。

你知道他们马上会落荒而逃，便立刻爬出泥坑，并藏身于草丛之中。然而，古墓里的情况跟你的预计有些许出入，你听见里面传出一声惨叫，接着看见晓轩独自逃出来，往村子的方向奔跑。

你觉得不对劲，立刻进入古墓查看，发现孙鹏倒卧在地，而且已经没有呼吸。你意识到他是被晓轩杀死，幸好古玉没有被拿走。你立刻将古玉据为己有，但随即发现一个问题——古玉被拿走后，在古尸胸前会留下一个明显的印痕。

你知道这个印痕肯定会为你带来麻烦，于是便想将古尸带离古墓，随便找个地方藏起来。心念及此，你立刻冲出古墓追赶晓轩。

你在夜色的掩护下，刻意跟晓轩保持着较远的距离，并发出奇怪的吼叫，配合你一瘸一拐的奔跑姿态，成功令晓轩误以为自己被僵尸追赶。把他赶跑后，你知道在天亮之前，大概也不会再有人敢来古墓，你大可以慢条斯理地处理那具碍事的古尸。

你将古尸搬到之前修路时挖的另一个泥坑，将其埋在泥土之下，再搬来几块大石头压在上面。然后，你就带着这块价值不菲的古玉回家，躺在床上盘算如何把它卖掉。

你本以为这件事没人知道，可就在第二天，江华到湿地放鹅时跟你相遇。在交谈的过程中，他不但告诉你约了钮村长谈判，还提及撬开棺材时，看见古尸胸前有个吊坠。

江华对玉石虽然一窍不通，但他始终是个老江湖，知道这种陪葬的古玉很值钱。他后悔当时没把古玉拿走，要不然大家已在商量怎么分钱了。

你意识到并非只有自己才知道古玉的存在，若此事被文物管理局知道，你要卖掉古玉恐怕会遇到麻烦。因此，你把心一横，趁江华跟钮村长的谈判不欢而散，就向这个跟自己一起长大的好兄弟下手。

你以送鱼为名去找江华，对方刚跟钮村长打了一架，还没回过气儿来，正坐在水潭边休息。你在水潭边跟他交谈，乘他不备将他推进水里。你还潜入水底，用水草缠住他的脚，使他溺水身亡。

之后，你为保万全，在村外抓了一条毒蛇扔进王珏家里，使他被毒蛇咬死。你还把公用的水泵及安全跳闸弄坏，令刘涛触电身亡。

你本来还想打钟毅的主意，但他没有进入古墓，不知道古玉的存在。而且发现古墓的五人当中，若只有你一个没死，难免会引起警方怀疑，所以你打消了这个念头。

你本想尽快将古玉卖掉，可是之前在外面闯荡的经历，不但改变了你的本性，使你变得认钱不认人，也令你对外面的世界却步。你不知道该到哪里把古玉卖掉，更不知道哪些人能够相信。而且，村里刚出了几条人命，你就人间蒸发，亦难免会引起怀疑。

故此，你只好继续留在村里，打算过阵儿再出去把古玉卖掉。

然而，我们的出现令你方寸大乱，既想立刻离开，又想留下来掩盖自己所犯的恶行。直到我们到你家中了解情况，你仍未能做出决定。

我们离开你家后，你就开始留意我们的行踪，当发现我们要夜探古墓，你就慌了。你怕我们会找到些蛛丝马迹，继而知道事情的真相，所以你一路尾随着我们。你还带上一把菜刀，以防半路上出状况，可以将我们灭口。

你在古墓外监视我们的一举一动，当你察觉我已知晓真相，便打算连夜逃走。可惜你一时慌乱，不小心弄出动静，引起我们注意。

跛脚使你无法迅速离开，你知道肯定会被我们追上，所以你没有往外乱跑。你向北爬出泥坑，于东北方的草丛中躲起来，企图制造假象，让我们以为你逃回村里。

你本想等我们跑远，再盘算下一步该怎么办，可是之后的情况却出乎你的意料。在露妍的误导下，我跟她一起往西南方跑去了，并且把毫无反抗能力的悦桐留下。

你想起我们曾提及将汽车停在南面的公路，钥匙就在悦桐身上。只要登上汽车，你就能远走高飞，而且眼前的美女亦令你垂涎三尺。于是你就以菜刀胁持悦桐，威胁她用汽车载你离开。

可是，在给悦桐搜身后，你发现钥匙并不在她身上。若跟她返回营地拿钥匙，她只要大叫一声“救命”，你肯定逃不掉。无奈之下，你只好放弃乘车离开，改为向东步行逃走。

你曾想过将悦桐灭口，以防她透露你的行踪。但做了多年光棍，你可不想放过一亲芳泽的机会，尤其是眼前这个绝色美女。因此你强行拐走悦桐，表面上是把她当人质，其实是打算逃到安全的地方再向她施暴。

慌乱与色欲使你忽略了一件很重要的事，就是你忘了收缴悦桐的手机，因而给了她发信息求救的机会……

“事情的经过大概就是这样。”溪望朝陈瘸子扬了扬眉，问道，“你还有补充吗？”

陈瘸子沉默半晌，瞥了眼地上的菜刀，再偷瞄了一眼满脸怒容的悦桐，冷哼道：“成王败寇，也没啥好说的。现在的世道就是这样，有钱就是爷，阿华说好听是关照我，其实只是把我当成要饭的。他假惺惺地给我一点儿施舍，不就是想让我当他的喽啰，任由他使唤？老子虽然时运不济，但还不至于要寄人篱下。就算不是为了这块古玉，我也早晚会把他踹开。”

“你怎么会变成这样……”钮村长苦恼摇头，“想当初我们三个情同手足，我跟阿华在修路一事上起争执，但我们吵得再凶，也只是为了各自的原则，谁也没想过要对方的命。那天我跟阿华谈判，虽然大家都很激动，后来还打起来。但我甩手离开时，他还冲我大喊，说不管这事最后弄得怎样，他希望我们还能当兄弟。他还希望我们三个能像小时候那样，一起到村外游泳、抓鱼……”

“阿华是真心把我们当兄弟，不管他在外面吃了多少苦头，他的本性始终没有改变。可是你……”他痛心疾首道，“你的灵魂已被外面世界玷污，贪婪埋没了你的人性。你根本不配当阿华的兄弟，也不配留在八坊村，我要亲手将你押到派出所去！”

“这事明天再说吧！”溪望朝钮村长狡黠一笑，“或许，现在你该告诉我关于神隐村的事。”

“这个……”钮村长眼神闪烁，不时往四周张望，似在寻找某人。

“露妍怎么没出来凑热闹？”悦桐察觉有异，立刻跑向营地，片刻便返回并慌张地冲溪望叫道：“露妍不在帐篷里，车钥匙也不见了。我还以为把钥匙丢在帐篷里，可现在仔细一想，她刚才一反常态地向我认错，还故意挨在我身上撒娇，可能是那时候把钥匙偷走了。”

“糟糕！”溪望一下慌了，但马上就恢复镇定，揪住钮村长的衣领，凶神恶煞般地道：“你跟露妍到底是什么关系，她来找你到底有什么目的？”

“神、神隐村。”钮村长惊惶答道，“她来问我神隐村的位置。”

“她不知道神隐村的位置？”溪望愕然道，遂想起冯吉曾说钮村长于电话中提及神隐村，料想当时在电话彼端的必定是露妍。他已不能镇定下来，触动百鬼鸣的机关使剑刃从衣袖弹出，架着钮村长的脖子，咆哮道：“不想死就老老实实地把你知道的事情都说出来！”

“打火机，王三的打火机……”钮村长惶恐地道出事情的始末——

十年前因暴雨成灾，村里死了不少人，剩下的村民大多生病了。而且村里也没多少食物，熬不过这个难关。我们一直盼望政府派人来救援，但盼来的却是一群行为怪异的外村人。

这群人一共有十个，为首的是一个自称“王三”的男人。他们当中有个全身被黑布包裹，连眼睛也没露出来的奇怪的医生，还有些力气很大，而且身手敏捷的男女。他们带来了一批物资及药物，不但救了我们村，把所有生病的村民都治好，还将物资分给我们一半。

他们是我们村的大恩人，我不知道该怎样报答他们，就问王三可以为他们做些什么？

王三跟我说，他们打算找个地方隐居，问我附近是否有合适的地点。我知道往村子东面步行大概两天，有个叫神隐村的鬼村。那个村子隐藏于山林之中，几乎没有通行的道路。而且据说村里有鬼魅作祟，经常发生一些可怕的事，所以早就荒废了。他们要想过与世隔绝的隐居生活，这村子是最好的选择。

离开村子之前，王三把一个刻有“三”字的打火机拿给我看，说日后要是有人拿着相同的打火机来找我，就麻烦我尽量满足对方的请求……

“露妍拿打火机出来抽水烟时，你就认出她是王三的人？”溪望问道。

钮村长点头道：“其实她之前已经跟我取得联系，只是看到那个打火机，我才确认她的身份。”

“现在她已经知道神隐村的位置，也拿了车钥匙……”悦桐焦急道。

“很明显，你的车被她偷了，而且她还会抢先一步找到神隐村。”溪望皱眉道，“不管她出于何种目的甩掉我们，反正对我们来说肯定不是好事。”

“我们没汽车，哪有办法赶上她？”悦桐恼火道，“就算跟冯吉联系，让他马上开车过来，恐怕也不是三两小时的事情。”

溪望沉思片刻后，遂露出狡黠笑容：“也不是没有办法，只要你跑得够快就行。”

尾声

一

“二叔，你触角长出来没有？”露妍开着悦桐的车子在路上飞驰，启动手机的免提与电话彼端的某人交谈。

手机传出一个沙哑但慈祥的诡秘声音：“小丫头，竟敢笑话你二叔。”

“露露已经长成大美女，不再是十年前那个小丫头了。”露妍露出甜美的笑容。

“就算你变成老太婆，在你师父跟二叔眼中，还是个长不大的小丫头。”手机传出几下刺耳的嘎嘎笑声，“计划进行得还顺利吧？”

“呵呵，和二叔预计的一样。负心汉自以为聪明过人，但智商差20就是不在一个档次，他的一举一动全都在二叔计算之内，唯独那方面比想象中差劲。”露妍虽娇笑不断，但眼角却滑落一滴晶莹的泪珠。

“把人家硬上了，还好意思说风凉话，你知不知羞啊？你可是个女孩子，该含蓄一点儿。”

“露露知道了，二叔。”露妍抹去眼角泪水，踩尽油门欢呼道，“露露马上就过来跟你会合，你要给露露准备欢迎会哦！”

“你想得美，一切都得按计划行事，我可没多余的时间给你洗尘。”

“露露现在可是你家的人呢，二叔你就不能对我好一点儿吗？”露妍嘟起嘴，遂调皮笑道，“露露以后是不是该改口叫你‘爸’？”

二

溪望背着沉重的登山包，边拉着悦桐拼命往东跑，边对电话彼端的映柳说：“案子的情况大概就是这样，你代我联系冯吉，告诉他晓轩是杀死孙鹏的凶手，而且一直在装疯。我现在要赶去神隐村，这里信号不好，恐怕不能跟你保持联系，之后的事情由你来跟进吧！”不等对方回话，他便将电话挂掉。

悦桐喘着气问道：“你这样不就等于把我们的行踪告诉映柳？”

“不告诉她，我们哪来的顺风车坐？”溪望拉她跑到一条以碎石铺成的村道前，结束这近十公里的长跑。

“现在三更半夜，我们上哪儿找顺风车？”悦桐喘着气，盯住眼前这条连路灯也没有的村道，顿时有种云里雾里的感觉。

溪望看着出现在碎石路尽头的两个光点，狡黠笑道：“还好没错过‘末班车’。”

“你怎么知道会有车在这时候经过？”悦桐愕然问道，“这里不可能有公交车呀？”

“才不是公交车，而是我们的专车。”溪望让悦桐待在路旁，他则从登山包中取出帐篷。

“哇，你在路中心扎营干吗？”悦桐仍不明就里。

溪望拔出飞镰并展开成镰刀形态，割下路边的杂草铺在帐篷上，然后跟悦桐躲藏在路边的草丛中。待那两个光点靠近，悦桐终于知道他想干什么了，不由惊呼道：“是之前跟踪我们的迷你奔驰，你想劫车？我们都能算得上是半个警察，不能知法犯法呀！”

“不是劫车，是征用！非常时期用非常手段，我想厅长应该不会反对，除非他能立刻给我空投一辆警车。”溪望将百鬼鸣及飞镰组合成长柄镰刀，凝视着前方的迷你奔驰，脸上露出狡黠的笑容。

灵异档案　湿地百年不腐尸

黑龙江省齐齐哈尔市附近的扎龙村，村外有一片神秘的湿地。据说该地一到晚上就出现凄厉的哭声，仿佛有冤魂在哭诉冤情，就算是白天也阴风阵阵。因此，村民称之为“诅咒之地”，并尽量避免涉足。

后来，因为修路需要取土，几名胆大的村民便硬着头皮，闯入这个可怕的地方，并在天色将暗时挖到一座古墓。

虽然墓穴昏暗，村民也没带照明工具，但里面说不定藏有大堆金银财宝。正所谓“人为财死”，又有谁会放过眼前这个发财机会？

大伙战战兢兢地进入古墓，并将女主人的棺材撬开，发现里面的尸体竟然没有腐化，而且指尖残破，四肢蜷缩，嘴巴还张得老大。眼前的画面可把这几名村民吓坏了，就差没当场尿裤子。

其后，一大群专家来到这座封存地下多时的古墓。经过考证得知，此乃清代三品都尉与夫人合葬之墓，距今至少有三百年历史。奇怪的是，古墓虽为夫妇合葬，丈夫早已化为白骨，但都尉夫人的遗体却至今不腐。

“专家”的作用在这时候就体现出来了，一说古墓虽位于湿地，但结构精奇，挡住水汽侵蚀，使墓穴保持干燥，致使都尉夫人变成干尸。二说夫人生前多病，服药众多，毒素于体内积聚，产生了类似于防腐剂的作用。三说夫人因难产昏迷，家属却误以为她已离世，遂将她活葬。其后，她在棺材里醒过来，并将里面的氧气耗尽，导致细菌难以生长，最终形成干尸。

三个说法中，第一个最不靠谱，因为葬在同一个墓穴的都尉早就化成白骨。第二个说法也是瞎扯，除非夫人生前天天服用砒霜，不然哪有可能死后不腐？第三个说法看似最接近真相，但懂生物学的人都知道，人体存在大量厌氧菌，在没有氧气的情况下也能将尸体分解。因此，氧气耗尽跟尸体腐化，是两件完全不沾边的事情。

曾有电视节目对此事进行解密，却将重点放在都尉夫人的身份及产后即被埋葬等问题上。对于死后复活一事，该节目只是轻描淡写地说，是产后晕死过去，下葬后缓过气又醒过来。

可是，根据都尉夫人留在棺材里的痕迹推测，她并非专家所说的“醒过来”，而是真正意义上的“复活”！

都尉夫人很可能像小说里说的那样，因蒙受不白之冤，含着一口怨气下葬，以致死后尸体百年不腐。她曾经复活，希望能为自己出一口怨气，向冒犯她的人报仇，却被困在犹如囚牢的结实棺材内。她虽然复活了，却无法离开牢固的棺材，只好再次陷入漫长的沉睡。

她可能仍有再次复活的机会，但已化成干尸的躯体难以再次活动，毕竟她的肌肉组织大多已经萎缩。而且她就算能动，每一下动作都会使干燥的皮肤撕裂。她还没离开棺材，大概就让皮肉剥落一大半，这样的复活已不存在意义了。

或许，复活也存在一定的时限性。譬如耶稣基督便于死后第三天复活，要是到第四天才活过来，说不定会变成僵尸。

卷十·神隐死蠊

引子

一

十年前的某个清晨。

太阳缓缓从东方升起，晨光洒落于弥漫着死亡气息的诡秘枯树林。两道人影于树林边缘出现，通过迂回的小道，缓步走向破旧的村落。

这并肩而行的两人，其中一个全身包裹于黑布之内，犹如一具黑色木乃伊，连眼睛也没露出来；另一个则是传说中背负着数百条人命、黑道中人谈之色变的杀手王——王重宏！

村口有八名焦急等待的男女，其中一名独眼汉子首先发现两人，并向身旁的魁梧壮汉小声提示：“首领，他们回来了。”

被称作“首领”的壮汉名叫阚尤，他恭敬地上前向重宏问道：“三哥，已经把怪物解决了？”

“这头怪物不好对付。”重宏身上的衣服有多处破损，且一脸疲态，显然刚经历了一场殊死搏斗。他苦笑着摇头并伸出双手，六片刀片从指间掉落，叹息道：“它的皮肤硬得像石头一样，刀片划在它身上跟划向磨刀石没两样，刀口都被磨平了。”

“那该怎么办？”一名大腹便便的孕妇走到阚尤身旁，忧心忡忡地向重宏问道，“我们好不容易才找到这个隐蔽村落，难道还没来得及安顿下来就要另觅家园？”

“嫂子大可放心。”重宏瞥了一眼对方怀孕约八个月的腹部，安慰道，“我王三虽没本事把怪物杀死，但它似乎略通人性，刚才我们给了它一些食物，它就没继续攻击我们。”

“三哥的意思是……”阚尤皱眉问道。

“我们待在村里这两天，也没见怪物离开树林。只要隔几天给它一些食物，不随便闯入它的地盘，应该能跟它和平相处。”重宏露出狡黠的笑容，又道，“怪物盘踞在进村的必经之路，有它挡在家门口，能省掉不少麻烦。”

“这就好办了。”阚尤展眉笑道，“这里的土地不算肥沃，但要养活我们这几口人还绰绰有余，就算再多养一头守门的怪物亦不碍事。”

“就当请了个守卫吧！”重宏叮嘱道，“每隔三天在树林边缘给它放些食物，平时尽量别闯入它的地盘，尤其是晚上。”

阚尤点头答应，遂带领众人返回村庄。

等他们走后，重宏便对身旁一直未发一言的黑衣人说：“你不会打算在这里建你的理想国吧？”

“理想国？”黑衣人发出难听的笑声，以怪异的沙哑声音说，“或许该叫‘梦想国’。”他叹息一声，随即又道：“我跟他们一样，都是无处容身的人。除了这个隐藏于山林间的荒废村落，我们就没有别的地方可以安身了。”

“但是你没必要带上他们。”重宏皱眉道，“其实你一个人也可以活得很好，跟他们在一起反而会带来更多麻烦，亦更容易被组织发现。”

“我曾答应照顾他们。”

“是我连累了你。”重宏愧疚地叹息。

“兄弟之间不该用‘连累’一词。”黑衣人笑道，“更何况我已有全盘计划，只等时机成熟，我们就能得偿多年以来的夙愿。”

一阵劲风掠过，风中隐约夹杂怪异的吼叫声，仿佛在树林深处有某种生物对他做出回应。

二

李梅驾驶着迷你奔驰，于漆黑的乡村小路上飞驰。凛冽的夜风吹起她的长发，露出耳朵上的蓝牙耳机。

“你把车窗打开了？怎么风声这么大？”一个女性声音通过耳机传入耳际。

“提起这事我就生气。”李梅气愤答道，“这里的汽修店连一块合适的挡风玻璃也没有，竟然用胶布把破玻璃粘上就想打发我，我干脆让他们把破玻璃拆掉了。”

“谁让你这么大意，不但被人家发现，还连玻璃也被砸碎。”电话彼端传来嘲笑声。

“你妹的，竟然还敢笑我！”李梅嗔怒道，“要是你能黏住那个姓相的浑蛋，我用得着整天跟在他屁股后面瞎转？”

“我不是已经把他的位置告诉你了嘛，你现在赶过去，肯定能找到他。”电话彼端传来充满歉意的声音，迟疑片刻又道，“你真要杀死他？”

李梅冷酷答道：“这是BOSS下达的命令，我没有选择的余地。”

“可是，他是我们摆脱枷锁的唯一希望。”从电话彼端传来的声音突然激动起来。

“别做梦了！他不可能打败BOSS。”李梅突然流下眼泪，哭喊道，“除了听从BOSS的吩咐，我们什么都做不了。我们从一出生就注定会成为别人的扯线玩偶，任由他人随意摆布、玩弄，这是我们的命运！”

“你甘心向命运低头吗？”从电话彼端传来的声音亦变得哽咽。

“不甘心又能怎样？”李梅抹去脸上的泪水，恢复平日的冷静，“我们对付不了BOSS，那个姓相的浑蛋也不是BOSS的对手，你的计划成功率还不到百分之一。”

“至少还有一线希望呀！”

“但换取希望的代价却非常沉重，甚至可以说是可怕，我不想冒这个险。”李梅说罢便挂掉电话。

“傻丫头，与其将命运交托在别人手上，还不如自己把握未来。”她正自言自语地说着，突然发现前方道路中央有个大草堆挡路，当即露出狡黠的笑容：“我看见我们的未来了。”

第一章　拦途截劫

藏身于草堆后面的溪望，手握长柄镰刀形态的百鬼鸣·飞镰，冷静地审视着正减速驶近的迷你奔驰。

奔驰于草堆前停下来，随即有一名美女下车检视草堆。

借助车前大灯的光线，溪望看得见对方衣着性感时尚，一身桃红色的长袖紧身连衣超短裙，除凸显其修长光滑的美腿外，更露出诱人的乳沟。她的秀发虽被夜风吹乱，但如精灵般露出发际的耳廓仍格外显眼——没错，她是李梅！

“真巧呀，李大状。”溪望从草堆后面跳出来，挥舞镰刀往对方腰间横斩。

面对突如其来的袭击，李梅毫不惊慌，这一下不友善的招呼，似乎在她意料之中，她镇定地旋身后退。在闪避攻击的同时，她解下伪装成腰带的九节鞭，并借助转身的势头挥鞭还击。

九节鞭以横扫千军之势扑向刀口，对撞的瞬间火星四射。但这一回合尚未结束，九节鞭犹如灵蛇缠绕，缠住飞镰的刀身。李梅再用力往回一拉，使铁鞭锁死对方的镰刀。

“用死神镰刀来打招呼，可不是一种友善的表现哦！”李梅冷眼盯着溪望笑道。

“整天跟在别人屁股后面，也不见得多有礼貌。”溪望反讽道，并紧握手中兵器与对方角力。

“既然一见面就撕破脸皮，那就没什么好说的……”李梅玉手一抖，九节鞭随之松开对镰刀的束缚。她趁溪望踉跄后退之际，立刻乘势而上，挥舞铁鞭扑向对方，以求在近身战中取得优势。

溪望洞识她的意图，立刻将兵器一分为二，右手持短柄镰刀抵挡对方攻势，左手紧握短枪形态的百鬼鸣直捣黄龙。

李梅腰如蛇舞避开短枪直击，进一步拉近两人的距离，并扬起左手竟欲掌掴溪望。

在生死一线间的兵器对决中，掌掴不但难以对对方构成威胁，反而会令自己露出致命的破绽。李梅若非脑袋短路，绝不会如此鲁莽行事。

就在溪望为此存疑之际，眼角瞥见对方指间闪现的亮光，立刻惊觉那是金属在车灯照射下的反光——对方指间夹有三块锋利的刀片！

李梅并非想掌掴溪望，而是想用刀片割开他的颈动脉，以求一招毙命。

对方竟使出杀手王的招式，把溪望吓了一跳，慌忙仰身后退。无奈手中兵刃正与铁鞭交缠，李梅察觉他的意图当即收紧铁鞭，把他拉回来迎上锋利刀口。

在这性命攸关的瞬间，溪望仍能冷静应对。他果断触发飞镰的机关，使与铁鞭交缠的刀刃，朝向对方脸部高速弹出。

李梅惊惶闪避这出其不意的反击，刀刃从她脸颊边缘呼啸而过，并削下她一小撮秀发，她紧握铁鞭的右手亦在刀刃的牵引下，把她整个人往后扯。

她踉跄后退三步，还没来得及稳住身体，溪望已送上一脚破门踹，狠狠地踹在她的腹部，使她倒飞撞上停在身后的奔驰后，跌倒在地。她爬起来的时候，溪望已把百鬼鸣的剑刃架在她脖子上。

“好吧，我们继续刚才的话题……”李梅无奈地将双手举至与肩齐高，露出一个虚伪的惊喜表情，“哇，真巧呀！怎么会在这里遇到你？”

溪望触动机关把弹出的刀刃收回，并将缠在刀刃上的九节鞭甩到远处。他亦挤出一副笑脸，向对方说道：“李大状，鉴于时间紧迫，那些虚伪的客套话就免了。我现在以警务人员身份，正式征用你的汽车。”

“征用？”李梅露出夸张的表情，惊愕道，“你不会打算把我丢在荒山野岭吧？要是遇到野兽怎么办？反正我的车能坐两个人，你起码也要送我到安全的地方呀！”

“我也想送你一程，可惜你的座驾只有两个座位。”溪望扬手示意躲在草丛中的悦桐走出来。

“哟，原来你还带上了女伴。”李梅盯住悦桐，露出满眼的醋意。她伸手搂住溪望的脖子，娇嗔道，“人家还想跟你亲热一番呢！”

“你这招不管用。”溪望冷酷地用短枪压住她的胸口，迫使对方松开双手，挨在车前盖上。

“别这么无情嘛，我们上次在研究所，不是玩得还挺开心吗？”李梅双目含情，并舔舐嘴唇，露出一副诱人犯罪的媚态。她轻抹右肩使衣服滑落，露出嫩白的香肩，以及让人血脉贲张的酥胸。

溪望深知对方想离间自己跟悦桐，便回头对悦桐说：“拿卷胶纸过来，让我绑住这个疯女人，顺便把她的嘴巴封住，省得她胡言乱语。”

“我很怀念那晚跟你独处的时光耶！”李梅一副欲火焚身的浪态，竟将右手插入衣领轻抚自己的胸部，并挑逗道，“每次想起当时的情境，我就按捺不住了……”

“疯够了没有！”溪望转过头来朝她怒骂，“要我把你喉咙割开，你才会住口吗？”

“那要看你的刀快，还是我的枪快。”李梅把手从衣领伸出时，竟拿着一把只有掌心大小的袖珍手枪。

溪望这才意识到，对方并没有离间他跟悦桐的打算，只是想借此分散他的注意力。他冷笑道：“在你开枪之前，将你的颈动脉割开并不困难，你充其量只能跟我同归于尽。”

“你视死如归的精神，挺让人佩服呢！不过，我可不会打没把握的仗……”李梅缓缓移动枪口，指向拿着胶纸、站在溪望身旁的悦桐。

“你赢了。”溪望泄气后退，并丢弃手中兵刃。

“真笨！”李梅将枪口指向他，嘲笑道，“我可以先把你杀掉，再慢慢收拾你的女人。”

“通常奸角都会这么做。”悦桐虽娇躯轻颤，却不露惧色地站在溪望身前挡住枪口，义正词严道，“但奸角都没有好下场。”

“呸，你妹的，你们才是想劫车的奸角好不好！”李梅啐骂道，“我这把枪只是用来防身，才不会胡乱杀人。”

“但你现在正把枪口指向我们。”溪望将悦桐推到身后。

“这是自卫……”李梅没好气地耸耸肩，“别推来推去了，我要是想开枪，你们谁也跑不了。”

“我现在手无寸铁，”溪望轻晃双手，“你要想‘自卫’也不需要手枪吧！”

“你想说我需要的是按摩棒吗？”李梅向他投以鄙夷的目光，遂轻拨秀发自傲道，“你觉得以我的美貌，会需要这种玩意儿？”

“不好说，有特殊癖好的人多着呢。”溪望一脸道貌岸然。

“你妹……”李梅为之气结，但很快就压下怒火，娇笑道，“跟我耍嘴皮，对你和你身后的美女都没好处呢！”

溪望耸肩道：“在这个情况下，我不觉得我们的处境还可以更坏。”

“或许会有转机。”李梅轻晃手枪，娇媚道，“根据我所搜集到的情报，你来山区是找一个名叫神隐村的村庄。如果你告诉我，找这个村庄的原因，或许我会放过你……们。”

“我在找一个人。”溪望答道。

“什么人？”

溪望坦率答曰：“不知道，我没见过这个人，不知道对方长什么样子，也不知道对方的年龄及性别，甚至连名字也不知道。”

李梅将左手伸入衣领，竟从胸侧掏出一部手机。她翻查手机内的资料，遂笑道：“根据资料显示，帅哥你极少撒谎，通常以选择性透露部分事实的方式，来达到误导对方的效果。”

她将手机放回原处，遂以枪口顶着溪望脑门，问道：“你不可能为了一个完全不清楚底细的陌生人，而在山区瞎跑这么长时间。如果我没猜错，这个人肯定跟神偷凌风有关，甚至有可能是他让你走这一趟。”

“你对我还真是了如指掌呀！”溪望苦笑道，“没错，的确是凌风让我走这一趟，而我要找的人是陵光其中一名成员。”

“陵光成员？”李梅面露惊愕之色，遂追问道，“是谁？代号是什么？”

“你对陵光的了解，似乎比我要透彻得多。”溪望狡黠笑道。

“少跟我废话！”李梅把枪口指向他身后的悦桐，厉声问道，“不想你的女人挨枪子儿，就立刻把代号说出来！”

“别激动，我说就是了。”溪望轻推对方玉手，把枪口从悦桐身上移开，“我去神隐村是为了跟轸蚓见面。”

“轸蚓？”李梅愣了好一会儿，接着便放声大笑，“哈哈哈，有趣，真有趣，你竟然要去见轸蚓。”

“去见轸蚓很可笑吗？”溪望皱眉问道。

“上车吧，我知道你们赶时间。”李梅走近车门，并轻晃手枪示意两人跟随，“我也想做个配合警方的好市民，虽然你们不算真正的警察。”

对方的态度突然转变，不由令溪望生疑。根据刚才的对话，很容易就能推断原因在于轸蚓。故此，他便问道：“你也对轸蚓感兴趣？”

“我对轸蚓倒没兴趣，我感兴趣的是……”李梅掩嘴娇笑，随即又道，“我想知道你这一趟到底是去见人，还是……见鬼？”

“轸蚓已经死了？”溪望愕然道。

“你们劫车是为了尽快到达目的地，我的车虽然只有两个座位，但挤一下还能坐三个人。”李梅把手枪晃了一下，遂插回藏于腋下的枪套里，并把九节鞭捡起系在腰间，“我可以载你们，也不会追究你们刚才做的蠢事。”

溪望思索片刻，遂冷静问道：“条件是什么？”

“刚才已经说了，我想知道你们这一趟到底是去见人还是见鬼，所以你们要带我去神隐村。”李梅打开车门坐在驾驶座上，把左手往前伸，穿过不存在的挡风玻璃晃了晃，怒气冲冲道：“还有，你把我的新车砸了，要赔我维修费！”

“没问题。”溪望摊开双手，耸肩道，“朝廷不用饿兵，我会让柳姐替你报销。”

“真抠门。”李梅鄙夷地瞥了他一眼，随即又道，“赶紧把你的草堆搬走吧！我可不想待在这里喂蚊子，而且你应该也没多少时间可以浪费了。”

溪望将丢在地上的兵器装回衣袖里，遂在悦桐的协助下处理草堆，并将草堆内的帐篷等物打包带上车。期间，悦桐向他小声问道：“我们算是跟她结盟了？”

“现在跟她同行，至少还有汽车代步。”溪望小声回应，“不过她跟露妍一样，都不能信任，要对她多加提防。”

迷你奔驰只有两个座位，李梅占了驾驶座，溪望跟悦桐只能挤在副驾上。山路颠簸，而且为赶上露妍，溪望还让李梅加快车速，这使坐在他大腿上的悦桐被颠得弹来弹去，得让溪望搂住她的腰才能避免被弹出车外。

“你就不能买辆阔落点的车吗？”悦桐向李梅抱怨道。

“我又不是为了载你们才买车。”李梅娇笑回应，“我平时都是独来独往，两个座位我也嫌多。”

“那也没必要买敞篷车吧，中看不中用。”悦桐抽了一张纸巾递给对方，“看你的眼睛都被风吹得像刚哭过一样。”

李梅没接纸巾，而是将手伸进衣领，从乳沟抽出一副墨镜戴上。溪望与悦桐见状，同时发出惊呼，只是让两人感到吃惊的原因不一样。

溪望说：“你能看清楚吗？”

悦桐说：“哇，你的胸是真是假呀，怎么能掏出这么多东西？”

“假你妹！”李梅只回答关键性问题，“本美女的胸可是真材实料，纯天然，未经任何人工整改。”

她瞄了一眼悦桐的胸部，呵呵笑道：“胸大有时能当口袋用，子非鱼，焉知鱼之乐？”

悦桐这回无话可说了。

溪望虽发现李梅之所以“波涛胸涌”，其实是靠魔术胸罩营造出来的效果。但他作为一个男性，在两个女人面前谈论这个话题显然不适合，所以他没替悦桐讨回面子。如果是阿慕的话，大概没这种顾忌。

为了替悦桐解围，溪望将话题绕回车子上，向李梅抱怨：“你来山区也不找辆避震好一点儿的车子，都快把我的腰板震断了。”

“谁知道你们竟然跑到这么偏僻的地方。”李梅怒气冲冲地咒骂道，“要是早知道会这样，在你们出发之前，我就该给你们的车装炸弹，省得跟你们一起风餐露宿。”

这回轮到溪望没话说了。

三人皆不再开口，迷你奔驰于漆黑而颠簸的乡村小路上飞驰，直到眼前出现一辆黄色飞度……

第二章　怪物夜袭

按照钮村长指示的方向，经过一段地势低洼的平地，在接近凌晨4点的时候，总算追上被露妍偷走的黄色飞度。

飞度停在一处地势较高的地方，前方是一片广阔且阴森的枯树林。李梅将奔驰停在距离飞度约十米处，溪望立刻下车缓步上前。借助奔驰车头大灯的光线，他很快就发现飞度内空无一人，但钥匙仍留在车内。

溪望走回来将钥匙交给悦桐，遂盯住眼前的枯树林，轻拍大腿苦笑道：“看来要拜访轸蚓，得转乘11路车①。”

“我宁愿步行，也不想再在车上弹来弹去。”悦桐下车伸展筋骨。

“这树林阴森恐怖，轸蚓的鬼魂会在这里出现也不稀奇。”李梅亦下车望向一望无际的枯树林。

“你为何如此肯定轸蚓已经死了？”溪望向她问道。

“以你的才智，应该能猜到。”李梅朝他展露娇媚的笑容。

“之前也只是怀疑，但刚才发现你会用杀手王的招式，所以我能肯定……”溪望狡黠笑道，“你也是陵光成员！”

“我什么也没说。”李梅娇媚一笑，遂往枯树林迈步。

溪望亦带上背包，与悦桐一同打开飞度的车尾箱补充物资。

悦桐瞄了一眼站在树林前等待的李梅，向溪望小声问道：“你不是说陵光是二十多年前曾活跃一时的神秘组织吗？以她的年纪，怎么可能是陵光的成员？”

“我想她应该是第二代成员。”溪望小声答道，“20年前，陵光在英国生物研

注：①“11路车”是俚语，意指用双腿步行。

究所一役中受到伏击，三名成员当场毙命，当中包括代号翼蛇的神偷凌风，但我在香港却遇到一个活生生的凌风。由此可见，陵光虽已销声匿迹20年，但期间仍有训练或者招募新成员。”

“原来是这样……”悦桐会意点头，遂小声惊呼，“她说轸蚓已经死了，那你这次来找的或许也是第二代成员。”

“不排除这个可能。”溪望点头答道，“毕竟让我走这一趟的凌风，应该也是第二代成员。”

“你们的悄悄话还要说多久呀？”李梅不耐烦地喊道。

“马上就好。”溪望当即加快动作，跟悦桐整理好行装，遂与李梅一起进入树林。在补充物资期间，溪望发现露妍带走了部分食物，但数量不多，大概只够一个人吃六天左右。

走到李梅身旁，溪望立刻感到眼前这片树林，充斥着一股诡异的死亡气息。草木均了无生气，入眼皆为枯枝败叶，仿佛都被抽光了生命。更怪异的是，这里竟然出奇地安静，连一下虫声鸟语也没能听见。

尽管如此，枯槁的草木却出奇地密集，环顾四周也没看见道路。为避免两名美女娇嫩的皮肤被刮伤，溪望拔出飞镰展开成短柄镰刀形态，走在队伍前面开路。

要是让花泽知道，溪望竟然拿他的得意之作当砍柴刀用，肯定会气个半死。

不知是不是心理作用，进入枯树林后，悦桐总觉得周围仿佛越来越暗。尽管身前的溪望戴着户外头灯，她亦拿着手电筒，但仍无法看清楚远处的事物。只见树影晃动，仿佛有无数鬼影于树间穿梭，并一路跟随他们。

就在她为此而分神时，臀部突然被推了一下，吓得她差点叫出来。回头一看，发现原来是李梅催促她赶紧跟上前方的溪望，于是便立刻加快脚步。可是，她也没走几步就撞上溪望背上的登山包，不由惊慌向突然止步的男友问道：“怎么了？”

溪望没有回答她，而是向她身后的李梅发问：“发现了？”

李梅掩嘴笑道：“早就发现了，脚步很轻，而且没穿鞋子。如果不是因为这里太安静，根本不会留意到。”

“附近有人？”悦桐面露惊惶之色，并小声惊呼，“难道是露妍？”

“应该不是。”溪望摇头道，“露妍师承杀手王这个暗杀专家，她要是跟踪我们，不往我们脖子上划刀子，我们绝不会察觉她的存在。”

悦桐颤抖问道：“那会是什么……东西呢？”

仿佛在回应她的问题，一把散发寒光的巨大刀刃于树丛中横空而出，以横扫千军之势向三人拦腰挥斩。李梅立刻腾空后翻闪避，溪望则搂住悦桐倒地打滚，以避开这招凶猛的袭击。

当溪望翻过身来时，出现在眼前的是柄长超过两米，刀刃亦长近一米的巨大镰刀。镰刀刀刃宽大且寒光瘆人，并沾有斑驳的血污，似是来自地狱深渊的可怕凶器。

然而，更可怕的是手持凶器者似乎并非人类。

镰刀的主人身高超过两米，头戴一顶斗笠，面容隐藏于斗笠边缘垂下的半透明黑纱之中。魁伟的躯体披着一块破旧且沾满泥污的宽大黑布，仅露出赤裸的双足，及紧握镰刀的强壮右臂。

之所以怀疑其并非人类，并非那犹如死神的造型，而是因为有一双巨角从斗笠两侧横伸出来，且其裸露于黑布之外的肢体均为黑褐色，在灯光映射下显现类似于昆虫的甲壳质感。

“是你兄弟吗？怎么跟你一样，都喜欢用镰刀跟别人打招呼。”李梅解下腰间的九节鞭摆出迎战姿态，向溪望调笑道，“不过人家的家伙比你的霸气多了。”

“我怎会认识这头……怪物。”长有巨角的人形昆虫，除了“怪物”之外，溪望一时间也想不到其他称呼。然而，对方似乎并不喜欢被称作“怪物”，话刚出口镰刀随即往他身上挥斩。

他慌忙搂住悦桐滚地闪避。然而，怪物只是声东击西，虚晃一刀便扑向李梅，从黑布缝隙中伸出左手，往李梅的脖子抓去。

与其说是“手”，还不如说是“爪”。怪物虽有人类手腕轮廓，但五指皆被褐色甲壳包裹，且指尖尖锐锋利。即使被它摸一下，恐怕也会留下血痕，更何况它的目标是李梅的脖子。若被它得手，李梅就算不当场毙命，也得脱一层皮。

李梅当然不会呆立原地，任由怪物夺取自己的性命，立即挥舞九节鞭迎击。她以铁鞭击向怪物裸露的手臂，本想以此迫使对方后退。可是，怪物竟然没有退避，反而以左臂作盾继续进攻。

九节鞭打在怪物的手臂上，犹如击中岩石，似乎没造成任何伤害。怪物趁机抓住铁鞭，把李梅拉过来。它手中的巨大镰刀，在中远距离占有优势，可是当距离拉近，不但难以攻击对手，还会成为负累。

李梅为此沾沾自喜，准备用夹着刀片的左手攻击对方。然而，她还没来得及展开攻势，便觉察怪物并非她想象中那么愚蠢。怪物抓住铁鞭不是要把她拉到身边，而是揪起铁鞭，把她当链球往身后摔。

她慌忙放开手中的九节鞭，虽然避过被摔个粉身碎骨的危机，但在怪物的蛮力拉扯下，她已双脚腾空。还好她及时松手，令怪物在惯性作用下，不能立刻转过身来。

这给她一个喘息的机会，得以重整旗鼓。她立刻将右手插入衣领，打算拔出藏于腋下的手枪，抢在怪物转过身来之前，给对方脑门开一个洞口。可是怪物的动作出奇地敏捷，将九节鞭甩到地上并顺势前空翻。

如果怪物只是跳个前空翻，那还是改变不了遭枪杀的厄运。可是，它后脑勺仿佛长了眼睛，竟在空翻的同时神龙摆尾。岩石般坚硬的脚后跟犹如疾挥的铁锤，带着强劲的冲力由下而上，准确无误地砸中李梅的下巴。

李梅本已双脚离地，挨了这一脚更是整个人飞起来，伴随着一声惨叫，跌落于灯光照射范围以外的漆黑树丛之中。而怪物做出完美的空翻后平稳落地，斗笠边缘的黑色面纱，以及因翻腾而扬起的披身黑布徐徐落下。

怪物的每个动作都非常精准，那些看似莽撞的攻击，其实都是佯攻。它先攻击溪望，实为将李梅从队伍中分离出来。它趁溪望因不清楚自己的实力，而把重心落在保护悦桐身上，不敢贸然进攻的时机，故意向李梅露出破绽，并一招将她打倒。

此举不但要有深厚的武学根底，还需要敏锐的观察力及冷静的判断，这都不是野人或猛兽可以做到的事情。可是，当溪望怀疑对方是不是武术精湛的隐世高人时，斗笠边缘徐徐落下的面纱却显露了怪物的真容——牛头人！

虽因光线昏暗，没能看清楚怪物的容貌，但在面纱垂下来之前，溪望看到对方那双巨角并非饰品，而是长在头部两侧。更可怕的是，从头部的轮廓判断，对方显然长着一颗“牛头”！

牛头人身、皮肤犹如昆虫甲壳、手持巨大镰刀且武术精湛，这跟传说中的牛头人略有区别，但眼前这头怪物怎么看也不像正常人类。

怪物将镰刀举起重重地插入泥土之中，遂转身朝溪望伸出左手，并轻勾尖锐的食指，似向溪望发出挑战的邀请。

对方武功深不可测，且智力超群，虽摆出徒手肉搏的姿态，但溪望就算使用兵器也占不了多少便宜。通过观察它刚才与李梅的打斗，不难发现其体表的甲壳犹如岩石般坚硬，这相当于身披铠甲。而且它十指锋利，被它抓一下，恐怕连骨头都会露出来，更别说那犹如铁锤的脚后跟。

这一战，溪望毫无把握。

但他绝不能退缩，因为他必须保护自己的女人。

他挡在悦桐身前卸下背包，小声向对方说道：“待会儿我把怪物缠住，你趁机往回跑，一直跑到车上，锁上车门等我过来。”

“不行，你打不过它。”悦桐慌忙摇头。她虽然不懂武术，但谁都能看得出怪物有多厉害。溪望就算与李梅联手，也不见得能与怪物周旋，更何况是只身跟对方单挑。

“就是因为打不过，所以才让你先逃。”溪望小声责骂道，“你待在这里只会成为负累。”

“相溪望，你脑袋是啥构造，我还不清楚？”悦桐杏目圆睁地瞪住他，“你休想丢下我，自己一个人去送死！”

“你是怕黑，不敢自己走回车里吧？”

“我还不认路呢！”悦桐朝他吐舌头，“你的激将法不管用。”

“哞！”一声贯彻天地的怒吼，将小两口的争吵打断。牛头人显然等得不耐烦了，却没有主动攻击，仍呆站于原地，似在等待溪望上前与之公平比试。

悦桐不肯独自逃走，让溪望失了算。纵使牛头人再厉害，他仍有把握撑一会儿，为悦桐的逃生赢得时间。现在他只能放手一搏，要么将牛头人打倒，要么跟悦桐一起丧命于怪物手中。他让悦桐退到一旁，自己摆出对战姿态，准备与眼前的怪物一决生死。

牛头人早已迫不及待，立刻疾速前冲，抢先发动攻击。披身黑布随风扬起，露出它魁伟的躯体。它的体形要比溪望高大得多，就算赤裸双腿，身高仍超过两米，体重更不在130公斤之下。

面对来势汹汹的庞然巨物，溪望深知绝不能跟对方硬碰。以对方的体形，就算不用任何招式，单凭身体撞击，就能轻易将自己撞飞。他突然想起小时候，父亲教他的“迅柔刚烈”当中的“柔”，当即前跃迎敌。

两雄相遇，牛头人首先出招，形如兽行，右爪贴地挥击，抢攻对手下盘。如此一来，它的头部降至低位，不但体形高大的优势瞬即丧失，而且极容易受到致命打击。

这显然是佯攻！

溪望无视对方露出的破绽，前跃闪避，手按对方肩膀，意图跳到对方的后方。他的猜测随即得到验证，牛头人果然立刻变换招式，倒地前滚并朝天起脚。幸好他早有准备，及时翻身前跃，勉强避开对方第一轮攻势，成功跳到对方身后。

脚刚沾地，溪望立刻触发兵器机关，百鬼鸣与飞镰一同展开刀刃。与此同时，他降低重心并横伸双臂，贴地逆时针旋转，使出“无相多变枪”中的“掠地旋风”，犹如飞脱的锯轮朝对方反击。

牛头人翻过身来，但仍保持兽行姿态。面对溪望如绞肉机般的狂暴攻击，它非但没有闪避，反而挥爪横扫，正面迎接对方的进攻。

两强对撼，必有损伤!

牛头人以尖锐的右爪，迎击溪望左手手臂上的镰刀。这是两者强度的比拼，要么被锋利的镰刀割下手腕，要么让对手刀毁手残!

第三章　杀机四伏

溪望与牛头人硬拼，眼看将要一招定胜负，但在这电光石火的瞬间，却出现戏剧性变化。

牛头人并没硬拼的打算，竟巧妙地避开锋利的刀刃，一把抓住溪望的手臂。在两者强大的冲力下，溪望的手臂恐怕会在瞬间折断。

然而，对方的举动已在溪望的计算之内，他立刻对此做出反应，以手臂为中轴，强行将身体旋转180度。在避过手臂折断厄运的同时，借势腾空起脚，踢向对方头部。

他这一连串动作，将其父传授的“柔”发挥得淋漓尽致，本能给对方一记漂亮的反击。可是，怪物仿佛洞识他每一个意图，抬起左臂抵挡，随即甩手将他扔向五米外一株手臂粗的枯树。

牛头人臂力惊人，强劲的冲力使他撞断枯树后才倒地，也不知道能否再爬起来。悦桐见状惊叫一声，正欲冲上前搀扶，牛头人却挡在她身前，并朝她轻摇食指，似在示意她不该阻碍这场生死决斗。

面对可怕的牛头人，悦桐害怕得浑身颤抖，但她不能眼睁睁地看着溪望被对方杀死。哪怕只有亿万分之一的机会，哪怕失败需要付出的代价是自己的性命，她亦不会选择退缩!

她猛然抬起手电筒，使光束落在怪物的头部，约莫是眼睛所在的位置，同时掏出电击器扑向对方。

强光能暂时模糊视力，对付一般流氓地痞或许还管用，但眼前这头怪物可不是普通货色。电击器还没触及对方身体，怪物已抓住悦桐的手腕。她惶恐地挣扎，手电筒及电击器因此掉落在地。但不管她如何使劲，牛头人的兽爪仍牢固地抓住她的双手。

怪物将她提起来凑到面前，似乎想看清楚她的面容。此刻月色昏暗，怪物看了一会儿，大概仍没能看清楚，便弯腰欲将掉落在地的手电筒捡起。

就在此时，一阵劲风扑过来。不知何时爬起来的溪望，挥舞着组合成长柄镰刀的百鬼鸣 · 飞镰，由下往上斩向怪物手臂。

牛头人及时察觉危机，在千钧一发间放过悦桐并跃身后退。镰刀从两者之间的窄小空隙掠过，既没波及悦桐，亦没给予怪物伤害。

溪望挡在悦桐身前，朝怪物冷峻道：“别碰我的女人！”

牛头人退到插在地上的巨大镰刀前，却没有将其拔出的意思，而是再次向溪望轻勾食指，示意决斗继续。

溪望向悦桐小声说：“别做傻事，我绝不会让你受任何伤害。”说罢便挥舞兵刃扑向怪物。

悦桐心中一暖，已不再感到畏惧。能与心爱的男人生死相随，纵使丧命于怪物手中，亦不枉此生。

溪望借前冲的势头，转身使出旋风斩朝怪物当头挥斩。牛头人仰头闪避，虽避过斩击，但溪望拿准时机触发机关，使刀刃以高速向其头部弹射。

刀刃在距离如此接近的情况下弹出，几乎跟炮弹无异，但牛头人竟然仍能及时侧头闪避。刀刃从它头部右侧掠过，虽削掉一截面纱，但似乎未伤及其脸颊。

然而，溪望的攻击并非就此结束。他借助挥斩的冲力，并利用连接柄身的钢丝操控刀刃，使刀刃围绕牛头旋转，从而令钢丝勒住对方的脑袋。

他再次触动机关，本想收紧钢丝，借此将怪物的脑袋割下来。可是，对方的牛头比预料中坚硬，钢丝没能将其割开，反而将他拉到怪物跟前。

形势于瞬间逆转，牛头人自然不会放过如此良机，当即以利爪反击。溪望处变不惊，再三触动机关延长钢丝的长度，并跃身后退闪避对方的爪击，然后挥动柄身使钢丝从牛头上松脱。

溪望没有将刀刃收回来，而是当作链刀使用，于后退的同时旋身挥舞柄身，利用钢丝牵引锋利的刀刃使出超长距离的旋风斩。飞镰在此形态下，能在远距离中占有绝对优势。对方若不尽快拉近两人的距离，就只有挨打的份。

牛头人当然不会呆立原地挨打，立刻前扑兽行，在闪避斩击的同时疾速前冲，利用溪望转身的空当，瞬间拉近两人的距离。

链刀虽然能在远距离取得优势，但同时亦延长了攻击间隔。而且距离拉近后，不但优势尽失，还会成为负累。

溪望当然知道当中的利弊，百鬼鸣·飞镰的组合设计，正为应付当前的困境。他立刻触动机关回收刀刃，同时将手中兵器一分为两，左手紧握短枪形态的百鬼鸣，全力刺向迎面扑过来的怪物。牛头人仿佛洞识他每个招式，利爪刮地而起，带着飞扬的泥土迎击短枪。

纵使对方拥有硬如岩石的甲壳保护，但终究是血肉之躯。溪望有信心这全力一击，能给予对方沉重打击。然而，牛头人可没打算用自己的躯体跟锋利的剑刃硬碰。

飞扬的泥土袭击溪望双目，他急挪右臂遮挡，视线因而受阻。牛头人趁机变换招式，竟避开短枪并抓住他的手腕。

左手受制于对手，幸好飞镰的刀刃及时回收。溪望正想往怪物头部砍过去，牛头人竟紧扣他的手腕，猛然将他整个人往上提。

怪物显然想像刚才那样，将溪望狠狠地摔出去。但这一次被它扣住了手腕，在扔摔的过程中，手腕很可能因为承受不住身体的重量而骨折。若手腕骨折，要再次反击几乎没有可能。

也就是说，溪望必须在怪物完全提起自己之前，解决当前困局。

在这千钧一发间，溪望脑海中闪现出父亲教授的“烈”。他立刻将全身力气集中在左腿，借助怪物将自己提起的上升势头使出猛虎膝跳踢，以膝盖狠狠地撞击对方裆部。

在与怪物对决的过程中，对方多次快速移动及跳跃，令披身黑布扬起因而裸露躯体。虽然当前环境昏暗，但溪望仍看见怪物裆部的生殖器，与人类男性极为相似。

既然外观近似，那么结构应该也相差无几。因此，溪望出尽全力，将自己的性命赌在对方胯下，本应是男人最脆弱的地方。

这一击必分胜负。不是你死，就是我亡！

溪望仿佛听见一声犹如打碎鸡蛋的脆响，被怪物牢牢捉住的手腕突然松脱，身体亦随之由上升变成下坠。他知道自己的赌注押对了，立刻再次起脚往对方腹部踹过去。

他这一脚意不在乘胜追击，而是利用反作用力后跃，拉开与怪物的距离。当他双脚着地时，对方亦已单膝跪下。虽没能看见怪物的表情，但凭对方的肢体语言，可以断定它肯定非常“蛋疼”。

尽管给予对方重创，但溪望心知怪物的实力，跟自己完全不在一个档次。这次不过是侥幸讨到一点儿便宜，继续跟对方交锋，恐怕吃亏的只会是自己。

而且，怪物此刻虽半跪于地，却没露出明显破绽，显然蓄势待发，贸然进攻只会自讨苦吃。毕竟，对方至今仍未拔起插在地上的巨大镰刀。

更重要的是，必须保证悦桐的安全。

故此，溪望无心恋战，立刻将兵器收回衣袖里，一手拉着悦桐，一手提起背包，拼命地跑向树林深处，没一会儿就消失于漆黑之中。

牛头人休息片刻，站起来将插在地上的镰刀拔起。它面朝两人逃走的方向呆立良久，遂发出“咯咯咯”的怪异笑声。笑声于漆黑中回荡，使原来就恐怖阴森的枯树林，显得格外诡异。

“我跑不动了……”悦桐像快要虚脱般，双手按着膝盖俯身喘气。

“跑不动也得继续跑，不然怪物追上来，我不敢保证能让你安全脱身。”溪望警惕地在她身旁戒备，时刻留意周围的情况。为避免牛头人发现，他跟悦桐都已将灯具熄灭，仅依靠微弱的星光引路。

“你就把我扔在这里，自己先跑吧……”悦桐仍没把气儿喘顺。

“你觉得有这个可能吗？”溪望将她抱起来。

“你不是已经丢下李梅了吗？”悦桐用尽最后一点力气挣扎，“带上我，你肯定跑不掉。”

“她怎能跟你相比？”溪望用力将她抱紧，“我喜欢的人又不是她。”

悦桐心里一暖，觉得就算不能离开这里，亦没任何遗憾。她搂住溪望的脖子，献上深情的一吻。

然而，在这个浪漫的时刻，溪望却没敢放松警惕。在与悦桐激吻时，他察觉到源于身后的细微动静，立刻停止舌间的缠绕，并以眼神示意对方安静。

虽然听得不太清楚，但从身后传来的显然是枝叶的摩擦声。也就是说，有物体在附近移动，很可能是牛头人追上来了。

溪望紧紧抱着悦桐继续逃跑，无奈枯树林虽弥漫着死亡气息，满眼皆是枯枝败叶，但枯树却出奇地密集，以致无路可寻。而且星辰晦暗，高大的枯树更阻隔了大部分星光。在不使用照明工具的情况下，没摔倒已经不错了，更别指望能准确辨别方向。

幸好怪物似乎还没发现他们的踪迹，暂时没追上来。毕竟这片枯树林并不小，要把他们两个揪出来，可不是一件容易的事。

可是，眼尖的悦桐很快就发现，事实并非想象中理想。

“快往10点钟方向看。”她搂住溪望的脖子，在对方耳边细语。

溪望往该方向望去，发现那儿竟然有一个牛头人站在树旁！

“怪物不是应该在后方吗？”他于心中暗忖，同时藏身于一棵粗壮的枯树后。他探头出树外，再往怪物瞄了一眼。

虽光线昏暗，但仍能看见前方这头怪物，头上没戴斗笠，倒是一双牛角格外显眼，而且双手空空，并没有拿着大镰刀。由此可见，此怪物并非彼怪物。也就是说，怪物并非一头。

一头怪物已让溪望焦头烂额，现在竟然再来一头。若被它们前后夹击，要带着悦桐全身而退，根本不可能成功。

就在他琢磨如何脱身之际，悦桐声音颤抖地在他耳边细语：“3点钟方向还有一头。”

这回还真是祸不单行，两头怪物已足以将溪望秒杀。面对三头怪物是怎样的可怕场景，就更不可想象了。可是，随着他们的逃窜，两人发现树林里有更多牛头人，几乎逃到哪里都能看见，至少有十头以上。

整个树林都是牛头人，到处逃窜反而更容易被发现。因此，溪望跟悦桐躲藏在一处较为茂密的矮树丛中，希望能撑到天亮，等辨清方向再作打算。

悦桐牢牢地抱住溪望，并在对方耳边细语：“我们会死在这里吗？”

“你害怕？”溪望温柔道。

“只要跟你一起，我什么都不怕。”

溪望没有说话，以行动代替语言，将对方紧紧拥入怀中。

此刻将近黎明，但曙光初露之前，却是一天中最黑暗的时刻。随着似有若无的脚步声响起，黎明前的黑暗仿佛异常漫长……

第四章　曙光初露

“你是妍妍吧？”

一名八岁男童带着与其年纪不相称的肃穆表情，走到蹲在墙角发呆的女孩身前，盯着对方手中那个已没有燃料的打火机。

“大家都叫我露露，敢叫我妍妍的人，都被我揍得哭爹喊娘。”女孩以敌视的目光瞥了对方一眼，迅速将打火机收进口袋。她站起来叉着腰，以比男童高一个头的个子俯视对方，神经兮兮地补充一句，“虽然他们都是无父无母的孤儿，就跟你和我一样。”

“你不会揍我。”男童毫无惧色。

“为什么？”女孩揪住他的衣领将他提起，使他脚跟离地。

男童泰然答道：“因为我有个叔叔叫王三。”

“王三……”女孩愣了一下，遂放开对方，并将手插进口袋，紧紧握着那个珍贵的打火机。

“三叔过两天就会过来，带我离开这个该死的孤儿院。”男童慢条斯理地整理衣饰，悠然道，“他知道你也在这里，让我过来跟你打个招呼。如果你已经克服心中的恐惧，他会遵守约定，把你也一块儿带走。”

女孩将打火机从口袋掏出，向对方展示刻在打火机上的“三”字，咬牙切齿道：“我的恐惧早已化成灰烬。”

“很好，以后我就是你师兄，你是我师妹。”男童露出调皮的笑容。

“我比你大，我才是师姐，你是师弟。”女孩翘起嘴反驳。

“我入门比你早，你才是师妹，我是师兄！”

两人犹如斗嘴的姐弟，你来我往地为双方的称呼吵个不停。过了好一会儿，女孩突然想起还不知道对方的名字，便正色道：“我叫易露妍，你可以叫我露妍姐，或者露露姐。但绝对不能叫我妍妍，不然我揍你。”

男童顽皮地向她竖起中指，毫不示弱道：“我叫Nicholas，中文名萧铁炫，你可以叫我从父亲身上继承的称号——神偷凌风……哥！”

悦桐打了个盹，依稀记得自己做了个怪梦，但又没能想起具体内容，只记得好像是跟露妍有关。

“那个神经病跑哪里去了？”她于心中暗忖，随即记起自己身处险境，哪有空闲去管那个神经病的死活。

她抬头向将自己紧紧拥入怀中的溪望小声问道：“怪物走了吗？”

“它们都待在原地，应该是在站岗。”溪望凝视着十数米外的牛头人，眉头皱得可以夹核桃，“不过很奇怪，它们连动一下也没有。”

在他们躲藏的矮树丛附近，至少有三个牛头人守卫站岗。这些守卫虽然皆牛头人身，但装束却跟镰刀怪物略有不同。守卫都没持武器，也没戴斗笠，只有一块破布披身。而且这块破布要比镰刀怪物所披的短小，只能遮盖躯干，头部及四肢皆裸露出来。

一路上看见的守卫大多是这样子，虽然没有可怕的镰刀，但没戴斗笠盖头的怪物，圆睁的双眼于黑暗中发出微光，仿佛能看清楚周围的一切事物，样子非常吓人。

“那怎么办？”她将溪望抱得更紧，“它们一直守在附近，我们不可能在这里躲一辈子。”

“现在不就好了。”溪望轻吻她的前额，强颜欢笑，安慰道，“你再也不怕我会跑掉。”

悦桐也不知道该笑还是该生气，反正已没之前那么害怕，情欲随之悄然萌生。“抱我……”她搂住对方的脖子索吻。

溪望以两指轻点对方樱唇，阻止对方的求爱，尴尬道：“你觉得在这种情况下，我还能让你满意吗？”

“没用的家伙。”悦桐调皮笑道。

溪望意识到对方并非有意求爱，而是为回敬刚才的调侃，故意戏弄自己。他并没有在意，将对方牢牢抱住，让对方的脸埋在自己结实的胸膛之中。

这温暖人心的一刻十分短暂，于漆黑中回荡的细微声响，让他们察觉牛头人并非全都呆立原处，至少还有那头手持巨大镰刀的怪物，正在到处搜寻他们的踪迹。

借助微弱的星光，眼尖的悦桐瞥见一个魁伟的身影从后方缓缓靠近。虽然没能看仔细，但那散发瘆人寒光的可怕镰刀，已证实其主人的身份就是一直追击他们的怪物。

“五点钟方向。”悦桐用几乎连自己也听不见的微弱声音，在溪望耳边细语。

在附近站岗的守卫不少于三个，此刻离开矮树丛无异于自寻死路。可是，镰刀怪物正朝他们躲藏的位置缓步靠近，不立刻逃跑亦是死路一条。

在这进退两难的情况下，溪望想不出任何可以脱困的办法，只好将悦桐抱紧，并向对方耳语：“是我连累你了。”

“那你下辈子要乖乖听话，一辈子都得做我的观音兵[1]。”悦桐嫣然一笑，脸上只有温情，没有恐惧。

“我这辈子也是你的观音兵。”溪望将她抱得更紧，生怕即将到来的死亡会令两人分开。

“哞！”

跟他们距离不足十米的镰刀怪物突然仰天长啸，近似于野牛的叫声响遍整个树林。

注：①“观音兵”乃广东方言，意指被心仪女生差来遣去，亦毫无怨言的男生，也能理解为女神的备胎。

溪望于心中大呼不妙，怪物似乎发现他们的藏身地点，并呼叫同伙前来围攻。但是，他脑海里突然浮现一个疑问——对方需要同伴协助吗?

怪物在刚才的决斗中，刻意不使用武器，显然没使出全部实力。然而，对方在未尽全力的情况下，已让自己落荒而逃。倘若对方全力以赴，根本无须同伴支援，就能将他跟悦桐生擒，要取他们性命就更容易了。

就在溪望为此存疑之际，突然发现一缕晨光穿过树枝的缝隙，落在悦桐乌黑的秀发上。怪物之所以仰天长啸，原来并非召唤同伴，而是因为晨光驱赶了黑夜。

更令人意想不到的是，镰刀怪物似乎十分畏惧光明。长啸过后，它便立刻往西奔跑，仿佛害怕阳光洒落身上。

“它们怕光，我们有救了！”悦桐兴奋地摇动溪望的身体。

“嘘……”溪望用力地抱住她，使她无法动弹，并将食指放于唇前示意噤声。待对方安静下来，他才小声解释，“怕光的只是它，不是它们。”遂示意对方留意周围的情况。

悦桐往四周一看，发现守在附近那三个牛头人仍屹立于原地，连动也没动过。晨光落在它们身上，除了让它们的身影显得更高大外，似乎没产生其他影响。

“它们怎么一直都站着不动，难道不会累吗？”悦桐泄气道。

“如果是正常的生物，肯定需要休息，但它们……”溪望沉默片刻，遂继续在对方耳边细语，“它们可是长着牛角的怪物，这本来就是我们知识范畴以外的事物。就算它们能够不眠不休，也不是什么稀奇事。因为单是它们的存在，就已经是我们无法理解的事情。”

悦桐赌气道：“我就不信它们还能不吃不喝，连洗手间也不用去。”

“你觉得它们会有‘洗手间’这个概念吗？”溪望苦笑道。

“这有啥好奇怪的，它们还会穿衣服……”悦桐突然止住话头，盯住其中一个站在枯树旁纹风不动的牛头人。

“怎么了？”溪望在她耳边细语。

她没回答，转头望向附近另外两个守卫。当溪望疑惑地皱起眉头时，她突然从地上捡起一块鸡蛋大的石头，甩手扔向距离最近的怪物。

溪望大吃一惊，还没来得及出手阻止，石头已从悦桐手中飞出。他不作多想，立刻抱起悦桐，准备拔足狂奔。然而，悦桐却从他的臂弯中挣脱开来，并走出矮树丛，叉腰指着被石头扔中后身体微微晃动的守卫，傲气道：“有本事就过来跟本姑娘单挑！”

“你疯了？”溪望赶紧扑到她身后，想再次抱起她逃走。

“我才没疯呢！”悦桐再度挣脱对方，指着沐浴于晨光下的守卫说，“你仔细看清楚，它们都不会动。”

溪望这才注意到，守卫被石头扔中后，只是身体微微摇晃，并没有向他们扑过来，也没做出其他举动。附近另外两个守卫也一样，没有因为他们离开藏身的矮树丛而采取相应的行动，甚至连动一下也没有。

“难道……”溪望困惑地盯住前方一动不动的守卫，“它们都不能动？”

“你呀，只要在意的人有危险，智商就立刻掉一半。”悦桐昂首阔步地走向被石头扔中的牛头人，嘟囔道，“怪不得你要丢下我跟丫头，独自面对危险。你要是跟我们待在一起，恐怕早就被人宰了。”

“小心！”

溪望想把悦桐拉回来，但她已经走到守卫身前，往对方粗壮的小腿踢了一脚。她回头朝溪望扬了扬眉，得意扬扬道：“它们都是干尸，不会咬我。”随即又补充一句，“除非它们诈尸，变成牛头人僵尸就不好说了。”

借助初升的太阳，溪望这才察觉问题——这些守卫竟然是用蜘蛛丝吊在树枝上！

守卫的肩膀及从头部两侧伸出的牛角上，有数十根幼细得只能在阳光照射下，近距离仔细观察才能发现的蜘蛛丝。这些幼细、强韧的蜘蛛丝，将守卫稳妥地吊在树枝上。

溪望轻推守卫的身体，确认对方的确如悦桐所说，是不能动弹的死物。随后，他抱着守卫粗壮的腰身，想把对方扯下来仔细研究，但费了很大劲也没能将蜘蛛丝扯断。悦桐见状便上前帮忙，两人合力仍连一根蜘蛛丝也没扯断，反而把悬挂的树枝拉断，跟守卫一同掉在地上。

“哼，害我担惊受怕了这么久，现在本姑娘要报仇了！”悦桐爬起来于守卫身旁抬腿，往对方的胯部狠狠地踩下去，“踩死你，踩死你……”

她才踩了两脚，便听见守卫的小腹传出一声清脆的“咔嚓”声，同时对方其中一颗眼珠也从眼眶里弹出来。她收起脚，朝溪望尴尬地笑了笑：“我好像把它的宝贝踩坏了。”

溪望仿佛没听见她的话，将掉在地上的眼珠捡起仔细查看，喃喃自语道：“难道不是尸体？”他将守卫拉下来时便觉得不对劲，对方的躯体比他想象中要轻，而且皮肤虽然干燥坚韧，但内里却相当柔软，一点也不像干尸。

他将眼珠递给悦桐后，便在守卫身上按压，发现除了长有双角的头部，四肢及躯干仿佛都没有骨头。更重要的是，守卫身上没散发出尸体应有的恶臭。

“是萤石？”悦桐仔细观察眼珠后，发现竟然是石头，因为含有萤石成分，所以才会在黑夜中发光。这颗石头显然经过打磨，而且手工十分精细，表面如剥壳鸡蛋般光滑。

“我想应该是个人偶。”溪望将守卫身上的破布撕开，发现对方胯下本应长有生殖器的地方什么也没有。

“如果是人偶，这做工也太仔细了。”悦桐随手将萤石放进口袋，蹲下来仔细检查守卫的身体，发现其皮肤近似于牛皮，但身上却没见缝合的痕迹。

“要把事情弄清楚，大概就只有这个办法……”溪望触动百鬼鸣的机关，让剑刃弹出衣袖。

“有结果再叫我。”悦桐转过身来。她虽因工作关系，经常进出凶案现场，对血腥场景早已见怪不怪。但她好歹也是个女人，可没兴致欣赏男友解剖怪物的过程。

溪望耸耸肩，遂抬起右臂将剑刃插入守卫腹部。

守卫表皮的颜色跟镰刀怪物近似，均为黑褐色，但色泽较后者暗淡，且没有甲壳质感。在与镰刀怪物的对决中，溪望发现对方皮肤犹如岩石般坚硬，而眼前守卫的表皮虽有一定韧度，但充其量只与牛皮相当。他利用百鬼鸣的锋利剑刃，没一会儿就将守卫开膛破肚。

悦桐虽然转过身去，但难耐心中好奇，便问道：“怎样，是尸体还是人偶？”

“你转过头来看一眼不就知道了，我现在弄得满身都是血。”溪望从守卫腹中抓起一把枯黄的东西，按在悦桐肩膀上，阴阳怪气地问道：“你说这是肝还是肺呢？”

第五章　神隐村落

“你作死呀！”

悦桐被吓得跳起来，但当她一转过身来，却发现自己被溪望戏弄了。眼前没有血污四溅的恶心画面，她甚至连一滴血也没看见，因为被开膛破肚的守卫并非尸体。

此时晨光已照亮整个枯树林，东方更出现美丽的朝霞，所以她能清楚看到守卫被剖开的腹腔。原来坚韧的表皮下，并没有骨架及内脏，只有一大堆树枝及枯叶。而溪望放在她肩膀上的，也不是血淋淋的内脏，而是一叠枯槁的树叶。

由此推断，刚才她往守卫胯下使劲地踩，应该只是踩断了一根树枝。也就是说，眼前的守卫只不过是个人偶。

“你竟敢吓唬我！”悦桐杏眼圆睁地瞪着溪望。

溪望跟她对视片刻，遂转身在守卫腹腔挖出一堆枝叶，然后挤出一副皮笑肉不笑的嘴脸，讪笑道：“我们可以用守卫的‘内脏’生火做早饭。”

“别想扯开话题！”悦桐猛然扑过来。

溪望慌忙收起百鬼鸣的剑刃，生怕把对方刺伤。悦桐将他扑倒后，便不停地搔他的腋窝。两人于地上滚来滚去，像热恋中的情侣般嬉戏，完全忘却置身于弥漫着死亡气息的诡秘树林之中。

情到浓时，往往会令人意乱情迷。

被溪望翻过身来压住的悦桐，突然不再搔对方的腋窝，而是搂住对方的脖子，跟对方深情对视片刻，遂情不自禁地吻上对方的唇。

“抱我……”她于对方耳边轻语，娇羞地闭上眼睛，放松身体躺在地上。

此刻两人郎有情妾有意，本是重修旧好的良机，只可惜地点并不理想。两人不但置身荒郊野外，附近更有一头手持巨大镰刀的怪物。姑且不论这些，单是周围那三个或吊在树上，或躺在地下的牛头人偶，就足以令人雄风难振。

故此，面对悦桐的情意绵绵，溪望只好再次挤出皮笑肉不笑的难堪表情，尴尬地讪笑道：“我们是不是该换个更合适的地方？”

“没用的家伙。”悦桐一把将他推开。虽然是同一句话，但跟之前的戏谑不同，这次她脸上带有一丝嗔怒。

两人检查了另外两个守卫，发现跟之前那个一样，都是用皮革包裹树枝、枯叶做成的人偶。人偶表皮疑似用牛皮制作，利用高超的缝纫技术，以蜘蛛丝为线将牛皮缝合。人偶表面几乎没留下任何缝纫的痕迹，一身皮肤犹如浑然天成，因而让两人琢磨了半天才弄清楚情况。

人偶的躯干及四肢均以树枝替代骨架支撑，唯独头部是一颗完整牛头骨，双眼则嵌有两颗能于黑暗中发出微光的萤石。

眼前人偶做工精细，就算此刻已旭日东升，仍让人觉得屹立于眼前的是一头随时会扑过来的怪物，黑夜中就更难辨其真伪。

“做工如此精细，吊在树上当稻草人太可惜了。”悦桐眼珠转动，遂向溪望坏笑道，“你要是把这些人偶运到城里，肯定能卖个好价钱。”

“如果我们能把制造这些人偶的怪物活捉，起码能换三套房呢！”溪望没好气地回答。

悦桐白了他一眼，讥讽道：“以现在的房价，能在郊区换个洗手间，已经算你走运了。”

“我们还是趁现在能分辨方向，继续去找神隐村吧！”溪望从矮树丛中翻出背包，准备继续行程。

“我们不去找李梅吗？”悦桐皱眉道，“她可能受伤了，甚至有生命危险。”

“作为一个像苍蝇般整天围着主角转来转去的大反派，她才不会这么容易就领便当。”溪望耸肩苦笑，随即又补充一句，“她要是真的死了，我就放个一百万响的鞭炮庆祝一下。”

“你这人真心黑！还不要脸，竟敢说自己是主角。”悦桐白了他一眼，遂上前挽着他的手臂同行。她将头挨在对方的肩膀上，于心中暗忖：你只在我心里才是唯一的主角。

两人按照钮村长的指示一直往东走，直到中午才走出树林，期间并没有发现更多牛头人偶，也没遇上其他牛头人。似乎牛头人的活动范围，主要集中在树林靠北的区域，悬挂人偶应该是一种宣示领地的表现。

离开这危险四伏的鬼地方，本该是一件值得高兴的事。可两人刚步出树林，马上又遇上新问题。

“你们是什么人？”

如虎啸般的呵斥于前方传来，溪望循声而觅，发现树林外约三十米处，有两名四十来岁的汉子，其中一名体形略显清瘦的独眼汉子，正从腰间拔出一对子午钺。他怒睁唯一的眼睛瞪着两人，且一副剑拔弩张的姿态，似乎马上就要扑过来。

“老豹，别乱来！”另一名壮汉慌忙喝止独眼龙。他赤裸的上身全是结实的肌肉，体形虽比镰刀怪物要小一号，但以人类而言，绝对能称得上虎背熊腰、魁梧强壮。

壮汉没带武器，只捧着一块蕉叶，叶上放有果蔬及熏制腊肉等食物。他将蕉叶放在地上，跟独眼龙耳语一句，遂向溪望两人朗声道：“此处穷山恶水，两位必定是误入迷途。两位只要回头往西直行，天黑之前应该能找到正确路途。”

溪望将悦桐推到身后，遂向对方回话：“我们并非误闯贵境，而是依约前来与友人会面。如有惊扰之处，还请两位前辈多加见谅。”

“没听见我大哥的话吗？”被称为“老豹”的独眼龙怒挥子午钺将身旁一棵矮树拦腰斩断，呵斥道，“这里没有你们要找的人，你们非要找，只能找到阎罗王。”

“敢问宝地是不是神隐村？”溪望不卑不亢地问道，并仔细观察两人神色。对方虽然没作答，但他提及“神隐村”时，两人同时眉心抖动。他心知自己没来错地方，神隐村必定就在附近，且两人肯定就是该村村民。

于是，他继续发问：“两位前辈是否认识王重宏？”

“什么重云轻云，我们不认识，这里只有白云乌云。”老豹张牙舞爪，满眼尽是敌意。

溪望仍面不改色，冷静地说：“他还有另一个名字，叫杀手王王三。”

“你认识王三？”赤裸上身的壮汉拦在老豹身前，扬手示意对方后退，并向溪望问道，“你跟他是什么关系？”

“他是先父的挚友。”

壮汉似乎想到些什么，又问：“你叫什么名字？”

溪望拱手作揖，恭敬作答：“晚生相溪望。”

“你姓相？”壮汉双眼闪过惊诧之色，慌忙追问，“相云博是你父亲？”

这回可轮到溪望一脸惊诧，没想到对方竟然会道出父亲的名字。然而，他仔细一想，这似乎并不稀奇。父亲是宏叔的挚友，对方若是宏叔十年前带来此地的那帮男女其中之一，跟父亲有交情亦十分平常。

故此，溪望便如实作答：“相云博正是先父。”

“你可认识见华？”壮汉再度让溪望一脸诧异。

对方认识父亲还能说得通，但怎么可能认识自己的妹妹？

宏叔于十年前带领一帮男女到此寻找隐居地点，若眼前壮汉是其中之一，想必已有十年未与外界联系。十年前见华还是个十岁的小丫头，而且经常跟溪望黏在一起，平日所见所闻，事无大小都会告诉溪望。记忆中见华从未提及，曾与眼前壮汉类似的人物有任何接触。

不过，溪望很快就弄明白问题所在，因为对方只说“见华”二字，并未提及姓氏。壮汉并非认识见华才会有此一问，可能是从父亲或宏叔口中得知见华的存在。此刻提及见华，只是想确认他的身份。

故此，溪望便答道：“舍妹见华与晚生相依为命，岂会不认识呢？”

“她为什么没跟你一起？”壮汉的眼角泪光涌现，声音亦突然变得激动。

溪望这下子真的蒙了，完全想不明白是怎么回事。对方似乎认识见华，而且跟见华的关系非比寻常。可是，见华是他从街上捡回来的弃婴，在这近二十年间，除调查赤神教一案得知其父母早已惨遭杀害外，就没有其他亲属的任何消息。

更让他想不通的是，眼前壮汉既然认识父亲及宏叔，若跟见华有任何关联，为何之前不与见华见面？对方若曾与见华见面，见华肯定会告诉自己。

“舍妹学务繁重，未能抽身陪同。”溪望谨慎作答，希望在透露最少信息的前提下向对方套话。

“她现在大概20岁，应该还在念大学。”壮汉喃喃自语，随即又向溪望发问，“她身体怎样，还是经常生病吗？”

对方问得越多，溪望就越觉可疑。壮汉似乎对见华的情况有一定了解，而且对此十分关切。从表情判断，几乎能肯定是对至亲关怀。故此，他没有立刻作答，镇定地向对方说：“在回答前辈的问题之前，晚生斗胆请教前辈一个问题。”

“现在是我大哥向你问话！”老豹凶神恶煞地喝道，“我大哥问你什么，你就给我老实回答。没问你的事情，就别多说一句。”

“老豹，别给我添乱！”壮汉怒目瞪了独眼龙一眼，遂转头以友善的语气对溪望说：“你想知道什么就尽管问吧！”

“敢问前辈跟舍妹有何关系？”溪望恭敬问道。

“哈，哈哈哈……”壮汉突然仰天大笑，“我不停地发问，把别的事情全都忘了。”他随即向溪望介绍自己及独眼龙：“在下阚尤，这位是我族里的兄弟豹荣。按汉人的习惯，见华该叫我一声舅舅。”

“你是见华母亲的兄弟？”溪望脸上尽是惊愕之色，目瞪口呆地盯着对方，好一会儿才回过神来，随即怒气冲冲地质问对方：“你为什么没跟见华相认？她自懂事以来，一直希望有朝一日能跟亲生父母及其他血亲团聚，一直期盼你们会回来找她。她苦等多年，除知道亲生父母已惨遭赤神教杀害，对自己的身世就一无所知。你知道这对她来说，是一件多痛苦的事吗？”

阚尤面露愧疚之色，叹息道：“你既然知道赤神教的存在，应该也知道他们追猎九黎族后裔一事。”

“你们都是九黎族的直系后裔？在这里隐居是为了躲避赤神教的追杀？”悦桐从溪望身后探头出来问道。

阚尤点头答道：“当年我们也自身难保，跟见华相认恐怕只会给她带来危险。”

“那你是怎样认识先父及王三的？”溪望在听取对方的解释后怒气渐消。

“这可说来话长……”阚尤再度叹息，遂露出友善笑容，对溪望说，“你是故人之子，而且一直照顾见华，我该尽地主之谊，好好招待你们。来，我带你们进村，待会儿再把事情的始末详细告诉你们。”

“有劳前辈带路。”溪望恭敬地点头，遂牵悦桐的手跟随对方步伐。

在经过阚尤放在地上的食物时，溪望稍微留意了一下，发现果蔬十分鲜嫩，似乎都是刚采摘下来，熏制腊肉亦散发香气，应该相当可口。他于心中暗忖：这难道是某种祭祀仪式?

就在他思考这个问题时，悦桐凑近他耳边说悄悄话："当中有三年是由我代劳的。"

"啥?"溪望一时没回过神来。

"少给我装蒜！"悦桐用手肘撞了他一下，"他说你一直照顾丫头，但你逃跑那三年，明明是我照顾她。"

"别说'逃跑'这么难听，那三年我一直在调查赤神教。我要是不这样做，就不能治好丫头的病。"溪望挤出一副含冤受屈的表情。

"怎么说你也抛弃了我们三年！"悦桐瞪了他一眼，并在他手臂上狠狠地捏了一把，威胁道，"你要是再敢抛弃我们，下次我捏的地方就不是这里了。"

"好好好，以后我就算逃跑也把你们带上。"溪望痛得眼泛泪光。

"喂，你们两个别磨磨蹭蹭的！"跟在阚尤身后的豹荣，回头朝两人喊道，"进村的小路迂回曲折，而且我们还在路上设下不少陷阱。你们要是跟丢了，老子保证你们绝对不能活着离开。"

"老豹，休得对贤侄无礼！"阚尤瞪了他一眼后，遂抬头看天，然后向溪望两人说："瞧这天色估计要下雨了，赶快跟我们进村吧！"

"下雨？"悦桐亦抬头看天，只见艳阳高照、晴空万里，哪有半点将要下雨的迹象。

溪望并不在乎天晴或者下雨，因为他心里隐约觉得，前方的神隐村笼罩在一片神秘的迷雾之中。

第六章 与世隔绝

跟溪望想象中不一样，神隐村并非一个荒芜的村落。该村依山而建，北面有一条流水清澈的小溪，以及一些种有庄稼的田地。村内有五六十间房子，虽然大多破旧不堪，却有种古色古香的韵味，而且非常安静。如此清雅的环境，的确是个隐居的好地方。

在村子中央有一座四层高的石堡，是村里最高的建筑物，阚尤说这就是他们的居所。

石堡并非独建筑，而是通过吊桥连接周边的三座塔楼。溪望虽无暇仔细观察，但骤眼一看石堡仅有一个矮小的门洞。不论主体还是塔楼，均没有爬梯之类的设备，而且外墙看上去十分光滑，似乎只能通过门洞进出。

一行人进入石堡百步范围，当即有一名40来岁的光头汉子，于堡顶向他们喊话：“什么人？”此人手持弓箭，并将箭头指向溪望，神情肃穆，如临大敌。

“老邹！别放箭，这两位是我们的贵客。”阚尤抬头喝道。光头汉子朝他点了下头，遂将箭矢卸下。他转头对溪望说：“我们深居山林，十年来也未曾有外人到访，难免会惊慌失措，贤侄请勿见怪。”

“前辈言重了。”溪望恭敬道，“前辈与族人隐居于此为图安宁。晚生本无意打扰，只因有重要约会，才会前来惊扰前辈，还望前辈海涵。”

“你们来这里到底要找什么人呀？”豹荣露出怀疑的目光，上下打量溪望及悦桐，“我们这儿就那么几个人，而且待在这与世隔绝的地方至少有十个年头，哪会跟你们扯上关系？”

溪望谦逊作答：“晚生不知此人的名字，只知道对方的代号为‘轸蚓’。”

“轸蚓？”阚尤与豹荣同时露出惊愕之色。

溪望见状，心知两人必定认识轸蚓，便向对方拱手行礼，请求道：“未知两位前辈能否为晚生引见？”

“你没找错地方，可惜来晚了。”豹荣一脸幸灾乐祸的坏笑。

“前辈此话何解？”溪望问道。

“你来晚了十年。”豹荣走到溪望身前，绕着他转圈并嘲笑道，“你说的轸蚓，应该是十年前，跟王三一起送我们来这里的怪人。我们在这里安顿后，他就跟王三一起走了。”

“你确定？”溪望面露惊疑之色，不愿相信这是事实。

“这还能有假吗？哈哈哈……”豹荣放声大笑。

阚尤瞪了他一眼，示意他不该奚落客人，遂转头对溪望说：“十年前，三哥跟一名医术高明、用黑布把全身包得严严实实的怪人，带领我们来这里寻找隐居的地方。这个怪人在我们面前从没说过一句话，三哥也没说他是什么人，只说他叫‘轸蚓’。”

“他跟王三一起离开了？”溪望再度确认。

阚尤点头答道：“三哥离开时说日后会回来，但已经过了十年，我们还没机会报答这两位恩人。”

溪望泄气道：“王三已经死了……”

“三哥死了？他是怎么死的？”阚尤猛然扑上前，用宽大的双手按住溪望的肩膀使劲地摇晃，追问道，“三哥是被人害死的是不是？他身体硬朗，不可能这么年轻就离开。他是被谁害死的？我要替他报仇！”

“他借我这双手自杀……”溪望告知对方，王三早已厌倦杀手生涯，却又无法摆脱组织的操控，为保家眷的安全，无奈地选择了结束生命。

“你这臭小子，竟然杀了我们的恩人？”豹荣拔出子午钺扑向溪望，并大喝道，“我要杀了你，替他报仇！”

“住手！”阚尤一掌拍在他胸口，喝骂道，“你也见识过三哥的本领，他若仍留恋尘世，天底下有谁能伤他分毫？”这掌看似无力，却让对方倒退五步。

豹荣爬起来怒哼一声，遂转头走向古堡。

“他脾性刚烈，你们别见怪。”阚尤向溪望歉意道。他虽无责怪溪望之心，但冷峻的语气已说明他的心情坏到极点。

“王三临终前向我交代了一些事情，当中包括到贵宝地拜访轸蚓。为完成他的遗愿，不管有多困难，我也要找到轸蚓。”溪望理解对方的心情，但他更在意与凌风的约定，因为这是解开父亲死亡真相的唯一线索。

阚尤沉默片刻，遂叹息道：“我没骗你，轸蚓的确在十年前就已经离开。就算这不是三哥的遗愿，令尊亦是我们的恩人，不管你有任何要求，我们都会倾尽全族之力协助。”

“父亲早在十年前已经病逝，如何对你们有恩呢？”溪望皱眉问道。

“这不是三言两语就能说清楚的……”阚尤抬头看天，又道，“现在已是中午，你们还没吃午饭吧？不如跟我到石堡用膳，我再慢慢告诉你们。”

对方刚才轻轻一掌就能让豹荣倒退数步，由此判断他的身手绝非平庸。而且他若有加害之心，大可让堡顶的光头汉子放箭。在箭手的协助下，他要将溪望摆平绝非难事。

故此，溪望欣然接受阚尤的邀请，带着悦桐跟随对方进入石堡。

穿过矮小的门洞后，溪望发现除豹荣外，石堡底层还有一个满面胡子、浓眉大眼的汉子。此人年纪与阚尤相近，正手持长矛，虎视眈眈地盯住他跟悦桐。

石堡底层饲养了十数头猪、羊等牲畜，除十数个拳头大小的气孔外，就只有一个约一米高的门洞。因此，进入石堡不仅要俯身弯腰，还得一个跟一个地穿过门洞，这个设计显然是为了便于防守。

“老屠，放松点。”阚尤示意汉子放下武器，并指着溪望说，“他是博哥的儿子，是我们的贵客。”

汉子点了下头，并给众人让路。

阚尤告诉溪望，此人名为屠刚，刚才在堡顶放哨的光头汉子名叫邹健。整个神隐村就只有他们四个男人及其妻儿，合共12人。

“上去吃饭吧！”阚尤向跷着二郎腿，坐门洞旁边石凳上的豹荣招手。

豹荣冷哼一声，对屠刚说：“把家门守好，别让外人跑进来。”遂先行踏上通往上层的石梯。

阚尤朝溪望两人尴尬地笑了笑，随即带领两人上楼，边走边说：“底层是用来饲养牲畜及防御外敌，我们通常在上层及塔楼作息。”

“经常有人偷袭你们吗？”悦桐不解问道。

阚尤摇头道：“过去这十年也没有外人在附近出现，倒是偶尔有一两头野猪野狗闯进来。”

“只是防范野兽的话，你们的守卫也太森严了。”溪望说。

“待会儿我再给你们详细解释吧！”

阚尤已领两人来到二层，这里除豹荣外，还有四名年约40的妇女，以及四名9岁左右的小孩，分别为两女两男。

二楼应该是他们的起居室，除了通往上下层的楼梯外，东南北三面各有一个门洞。门洞外设有吊桥，分别连接着三座塔楼。西面有一个窗口，直对进村的唯一通道。

起居室并没有多少家具，只有一些木制的架子、柜子，以及石头堆砌的炉灶。所以，尽管这里挤了十来人，仍不觉得拥挤。正中央铺有一张麻布地毯，孩子都坐在地毯上玩耍。妇女们或在灶头忙碌，或在缝补衣服。或许长年不见外人的缘故，溪望跟悦桐的出现，使他们都呆住了。

“你们别紧张……”阚尤在众人或惶恐，或好奇的目光下，道出溪望是恩人之子，随即给溪望介绍各人的身份。

四名妇女分别是阚尤妻子黎妮、豹荣妻子珠妹、邹健妻子阿涡以及屠刚妻子阿剖。两名男孩是阚尤的儿子阚雄、豹荣的儿子豹勇，另外两个女孩则是邹健及屠刚的女儿。

阚尤告诉溪望，除正在堡顶及底层放哨的邹健及屠刚，整个神隐村就只有眼前这些人，并没有溪望要找的轸蚓。随后，他又在席间详述，如何认识溪望的父亲相云博——

二十年前，我跟族人为躲避赤神教的追杀，一直四处逃窜，过着居无定所的生活。后来，因为妹妹阚央临盆在即，迫使我们停下脚步。

阚央诞下一名女婴，我本想让她休养一段日子，可是赤神教那帮妖孽，恰巧在这时候袭击我们。对方人多势众，我跟族人无力抵抗，只能选择逃走。可怜阚央产后虚弱无力，不能跟大家一起逃走，她的丈夫亦不肯舍她而去，一家三口惨遭妖孽围攻。

摆脱那帮妖孽后，我本想返回原处将阚央一家埋葬，却发现女婴竟然奇迹般得以幸存。于是我便带上女婴，跟族人继续逃亡。

女婴大概三个月大的时候，我还记得那天刚好是春节。我在逃亡时跟族人失散，独自抱着她走进一条阴暗的巷子。那些妖孽很快就会追上来，可是她却啼哭不止，带着她根本无法躲藏。

我实在没有办法，只好将她藏在巷子里，打算甩掉那帮妖孽后，就立刻回来找她。可是，当我返回原处时，却发现她已不知所终。经过仔细追查，我发现她被一户姓相的人家抱回家中收养。

我好不容易才跟博哥联系上，打算将女婴要回来。但他了解我的处境后，问了我一个问题："你能把孩子养大吗？"

我不知该如何作答，我连孩子父母的命也保不住，自己能活到什么时候也不好说，哪能对他做出任何承诺。博哥是个聪明人，一眼就看出我的难处，跟我说："我儿子认定这孩子就是他妹妹，连名字都取了，叫见华。你把孩子留下吧，我会把她视如己出的。"

博哥愿意收留见华，已经算是帮了我们一个大忙，但他对我们的恩惠并不止于此。他还给我们安排藏身地点，照顾我们的生活，让我们免受赤神教的滋扰……

"父亲整整照顾了你们十年？"溪望讶然道。

豹荣不悦骂道："别把你爸说得那么伟大，我们可不是白吃饭，没少给他做事……"

"闭嘴！"黎妮瞪了他一眼，遂向他妻子扬了扬眉，转头又对他说："珠妹说你最近上火了，我煎了下火的汤药，你多喝两碗。"

"整天唠唠叨叨，比我们女人还娘们。"珠妹一脸不悦地走到豹荣身旁，扯着他的耳朵，把他拉到一旁，"喝下火汤去！"

孩子们见状哄堂大笑，阚尤让他们安静下来，遂向溪望道："我们确有替博哥办事，但与博哥的恩泽相比，不过是举手之劳而已。"

"之前还听你说，你爸生前挺严肃的，没想到他竟然这么疼你。"悦桐对溪望说，"你收养丫头，他为了让丫头留下，直到离世之前都在照顾丫头的族人。"

"博哥不止生前照顾我们，他在弥留之际仍记挂我们的安危……"阚尤继续向溪望讲述云博鲜为人知的一面——

大概在十年前，博哥得知自己时日无多，无法继续保护我们，就将我们托付给三哥。他还一再叮嘱三哥，要在山林中给我们寻找一个可以安身的地方，好让赤神教永远也找不到我们。

博哥离世后，三哥遵从他的遗愿，跟那个叫轸蚓的怪人带领我们寻找隐居点。几经波折，我们最终来到神隐村。

三哥当时已厌倦了外界的纷争，有意跟我们在此隐居。无奈他在外仍有不少牵挂，单是你跟见华就让他放心不下。所以，待我们在此安顿下来后，他便跟轸蚓一起离开。

三哥临走时跟我们说，等他把外面的事情处理好，就会回来找我们。可是，他这一走，十年就过去了……

"轸蚓虽然不在这里，但他可能会回来。"溪望喃喃自语。

阚尤点头道："轸蚓知道如何进村，而且他的身手不比三哥差。只要他愿意，随时可以过来，我们也很欢迎他。"

"树林里的牛头人是怎么回事？"悦桐向阚尤问道，"你们都待在石堡里，而且戒备森严，就是为了防范那些怪物吗？"

"牛头人极少走出树林，更不会闯进村内。"阚尤摇头道，"我们防范的是赤神教，这帮妖孽一直追杀我们，哪怕已隐居山林，亦难保他们不会找上门。"

"前辈，你们无须再为赤神教担忧……"溪望告诉对方，赤神教在一年前就已彻底瓦解，并将详情如实告知。

"真的？"阚尤及其他成年族人，均向溪望投以惊异的目光，孩子们亦为此交头接耳。

"我们干吗要撒谎。"悦桐的目光从四名孩子身上掠过，惋惜道，"你们的威胁已经消除，没必要继续躲在这与世隔绝的村子里。要是在外面，这几个小孩都该上小学了。如果你们想离开这里，我们可以帮忙。"

"感谢你的好意，我们心领了。"阚尤婉拒道，"我们在此生活十年，早就习惯了这里的简朴安宁，外面的世界对我们来说太复杂了。”

见对方无意离开此地，悦桐便继续询问关于牛头人的事情：“怪物是什么时候出现的？钮村长把这里的位置告诉我们时，没提起附近有怪物！”

“我们刚来的时候，就发现枯树林里有怪物出现。”阚尤遂向两人详述发现怪物的经过……

第七章　同族内讧

“三哥，这事让我一个人做就行了，怎好意思劳烦你呢？”阚尤向身旁的重宏讪笑道。

“嫂子临盆在即，我王三粗人一个，没什么能帮上忙，只能抓些山猪野兔给嫂子补身子。”重宏爽朗大笑，同时双目往四周扫射，留意附近是否有飞禽走兽出没。

“怎能说没帮上忙？”阚尤着急道，“你跟博哥对我们恩重如山，我们这辈子恐怕也还不了这份恩情。要不是你们，我跟族人恐怕早已被赤神教那帮妖孽杀掉了。”

“这是我们该做的，而且这些年你们也替我们做了不少事。”重宏抬头看了一眼渐暗的天色，皱眉道，“这树林真奇怪，好像没多少动物。我们走了这么久，连麻雀也没看见一只。”

“是呀，林里的树木好像都半死不活，跟一般树林不太一样。”阚尤顿顿又补充一句，“不过这里的草药倒不少，常用的草药基本上都能找到。”

“我们往南面走走吧！现在已经黄昏了，那些山猪野兔大概都躲回窝里。轸蚓说南面有一群野牛，我们抬一头回去给嫂子做牛肉汤。”重宏说罢便带头走向南方。

阚尤立刻跟随其后，并问道：“这两天好像很少看见轸蚓，他都在忙什么呢？”

“我也不晓得。”重宏无奈耸肩，“他做事有自己一套计划，什么都得按计划行事。我要是多问两句，他就会一本正经地说‘告诉你，你也不懂’。”

“我好像没听过他说话呢！”阚尤皱着眉头仔细回忆，“他虽然一直陪我们寻找隐居地，但只会跟你走到一边时说话，跟我们基本上都是用手比画，连一句话也没说过。刚开始时，我女人还以为他是个哑巴。”

“哈哈哈……他在你们面前就是个哑巴！”重宏仰头大笑，遂解释道，“他的嗓子是公鸭嗓，不但声音嘶哑，而且发音很含糊，只有我才能听懂。他要是在你们面前开口，你们不笑得满地打滚才怪。”

“原来是这样……”阚尤会意地点头，“不过他人倒是挺好的，要不是他治好八坊村村民的病，我们也不会找到这么好的地方隐居。”

“到了。”重宏已看见于树林南侧草地上嬉戏的十来头野牛，示意阚尤别作声，并取出一块锋利的刀片夹于两指之间。

此时天色已暗，野牛开始聚合在一起，但仍有一头在树林边缘吃草。重宏指着那头野牛，对阚尤说：“我们悄悄把那家伙干掉，然后一起把它抬回石堡，尽量别惊动它的同伙。留着这群野牛，以后要吃肉就不用费太大劲。”

阚尤连连点头，并跟随对方悄然向野牛靠近。

当他们走到距离野牛约十米处，突然一个黑影疾速从野牛身旁闪过，并伴随一抹带有金属光泽的寒光。阚尤还没弄清楚是怎么回事，前一刻仍悠然吃草的野牛，此刻牛头已掉落在地，身躯亦渐渐倒下。

当瘆人的寒光再次映入眼帘，阚尤看见一把正滴落鲜血的巨大镰刀……

“当时的情况大概就是这样。”阚尤回忆遇见牛头人的情景。

“宏叔有跟怪物打起来吗？”悦桐紧张问道。

“当时没有。”阚尤摇头道，“三哥一眼就看出这头怪物不好应付。他倒是没问题，但怪物要是袭击我，我恐怕撑不了几个回合。”

“这头镰刀怪物的确不是善类，高逾两米，体重应该超过130公斤，但动作却出奇地灵活……”溪望告知对方，牛头人没使用武器，已让他落荒而逃。

“难道我们遇到的不是同一头怪物？”阚尤皱起眉头。

“前辈此话何解？”溪望问道。

“我们虽然在此隐居十年，但只有我亲眼见过真正的牛头人，而且也只有跟三哥同行那一次。”阚尤解释道，“我当时看见的怪物，个子还没我高，应该不足一米八，跟你们遇到的怪物，在体形上有明显差别。”

他与溪望对比各自所遇的怪物，发现两者不论是装扮、兵器，还是脾性，皆十分相似，唯独身高及体形有明显差别。

“可能树林里有好几只怪物吧！”悦桐推测道。

阚尤点头道：“有这个可能，不过我只见过一只，所以也不敢肯定。”

“还有另一个可能。”溪望亦做出推测，“或许怪物仍处于发育期，在这十年间个子从不足一米八，生长到超过两米。”

三人一同沉默，各自思量哪个推测的可能性更高。

悦桐想了好一会儿仍没头绪，便向阚尤问道："你们当时也逃走了？"

"也不算逃走。"阚尤摇头答道，"怪物没有主动袭击我们，只是在我们面前，一刀把野牛的头砍掉。然后，它就挡在我们和牛群之间，用镰刀指着我们。"

"它在警告你们。"溪望分析道。

"三哥也是这么说。"阚尤点头道，"三哥认为怪物想告诉我们，那群野牛是它的财产，我们要是敢打牛群的主意，它就会把我们杀掉。"

"之后怎样？"悦桐问。

"三哥不想让我犯险，就跟我一起离开。"阚尤说，"怪物虽然用镰刀指着我们，但直到离开树林，它也没有袭击我们。"

"第二天，我们发现怪物竟然将所有野牛都杀掉……"他继续回忆十年前那段往事——

三哥觉得这是个隐患，第二天一早就跟蛤蚓前往枯树林，打算先摸清怪物的底细后再做打算。可是，他们找了一整天也没找到怪物的影子，反而发现前一天还在草地上嬉戏的野牛，竟然全都死掉。这些野牛的死状，跟之前被怪物杀死那头一样，都被一刀砍掉脑袋。

这是怪物给我们传递的信息——它不愿意跟我们分享这里的资源。

三哥认为怪物只以屠杀野牛作为警告，而不是直接袭击我们，应该无意跟我们交恶，只是不想我们踏足它的地盘。

老豹火气大，张牙舞爪地叫嚷："谁知道它的地盘有多大，说不定我们住在这里也让它不爽，把它杀掉不就一了百了？"他虽然冲动，但也不是没有道理。

故此，我亦跟三哥说："这里没我们想象中荒芜，之前的村民之所以迁走，或许就是因为受到怪物滋扰。"

三哥亦认同我的推测，却不无担忧地对我说："你也见识过那头怪物的厉害，不但来去如风，而且力大无穷，一眨眼就能将牛头从粗壮的脖子上砍下来。如果怪物只有那一只，我跟蛤蚓还能应付，就怕树林里藏着一大群。"

豹荣斗志激昂地叫道："怕什么！我们大家一起上，怪物来一只杀一只，来两头杀一双！"

"豹荣兄弟，少安毋躁。"三哥按着他的肩膀，让他冷静下来，接着说，"人多不见得一定能成事，反而容易打草惊蛇。这样吧，我跟蛤蚓明天再到枯树林里走一趟，先确定怪物数量以及巢穴位置，然后再作打算。"

接下来那几天，三哥跟蛤蚓每天都往枯树林跑，却怎样也找不到怪物的踪影，倒是发现一些奇怪的东西……

“是人偶？”溪望皱眉问道。

“你们穿过树林时，也看见那些吊在树上的牛头人偶了吧！”阚尤点头道，“我们刚来时没有那些玩意儿，应该是怪物将野牛杀光之后，用牛头和牛皮做的。”

“它用这些人偶告诉你们，枯树林是它的地盘，警告你们别闯进来？”溪望问道。

阚尤答道：“我们当时也是这么想，但又觉得有点不对劲。怪物身手不凡，初次现身就斩杀野牛给我们一个下马威。它要是不想我们闯入枯树林，为何三哥跟轸蚓在树林里转了好几天，它也没有出现呢？”

“王三跟轸蚓只在白天进入枯树林吗？”悦桐问道。

“姑娘似乎已经发现怪物的习性了。”阚尤微笑点头。

“它怕光！”悦桐自信道。

“没错，怪物怕光，所以只有在晚上才会出来活动……”阚尤继续讲述当年寻找怪物的经过——

在枯树林里出现的人偶一天比一天多，三哥跟轸蚓根据人偶出现的位置及先后次序，推断怪物的巢穴应该是在树林北面，并在北面的悬崖发现一个山洞。

山洞位于峭壁之中，需沿着陡立的崖壁，下行超过十米才能到达洞口，稍有不慎便会坠入深渊。三哥爬到洞口，发现里面漆黑一团，什么也看不见。

当他想爬入山洞时，突然有一声近似于牛叫的怒吼，从山洞深处传出，并伴随一阵劲风朝他迎面扑来。他一时没站稳差点跌落山崖，幸好在洞外的轸蚓，及时拉他一把才得以保住性命。

几乎可以肯定，这个山洞就是怪物的巢穴。

我们闯入枯树林，怪物已杀牛警告。可是，三哥跑到它家门口，它竟然没有露脸，只以怒吼驱赶。回想它初次出现是黄昏时分，我们不由得出一个结论——怪物只能在夜间活动。

怪物很可能畏惧阳光，所以就算三哥闯进家门，它仍躲在窝里没敢出来。

三哥认为，怪物既无意跟我们交恶，亦不能在白天外出活动，对我们没太大威胁，或许能跟它和平共处。可是，与怪物为邻，总让我们寝食难安。为解除我们的担忧，三哥决定和轸蚓夜闯枯树林，跟怪物决一死战。

我本想跟老豹他们三个一同前往，但三哥说博哥生前交代他，要好好照顾我们，不能让我们受到丝毫伤害。而且人多反而误事，坚持只跟轸蚓去狩猎怪物。

我知道三哥的心意，我们四个都偕同妻子前来此地隐居，若当中有谁没能从树林出来，以后的日子恐怕大家都不好过。因为不管是谁失去丈夫，都会埋怨能活着回来的人。侥幸生还的人，亦会一直活在愧疚的阴影之中。他跟袗蚓没有这种顾虑，而且他俩身手不凡，就算不能将怪物消灭，至少能全身而退。

三哥准备了些食物，说是以防万一，在傍晚时分便跟袗蚓前往枯树林。他交代我们，在他们回来之前，千万别离开村庄。我知道怪物有多厉害，担心他们应付不来，想跟族人在树林外等候。万一出了情况，也能及时接应他们。

他拗不过我，最终答应让我们在村口等候。但他一再强调，不管发生什么事，我们也不能在日出之前踏入枯树林半步。

目送他跟袗蚓进入昏暗的枯树林，我们便返回村口，开始焦虑地等待。一方面期盼他们能将怪物消灭，另一方面又担心他们会遭遇不测。

他们进入枯树林后，约莫过了半小时，我便听得见近似于牛叫的怒吼响彻云霄。我们所有人都立刻屏声息气，仔细聆听从树林里传出的声音。他们应该已进入枯树林深处，但我仍能隐约听见打斗的声音，而且相当激烈。

打斗声整晚也没停过，一直持续到将近破晓。我们亦担忧了一整晚，就在东方刚开始发白时，终于看见三哥跟袗蚓安全回来。

三哥不但一脸倦容，而且身上衣衫破烂不堪，显然刚经历了一场激烈的生死决斗。可是袗蚓却跟进入树林前没什么区别，包裹全身的黑布没见丝毫破损，而且他以黑布蒙面，没能看见他的神色有何变化。

三哥说怪物很难缠，不但动作快、力气大，而且皮肤硬得像岩石一样。他的刀片都磨钝了，竟然仍没让对方受到丝毫伤害。虽然没能将怪物消灭，他发现怪物略通人性。他把之前准备的食物扔给对方，怪物便没再攻击他们。

三哥认为怪物无意跟我们为敌，而且它只在树林里挂上人偶，说明它的地盘仅限于枯树林。只要我们别在晚上闯入树林，并且每隔三天向它提供食物，应该能跟它和平共处。

更重要的是，怪物盘踞于进村的唯一通道，变相成为我们与外界的一道屏障。晚上有它在外把守，我们至少能睡个好觉……

“刚才你放在树林外的食物，就是给牛头人的……”悦桐琢磨了一下，想到一个较为合适的字眼：“粮饷？”

“怪物替我们守住进村的通道，这点酬劳给得不冤。”阚尤点头道，“至少在这十年间，除了你们两个就没有别人能穿过枯树林。”

“不止我们两个。”溪望眉头略皱。

“操，我就知道你们不是好人！”被珠妹拉到一旁的豹荣猛然跳起来，张牙舞爪地冲溪望咆哮，“你们到底带来多少人，有什么目的？不老实交代清楚，老子就立刻把你撕成碎片！”

“老豹！”阚尤怒目瞪着他，责骂道，“博哥对我们恩重如山，他是博哥的儿子，你觉得他会害我们吗？”

“没错，博哥帮过我们，但我们也有替他做事，而且那已经是十年前的事了。”豹荣仍气焰未减，指着溪望，向阚尤喝道：“这个小子是不是博哥的儿子也不好说。就算是，也难保他不是赤神教的探子。”

“够了！”盘坐在地上的阚尤，一掌拍在麻布地毯上，身前的食物全都弹起来，整个石堡亦仿佛因此而颤抖。他站起来向对方怒目而视，喝骂道，“你若再对博哥的儿子无礼，休怪我对你不客气。”

“我对他无礼又怎样？”豹荣亦怒火中烧，毫不示弱地与他对视，并骂道，“他也承认曾加入赤神教，还说自己把赤神教消灭掉。你咋不用脑子想想，我们花了多少心思、多少精力也没能动赤神教分毫。他这个乳臭未干的黄毛小子，有啥本事能将赤神教连根拔起？”

“博哥从未向我们说过一句谎话，我相信他的儿子也不会欺骗我们。”阚尤意志坚定道。

“博哥早就走了，哪知道他儿子会变成怎样。”豹荣嘲讽道，“你要是连这一点也没想到，还有什么资格当首领？你没本事就快把首领的位置让出来，我可不想跟着你一起遭殃。”

“你想造反了？”阚尤沉声道，身上散发出令人心寒的杀意。

两人剑拔弩张，恐怕马上就要决一死战……

第八章　真伪莫辨

眼见阚尤跟豹荣马上就要打起来，阿剖、阿涡立刻将孩子们扯到墙角，搂住他们以免殃及池鱼。黎妮给珠妹使了个眼色，遂上前挡住丈夫，劝说道：“你们兄弟俩还没会走就开始打架，都打了四十多年了，还没够吗？”

珠妹亦扯着豹荣的耳朵，斥责道：“你疯了！这些年要不是首领替我们遮风挡雨，你还能活到现在吗？还能当爹教儿子打猎？你就算没被赤神教那帮妖孽杀死，也早就饿死了！”

一场将要发生的生死决斗，在两位夫人的干预下悄然化解。阚尤重新坐下来，豹荣亦被珠妹扯到一旁继续喝他的下火汤。

“失礼了。”阚尤歉意道，“老豹脾气火暴，两位请勿见怪。”

“前辈言重。”溪望谦厚道，“感谢前辈信任晚生。”

“虎父无犬子，我相信博哥必定教导有方。”阚尤虽言辞坚定，但眼神中却有一丝隐忧。

溪望知道他的担忧，立刻告知有一名女人跟随而来，并说：“这女人虽然在枯树林被牛头人打倒，但她并非善男信女，说不定趁我跟怪物纠缠的时候悄悄逃走。”

“只有她一个倒不是大问题。”阚尤松了一口气，泰然道，“这座石堡易守难攻，就算怪物来袭，也不见得能攻进来。她三两下子就被怪物放倒，对我们没多大威胁，多加留意就行了。对了，她叫什么名字？”

“李梅。”

溪望说出这名字时，悦桐察觉到阚尤突然皱了下眉头，便向对方问道：“你认识她吗？她的年纪跟我差不多，才20多岁。”

“不能算认识。”阚尤摇头道，“我曾听三哥提及这名字，但具体说什么就想不起来了，好像说这女人喜欢告密之类，反正就是少惹为妙。”

宏叔是陵光成员，而李梅就算不是陵光成员，也跟陵光关系密切。联想到宏叔曾提及受人监视，或许就是指李梅。不过，李梅才27岁左右，而阚尤所得的资讯却是十年之前。当时李梅只是个花季少女，能让令人闻风丧胆的杀手王有所顾忌吗？

或许，该重新估量李梅的能耐。

只是一顿饭的时间，让溪望知道父亲过去不少秘密，这些都是他未曾料及的事情。除对父亲有了全新认识外，亦令他更想知道父亲死亡的真相。故此，他于饭后向阚尤提出，在神隐村暂留几天，以等待轸蚓出现。

“不行！”被妻子扯到一旁的豹荣又跳起来，在阚尤的怒目下仍没有收敛，放声叫道，“我们打从在这里扎根，整整十年从未让外人待在眼皮之下。你们来蹭吃蹭喝，我还能睁一只眼、闭一只眼，但你们要在这里住下，就是说破天也不成。”

“他们只是暂留几天，又不是长居此地，何必拒人于千里。”阚尤沉着脸说，“更何况他是博哥的儿子，我们必须以礼相待。”

“哪怕是博哥的儿子也不成！”豹荣态度坚决，往溪望放在地上的登山包瞄了一眼又道，“要等轸蚓就到村外等，他们带了帐篷，大可以在村外扎营。他们要来蹭饭我没意见，但要在村内留宿就怎样也不成。”

阚尤额角青筋暴突，看似马上就要发难。黎妮见状立刻拉住他的手臂，以眼神示意不该与豹荣再起争执。

溪望不想成为旋涡的中心，立刻将登山包背起，对众人说：“晚生不敢一再打扰各位前辈，我们现在就到村外扎营，三日内仍未见轸蚓现身便立刻离开，绝不食言。”

豹荣坚决反对溪望留在村里，阚尤亦不便挽留，只是一再叮嘱溪望，若有任何需求，不管什么时候都可以进村找他帮忙。

离开石堡前，溪望向阚尤提及露妍，没想到对方竟然认识她。

“露露也来了？”阚尤面露惊喜之色，但马上又皱眉道，“可我们没看见她呀！这十年来就只有你们两个踏足本村。”他随即告诉两人，最后一次与露妍见面时，对方还是花季少女。虽然有点神经兮兮，但作为王三的弟子，露妍对他们还是十分敬重。自开始寻找隐居地的旅程，他便再没见过露妍。

随后，溪望跟悦桐在村外的小溪旁扎营，听阚尤说附近偶尔会有野兽出没，但都是野猪野狗之类，对安全没多大威胁。将帐篷搭好后，两人便在溪边垂钓，并对已知信息做出分析及讨论。

“你觉得树林里的牛头人是怎么回事？”悦桐问道。

“不好说。”溪望皱起眉头，思索片刻才做出解释，“钮村长未曾提及这里有怪物出没，牛头人应该是原来村民迁走后才盘踞于此。而阚尤说，他们进驻神隐村时，怪物就已经存在。这在时间上，难免会让人觉得巧合。”

“你认为阚尤撒谎？”悦桐又问。

“不能排除这个可能。”溪望的眉头皱得更紧，“豹荣一再声称曾替父亲办事，从语气判断，他认为替父亲办的事，等价于父亲对他们的照顾，甚至觉得自己吃亏。那么说，父亲让他们办的事情，绝对不是一般的跑腿或体力活，而是存在极大风险，甚至会危及生命，又或者触犯法律的事。”

“你爸是个药物研究员，应该不会为非作歹，充其量只会让他们试药。”悦桐亦皱起眉头，随即惊呼叫道，“有鱼上钩了！”

悦桐在溪望的帮助下，将一条肥美的鲤鱼钓上来，笑盈盈道：“今晚不用吃单兵口粮了。”

溪望在溪边挖出一个小水坑存放渔获，待他弄完后，悦桐便继续刚才的话题："你觉得你爸会不会需要一些特殊的研究材料，用钱买不到的那种。"

"你想说干细胞或者活体器官之类？"

悦桐点头道："这些材料要通过合法途径获取并不容易，但对药物研究却有一定帮助。"

"老实说，我在遇见阚尢之前，还真不知道我爸竟然有这么多秘密。"溪望长叹一声又道，"我突然觉得他很陌生，跟我记忆中的父亲迥然不同。"

悦桐知道继续谈论云博的事情，会让溪望十分伤感，便将话题绕回起点："我们还是琢磨一下牛头人是怎么回事吧！"

溪望点了下头，遂就这头怪物做出分析——

我们从阚尢口中得知，他们进驻神隐村之前，牛头人已经盘踞于枯树林。可是，他就曾替父亲办事一事上含糊其辞，难免令人怀疑他所说的一切是否全部属实。

如果他撒谎，那么就该怀疑牛头人是否真实存在。

牛头人盘踞于枯树林，相当于一道屏障，能阻隔外界的部分滋扰。这对决心在此隐居的九黎族后裔而言，是一件梦寐以求的大好事。

传说中，以蚩尤为首的九黎族先祖，皆为兽首人身的怪物。按文献记载，蚩尤铜头铁额，面如牛首，并长有双角。虽然只是传说，但可理解为力量崇拜。

若阚尢等人有意吓退外人，不排除他们会将自己装扮成传说中的蚩尤，就像树林中那头怪物一样……

"这说不通呀！"悦桐质疑道，"你自己也说牛头人的皮肤硬邦邦，就像穿上铠甲一样。如果是人类假扮，上哪找一套这种皮肤铠甲？我要是能弄到这种东西，恐怕全世界的武器生产商都来打我的主意了。"

"正常人类的确不可能长出这种皮肤，但'正常'的怪物也不可能拥有外观几乎跟成年男性一样的生殖器。"溪望道出在与怪物搏斗过程中，目睹怪物胯下的构造与人类近似，且通过袭击对方的子孙根逃脱。他对此做出分析："牛头人现在或许不是人类，但之前应该是个男人。"

"变异人？"悦桐讶然叫道。

"这个可能性很高。"溪望分析道，"牛头人智商极高，绝非没受过正规教育的野生生物能够拥有的水平。它在跟我的搏斗中，刻意不使用武器，显然在享受搏斗的乐趣，而不是单纯地狩猎猎物。但面对有可能对它性命构成威胁的李梅，它却毫不留情，几乎一招毙命。更重要的是，它似乎知道李梅的手枪会对它造成致命伤害。”

“或许曾经有猎人闯入树林，用猎枪将它打伤，所以它才会对枪械如此忌讳。”悦桐推测道。

“李梅那支是袖珍手枪，通常只有特工才会用。除非之前有特工闯入树林，否则就只有一个可能，就是牛头人跟我们一样，对枪械有最基础的认识。”溪望否定对方的推测后，又继续道，“豹荣的脾性，你刚才也见识过，他非常排斥外人。牛头人虽是神隐村与外界的屏障，但当年为警告他们，将附近野牛全部杀死。以豹荣的思维，肯定会担心怪物因缺乏食物而进村觅食，甚至屠杀孩子及妇女，你认为他能安心与怪物和平共处十年之久吗？”

“难道……”悦桐明白对方的想法后，讶然道，“牛头人是他们的族人？”

“有这个可能。”溪望抬头望向位于西方的枯树林，太阳已于树林间隐去，在天际留下犹如鲜血般艳丽的余晖。他转头对悦桐说：“现在还不能确定，他们是否跟牛头人有直接关联。但有一点可以肯定，就是他们刻意隐瞒了某些事实，甚至向我们撒谎……”

“你蒙对了，帅哥。”

一个女性声音从身后传来，溪望立刻跳起来并把悦桐挡在身后。当他发现说话的人是李梅时，当即做出戒备姿态，淡漠问道：“原来你还没死，真是可惜，我还打算回去放鞭炮庆祝呢。”

“你这个没良心的家伙，把我丢下只带自己的女人逃走，现在还好意思说风凉话？”李梅一脸嗔怒，遂补充一句，“被骗也是活该！”

“是你丢下我们，独自逃走好不好！”躲在溪望身后的悦桐反驳道，“我们受怪物袭击时，也不见你出来帮忙。”

“你男人可是大名鼎鼎的刑侦新人王呢！”李梅嘲讽道，“不就是一只牛头怪吗，他单手就能解决了。我要是出来帮忙，他还嫌我碍手碍脚呢！”

“你来找我们，不会只为口舌之争吧！”溪望冷漠道，“你说我被骗是什么意思？”

“阚尤向你们撒谎了。”李梅拨弄着黑直柔亮的长发，娇媚笑道，“我可没丢下你们，其实我一直跟在你们背后，只是你们没发现而已。”

“哇，你的顺风耳原来不是用来装饰的！”悦桐盯着对方伸出长发之外的耳朵，佯装惊讶道，“我们在石堡里面说话，你躲在外面竟然还能听见？而且还没被堡顶的弓箭手射穿你的大耳朵？”

“你对我的耳朵有意见吗？”李梅杏眼圆睁地盯住她。

“她不是靠耳朵听见我们跟阚尤的对话，而是在我们身上藏了窃听器。”溪望以冷峻的眼神盯住李梅。

悦桐想起昨晚怪物出现之前，李梅曾往她臀部推了一下。她立刻翻开裤袋，果然找到一颗只有米粒大小的窃听器。她将窃听器扔进背后的小溪里，厌恶道：“真卑鄙！发现被怪物跟踪时，你就打算自己一个人逃走，所以才会把窃听器放在我身上。”

“要不是这样，我就会错过你们肉麻的情话了。”李梅掩嘴偷笑。

悦桐气得跺脚，几欲扑上前揍李梅一顿。溪望将她推到身后，并朝李梅冷峻道：“你偷听我们的对话，应该知道轸蚓不在此地，没必要留下来陪我们浪费时间。”

“No No No……”李梅轻摇食指，“我就是听了你们的对话，才确定轸蚓还活着，而且就躲藏在这里。”

溪望颇感愕然，但仍强作镇定：“不可能，阚尤说他早在十年前就已经离开此地。”

“所以说你被骗了。”李梅掩嘴娇笑，遂露出锐利的眼神，冷酷道，“神隐村这帮家伙，没你想象中那么简单。他们替你父亲所做的事情，比你猜想的要可怕得多。”

“他们替我爸做了些什么？”溪望已失去冷静，急切追问。

“可多呢！譬如……”李梅面露狡诈的笑容，正欲作答。

就在此刻，一把锋利的双刃斧，从约20米外的矮树丛飞出，带着破风之声于空中回旋，朝三人呼啸而来……

第九章　怪物再现

太阳隐没于西方，夜幕徐徐落下。

溪望于村外的小溪旁追问李梅，阚尤等人曾为其父亲所办何事。后者正欲作答，却被一把从矮树丛中飞出的双刃斧打断。

于空中高速回旋的双刃斧，如飞脱的锯片朝李梅呼啸而来。面对突如其来的袭击，她虽花容失色，但仍能迅速做出反应，立刻翻身后退，免除被利斧拦腰砍成两截的厄运。双刃斧落在她身旁一块大石上，刀刃深深陷入石中，可见劲力非凡。

溪望扭头望向矮树丛，只见从树丛中跳出两个高头大马的牛头人，其中一个左手持短柄大刀，另一个则拿着一把双刃斧，款式与陷在大石上的相同。

两头怪物皆牛首人身，身上只披一块宽大黑布，形态虽与昨夜于枯树林出现的镰刀怪物近似，但又好像有明显区别。

溪望还没来得及仔细观察，怪物已兵分二路。斧头怪物冲到大石前拔出双刃斧，随即以双斧攻击李梅。大刀怪物则直奔溪望，双手举刀跃身而起，以怒斩华山之势朝溪望脑袋砍下来。

看这势头，溪望若以藏于衣袖里的飞镰抵挡，恐怕不但没能挡住，就连手臂也会被一同砍下来。故此，他没有跟怪物硬碰，而是转身扑倒悦桐，并抱住对方于地上迅速翻滚，以闪避雷霆万钧的一击。

第一招虽有惊无险，但怪物可不会就此罢休。大刀落地，它便翻转刀刃，刀尖朝下刀口向外。它肩顶刀背，犹如于陆地上航行的破冰船，以破竹之势往前疾奔。

溪望借翻滚的势头将悦桐甩往后方，并借势爬起来，单膝半跪双手交叉于胸前，以手臂上的百鬼鸣作盾，似要硬挡对方强攻。

牛头人的大刀刀身宽厚沉重，刀刃锋利似可削铁，加上其体格魁梧，在疾速前行的惯性作用下，几乎能将前方一切事物破成两半。

跟对方硬碰硬无异于自寻死路，但悦桐就在身后，溪望若往两侧闪避，便使其暴露于刀口之下。故此，他别无选择，必须将眼前怪物的凶猛攻击挡下来。

他准确把握时机，在与刀口碰撞前一刻跳起来，将撞击力转化为后退的动力。虽避免惨死于刀口之下，但强大的撞击力使他如炮弹般倒飞，撞倒刚爬起来的悦桐，与之一同跌落溪中。

“你们有客人，我就不打扰了。改天再跟你们慢慢聊，如果你们还活着的话。”李梅朝掉进水中的两人喊话，遂转身往南方逃走。可是，双斧怪物并没就此放她一马，而是立刻拔脚直追。

她大概没想到怪物竟会缠着自己不放，回头娇嗔骂道：“追你妹呀，没见过美女吗？”并加快逃走的脚步，片刻即与对方消失于夜色之中。

李梅的逃走，意外地分散了怪物的实力。面对一个牛头人，溪望还有些许把握能与悦桐全身而退。他示意悦桐迅速远离，遂站在水深及腰的溪流中，取出兵器组合成长柄镰刀与岸上怪物对峙。

此时已天色全黑，虽然在朗月之下，尚可看清楚周围事物。但远方正有大片乌云飘来，黑暗将会在片刻后笼罩神隐村。

牛头人没有急于进攻，除估量对手实力外，它似乎在等待黑暗的来临。或许在漆黑中战斗，它的优势会更加明显。溪望洞识它的意图，知道必须速战速决。若乌云掩盖明月，别说将怪物打败，就连逃走也找不着北。

故此，溪望立刻先发制敌，挥舞镰刀击打水面，以扬起水花作掩护。牛头人以宽厚刀身阻挡扑面而来的水珠，随即举刀扑入溪中。

百鬼鸣·飞镰因着重便携性及灵活性，在与沉重的大型冷兵器对决中，强度是致命弱点。若对手拥有足够的力气，要将其毁坏并非难事。牛头人似乎发现这个弱点，想利用武器上的优势压倒对手，以蛮力挥舞大刀斩向溪望。

摸清对手的意图，才能在生死搏斗中占据上风。溪望之所以于溪流中迎战，正因为知晓牛头人会利用武器强度对自己进行压制。于水中活动，因受阻力影响，怪物难以施展一身蛮力。而要有效地打击对手，最好的方法是利用跳跃拉近两者的距离。

牛头人举刀飞扑，落水时溅起大量水花。它还没来得及挥刀，溪望已在水花的掩护下矮身潜入水下。它显然没料及溪望会有此一招，因天色昏暗，且落水时弄混了溪水，一时无法确定对方的位置，只好挥刀往水下胡乱砍击。

当然，藏身于混水之中的溪望，亦难以准确认清怪物在哪个方位。不过怪物的胡乱挥斩，无异于暴露自己的位置。同时，这举动亦让溪望知道，它的智商远不及昨晚的镰刀怪物。

然而，怪物虽笨，但它乱刀挥斩亦非毫无用处。在连挥十数刀后，它周围的溪水除变得更加混浊外，它左前方竟有一股鲜艳的红色从水下冒出。

已爬到岸上的悦桐目睹这股鲜红，当即大惊失色，心想溪望必定被乱刀砍伤。当她正欲扑上前，与怪物拼命之时，溪望竟在怪物的右后方冒出水面，并挥舞镰刀斩向对方的牛头。

牛头人左手持刀，右后方是防御死角，加上水下冒出的鲜红使其分神，以致未能及时发现溪望的突袭，更来不及防守或闪避，猝不及防地挨了一刀。

这一刀狠狠地砍在牛脸上，竟把整个牛头砍飞。可是失去牛头后，怪物并没有倒下，因为它脖子上仍有一个脑袋。

姗姗而来的乌云，终于掩盖朗月，黑暗笼罩了整个神隐村及附近区域。乌云在遮挡月色的同时，亦带来暴雨、雷鸣及闪电。

借助照亮天地的闪电，溪望发现眼前对手并非怪物，因为对方拥有一颗正常人类的脑袋。不过对方以黑布蒙头，仅露出充满杀气的双眼，加上天色昏暗，无法看清其相貌。

“你是谁？”溪望喝问道。

对方没有回答，只是抬起左手，晃了晃手中大刀。似在示意这个问题，只能在刀口上找到答案。

暴雨来得凶猛，且天色全黑，继续跟对方纠缠对溪望十分不利。而更大的问题在于，对方的同党随时都有可能折返。若他们两人联手，溪望必败无疑。

故此，溪望转动眼珠，往岸上的悦桐瞄了一眼。悦桐知晓他的心意，朝蒙面人大叫一声：“我知道你是谁！”随即转头往神隐村方向逃走。

溪望趁蒙面人为此分神之际，触发飞镰机关使刀刃朝对方弹射。蒙面人慌忙拿大刀抵挡，溪望趁机跳到岸上，操控连接刀刃的钢丝使出超长距离的旋风斩，迫使对方停下追击的步伐。

他发挥飞镰在远距离上的优势接连发招，蒙面人因仍置身溪流之中，难以快速移动，只能看着他将距离越拉越远。

当两人的距离超过十米，溪望立刻转身逃走，没一会儿便消失于暴雨之中。蒙面人盯着他逃走的方向，气愤地以大刀拍打水面，小声咕哝道：“竟然往村里逃，这可不好办。”

天色昏暗，暴雨肆虐，能见度降至20米以下。

悦桐凭着记忆，拼命往村里跑。尽管摔倒多次，她仍忍住痛楚，顽强地爬起来继续狂奔。她并没有担心自己的安危，只怕溪望没能摆脱蒙面人的纠缠。她必须以最快的速度抵达石堡，以向阚尤等人求救。

当她看到村口就在前方时，发现身后出现一道朦胧的光线，并逐渐明亮起来，似乎有东西正快速靠近。她还没来得及思考是怎么回事，即见雨中冒出一道人影，不但向她直扑过来，还以公主抱的方式将她抱起。

尽管双眼已被雨水模糊，但结实的胸膛、熟悉的臂弯令她瞬即辨认出对方的身份——是戴上头灯的溪望。

“我知道你不忍心让我独自走夜路。”悦桐搂住对方的脖子说悄悄话。

溪望盯着对方破损的膝盖，心疼地说：“摔倒很多次吧？”

“没关系，你替我处理伤口。”悦桐撒娇般将脸埋在对方肩膀上。

“我恐怕爱莫能助呀！”溪望愁容满面，“药物都遗留在营地，我身上只有几片创可贴。”

“找阚尤他们帮忙吧！”悦桐以食指轻揉对方紧锁的眉头，娇笑道，“我又不是半身不遂，只是一点皮外伤而已，你用得着这么忧愁吗？”

“你就算掉一根头发，我也会心疼。”

“口甜舌滑。”悦桐露出会心的微笑。

溪望牢牢地抱着恋人直奔石堡，刚踏入石堡百步范围，便有一支利箭不偏不倚地落在他脚尖前，迫使他停下脚步。一声怒喝随即从堡顶传来：“来者何人？箭矢无情，往前半步便是黄泉路！”

他抬头望向顶楼，得见一个正拉弓引箭的人影。虽未能看清楚对方相貌，但勉强能看见是个光头汉子，应该是邹健。他放声叫道：“邹前辈，晚生是相云博之子。”

“来这里干什么？”邹健大声喝道，语气并不友善。

溪望答道：“我们遇到些麻烦，阚前辈说，我们可以随时向他求助。”

邹健冷哼一声，遂冷漠叫道：“大哥应该在二楼，你自己去找他，别在村里磨蹭太久。”言语间带着拒人千里的意味，显然不喜欢溪望夜间来访。

尽管对方态度冷淡，但溪望别无他法，在这里遭白眼总比在村外受袭击好。毕竟仅凭他一双手，难以确保悦桐的安全。

穿过古堡底层的门洞时，他本以为要再遭一次白眼。可是入内后却发现，这里虽点着油灯，却只见牲畜未见人影。白天在此把守的屠刚，此刻不见踪影。

尽管十年未见外人，阚尤一族仍处处小心谨慎。如今有外人闯入，反而放松警戒，却不派人把守至关重要的入口。溪望不禁疑心顿起，一个可怕的念头随即于脑海中闪现。

阚尤盘坐于二楼中央，正以树枝沙盘教儿子写字，妻子黎妮则在一旁缝制衣服。他见溪望跟悦桐上楼，立刻起身迎接。当发现两人全身湿透，且悦桐膝盖、掌心等多处擦伤流血，他连忙询问发生了什么事。

“我们在村外受到袭击……”溪望将刚才的情况如实告知，并提及追踪而来的李梅亦受到袭击。

“怪物竟然是人假扮？”阚尤惊讶不已。

“此怪物非彼怪物……”溪望对此做出分析，对比枯树林里的镰刀怪物，与蒙面袭击者的不同之处——

一、镰刀怪物头戴斗笠，黑纱盖面，于黑暗中来去自如，似乎并不依赖视力。袭击者在溪望潜入水中，便无法确定他的位置，而且亦没有在暴雨中追赶他们，显然对视力极为依赖。

二、两者虽装扮近似，皆只以黑布盖体，但肤色却有明显差别。镰刀怪物肤色呈黑褐色，并带有甲壳光泽且硬如岩石，绝非正常人类所有。袭击者虽皮肤黝黑，但与常人无异。

三、镰刀怪物不管智力还是武术，皆超凡脱俗。袭击者虽武艺尚可，但跟前者相比显然不在一个层次，而且智力低下，致使溪望跟悦桐得以全身而退。

“两者虽有不同，但武术与智力本来就因人而异，身体特征及视力亦各有差别，不能因此将两者区分。”正为悦桐处理伤口的黎妮插话道，“或许，镰刀怪物是这两名袭击者的首领……”

“夫人误解晚生的意思了。”溪望神情肃穆地打断对方，遂向阚尤问道：“前辈，这十年来可曾见过镰刀怪物以外的牛头人？”

阚尤摇头道：“族人当中，就只有我见过一次。虽不确定怪物是否只有一头，但当年三哥跟轸蚓和怪物拼杀了一个晚上，也没见它的同伴现身参战。”

“这十年来，前辈可曾见过外人出现？”溪望又问。

“除了你们两个，暂未见……”阚尤说着突然止住话头，皱眉思索片刻，遂面露厉色，严肃道，“你怀疑袭击者是我的族人？”

溪望不卑不亢地问道：“敢问豹荣跟屠刚两位前辈，此刻身在何处？”

“豹荣跟妻儿在东面的塔楼里休息，屠刚……”阚尤脸色一沉，随即向溪望问道，“他没在底层看守？”

“我们没看见有人呀！”悦桐插话道，遂转头向替她敷药的黎妮说：“你真厉害，现在伤口一点也不痛耶。”

“我们长居山林，必须有人懂得医术才行。”黎妮将她扶起来，又道，“你全身湿透，很容易着凉，快跟我到三楼换一身干爽衣服。我们身形差不多，你可以穿我的衣服。”说罢便想扶她上楼。

然而，悦桐却没有移步的意思，不安地瞄了溪望一眼。黎妮会意地笑了笑，在她耳边细语：“外子绝不会伤害恩人之子，你大可放心。”溪望亦朝她点了下头，以眼神示意无须为自己担心，她这才跟黎妮上楼。

两人上楼后，溪望便向阚尤问道：“晚生斗胆，能否请豹荣前辈移步到此一聚？”

阚尤还没开口，一声怒喝便从东面的门洞外传来：“谁要见我？”豹荣随即从门洞钻进来。

第十章 人心叵测

看着豹荣从东面的门洞钻进来，溪望一下就傻眼了。

刚才那两名蒙面袭击者皆为成年男性，而神隐村之内成年男性就只有四人，现在其中三个都在石堡之内，这到底是怎么回事呢?

阚尤道出溪望在村外受袭一事，豹荣随即拔出双钺指向溪望，怒骂道："不管牛头人是人还是怪物，我们在此隐居十年之久亦与之相安无事，你才来一天就惹下麻烦。若让你留下，天晓得牛头人会不会闯进村里。"

"把武器放下！"阚尤怒目瞪着豹荣，"冲动解决不了问题，我们得先把事情弄清楚。"

"现在还不清楚吗？"豹荣虽将双钺收回腰间，但气焰未见消减，咄咄逼人地叫道，"这小子把牛头人惹怒了，人家想要他的命，事情就这么简单。他的问题他自己解决，我们没必要蹚这趟浑水。要么他把牛头人杀光，要么牛头人把他撕成碎片。"

黎妮一手拿着一叠干净的衣服，一手扶着悦桐从楼梯下来，经过丈夫身旁时小声问道："怎么又吵起来了？"

阚尤没有作答，而是下达命令般喝道："去问阿剖，她男人跑哪里去了？"黎妮没敢多嘴，只是顺从地点头。她扶悦桐到溪望身旁坐下，并将衣服放下，交代溪望自行更换，随即快步走向南边的塔楼，没一会儿就把阿剖带过来。

"你男人去哪了？"阚尤朝阿剖喝问一句，身上散发出一股不怒自威的霸气。

阿剖怯弱地后退一步，战战兢兢地作答："傍晚时他说马上会下大雨，要到田地里走一趟。现在大雨已经落下，他大概在忙着抢收庄稼。"

"带孩子去！"阚尤烦躁地扬手示意对方返回塔楼，随即又瞥了儿子一眼，对黎妮说："你也带雄儿上楼去。"

待妇孺离开后，他便对溪望说："贤侄，你们离开之后，我就一直待在这里。除了屠刚之外，任何人要离开石堡，都得从我身旁经过。我可以肯定地回答你，除了屠刚，其他人都没有离开石堡。"他随即向溪望讲解石堡的构造。

石堡主楼共分四层：底层饲养牲畜；二层是起居室，以吊桥连接东南北三座塔楼，分别为豹荣、屠刚、邹健三房人的住所；三层为阚尤与妻儿的住所；四层则是储存粮食的谷仓。楼梯连通底层至四层，谷仓上方有个出入口，可以通过出入口到堡顶放哨。

也就是说，底层的门洞是石堡唯一的出入口，而二层的起居室则是石堡的中心。除在底层把守的屠刚外，任何人要离开石堡，都必须经过起居室。

“神隐村方圆十里之内，除了我们就没有别人。”阚尤沉着道，“我不能确定屠刚是否正忙农活，但可以肯定他没法子一分为二。”

溪望本怀疑袭击者是豹荣与屠刚，但豹荣没离开石堡，正如阚尤所说，屠刚不可能分身为两名袭击者。

这当中到底是哪里出了问题呢？

就在溪望为此绞尽脑汁时，悦桐于耳边细语：“能在外墙爬上来吗？”

声音虽小，但仍被阚尤听见了，他对悦桐说：“我们之所以选石堡为居所，是因为这里是神隐村的主要防御工事。这石堡本身的设计，就是让外人爬不上来。我们几个虽然有武术根底，但也必须从底层出入。”

“哟，说不定那两个牛头人是屠刚跟他的姘妇呢！”豹荣嘲笑道，“不是说露露也来了吗？或许屠刚跟这妹子勾搭上了。”

“露露是三哥的徒弟，你嘴巴放干净点儿！”阚尤瞪了他一眼。

“不可能。”溪望摇头道，“袭击者只以黑布盖体，在袭击过程中多次裸露身体，可以肯定两人皆为男性。”

“管他妈是男是女还是妖！”豹荣高声叫嚷，指着溪望对阚尤说，“我们在这里住了十年，一直都风平浪静，这小子才刚来一天就出状况。别说他只是博哥的儿子，就算是蚩尤始祖的儿子，也不能让他留下，必须立刻把他们赶走！”

神隐村方圆十里内，就只有阚尤一族共12人，且在过去的十年里，从未见外人出现。若袭击者并非阚尤族人，那么唯一的可能，就是露妍带来的同党。

露妍盗取悦桐的汽车，并带走足够吃6天的食物。她拥有高强的武艺，要在荒野中寻找食物并非难事，身上带太多食物反而碍手碍脚。因此，不排除这些食物并非她一人食用。

如果两名袭击者是她的同党，那么6天的食物足够他们吃2天，既便于携带亦无须为觅食花费过多精力。这个推测虽然合理，但她若要取溪望性命，在八坊村时就可以下手，又何须如此大费周章呢？

思前想后，溪望觉得更合理的解释是，袭击者是屠刚及另一名石堡里的男人。现在问题只在于，此人如何在不惊动阚尤的情况下离开石堡。

不过，如果阚尤撒谎，那么这个问题就不存在了。

不管阚尤是否可以信任，待在石堡里也不见得安全，可是村外却更加危险。

为今之计只有撑到天亮便立刻离开，穿越枯树林后再作打算。毕竟相比于与轸蚓见面，悦桐的安全更重要，溪望必须把她的安全放在第一位。

此刻，豹荣已下逐客令，溪望便顺势说道：“晚生未曾料及此行会给前辈带来困扰，请两位前辈原谅晚生的愚拙。为不再给前辈带来麻烦，晚生会尽快离开贵境。可是现在天降暴雨，且村外又有牛头人出没。未知几位前辈能否通融一下，让晚生两人在此留宿一宵。明日一早，我们就立刻离开。”

“还要等明天……”豹荣仍感不满，但被阚尤瞪了一眼后，便没再吭声。毕竟溪望是恩人之子，要他此刻穿越牛头人盘踞的枯树林，实在说不过去。

阚尤淡然道：“既然你已决定离开，我也不多作挽留，今夜你们就在石堡里屈就一宵吧！”

“要留他们在石堡里过夜？”豹荣再次发作，“不成，绝对不成！我们在这里待了十年，从未见外人出现，亦未夜夜提心吊胆。今晚若让他们在石堡留宿，谁能安心入眠？”

“你要是睡不着，就在这里跟我下棋，一直下到天亮。”阚尤走到墙角的木架子上，拿出一副用木头雕成的象棋及棋盘。然后坐回原来的位置，将棋盘放在地毯上，并将棋子逐一放好。

豹荣怒哼一声，在他对面坐下，咕哝道：“让我双车双马。”

“只让双马。”

刚才还脸红耳赤的两人，此刻却安静地下起象棋。

见豹荣不再有异议，悦桐便将黎妮留下的衣物递给溪望，并往楼梯指了指，示意他到楼下换衣服。他虽体格强健，可一旦淋雨就特别容易生病，所以必须尽快将湿透的衣服换掉。

然而，此刻并非打扰两位前辈的时候，而且在这个敏感时期，任何异常的举动都可能引起误会。故此，溪望接过衣服后，并没有立刻下楼更换，而是望向正在下棋的两人，等待对方允许。

两人正专注于棋盘，都没有抬头。不过阚尤似乎察觉到他的难处，朝他扬了下手以示答允。

溪望与悦桐对视一眼，以眼神示意对方小心，遂拿着衣服走向底层。当他将衣服换好，准备返回二楼时，突然看见一道人影从门洞蹿入，当即摆出迎战姿态戒备。然而，他马上发现对方原来是“擅离职守”的屠刚。

“你在这里干吗？”屠刚的语气并不友善。

溪望没有回答，而是盯着对方空无一物的双手，反问道："屠前辈，你外出怎么不带武器呢？"

"与你无关！"屠刚冷哼一声，随即快步上楼。

溪望跟随他返回二楼，只见他向阚尤汇报道："大哥，村外暴雨成灾，我们的田地都被洪水淹没，庄稼全都保不住了。"

"雨有这么大吗？"悦桐往窗外瞥了一眼，自言自语道，"村里没见积水有多深呀！"

阚尤解释道："神隐村依山而建，不但地势高峻，且设有蜿蜒百米的排水道。就算是百年不遇的暴雨，亦不会被洪水淹没。"

"操！"豹荣突然跳起来，还不小心把棋盘踢翻了。

"又想耍赖了？"阚尤瞪了他一眼，遂收拾棋子。

"我才不会耍赖。"豹荣一脸烦躁之色，"我是突然想起田地被洪水淹没，枯树林外围那段路应该也是一片汪洋了。"

"那我的车子不就泡水了？"这次轮到悦桐跳起来。

"车子停泊的位置地势较高，应该没问题。"溪望皱起眉头，"可是……"

"可是暴雨封路，你们就能名正言顺地赖下来是吧！"豹荣怒哼一声，抱着双臂坐在地上。

"这也没办法，我们就算能涉水通过低洼地区。在这种恶劣天气下，没有汽车代步，根本无法抵达邻近的村庄。"溪望无奈地摊开双手，"不过我们也不会一直赖着不走，只等洪水退却，我们就立刻离开，绝不会为难各位前辈。"

"你是博哥的儿子，要在这里留多久也不会让我们为难。"阚尤虽语气豪爽，但神色却略有顾虑，"只是你们若要多留几天，得在石堡里给你们安排一个住处。"

"不行！"豹荣猛然拍打地毯，将阚尤刚摆好的棋子震乱，他以强硬的语气说："留他们一晚已让我难以入眠，多留他们几天，还让他们住在石堡里，我们所有人都不用睡了！"

"你想怎样？"阚尤充斥双眼的怒火，令人觉得他马上就要爆发。他对豹荣怒目而视，沉声问道："难道要把他们赶出村外？你别忘记，当年要不是博哥，你瞎的可不是一只眼。"

豹荣显然被对方的气势压倒，态度稍微软化，但仍面露不悦之色，妥协道："他们可以留在村里，但不能住在石堡。村里空房子多的是，随便给他们安排一间就行了。"

阚尤低头沉默片刻，遂抬头对溪望说："我本想让你们在石堡留宿，但我必须顾及族人的感受，所以只好委屈你们……"

"前辈言重了。"溪望连忙恭敬道，"前辈准许我们留在村里，晚生已感激不尽，不敢再有奢求。"

"快带他们去找地方落脚，我可不想他们整天在这里待着。"豹荣向屠刚招手，并背向阚尤给他使了个眼色，装模作样地吩咐道："过门都是客，记得给他们找间好房子，不能有丝毫怠慢。"

屠刚会意地点头，给溪望扬了下眉示意跟随，遂转头走向楼梯。

溪望分别向阚尤及豹荣行礼告辞，扶起悦桐准备离开。阚尤说明天会让黎妮送上食物，若有何需求尽管提出。豹荣则死死地盯着两人，仿佛怕他们赖着不走，直到他们下了楼梯，才冷哼一声返回东面的塔楼。

屠刚不知从哪里弄来两片香蕉叶，给溪望两人充当雨伞，自己则冒雨给他们带路。他带两人到村子边缘，一间大门已丢失的平房前，示意两人在此留宿。

"轸蚓还没离开的时候，就是住在这间孤屋里。你们想见他，住这里就最适合了。没事别到处乱跑，也别靠近石堡，弓箭枪矛都不长眼。"屠刚说罢便转身离开。

"屠前辈。"溪望把他叫住，并扬手把香蕉叶抛给对方。

屠刚转过身来，立刻条件反射般伸出左手将香蕉叶接住。

溪望笑道："前辈，你留着吧！"

屠刚冷哼一声，遂将香蕉叶扔在地上快步离开。

"你这不是多此一举，他都全身湿透了。"悦桐没好气道。

"你没留意到吗？"溪望狡黠笑道。

悦桐不明就里地反问："留意什么？"

"他是左撇子。"溪望看着屠刚即将消失于夜雨中的背影，解释道，"使用大刀的蒙面袭击者，也是个左撇子。"

悦桐讶然道："他是那个拿大刀的，那拿双斧的就是豹荣？"

"不好说，另一名袭击者可能是豹荣，也可能是邹健，甚至是阚尤。"溪望皱眉道，"人心叵测，在神隐村里，我们谁也不能相信。"

第十一章　孤屋鬼爪

或许为抵御匪徒滋扰，神隐村的房子密度非常高，几乎都聚集在一起，而且大多建有三层。可是，屠刚口中的这间“孤屋”，不但形单影只地位于村子边缘，而且还是村里唯一一间只有一层的平房。

孤屋为木石结构，因年久失修，让人觉得随时都会倒塌。虽然是危房，但总算“有瓦遮头”。与较为舒适、但人心叵测的石堡相比，这里更令人安心。

然而，当看见屋内有一摊积水时，溪望不禁皱起眉头。他曾听沐师傅说，房子若空置多时，很容易招惹孤魂野鬼。要是空置的房子里，莫名其妙地出现积水，几乎可以断定有“脏东西”在此聚集，必须进行处理才能入住。

不过，他很快就发现，之所以有积水出现，缘于屋顶些微有点儿漏水，因此便没有在意。毕竟，此刻要另觅住处并不容易。

登山包及帐篷全都遗落在村外营地，要舒舒服服地睡个好觉已成奢望。只能简单收拾一下，将就着过一晚，待明天再作打算。因为就算没有牛头人的威胁，在这狂风骤雨的晚上，到村外取回物资亦非常危险。

屋内除一张正对门口的太师椅外，就没有其他家具，只有一些破烂杂物。悦桐感到有点儿累，稍微收拾了一下屋内杂物，便坐在太师椅上休息。或许觉得这里比较安全，放松了警惕，她坐下没一会儿，便悄然进入梦乡。

见悦桐已经入睡，溪望便用屋内的杂物在门前生了堆火，并盘坐于火堆前，守住孤屋唯一的出入口。昨晚一夜未睡，今天亦没少折腾，他觉得十分疲累，看着门外的暴雨打起盹来。

时间悄然流逝……

半夜里，悦桐于迷迷糊糊中听见一些细微异响，仿佛有东西在附近移动，好像是在排水道寻找食物的老鼠，又似于房子外徘徊的幽灵。突然，一个可怕的身影在她脑海中出现——手持巨镰刀的牛头人！

她仿佛看见牛头人出现在门外，甚至看见对方面纱下闪烁着绿色幽光的双眼。对方目不转睛地盯住她，并脚不沾地地向她靠近，越过门前的火堆，穿过溪望的身体，如幽灵般飘到她身前。

牛头人单膝下跪，将头往她脸上凑近。虽然有斗笠垂下的面纱阻隔，但她仍能清楚看见对方丑陋的面容。她怯懦地挪了下身子，放在裤袋里的萤石随之掉落。

牛头人捡起萤石，借助其散发的微光细看她的容貌。她不由自主别过脸，回避对方可怕的目光。然而，牛头人并未因此而放弃，伸出锋利的五指，轻触她的脖子，想让她把脸转过来……

悦桐猛然从梦中惊醒，往四周一看，发现自己仍处身孤屋之中，还坐在太师椅上，溪望则盘坐于门口的火堆前打盹。借助火堆上幼小的火苗，可以看见屋内并无异常之处，门外依然下着暴雨。

“只是做梦而已……”当这个念头于脑海中浮现时，她突然觉得脖子隐隐作痛。伸手一摸，竟发现脖子上有三道爪痕，并流出少量鲜血。她感到一阵眩晕，随即再度进入梦乡。

她于梦中看见牛头人仍在破屋之内，并向她问道：“你叫什么名字？”

“桂悦桐。”

“你喜欢他？”牛头人将镰刀架于溪望的脖子上。

“喜欢。”

“你会为他牺牲自己的性命？”牛头人又将镰刀架在她的脖子上。

“会！”悦桐毫不犹豫道，“就像他为保护我，会不顾自己的安危一样。”

牛头人默不作声，收起镰刀转身离开。

“你是谁？”悦桐急忙问道。

“他会找到答案。”牛头人盯住溪望，身体渐渐变得透明，然后消失……

“悦桐，悦桐！”溪望轻晃恋人的身体，但对方却没有醒来，只是迷迷糊糊地说“别走”“我还有事问你”之类的胡话。

他注意到对方脖子上的爪痕，但昨晚他整夜都守在门口，除非进来的是武艺高强、来去如风的镰刀怪物，否则应该没有谁，能在不惊动他的前提下进入孤屋。可是镰刀怪物若闯进村子，必然会惊动阚尤等人，甚至引发械斗。

然而，这并非当前需要考虑的问题，因为他发现悦桐正在发高烧。虽然没有体温计，但从对方烫手的前额判断，体温估计在40摄氏度。

正当溪望准备前往石堡向阚尤求助时，发现阚尤的儿子阚雄于门外窥视。阚雄拿着一片香蕉叶充当雨伞，于门外探头进来，眼巴巴地盯着悦桐脚下的地方。

溪望低头一看，发现悦桐从人偶身上获得的萤石，不知何时掉落在地。他猜想阚雄大概是想要这颗萤石，便捡起来走到门前递给对方。

阚雄满心欢喜地接过萤石，但随即又面露惊惧之色，盯着坐在太师椅上的悦桐，以幼嫩的语气说：“她不该坐在椅子上。”

“为什么？”溪望不解问道。

“这张椅子不干净。”阚雄搔着脑袋，摇了摇头又道，“这房子也不干净。”

对方的年龄不足十岁，应该是阚尤在此隐居后所生。也就是说，他还没见过外面的世界。他在相对落后且封闭的环境中成长，应该比较纯朴，甚至不懂得撒谎。尽管他说了些莫名其妙的话，但溪望仍不敢掉以轻心，立刻追问：“何出此言？”

“豹荣叔叔说这房子是鬼住的，鬼就坐在那张椅子上，盯着房子里的每一个人。”阚雄浑身哆嗦了一下，声音颤抖地说：“谁要是不乖，屠刚叔叔就会把他扔在这里。”

原来只是吓唬小孩的谎话，溪望略松一口气，但马上又觉得不对劲。屠刚为何特意让自己在此暂住？悦桐为何突然发高烧？她脖子上的爪痕又是怎么回事？

把这三个问题联系在一起，溪望不由倒吸一口凉气，于心中暗忖：难道这间孤屋真的有问题？

此刻已不容他多作思考，必须尽快让悦桐退烧。在身上没适用药物的情况下，唯一的办法就只有向阚尤求助。因此，他打算拜托阚雄照顾悦桐，自己立刻前往石堡。

可是阚雄死活不肯进屋，只答应守在门外。溪望没其他办法，反正他进屋也帮不上忙，而且现在不能浪费任何时间，便立刻冒雨冲向石堡。

靠近石堡时，溪望发现今天在堡顶放哨的是屠刚。对方手执长矛，穿戴着用稻草编织的雨衣及斗笠，双眼死死地盯住他。当他进入石堡百步之内，屠刚便将长矛往他身上掷过来。

他已知对方不会让自己轻易进入石堡，早已起戒备之心。此刻见对方出招，他立刻借奔跑的势头，倒地打滚避开长矛。当他爬起来时，听见屠刚朝他喊话：“不是叫你别乱走吗？还跑过来干吗！”

“我需要帮忙！”溪望抬头高声大喊，将悦桐的情况告知对方。他并不期望对方会伸出助手，但阚尤若在石堡里，应该能听见他的声音。

果然，阚尤从二层的窗口探头出来，朝他喊道：“贤侄，先进来再说。”

他立刻穿过门洞进入石堡，发现在底层把守的是珠妹。对方虽为女儿身，但手持一双短刀的英姿，有一股巾帼不让须眉的气势。

珠妹听见他在堡外的喊话，不但没有加以阻拦，还叫他快上楼找黎妮，并说：“我们族人当中，黎妮的医术最好，一定能治好你的女人。”

溪望向对方道谢后便立刻上楼，他做梦也没想到，在二楼竟然会看见一个不该在此出现的人——李梅！

“嗨，帅哥！”坐在阚尤对面的李梅，风骚地向溪望挥手。

“你怎么会在这里？”溪望冷峻道。

“我不是说‘你蒙对了’？”李梅朝他掩嘴娇笑，并斜眼瞥了阚尤一眼，提醒他昨天曾说阚尤撒谎一事。

“你的话已经说得够多了！”阚尤一脸冷酷之色，向李梅厉声道，“我们不欢迎你，你自己在村外找个地方落脚。若敢再踏入村子半步，休怪我们不留情面。”

“呵呵……”李梅掩嘴娇笑，眼神由娇媚渐渐变成狠毒。当她将手放下时，脸上已换成阴险的笑容，“既然没有商量的余地，我们下次见面时就是敌人。”说罢便拂袖而去。

她下楼梯之前，仍不忘给溪望抛媚眼，并送上飞吻，娇笑道：“人心隔肚皮。帅哥，你可要小心哦！”

溪望没有理会她，焦急地询问阚尤，黎妮身在何处，并告知悦桐正在发高烧。阚尤往三楼高叫一声，黎妮随即从三楼下来。把情况说清楚后，黎妮便陪同溪望前往孤屋。

两人来到孤屋时，阚雄仍在门外守候，黎妮赶他回石堡，随即进屋查看悦桐的情况。

“问题不大，只是外感风寒，加上近日操劳过度，所以才会诱发高烧。我马上回去煎一服中药，她喝下药汤便无大碍。”黎妮掏出一块粗布手帕，用雨水打湿后敷在悦桐额前，遂歉意道：“昨晚我就担心你们会着凉，只是在男人面前不便多言。”

“夫人无须自责，晚生打扰你们隐居，给你们徒添烦恼。”得知悦桐无性命之危，溪望略松一口气。

“她的魂儿被鬼抓走了吗？”阚雄于门外探头问道，原来他并没有返回石堡。

“不是叫你回去吗？”黎妮瞪了他一眼，责骂道，“再不回去，我就叫屠刚叔叔把你关在这里。”

阚雄立刻一溜烟地跑掉了。

“令郎刚才告诉我，这房子有些不太好的传说。”溪望看着悦桐脖子上的三道爪痕，眉心紧锁道，“而且她身上又莫名其妙地出现伤痕。”

“这是男人的事，我不该多嘴……”黎妮愁眉锁眼，犹豫再三终长叹一声，对溪望说：“这房子的确有问题，豹荣故意让屠刚带你们到此暂住，其实是有意为难你们。”

“这里有什么问题呢？”溪望问道。

“我先回去煎药，回头再跟你说吧！”黎妮说罢便匆匆离开。

约莫过了一小时，黎妮捧着一个带盖的陶罐子回来，她将罐子里的药汤倒进可当作碗用的盖子里，在溪望的协助下，小心翼翼地喂神志不清的悦桐服药。

“服药后应该很快就会退烧。”黎妮将陶罐交给溪望，叮嘱道，“她不会马上痊愈，要是再次发烧，你就再喂她喝一碗药汤。只要熬过这两天，就不会有大问题。回头我让阚雄给你们送食物过来，你好好照顾她吧！”说罢便准备离开。

“夫人请留步。”溪望把她叫住，追问孤屋的问题。

“或许我不该多嘴……”黎妮犹豫良久，终道出孤屋的怪异传说——

十年前，我们来到神隐村并选择石堡为据点，但轸蚓却没有跟我们同住，而是在村内另觅住处。他跟三哥在村里转了一圈，最终选了这间孤屋为居所。

三哥跟我们说，这间孤屋风水有问题，不但孤零零地建在村子边缘，而且还是全村阴气最重的地方。还说轸蚓推测孤屋原来的主人，不是克死丈夫的寡妇，就是双手沾满鲜血的刽子手，因遭村民嫌弃，才会孤零零地住在村子边缘。

孤屋主人生前怨念深重，因而死后阴魂不散，化作怨魂在屋内徘徊。怨魂终日坐在太师椅上，盯着每个从门前经过的人，或诅咒他们蒙受不幸，或将他们迷惑，诱骗进屋……

“这只是轸蚓的推测，而且他说的也不一定是真话。”溪望质疑道，“如果这房子真的有问题，他为什么非要独自住在这里？”

“我们也觉得很奇怪，村里有的是空房子，轸蚓就算不想跟大家一起住，还有很多地方可以选择。”黎妮皱眉答道，“我们问三哥，轸蚓为什么非要住这间孤屋。三哥说轸蚓认为孤屋里有怨魂徘徊，而他最喜欢跟鬼怪打交道，所以就选择这间不祥的孤屋为住所。三哥还一再叮嘱我们，晚上千万别去打扰他。”

“你们都有听从王三的吩咐？”溪望疑惑道。

“如果我们都按三哥的意思办，就不会发现这间孤屋真的有问题了。”黎妮轻轻摇头，指着悦桐脖子上的三道爪痕，又道，“豹荣一直都不信任轸蚓，认为他执意要独自居住，很可能是为了暗中跟外界联系，甚至向赤神教通风报信。所以，他利用晚上在堡顶放哨的机会，偷偷走近孤屋一探究竟。”

她随即向溪望讲述，当年豹荣夜探孤屋的可怕经历……

第十二章　隐村凶案

十年前，一个没有月亮的晚上。

豹荣借助星光来到村子边缘，缓步靠近轸蚓居住的诡秘孤屋。他藏身于孤屋门外的老树后，将唯一的眼睛睁得老大，试图窥视屋内的情况。

孤屋的大门虽已丢失，但屋内漆黑一团。不管他如何窥探，仍无法看清屋内的情况。为解心中困惑，他只好离开老树，蹑手蹑脚地走向孤屋。

他于门外探头进屋，待眼睛适应黑暗后，勉强能看见有一张太师椅放在中央，除此以外就没看见别的东西。一切仿佛都隐藏于黑暗之中，他甚至没看见在此居住的轸蚓。

为了能看得更清楚，他以最轻的步子走进屋里，几乎每一步都没发出任何声音。多年刀头舐血的亡命生涯，使他非常自信，别说是人，就算是鬼，也不会察觉他悄然潜入屋中。

他缓步靠近屋内唯一能看见的物件——太师椅。

他站在椅子前，准备仔细观察屋内的情况，突然有一个诡秘而沙哑的声音传入耳际：“你不该打扰孤屋的主人……”

他察觉声音是从墙角传来，还没来得及扭头望过去，便见一道黑影于眼前掠过，随即感到手腕被扣住，并被一股力量往外拉。

这股力量很怪异，力道柔而不弱。他想把手往回扯，可是越使劲，身体就越往外倾。他的力气仿佛被对方吸收掉，并用在他身上，才一眨眼的时间就被拉出门外。

借助微弱的星光，他发现将自己拉出来的竟然是轸蚓，便破口大骂：“你要是不欢迎我，说一声就行了，用不着把我拖出来吧！”

轸蚓用黑布包裹全身，看不见他的嘴巴，但有一个沙哑的声音从他身上传出：“不是我不欢迎你，而是孤屋的主人不欢迎你。”

“这破房子哪有什么主人，就算有也早就死了！”豹荣气愤骂道。

轸蚓往自己的脖子一指，然后又指向对方。

豹荣这时才察觉自己的脖子隐隐作痛，用手一摸竟发现脖子上有三道爪痕，且鲜血已把胸前衣服染红了一大片。他当即抡起拳头扑向轸蚓，叫骂道：“你竟然敢偷袭我，老子今晚不好好教训你一顿就不叫豹荣！”

轸蚓闪身后退，并将用黑布包得严严实实的双手竖在胸前。豹荣本以为对方投降求饶，但仔细一看，却发现对方双手并未沾有血迹。他的伤口流出大量鲜血，若为对方所伤，那么对方指尖必定沾有血污。可是，轸蚓缠在十指上的黑布皆未见血污。

他仍不相信轸蚓，将对方逐根指头闻个遍，却没闻到一丝血腥味，不禁回头疑惑地盯住孤屋里的太师椅。

椅上空无一物，却又像有人坐在上面。这人的样子很模糊，甚至分不清是男是女。唯一可以肯定的是，此人正一脸怒容，恶狠狠地盯住豹荣。

豹荣浑身哆嗦了一下，立刻向轸蚓问道：“是孤屋的主人把我弄伤的？”轸蚓没有答话，只是微微点头。

他又问：“你待在屋里怎么一点事儿也没有？”

轸蚓还是没答话，只是从包裹整个脑袋的黑布里传出沙哑的笑声，并越过豹荣，缓步走向孤屋。他走到门前，缓缓转过身来对豹荣说：“你想知道答案，就坐到椅子上，房子的主人会告诉你……在黄泉路上。”说罢便返回屋内，隐没于黑暗之中。

豹荣盯着那张太师椅，身体不自觉地颤抖。这些年，多少次面对穷凶极恶的赤神教妖孽，多少次处于生死的边缘，他亦不露惧色。但这一刻，他竟然因为一张空椅子而感到畏惧……

听完黎妮的叙述后，溪望想到一个问题，便向对方问道：“豹荣当晚在堡顶放哨，他离开石堡你们不知道吗？”

“他直接从堡顶爬下来，没有惊动别人。”黎妮摇头答道，“如果我们知道他要去打扰轸蚓，我们肯定不会让他去。”

溪望质疑道：“石堡楼高四层，而且外墙光滑，他怎么可能爬下来？”

“用绳子呀！”黎妮边用手比画，边解释道：“他在堡顶绑了根绳子，然后沿着绳子爬下来。”

“原来是这样，我之前怎么没想到。”溪望恍然大悟。

豹荣可以用绳子从堡顶爬下来，当然也可以用绳子从塔楼爬下来，再假扮成牛头人袭击自己。之后，他只要及时赶回来，用事前已准备好的绳子爬回塔楼，就可以在不惊动阚尤的前提下进出石堡。

确定豹荣及屠刚是袭击者，那么一切就好办了。他们之所以要假扮成牛头人，显然对阚尤有所顾忌。只要对他们多加提防，遇到危险及时向阚尤求助，要撑到道路通行应该不是问题。

当前最重要的是确保悦桐的安全，一切都得待她康复后再作打算。

“我知道豹荣有意为难你们，但作为阚尤的女人，我实在不方便替你们说话。”黎妮愧疚地摇头叹息，“只能让你们在这里屈就几天，直到道路通行。”

溪望知道她的难处，自然不会为难她，只求这几天能安然度过，豹荣别再来找麻烦。

说了几句客套话，并交代如何照顾悦桐，黎妮便返回石堡。随后，阚雄给两人送来食物及被铺，悦桐就无须继续坐在太师椅上，可以舒服地躺下来休息了。

下午两点左右，悦桐的体温已恢复正常。除有些疲累，她未觉有何不适，仍能将昨晚的奇怪梦境，详细地告诉溪望。

“镰刀怪物真的来过。”悦桐对此非常肯定。

“好吧，就当我当时睡着了，没发现怪物闯进来。”溪望没好气道，“从村口到这里虽然不算很远，但也不是三两步就能走完。哪怕镰刀怪物来去如风，它从村口跑过来，在堡顶放哨的人肯定能看见。阚尤他们戒备如此森严，你觉得怪物闯进村里，他们会一点儿反应也没有吗？”

“我怎么知道他们为什么没察觉，反正我肯定怪物来过。”悦桐气鼓鼓地别过脸。

“它还跟你聊天呢！”

“对，它说……”悦桐突然觉得脸颊一热。

“它说什么来着？”

“它说你喜欢我。”悦桐转过头来，朝溪望吐舌头。

“你是不是又发烧了？”溪望见她脸色红润，不由担心起来，连忙摸她的额头测试体温。

“你才发烧！”悦桐掀被蒙头，没再理会对方。

溪望打趣道：“你这样会闷到的，要是闷糊涂了，又会做奇怪的梦了。”

“我才不是做梦，怪物真的来过。”悦桐从被窝探头出来瞪了对方一眼，随即扭头面向墙壁侧卧，不再说话。

溪望没再跟她争论，而是轻拍她的背部，像哄小孩般哄她入睡。或许是感冒未愈，她似乎十分困倦，没一会儿便进入梦乡。她入睡后便开始出汗，溪望怕她会再次着凉，不停地替她擦汗。

面额、脖子、背部、胸口，乃至曾经熟识的双峰，溪望皆仔细地替对方将汗水抹干。期间他不曾萌生龌龊的念头，只是一心想着让对方早日康复，就像从前照顾妹妹时一样。

阚雄送来晚饭时，悦桐仍沉醉于梦乡中，不过已经没再出汗。溪望见她睡得安稳，打算等她醒来再一起吃晚饭。

约莫到了晚上10点，屋外雨势突然增大，并伴随着闪电雷鸣。

悦桐睡了半天仍未醒来，溪望摸她的额头，感觉稍微有些发烫，只好把她摇醒，喂她喝黎妮留下的药汤，并用湿布替她擦身以降低体温。折腾了个把小时，她的体温仍未下降，而且越来越高，不管溪望怎么替她擦身也不起作用。

轰隆的雷声使悦桐受惊，她的身体猛然颤抖了一下，迷迷糊糊地说："蟑螂……有只大蟑螂爬进来了……它要把我吃掉……"溪望轻摇她的身体，并呼叫她的名字，但她却没有回应，只是不停地胡言乱语。

她应该是因高烧导致神志不清，若不尽快让她的体温降下来，恐怕会对身体造成永久性伤害。弄不好会失明，甚至变成傻子。此刻已不容溪望多作考虑，必须立刻带她到石堡向黎妮求助。

溪望将她抱起来，把之前充当雨伞的香蕉叶盖在她身上，冒雨冲向石堡。当他靠近石堡时，突然觉得有点不对劲——堡顶没有人放哨！他穿过门洞进入石堡底层，发现这里同样无人把守，而且地上还有一摊尚未凝固的鲜血。

"出事了？"溪望于心中大叫不好。

阚尤等人十分重视守卫，今晚堡顶及底层均无人看守，而且地上又出现血迹，必定出了意外。然而，他并未为此多想，当务之急是降低悦桐的体温，其他事都不重要。

他抱着悦桐冲上二楼，发现除豹荣外，堡内所有成年人都聚集于此。大家在起居室中央围成一个圈，似乎正在讨论某些事情。他不请自来，大家的目光都落在他身上。

他没理会众人的诧异目光，抱着悦桐匆忙走向黎妮，求助道："夫人，她喝下药汤已经一个多小时，体温不但没有下降，反而越来越高……"他还没把话说完，突然发现豹荣躺在大家围成的圆圈中间，而且脖子上有一道可怕的伤口。

豹荣死了，而且是死于他杀。凶手显然是在背后袭击他，一刀将他的喉咙割破，使他连呼救的机会也没有。

"是你，是你杀死了我家男人！"珠妹从腰背拔出双刀，猛然扑向溪望，哭喊道，"我要替他报仇！"

溪望抱着昏迷不醒的悦桐，难以闪避对方的攻击，只好转身背向对方，以保悦桐免受伤害。就在他等着挨刀子时，阚尤大喝一声"住手"，将珠妹抱住并提起来。

珠妹虽双脚离地，但仍挥舞双刀，哭喊着要将溪望千刀万剐，以替丈夫报仇。阚尤好不容易才将她抱紧，呵斥道：“你疯够了没有？事情还没弄清楚，怎能诬蔑贤侄是凶手？”

“放开我，我没有诬蔑他！”珠妹挣脱阚尤的怀抱，遂以短刀指向溪望，激动地喊道，“我们在此隐居十年，一直都安然无事。可他们才来两天，豹荣就被人杀死，天底下会有这么巧合的事吗？”

她虽没做出袭击溪望的举动，但为避免发生冲突，阚尤迅速拦在两人之间，并严肃地对她说：“我不能向你保证谁不是凶手，但也不能在没证据的情况下，认定谁就是凶手！”

“还要什么证据！难道我们当中，会有人向豹荣下毒手吗？”珠妹悲愤地哭喊道，“我们出生入死多少年了？我相信每一个族人，豹荣也一样，唯独不相信这对外来的狗男女！”

她随即再次向溪望举刀，咬牙切齿道：“豹荣故意为难你们，让你们住那间闹鬼的孤屋是他不对，我亦替他感到羞愧。所以你早上前来求助时，我不但没有阻拦，还向你表示友善。可是，可是你竟然仍记恨于他，甚至向他狠下毒手……”

她激动得说不出话，哽咽良久，遂垂下持刀的双手，悲愤地对阚尤说：“你是我们的首领，你说什么我都听你的。但豹荣的死，你必须给我一个交代。”

“我绝不会让兄弟死得不明不白！”阚尤斩钉截铁道，随即补充一句，“但我需要一点时间，才能把事情弄清楚。”

在阚尤规劝珠妹期间，溪望已让悦桐躺下，并向黎妮说明她的情况，请求对方为她诊治，然后转头对众人说：“我知道杀死豹荣的凶手是谁。”

第十三章　夜闯险境

“你终于承认杀死我家男人了？”珠妹盯住溪望，双眼充满杀机。

“夫人请勿误会。”溪望镇定自若地走到紧握一双短刀的珠妹面前，不亢不卑地问道：“晚生看见底层有一摊鲜血，敢问夫人，豹荣前辈是不是在把守入口时遇害？”

珠妹点头答道：“外子今夜负责看守入口，大概一小时之前，我给他送夜宵，谁知道竟然发现他……”她虽强忍泪水，但因过于悲伤而说不出话。

溪望又问："前辈看守底层时，可有别人在此？"

"我一直都在这里。"阚尤答道。

"可曾听见底层传来异常声响？"

"如果我察觉到异样，豹荣或许不会遭遇不测。"阚尤愧疚地长叹一声。

溪望走到豹荣的尸体前，蹲下来仔细观察脖子上的伤痕，分析道："豹荣前辈武术精湛，要将他杀害，又不惊动一层之隔的阚尤前辈，只能从背后偷袭。"

阚尤与珠妹对视一眼，遂点头道："我们刚才在底层仔细查看，的确没发现打斗痕迹。"

"你们觉得豹荣前辈把守入口时，看见晚生从门洞钻进来，他会有什么反应？"溪望向阚尤发问，但目光却移向珠妹。

"以他的脾气，就算不向你出手，至少也会奚落一番。"阚尤说罢望向珠妹，后者轻轻点头以示认同。

"也就是说，只要晚生进入石堡，就必定会产生动静，是吧？"溪望环视大家的反应，众人要么没有表态，要么默默点头。他继续说："豹荣前辈对晚生怀有戒心，这一点大家都认同吧？在不弄出任何动静的前提下，晚生有可能绕到他背后，并将他杀死吗？"

众人沉默不语，似乎都认同溪望的分析。

首先打破沉默的是阚尤，他思索良久后，眉心紧锁道："你认为凶手是老豹信任的人？"

溪望谦逊答道："晚生不敢妄下断言，但晚生相信，豹荣前辈若与晚生独处，肯定不会让晚生绕到他背后。"说罢又往豹荣脖子上的伤痕瞥一眼，站起来向屠刚问道："敢问前辈是不是惯用左手？"

"我惯用左手还是右手，关你什么事？"屠刚凶横答道。

溪望转头对阚尤说："各位前辈皆久经风浪，通过观察伤口，应该能轻易判断出刀口的走向。"他绕到豹荣头顶蹲下来，"从伤口的情况来看，凶手应该是这样将前辈杀害的。"他以左手为刀，从右往左做出割喉动作，以此暗示凶手是个左撇子。

阚尤怒目瞪着屠刚，呵斥道："老豹遇害时，你在哪里？跟谁在一起？"

"我，我整晚都在塔楼里跟老婆女儿一起。"屠刚脸色略显苍白，慌张答道，"就是刚才10点左右，突然又下起大雨，我给在堡顶放哨的邹健送雨衣，顺便跟他聊了一会儿。你也看见我上去了呀！我一下来就直接回塔楼，听见珠妹的哭声才跑过来。"

阚尤朝溪望点了下头，说："我的确看着他上下楼梯，他整晚都没有下去底层。"

“前辈，你只是没看见他通过楼梯去底层。”溪望双眼闪现肃穆之色，质疑道，“黎妮夫人先前向晚生提及，豹荣前辈曾于堡顶放哨时，通过绳索离开石堡。豹荣前辈可以做到，屠刚前辈亦能仿效。”

“你给我说真话！”珠妹突然把刀口指向邹健，质问道，“屠刚给你送雨衣时，到底有没有从堡顶爬下去？”

“没有。”邹健镇定自若地答道，“当时我们只是为孩子的事情多聊了几句。”

“对呀，刚才我们在堡顶就是聊孩子的事。”屠刚对此加以解释，“村里就只有四个小孩，我们在聊让谁的女儿嫁给阚雄，谁又嫁给豹勇。然后又说小孩们都长大了，就算被赤神教发现这里，孩子们也能跟随我们逃亡，是不是该跟首领商量，大家都多生一个孩子……”

“好了，别再多说。”阚尤打断他的话头。

然而，屠刚却并未就此住口，向阚尤问道：“首领，这事你的确该考虑一下。以前我们怕带着孩子逃亡不方便，所以只敢生一个孩子。现在他们都能照顾自己了，若不多添丁口，我们村恐怕难以维持下去……”

“够了！”阚尤朝他怒喝道，“还嫌我不够烦吗？”

屠刚虽不敢顶撞他，但仍向身旁的妻子低声咕哝：“之前老豹一直反对，大伙才没再添丁，现在他都已经……”

阚尤猛然扑上前，揪着屠刚的衣领喝骂：“我叫你住口，听见没有！”

屠刚被对方的气势压倒，不敢作声，只是一个劲地点头。

“你们别再吵了！”一直默不作声地低头替悦桐诊断的黎妮，突然抬头冲众人喊道，“继续吵下去，豹荣也不会活过来，但不尽快救治这姑娘，就算能保住她的性命，日后恐怕也是个废人了。”

“她怎么了？”溪望立刻扑到黎妮身前，刚才的冷静已消失无踪，取而代之的是一张方寸大乱的惊惶面容。

黎妮答道：“她的问题其实不大，只要让她的体温降下来，事情就好办了。”

“多大的事啊，给她喝柴胡汤不就行了！”珠妹一脸悲愤，大概觉得此刻没有事情能与丈夫的死相比。

“我也知道该给她喝柴胡汤，可是……”黎妮愁眉锁眼道，“堡里的柴胡刚好用光了，我本打算这两天去枯树林采摘，可是却一直下着暴雨。”

“在枯树林能找到柴胡是吧？我现在就去找回来。”溪望说罢便转头冲向楼梯。

“贤侄请留步！”阚尤把他叫住，问道，“你知道柴胡长什么样吗？”

溪望愣了一下，摇头说“不知道”，但他突然想起一件事，立刻向黎妮问道，“柴胡汤能让她退烧，那么一般的退烧药应该也能起效是吧？”

黎妮答道：“她最大的问题是体温过高，能让她退烧的方法都值得一试。只要体温降下来，我有把握把她治好。”

“我带来了一些药物，但遗落在村口小溪旁的营地里，要是找到这些药，或许不用到枯树林采药。”

“这两天暴雨不断，营地里的东西恐怕已被洪水冲走。”阚尤将一件稻草编造的雨衣扔给溪望，又道，“我跟你一起去，要是到营地没找到药物，就往枯树林走一趟。”他披上另一件雨衣，随即走向楼梯。当他经过黎妮身旁时，对方却牢牢地抓住他的手。

“你不能去。”黎妮眼眶涌现泪光，惶恐不安道，“柴胡生长在怪物巢穴附近，这时候过去采摘，无异于自寻死路。我们在此隐居十年，亦未曾于夜间闯入枯树林，你这一去恐怕……”泪水从她的脸颊滑过，哽咽难言。

阚尤往躺在她身旁、昏迷不醒的悦桐瞥了一眼，皱眉道：“她能否撑到天亮，你应该心中有数。若不能在天亮之前，让她的体温降下来，就算能保她性命亦会留下后患。”

他叹息一声又道：“她是博哥儿子带来的人，我们绝不能见死不救。念在博哥昔日的恩情，不管是刀山火海，还是万丈深渊，我亦不能退缩。更何况，我们不见得一定要进入怪物的地盘。”说罢便将妻子的手甩开。

“且慢！”一直不怎么说话的邹健，突然开口把他叫住，并对他说，“你不能为他们冒险。”

“我已经把话说得很清楚。”阚尤虽未动怒，但脸上的威严已令人感到畏惧。

“我们必须报答博哥的恩情，但在此之前，要先把老豹的死弄清楚。”邹健面无表情地说。

“这个问题刚才已经讨论过，虽然不能确定凶手是谁，但贤侄显然不是凶手。”阚尤散发一股不怒自威的霸气，让人觉得他的话就是这件事的结论。

“请容在下问这位年轻人一个问题。”邹健见阚尤没作声，算是默许，便向溪望问道，“一个多小时前，也就是雨势最大的时候，你在哪里？跟谁在一起？”

这个问题等同要求溪望提供不在场证据，可当时他正在孤屋照顾悦桐，除昏迷不醒的悦桐外，没人能替他做证。

溪望如实作答，并提出论据自辩：“前辈当时于堡顶放哨，晚生若靠近石堡，如何能瞒过前辈双眼？”

“利用暴雨。”邹健冷漠道，“屠刚给我送雨衣时，雨势非常大，加上天色昏暗，在堡顶根本无法看清附近的情况，所以我才会偷闲跟他聊天。你要是利用这段时间潜入石堡，即可不被发现。”

“就算我能避开前辈双眼，又如何在不惊动阚尤前辈的情况下，将豹荣前辈杀害？”溪望再度自辩。

“还是利用暴雨。”邹健解释道，“大哥双耳虽然灵敏，但若风雨声盖过底层的动静，他未有察觉亦不足为奇。”

溪望正欲以“此处与底层只有一层之隔，堡外风雨再大，亦难以掩盖底层的动静”为由做出反驳。可是，他还没开口，珠妹已向他扔出短刀，哭喊道：“我就知道是你杀死我家男人！”

对方突然袭击，溪望哪来得及闪避，眼见短刀下一刻便要插入他的胸口，阚尤猛然挥拳，竟以拳头将疾飞的短刀弹开。

“别再给我添乱。”阚尤怒目瞪着珠妹。

然而，珠妹并未就此罢休，举刀指向溪望，态度坚决地对阚尤说：“不把我家男人的死弄个明白，我不会让这小子踏出石堡半步。”

溪望要证明清白，甚至找出屠刚就是凶手的关键证据，其实并非难事，只需一点时间即可。但他必须立刻前往枯树林为悦桐采药，哪怕是一分一秒也不能耽误，这才是问题所在。

故此，他大步走到珠妹面前，以胸口顶向对方的刀尖，面无惧色道：“你可以一刀刺进我的胸膛，但你将永远不会知道杀害豹荣前辈的真凶是谁。”

在场众人皆屏声息气，目光全落在两人身上。

珠妹紧握手中短刀，几欲下手刺穿溪望的心脏，但最终还是将手垂下来，敬佩道：“年轻人，我敬重你的胆色，但我不会任由自己的男人枉死。”

“夫人请给晚生一天时间。”溪望义正词严道，“明日黄昏之前，晚生若不能找出真凶，就在豹荣前辈坟前割喉谢罪！”

“君子一言。”

“快马一鞭！”

溪望说罢便与阚尤匆匆离开石堡，前往危机四伏的枯树林。

他们刚走，屠刚便向珠妹问道：“你相信这个外来的小子？”

珠妹将被阚尤打落的短刀捡起，插回腰背的刀鞘，转头望向昏迷不醒的悦桐，答曰："我要是把他杀了，就会搭上一个无辜的姑娘，何不多给他一天时间？"

她走到悦桐身前，轻抚对方发烫的前额，叹息道："反正他又跑不掉。"

溪望跟在阚尤背后，于暴雨中一路狂奔，本想到小溪旁寻找遗落于营地的药物。可是，到步后两人却发现溪水泛滥，别说遗落于营地的物资，就连帐篷也早已被汹涌的洪水冲走。

他转头望向充斥着死亡气息的诡秘树林，对阚尤说："前辈，你没必要陪晚生冒险。"

"在神隐村隐居这十年里，有一件事一直让我耿耿于怀，就是无法报答博哥的恩情。"阚尤露出坚决的目光，豪爽笑道，"得人恩果千年记，得人花戴万年香。现在报恩的机会来了，今晚我若不能把你的女人救回来，这辈子恐怕也不能睡个安稳觉。"

溪望向对方拱手行礼，敬佩道："前辈的恩德，晚生在此先行谢过。"

"别磨蹭了，赶紧进树林采药。"阚尤说罢便迈步踏入枯树林。

尽管溪望已戴上头灯，但走进暴雨下的枯树林，只能勉强看清楚十米内的事物。十米之外只见树影婆娑，犹如群魔乱舞，仿佛随时会扑过来袭击两人。

两人穿行于昏暗且压抑的枯树林，来到怪物巢穴所在的悬崖附近，寻找医治悦桐的草药。除了仔细搜寻外，他们还得时刻留意周围的动静，以提防将会出现的危险。

尽管条件恶劣，但阚尤对地形较为熟识，不到半小时便采摘到足够分量的柴胡。他将草药交给溪望，如释重负地笑道："总算能为博哥略尽一点绵力，报答他昔日的恩情。"

溪望面露欢悦之色，立刻将柴胡收进肩包，遂准备向对方道谢。可他还没开口，便听见一个熟识的女性声音于身后传来："是时候动手了，鬼羊麾下头号杀手……空手狼阚尤。"

他转身一看，发现一个婀娜的身影缓步靠近，徐徐进入可视范围——李梅！

与此同时，他感到一股令人心寒的浓烈杀意，正从身旁的阚尤身上散发出来……

第十四章　雨林混战

溪望盯着李梅，冷峻道："你这话是什么意思？"

李梅没带雨具，全身被雨水淋得湿透，衣服因此紧贴婀娜的胴体，尽显她的玲珑曲线，格外性感而媚惑。湿漉漉的长发贴于脸颊边缘，使那一双尖细的招风耳格外显眼，配合其妖冶的双眸，犹如一只诱人堕落的妖精。

她没有回答溪望的问题，而是向阚尤发号施令："还想保住你跟族人的头颅，就立刻替我杀了他！"

溪望扭头望向阚尤，讶然问道："前辈，难道你受到这女人的威胁？"

阚尤沉默不语，脸上五味杂陈，极其苦恼。

"威胁？呵呵……"李梅娇声笑道，"帅哥，在送你上黄泉路之前，不妨让你死个明白。你身旁这位大叔，并非如他所说，是个落难的可怜人。他的真正身份是陵光的顶尖杀手，杀手王麾下最强的暗杀者——空手狼！他师承王三，擅长徒手暗杀，身上背负的人命，没一百也有八十。"

溪望露出难以置信的目光，盯着阚尤讶然问道："前辈，她说的是事实？"

"那是一段不堪回首的过去……"阚尤自嘲地笑了笑，遂露出坚决的目光，肃穆道，"我没后悔自己所做的每一件事，但也不会让自己及族人再过那种肮脏的生活！"

"做一次婊子，终生都是婊子；杀了一个人，永远都是杀手！"李梅冷笑道，"你以为跟族人躲藏在深山老林，就能从此跟肮脏的过去划清界限吗？组织没有忘记你们，你也别忘记脱离组织所需付出的代价。"

阚尤冷酷无情地答道："诛杀脱离者及一切与其有关联的人，抹煞其一切曾经存在的痕迹……哪怕是初生婴儿，甚至是一条狗，所有与脱离者有关的人和物都必须彻底清除！"

"记性还挺好嘛！"李梅娇媚一笑，遂冷酷道，"还想留着你那个宝贝儿子的脑袋，就别再浪费时间，立刻把这个笨蛋杀掉。"

"前辈，这到底是怎么回事？"溪望仍未能接受眼前事实，向阚尤问道，"你怎么会成为陵光的杀手？"

"你的问题还真多。"李梅白了他一眼，"见你死到临头，我就好心告诉你吧！这帮人当年受赤神教追杀，为保命而投靠鬼羊……"

"让我来说……"阚尤打断李梅的话头，遂向溪望讲述自己及族人成为陵光杀手的经过——

当年博哥得知我们的处境后，知道单凭他一人之力，无法确保我们的安全。所以，他将我们托付给三哥，让三哥保护我们。

三哥虽然有能力保护我们，但授人以鱼，不如授之以渔，与其日夜守在我们身旁，不如教授我们自保的能力。因此，三哥传授我们高超的武术，让我们有能力保护自己。三哥本来是好心帮助我们，但陵光的首领井犴获悉此事后，情况就变得不一样了。

井犴威迫三哥，要我们为陵光效力，否则就将我们全部杀死。为保住我们的性命，三哥别无选择，只能屈服于对方的淫威之下，让我们成为陵光的杀手。我们明白三哥的苦衷，为报答他的恩情，在随后的数年间，我们一直为陵光效力，并对此无怨无悔。

井犴曾多次通过三哥给我们指派任务，虽然没仔细算过，但我们为组织至少暗杀了上百人。虽然我们从没半句怨言，但三哥知道我们早已厌倦杀戮。所以在一次任务中，三哥为我们营造全军覆没的假象，并在随后带领我们到此隐居。

我们隐居于此，一为躲避赤神教的追杀，二为远离组织的耳目……

“呵呵……你以为杀手王的小把戏能蒙过BOSS法眼？”李梅掩嘴娇笑，“自从你们全军覆没，BOSS不但没再信任杀手王，还让我监视他的一举一动。他的确有一套，竟然把你们藏在这种与世隔绝的地方，我还真以为你们都已经翘辫子了。不过世事就这么奇妙，之前花不少工夫也找不着你们，但你身旁这个笨蛋却稀里糊涂地把我带过来了。”

“或许是天意。”阚尤感慨万端。

“别再啰唆，赶紧动手。”李梅向他下达命令，并给溪望抛了个媚眼，娇笑道，“帅哥，我们此生缘尽，来生再聚吧！哈哈哈……”

“现在这情况，我似乎没有多少胜算。”溪望耸耸肩，豁达道：“李大状，在我临死之前，应该可以把你的代号告诉我吧？你对陵光的事情了如指掌，如果还不承认自己是陵光成员，恐怕阎罗王也不会相信。”

“好吧，我现在就告诉你，好让你向阎罗王交差。”李梅娇媚一笑，遂正色道：“我的代号是张鹿。”

“在20年前生物研究所一役中，有三位陵光成员丧命，原来的张鹿应该是其中一位吧？”溪望问道。

“没错，看来国际刑警给你提供的情报还真不少。”李梅点头道，“张鹿跟翼蛇都是当年丧命的成员，你在香港遇到的凌风，其实是第一任翼蛇的儿子。他不但从父亲身上继承‘神偷凌风’的称号，还继承了陵光成员的身份。不过，他已经背叛组织，在彻底抹煞他的存在后，BOSS会亲自选人接替他的位置。”

“我也不妨多告诉你一些事情。”或许觉得自己稳操胜券，李梅不由话多起来，“陵光的七名骨干成员各有分工，BOSS井犴负责组织及统领众人；鬼羊专门执行暗杀任务；星马跟翼蛇分别负责断后及盗窃；轸蚓是组织的智囊，负责策划行动细则。至于张鹿，也就是我，除负责远程狙击外，主要的任务是收集情报。”

“七名骨干成员各司其职，几乎缺一不可。因此每失去一名成员，BOSS都会亲自挑选继任人填补，不过轸蚓却是个例外。尽管轸蚓已经离开组织多年，但BOSS一直没找到能与之相比的谋士，所以他的职位至今仍然空缺。其实要找一个跟王三旗鼓相当的杀手，也不是一件容易的事。不过……”李梅伸出食指，朝阚尤轻勾两下，娇媚笑道，“你跟你的族人，或许能暂时顶替王三的位置。”

“你好像说漏了一个成员。”溪望镇定问道，“你没说柳獐的职务是什么。”

“你已经知道太多了，多得不能让你多活一分钟。”李梅朝他娇媚一笑，遂向阚尤命令道，“立刻动手！”

阚尤凝视自己紧握的拳头，犹豫良久终下定决心，以坚定的语气对李梅说：“博哥拯救了我们一族，我阚尤绝不能恩将仇报，加害他唯一的儿子。”

“呵呵……你要与组织为敌？”李梅掩嘴娇笑，突然将手插入衣领，把藏于腋下的袖珍手枪拔出并指向阚尤。她面露狰狞之色，双眸闪烁凶光，冷酷无情道：“为了给一个死人报恩，搭上自己及族人的性命，太不划算了吧？”

“或许有两全其美的办法，既无须伤害博哥的儿子，亦无须牺牲族人性命。”阚尤冷笑道。

“你待在这里太久，脑袋生锈了吧？”李梅娇媚笑道，随即换上冷若冰霜的语气：“今晚你要是没把这笨蛋杀掉，明天组织的杀手就会将神隐村铲平！”

“前提是你能活着离开这里……”阚尤跃身扑向李梅，并挥拳突击。尽管对方持有手枪，但这种小口径的袖珍手枪威力有限。以他魁梧的躯体，只要头部等要害部位没被直接射击，就算挨一两颗子弹，仍有把握将对方制伏。

此刻两人的距离不足十米，以阚尤的身手，李梅只有一次射击的机会。阚尤虽已退隐十年，但毕竟曾是杀手王麾下的顶尖杀手，要一枪将他击毙几乎没有可能。

故此，李梅并没有朝他开枪，而是果断地将枪口指向溪望。

阚尤察觉她的意图，立刻变换步法旋身移步，赶在她扣下扳机之前，挡在溪望身前。

一声枪响划破夜空，并于诡秘的枯树林内回荡。漆黑的悬崖深处，随即传来一声低吟，仿佛有某种生物被枪声惊动。然而，对峙中的三人，对此却无暇理会。

阚尤胸口中枪，以他的体格虽不至于失去活动能力，更不足以致命。但为给溪望挡枪而强行变换步法，使他失去前冲的势头，此刻再次发力已错失先机。溪望因被他魁梧躯体遮挡，亦难以展开攻势。

李梅当然不会错过这个大好机会，立刻乘胜追击，往阚尤结实的胸膛连开三枪。

阚尤虽仍有余力闪避对方的射击，可他一旦闪身躲避，身后的溪望因视线受阻，必定不能及时做出反应，结果只有惨死于枪口之下。故此，他没做出任何闪避，用自己的魁梧躯体将这三颗子弹挡下来。

纵使拥有强悍体格，纵使对方的小口径手枪威力有限，在连中四枪的情况下，依然屹立不倒几乎没有可能。阚尤犹如一棵失去根茎的参天大树，在子弹的冲击下徐徐往后倒下。溪望立刻抱住他，可对方实在太重，加上暴雨使地面湿滑，一时没站稳，两人双双倒地。

“前辈，你要撑住啊！”溪望从阚尤背后爬出来，并将碍事的雨衣脱掉，随即按住对方的胸前伤口，以减缓血液流失的速度。

“我撑不下去了，无法报答博哥的恩情……”阚尤往正把枪口指向溪望的李梅瞥了一眼，用尽最后一口气说：“虎父无犬子，你是博哥的儿子，绝对不能栽倒在这个阴险的女人手里……别让我在阴间无颜与博哥相见……”他的双眼缓缓闭合，呼吸随之停止。

“这种生离死别的场面，挺感人肺腑的……”李梅擦拭眼角，装作伤感落泪，“还真不忍心让你们阴阳相隔呢，我就做一回好心人送你上路，让你们在黄泉路上有个伴儿。”说罢便扣动扳机。

就在子弹脱离枪膛的同时，一道黑影从悬崖下飞跃而上，随即寒光闪现。带有一道银色光带的巨大刀刃，如彗星般斩向溪望。然而，刀刃疾速落到他身前竟霍然停住，正好挡住即将射进他胸膛的子弹。

一声惊雷贯彻云霄，耀眼的闪电照亮了整个枯树林。

借助闪电的照明，溪望发现为自己解困的，竟然是头戴斗笠、手执长柄镰刀的可怕怪物——牛头人！

李梅万万没想到，牛头人竟然会在关键时刻跳出来充当程咬金，立刻惊惶地将枪口指向对方。然而，她这个动作似乎早在牛头人意料之中。

只见怪物刀锋一转，手臂疾挥。虽有近十米距离，但镰刀带动的强劲气流，如排山倒海般扑向李梅，竟把她撞倒在地。她慌乱地爬起来，狰狞的面容带有一丝惊惶，虽语气凶狠但又显略底气不足道：“你也要造反了？”

牛头人没发出任何声音，只是挥舞镰刀指向她，似在向她宣战。

“少给老娘装蒜了！”李梅歇斯底里地叫道，“别以为装神弄鬼，我就不知道你是谁！”

牛头人仍没开腔，也没见任何异样，似乎没有听懂李梅的话。又或者对方所说的一切，早在它意料之中。

或许因为恐惧，或许因为恼火，李梅突然朝怪物射出弹夹里最后一颗子弹。可是，牛头人只是轻晃镰刀，便将这一枪挡下来。她手忙脚乱地更换弹夹，并再向对方连开五枪。

牛头人屹立于原地，双脚连动也没动一下，只靠晃动手中的巨大镰刀，便轻易地将这五颗子弹一一挡下。

眼前这一幕让溪望知道，怪物的实力绝非常人能及，使他不敢轻举妄动，甚至不敢转身逃走。此刻怪物的注意力集中在李梅身上，但他若趁机逃走，说不定会令怪物将刀口转向他。

故此，他打算先按兵不动，待怪物摆平李梅再作打算。

“你能骗过BOSS，但骗不了我。你本应在阚尤他们隐居之前就已经死了，但你竟然跟他们一起寻找隐居地，说明你的死根本就是个骗局！”李梅浑身发抖，紧握只剩下一颗子弹的手枪，以怯弱的声音向对方问道，“我说的没错吧？”

牛头人突然仰天长啸，发出犹如牛叫的怪异咆哮，似在示意对方将其身份道出。

“你是除BOSS外，组织里最神秘、最可怕的人物……”李梅颤抖得非常厉害，好不容易才从牙缝挤出一句话，“至今仍无人可以取代的陵光首席军师——轸蚓！”

第十五章　决一死战

牛头人虽没作声回应，但李梅仿佛看见其隐藏于面纱背后的双眼发出精光，并散发出排山倒海的杀意。无尽的恐惧使她浑身颤抖，紧握只剩下一颗子弹的手枪指向对方，怯弱地往后退步，发出毫无底气的威胁：“你要是向我出手，就等同背叛组织，你应该知道会有什么后果……”

还没等她把话说完，牛头人便疾速前冲。她还没反应过来，巨大的镰刀已斩向她的脖子。她惊惶地矮身闪避，勉强避过凶险的斩首一击，仅被对方削去一撮秀发。

此刻两者距离不足半米，且挥斩中的镰刀余劲未尽，牛头人难以及时将其用于防守。这本是李梅反击的大好机会，她可以趁此时机射击对方头部，一枪结束对方的生命。

然而，牛头人的攻势并未结束，李梅的闪避方式似乎在其计算之内，反击意图亦在意料之中。就在她下蹲的同时，牛头人猛然起脚，她根本没机会瞄准。

枪声响起，子弹没击中牛头人的脑袋，而将其右侧的牛角打断。与此同时，李梅被对方踢中腹部吐血倒飞，如穿越数名球员直冲球门的足球，于惨叫声中越过数棵枯树跌落悬崖，随即消失于漆黑的深渊之中。

悬崖深不见底，就算她侥幸没被踢死，亦会粉身碎骨。

尽管目睹李梅落得如此凄惨下场，但溪望却没有给予对方怜悯的空闲，因为他正被眼前的怪异景象所吸引。

牛头人右侧牛角被打断后，整个脑袋旋转了180度。此刻它虽背向溪望，但眼睛应该是朝溪望这边看。大多数哺乳动物都不能像猫头鹰那样，头部可作270度旋转。脑袋旋转180度，就足以令正常人瞬间丧命。

然而，牛头人似乎没受任何伤害，只见它将镰刀插在地上，双手抓住两只牛角，将脑袋扭回原来的位置。它的脑袋仿佛可以随意旋转。

这一幕令溪望脑海闪现一个念头，联想到刚才李梅说它的真正身份是鲹蚓，便更确定自己的想法——它戴着一个牛头头盔!

牛头人转过身来，伸出左手向溪望轻勾食指，似在示意继续之前未完的决斗。

“你就是鲹蚓?”溪望冷静问道，同时瞥了一眼倒卧在地的阚尤。

阚尤已魂归天国，此刻溪望就算能逃回石堡，若不带上他的尸首，恐怕亦会被扣上临阵退缩、抛弃同伙的罪名。这样不但救不了悦桐，黎妮等人更可能兵刃相向。

故此，溪望必须将阚尤的尸体带回石堡，这样至少能证明他没有抛弃同伙。可是，要将尸体带走，必须先摆平眼前这头“怪物”。

对方没回答他的问题，只是再次轻勾食指，催促他与之决一死战。

“我跋山涉水来这里找你，不是为了跟你打架，而是为了找出父亲死亡的真相！”溪望恼火地发出愤怒的咆哮。可是，对方仍继续勾着食指，似乎不打上一架，就不会回答任何问题。

“好吧，我明白了。”溪望泄气道，“不把你打败，你什么都不会说是吧?”

对方将手垂下，缓缓点了下头，随即将镰刀拔起，以刀柄在地上写上四个苍劲有力的大字——决一死战!

当镰刀再次插在地上时，对方已疾速前扑，向溪望发动攻势。

溪望慌忙触动机关，使藏于衣袖里的百鬼鸣及飞镰双双弹出刀刃，以迎战眼前的可怕对手。同时，他的脑袋高速运转，思考对方给予的回应。

对方点头算是承认自己是轸蚓，在地上写下“决一死战”，表示这场决斗并非点到即止，而是生死相搏——要知道真相必须将他杀死，否则就留下性命！

可是，对方刻意空手上阵，这是小看自己，还是有心求死？

这个问题，溪望没想通，也不容他多作思考，因为轸蚓已扑到面前。他立刻将重心下移，并横伸双臂使出掠地旋风抢攻对方下盘。轸蚓似乎早已料到他会出此招，跃身而起并往他头部起脚。

轸蚓的块头比阚尤还大一号，在前冲的惯性作用下飞身起脚，就算不把溪望整个脑袋踢飞，也能踢断他的颈椎。因此，溪望只好顺势趴在地上，借助湿滑的地面继续向前滑行，以避开对方的飞踢。

首轮交锋，溪望已劣势尽显，对方就算赤手空拳亦能瞬间取他性命，根本无须动用武器。故此，他必须格外留神，因为这一战只许胜不许败。这并非为保自己的性命，亦非关系到父亲死亡的真相，而是他必须把草药带回石堡，救治昏迷不醒的悦桐。

飞踢扑空的轸蚓，落地后因冲劲过大而在湿滑的泥地上滑行，需以五指抓地才能停下来。这给溪望带来短暂缓冲的时间，他带着满身泥爬起来，迅速将百鬼鸣及飞镰组合成长柄镰刀，以准备再次迎战。

轸蚓稳住身体后，立刻四肢着地转为兽行，来势汹汹地扑过来。溪望紧握兵器，以不变应万变，等待对方出招。

观其势头，轸蚓极可能借助冲力飞扑，利用魁梧的躯体对溪望进行压制。可是当对方冲到跟前时，他却发现轸蚓并没有跳起来，而是抢攻他的下盘，先右手挥击试探，随即旋转躯体再重拳出击。

溪望跃身后退，虽避过第一击，但因重心偏移，再以同样的方式闪避必定会摔倒。与高手过招，任何细微失误皆足以致命。故此，他没有再次后跳，而是往上跳起，在修正重心偏差的同时，准备借下落势头，挥舞镰刀反击。然而，他的意图似乎全在轸蚓计算之内。

轸蚓继续旋转身体，且重拳上挥。这一击虽未命中对手，却带动强劲的上升气流，使刚跳起的溪望失去平衡。他瞬即旋身上跃，准备借旋转的冲力，以重拳给予溪望致命一击。

“掠地盘龙？”溪望于心中惊呼。

对方此刻所用的招式不就是父亲结合“迅”和“烈”所创的必杀绝招——掠地盘龙吗？

溪望的掠地旋风是其简化版，因为要使出此招，除极高的速度外，还需要惊人的臂力才得以带动上升气流。虽说父亲曾将所创武术传授他人，但没想到diao蚓竟然是其中之一。

不过仔细一想，亦有迹可循。diao蚓跟随宏叔为阚尤一族寻找隐居地，而父亲与宏叔则是兄弟之交。两人同是宏叔的朋友，他又为完成父亲遗愿劳心劳力，若说两者素不认识，那才不可思议。

既然是父亲的绝招，溪望就算使不出来，也不至于会被击倒，因为父亲早已教授他破解之术。他将镰刀倒插在地，以此支撑身体，在对方的转身重击到来之前翻身后跃，仅以些微之差避过对方的致命攻击。

见溪望避过自己的杀招，diao蚓并没表现出愤怒或失望，反而仰天发出诡异的笑声。待到对方重整旗鼓，他便再度出招，竟然仍是云博绝学，迅柔刚烈中的“烈”——龙牙突刺！

只见他左臂直伸，五指并立如刀；右臂留后，中食二指并立如剑，如拈弓搭箭般侧身前扑。此乃强攻的硬招，前伸的左手看似试探，实为以手刀突破防卫并抓住对手，遂以右手剑指同时往对方眼、喉、心、肝、脾等多处要害进行刺戳。

若被他抓住，以其惊人的力量，不管哪个部位挨刺，恐怕都能要溪望半条命。若双眼或左胸被刺，更可能一命呜呼。

不过，溪望又怎可能被父亲的招式打倒，这招父亲曾对他用过无数次，他早已知晓破解的方法。此招虽凶猛暴烈，但力量过于集中，只要以“柔”避其锋芒，便可全身而退。

故此，在对方的手刀将要突破防线时，他立刻往右转身，贴着对方背部旋身闪避。与此同时，他借势挥舞兵刃，瞄准对方的脖子。他打算用镰刀勾住对方脖子，以借助对方前冲的惯性，将对方的脑袋砍下来。

然而，作为至今仍无人可以替代的陵光军师，diao蚓又岂会轻易败阵？眼见镰刀将要落在脖子上，他突然低头以脸面迎上刀刃。

此举看似自寻死路，但溪望脑海却闪现对方将脑袋扭转一幕，不由于心中惊呼：他戴着头盔！

果然，镰刀虽砍中diao蚓的头部，却未见鲜血四溅，反而卡在他的脸上。他单膝跪地，并以右手抓住地面，如汽车急刹般停下来，并借势把头往前甩，将斗笠连同紧握镰刀的溪望一同甩向前方。

溪望犹如从急停的汽车上掉下来一样，被甩到约十米远，撞上一棵粗壮的枯树才停下来。他挣扎着爬起来，发现对方的斗笠就掉在自己脚下。当他想提起镰刀继续应战，却发现镰刀比刚才略为沉重，仔细一看，发现刀刃上有一个牛头头盔。

头盔以牛头头骨为主体，表面包了一层牛皮革，做工十分精细。不仔细看，会让人以为是一颗刚从野牛身上砍下来的脑袋。

刀刃割破牛皮，深深地嵌入头骨之中，溪望使劲地甩了几下也没甩掉，用脚把头盔踩在地上才能把刀刃拔出。他准备再次迎战时，突然想到一个问题——摘下斗笠及头盔的畛蚓，到底长什么模样?

头灯的光线于暴雨中十分暗淡，仅能看清十米以内的事物。此刻畛蚓所在的位置，正好是头灯照明范围的边缘，所以溪望看得不是十分清楚。不过，这已足够令他惊讶不已，因为在他眼前的不是一个人，而是一头真正的怪物。

本以为畛蚓之前一直在装神弄鬼，戴着牛头头盔冒充牛头人。没想到摘下头盔后，他的真容竟比牛头人更可怕。他嘴巴宽大、獠牙丛生，眼眶凹陷，双眼细小且不见眼白，犹如两个嵌在脸颊上方的黑点。整个脑袋没长一根毛发，但两侧额角却各有一根细长的……触角?

溪望盯住他愣了好一会儿，脑海里只有一个念头：蟑螂!

对方这模样与其说是人，还不如说是人形蟑螂。

此刻，溪望终于明白，对方为何拥有如岩石般坚硬的甲壳皮肤，这显然是源自蟑螂的基因。也就是说，之前变异人的推断正确，对方因某些原因产生变异，由正常人类变成人形蟑螂。

他之所以假装牛头人，只为掩饰自己丑陋的真容。在枯树林中独居，是为避免被阚尤等人发现这个可怕的秘密!

眼前这头蟑螂怪物，并未因为被溪望目睹真容而放弃决斗，依旧战意浓烈。他于暴雨中仰天咆哮，发出如牛叫的怪异声音，随即疾速前扑，发动新一轮攻势。

溪望还没从惊讶中回过神来，对方怪异的容貌，给予他极大震撼。莫名的恐惧笼罩他全身每个细胞，使他无法弹动分毫。然而，与高手对决，任何细微失误都足以致命。

他必须战胜恐惧，且刻不容缓。

就在这决定生死的瞬间，父亲慈祥的面容在他脑海中浮现。

“永远别说‘我做不到’，这只是你给自己的借口。你要相信自己，只要有一个坚定不移的目标，你将无所不能！”

父亲的教训与悦桐苍白的面容一同于脑海中闪过，溪望狠狠咬一下牙，遂挥舞镰刀前扑，于心中默念“为了悦桐”，遂发出气势如虹的咆哮：“我将无所不能！”

两雄相遇，溪望先发制人挥舞镰刀使出旋风斩。轸蚓虽体形魁梧，但身手却极其敏捷，而且仿佛能预测对手每个动作，扑躲、闪避对方的拦腰挥斩并以利爪反击。

溪望跃身闪避，同时触动机关使刀刃弹出，插在右侧一棵约三米高的枯树上。他借收紧钢丝的回拉之力，于空中飞跃跳到树顶。将刀刃从树身拔出，他便跃身而起，于对手头顶展开攻势，使出无相多变枪其中一招霸道绝技——漫天寒霜！

只见他于空中急速旋转，从他身上甩出的雨水往四周激射，在头灯光线及刀刃反光的映照下，雨水犹如漫天飞雪，从而使他的身体隐藏于“霜雪”之中。

他借助旋转的冲力，接连挥舞镰刀。密集的攻击不但封锁对方一切退路，锋利的刀刃更犹如暴雨，从不同的方位向对方倾洒。

孰胜孰负，在此一招！

第十六章　死亡真相

漫天寒霜是一招既巧妙又霸道的招式，必须于暴雨中从对手上方发动。先利用飞溅的雨水阻碍对方视线，再从对方头顶高速挥斩。在以密集的攻势封锁对方所有退路的同时，还从不同方位挥刀砍击，使对方无法躲避或抵挡。

若换作别人，就算是令人闻风丧胆的杀手王，恐怕亦难以全身而退。可是溪望此刻的对手，是拥有变异躯体的陵光军师轸蚓，这令胜负充满变数。

只见轸蚓屹立原地不躲不避，缓缓伸出双手，似要徒手与刀刃对撼！他的动作看似迟缓，但将要与刀刃接触的瞬间，双手却突然快如闪电，竟准确地抓住正高速挥斩的刀背。

在以肉眼无法分辨的一刹那，他先顺应刀刃的走势推动刀背，再借势转换方向，竟将正高速旋转的溪望甩往身后，从而化解对方的狂暴攻击。

溪望摔倒在泥泞之中，险被自己的刀刃割伤。他忍痛爬起来，以诧异的目光盯住眼前这头“怪物”。刚才对方所用的招式，是父亲结合“迅”跟“柔”所创的“顺流逆切”，是唯一可以化解漫天寒霜的绝学。

然而，这并非他诧异的原因。

在父亲生前跟他的对练中，因受雨水阻碍视线，亦无绝对把握化解此招。但轸蚓只是初次拆解，竟能如此轻易地将他甩到身后，这可让他百思不解。

就在他为此苦思冥想时，轸蚓已转过身过，并轻蔑地向他轻勾食指，似在催促他使出更厉害的必杀绝技。

对方拥有岩石般坚硬的皮肤，一般招式根本无法伤其分毫。漫天寒霜这种狂暴攻击，几乎是溪望唯一的取胜希望，可是却被对方轻易化解。此刻唯一可用的招式，恐怕就只有必须配合飞镰使出的“缚妖天牢”。可是，这招施展速度缓慢，以轸蚓的身手，怕招式还没完全展开，对方已把他剥皮拆骨。

他正为此苦无对策之际，突然瞥见有东西从右侧一棵枯树后面飞出，带着呼啸之声朝他扑过来。他本能地挥舞镰刀将此物斩成两半，遂发现竟然是一块树皮。他往分成两截并掉落在地的树皮瞄了一眼，发现上面刻有二字——触角！

他瞬即明白轸蚓为何能轻易破解漫天寒霜，秘密就在于对方额角上的一对触角。轸蚓不像正常人类那样，对视力极其依赖，而是跟蟑螂一样，靠一双触角感知周围环境变化。故此，轸蚓能察觉他每个细微举动，甚至预测他下一个动作。靠阻碍视力进行奇袭的漫天寒霜，对轸蚓而言，根本毫无威胁。

得知对方的秘密，无疑令溪望在这场生死决斗中胜算大增。不过，在振奋的同时，他不由心生疑惑：到底是谁在这关键时刻给予提示？

尽管这是个非常重要的问题，但在寻找答案之前，溪望必须先解决眼前这只大蟑螂。轸蚓能以触角感知周围环境的变化，这是他的优势。但若对此加以利用，便会成为他的致命弱点。

溪望悄然触动机关，百鬼鸣的剑刃随即弹出，同时打开柄身的气孔。轸蚓察觉有异，没有继续于原地等候，而是扑过来抢攻。溪望立刻转身后退，同时空挥展开成双头镰枪的百鬼鸣 · 飞镰。

百鬼鸣的中空设计，在完全展开的形态下，能通过气孔发出百鬼悲鸣。这设计的本意是用于震慑对手，鬼鸣之音充其量只会令人背脊发凉，从而使对方怯场。或者通过装神弄鬼，令对方因畏惧而临阵退缩。但不管如何，也只能在心理层面上取得效果，并不能给予对手实质伤害。

轸蚓不但智力超群，还是身经百战的陵光军师，跟他打心理战只会虚耗自己的精力，根本不起半点效果。不过，百鬼鸣所发出的声波，能在一定程度上干扰他的触角，使他无法准确判断周围的环境变化。

果然，就在百鬼悲鸣响起的同时，轸蚓突然止住攻势，迷茫地往四周张望。眼前的景象让溪望想起前晚的对决中，对方将悦桐提起来凑近面前的一幕。

蛤蚓显然因变异，而导致视力严重衰退，就算凑到面前亦难以看清楚悦桐的容貌，大概只对强光比较敏感。在触角受干扰的情况下，他几乎跟瞎子毫无区别。

溪望趁此良机，触动机关使刀刃飞出，以极高的手法挥舞柄身。在不中断鬼鸣之音的前提下，利用钢丝编织丝网，准备套在对方身上，并发出斗志激昂的咆哮："缚妖天牢！"同时摘下头灯，掷向对方左侧。

在蛤蚓受灯光吸引，挥爪将头灯击碎时，溪望已顺利地将丝网套在他身上，并触动机关将丝网收拢，把他牢牢地绑住。

蛤蚓发现自己中计时，已为时已晚。坚韧的钢丝使他不能弹动分毫，高超武术无法施展，惊人的体力亦难以助他脱困。

溪望借助机关将钢丝收回柄身，进一步收拢丝网。蛤蚓虽拥有如岩石般坚硬的甲壳皮肤，但在丝网的束缚下，他这身蟑螂壳竟接连发出细微脆响，裸露于披身黑布之外的皮肤，更出现细小裂缝。

这正是溪望想要的效果！

蛤蚓倚仗一身犹如铠甲的坚硬皮肤，无惧寻常的兵器。只要破除他这身变异铠甲，要取他性命就容易多了。

不过，作为陵光中智商最高的首席军师，蛤蚓又岂会坐以待毙？

他凝神聚气，全身肌肉骤然暴胀，并仰天发出愤怒的咆哮，竟然将坚韧的钢丝网挣破。被丝网勒破的披身黑布，撕裂成多块碎片散落一地，使他的变异之躯完全裸露。

正如拔河般将钢丝收紧的溪望，因失去拉扯力而踉跄退步。他将要倒地时，蛤蚓以左手抓住断裂钢丝，猛然把他拉过来。

蛤蚓力大无穷，这一拉竟令他如炮弹般，往自己身上飞扑。对方显然被惹怒了，不想跟他继续比画，准备借助回拉的冲力，挥舞右拳将他的脑袋打碎。

这是危机，也是机遇！

溪望使出全身力气，将百鬼鸣的剑刃转向前方，扑面而来的劲风随之涌入气孔，百鬼悲鸣再度响起。

蛤蚓因受悲鸣干扰，无法准确感知对方的位置，被溪望轻易避过他用尽全力的右直拳，并于左胸露出致命破绽。这个唯一可以取胜的机会，溪望当然不会错过，借助冲力将剑刃刺向蛤蚓胸前一道细微裂缝。

一声细微的脆响于溪望耳际回荡，剑刃所刺的裂缝应声扩大，并漫延至整个胸膛。蛤蚓胸前的甲壳皮肤，犹如被敲碎的岩石，瞬间崩裂、剥落，剑刃顺势没入他的胸膛，插入他的心脏。

“做得好，我知道你一定能做到。只要有一个坚定的目标，你将无所不能……”沙哑却似曾相识的声音，从轸蚓宽大且长满獠牙的嘴巴里传出。

溪望呆望着徐徐往后倒下的轸蚓，不自觉地后退一步。对方的声音及语气让他想起一个人——已离世十年的父亲相云博。

“不可能，不可能！”他发出歇斯底里的咆哮，不可置信地盯住眼前这只蟑螂怪物。

“接受现实吧，健仔！”躺在地上的轸蚓咧嘴而笑，宽大的嘴巴使他的面容无比丑陋。但溪望却在他的脸上，依稀看见父亲昔日的影子。

“你又被你爸摆了一道。”他的声音十分虚弱，虽然不像马上就会断气，但插在胸前的兵刃已宣告他死期将近。

听见对方叫自己的昵称，溪望已不能再否定眼前这个事实。躺在泥泞中奄奄一息的怪物，就是本应在十年前去世的父亲。

无数过往的片段，瞬间在他脑海中闪过：

身体状况尚可的父亲，竟然突然传来噩耗；

赶到火葬场时，遗体已化成灰烬；

宏叔对此的解释存在错漏；

写有“你父亲遭人谋杀”的密告信；

李梅说轸蚓本应在阚尤等人隐居之前去世……

“你为什么要装死？为什么抛弃我和丫头？”溪望抹去令双眼变得模糊的眼泪。

“还不是跟老三一样，为了你们的安全，咳咳……”云博咳了几声，花了点时间把气儿喘顺，然后才向儿子诉说隐情——

当年我自命不凡，以为自己是不世奇才。为了帮助老三脱离陵光这个可怕的犯罪组织，竟一时头脑发热，莽撞地闯进这潭浑水里，成为组织的一员。

我最初的计划是先取得首领井犴信任，再逐步瓦解这个组织，所以我非常卖力地为组织办事。不过，我也有自己的原则，就是绝不亲手杀人。因此，我只负责幕后策划，从不直接参与行动。

唉，我这辈子没杀一人，但我策划的行动却让无数人丧命。

溪望于心中咕哝：刚刚才在我面前一脚把李梅踢下悬崖，还好意思说自己没亲手杀人。

只怪我当时年少气盛，虽顺利地取得井犴的信任，却得意忘形，竟没注意到组织日渐壮大。当我察觉问题时，发现已无法只依靠自己的力量瓦解陵光。我甚至不能达成当初的目的，帮老三脱离组织，就连自己也被组织牢牢地操控住。

井犴以亲人的性命要挟，强迫我为组织效力，并将我提升为“二把手”。你年少时不是想知道，老三为何总是叫我老二？我们之所以互称老三、老二，其实是因为他是组织里的老三，而我是老二。除井犴外，我俩在组织里的地位最高。

尽管我们是陵光的核心人物，但我跟老三早已厌倦杀戮。而且我们当时都有各自的孩子，就是你和他的私生女倩琪。我们还商量过，等你们长大后做亲家呢！不过，要达成这个心愿，必须先脱离组织，否则你们能否长大成人也不好说。

井犴绝对不会让我们毫发无损地离开组织，所有脱离组织的人，都只有一个下场——死！不但脱离者要死，跟其相关的所有人都要死。因此，离开组织的方式只有一个，就是将组织瓦解。

要瓦解陵光，必须将井犴杀死。不过，他可不是省油的灯，不但极少露面，而且武术精湛，能同时使用六件武器，人称“六臂罗刹”。就算我跟老三联手，也不见得能取他性命。

因此，我和老三，还有跟我们一样萌生退意的翼蛇，暗中组成联盟。我们各自做好准备，等待一个可以将井犴杀死的机会，以求将陵光彻底消灭。

经过漫长的等待，我们梦寐以求的机会终于来到。大概在20年前，组织经过中间人接受一宗委托，对方要求我们突袭英国一间生物研究所，窃取研究所内的重要资料，并且将研究所摧毁。

对方给予的酬劳近乎天价，因此井犴非常重视，不但要我策划行动的细则，还要求我参与行动。这是我唯一一次直接参与组织的行动，但我的目标并非盗取资料，而是暗杀井犴！

按照我给井犴提交的计划，这次行动本应万无一失，我们可以轻易完成任务，然后全身而退。但这只是表象，实际上我暗中与军情六处联系，向对方透露袭击计划的详情。

因此，我们在行动中遭到伏击，对方的火力超乎意料，要完成任务且全身而退，几乎没有可能。在这种情况下，以井犴狂傲的个性，必定会不惜一切代价完成任务，就算牺牲所有成员亦在所不惜。

我本想利用这个机会，诱发组织内讧，将大家的枪头一同指向井犴。可是我低估了其他成员对井犴的忠诚，柳獐、星马及张鹿皆没有倒戈，他们不但无条件地服从井犴的命令，甚至甘愿为对方牺牲性命。

随后，井犴以柳獐及张鹿的性命为代价，成功取得机密资料，并引爆炸弹将研究所摧毁，但他亦身负重伤。

在撤退的过程中，早已按捺不住的翼蛇，没遵从我的叮嘱，突然出手袭击井犴。井犴虽受重伤，但实力亦不容小觑，而且有星马协助，轻易就将他制伏。

井犴本来就对遭到伏击起疑，翼蛇此刻倒戈，等同承认自己是内鬼。井犴怀疑他还有其他同党，用尽各种残忍手段向他逼供。不过他非常仗义，尽管饱受折磨，仍没有供出我跟老三，独力承担背叛组织的罪名，被井犴残忍地杀害。

虽然没能按计划暗杀井犴，但这一役令组织元气大伤，不仅折损三名骨干成员，井犴亦身受重伤。我以为陵光会因此而瓦解，但我似乎低估了井犴的野心。

井犴没有将研究所的资料交给雇主，而是对此进行详细分析，并从中发现一个惊天秘密。他打算利用这个秘密重振陵光声威，于是偃旗息鼓，让外界以为组织因此一役而瓦解。实际上，他仍牢牢地操纵每一个成员，只是将组织的活动转向地下，并不再接受外界的委托。

他从此退居幕后，不再亲自参与组织的行动，只通过星马跟我们联系，所以我跟老三根本没机会向他下手。更令人伤脑筋的是，随着时间的推移，他开始怀疑是我向军情六处告密，导致组织受到重创。

他随时都会向我下手，还会将所有跟我有关的人，一个不漏地全部杀光。为了确保你跟丫头的安全，我只好在老三的配合下，以诈死的方式离开组织的视线……

第十七章　复仇计划

“我知道你会怨我拍拍屁股就走，让你跟丫头受尽苦头，甚至不让老三接济你们。但你有没有想过，如果没有这些年的逆境，你能练就今日这身本领吗？”云博吃力地睁着那双陷在眼眶里的小眼珠，似乎想看清楚儿子的容貌，“你是我儿子，你的情况我很清楚。你只有在逆境中才会变得更强，而且有丫头给予你生存的动力，你绝对不会轻易放弃。”

“你好歹也留点钱给我交学费啊！”溪望愤然骂道，脑海中闪现大学期间那段不堪回首的过去。

“竟然还想要学费，要不是担心会让丫头露宿街头，我连房子也不给你留……”

云博有气无力地回骂，双目徐徐闭合。

“喂！你别死呀臭老头！”溪望猛然扑到父亲身旁，跪下来胡乱摇晃对方的身体，甚至想给对方按压心肺，“我还有很多事情要问你，你要死也先说完再死。”

云博突然抓住他按在自己胸前的手，睁开双眼责骂道：“你发神经呀！长枪还没拔出来，你竟然还想给我做心肺复苏，想你爸赶快上路吗？”

“哦。”溪望呆滞地抓住插在对方胸前的兵刃，准备将其拔出。

“千万别拔！”云博惊惶地将他喝止，遂责怪道，“你到现在还没变，每当亲人有性命之危，你就不能冷静思考。这枪头已刺进我的心脏，你要是拔出来，不就立刻送我上西天？”

“我该怎么办？”溪望六神无主地问道。

“你现在什么也不用做，听我讲故事就行了。待我把该说的都说清楚，你再拔出枪头，挖个坑把我埋掉。然后拿我的镰刀插在坟前当墓碑，小心别插在我脑袋上。”云博泰然自若道，“以后别来拜祭我，想我就朝天大叫三遍‘爸爸，我爱你’。”

溪望哑然失笑，看着豁达的父亲静默良久，遂伤感问道：“为什么要我背负弑父的罪名？”

“这故事还长着，继续听我说吧……”云博咧开宽大的嘴巴展露笑颜，但溪望察觉他的气息已越来越弱，便不敢多言，仔细听他讲述往事——

翼蛇有个儿子名叫萧铁炫，他生前最大的心愿就是脱离组织，让儿子过上正常人的生活。他的惨死令我跟老三深感愧疚，为弥补这份遗憾，我们打算完成他的遗愿。

可惜铁炫这小子深得父亲遗传，小小年纪就拥有一双灵活的巧手，不管是开锁还是扒钱包，对他来说只是过家家的小游戏。

我知道井犴为重振陵光，必定会让铁炫继承翼蛇的职位。所以我让老三立刻去香港找他们母子，希望能赶在井犴之前找到他们，并让他们远走他方，以脱离井犴的魔掌。

让我意想不到的是，翼蛇的妻子得知丈夫死讯后，竟然一时想不开自杀了。无人照料的铁炫因此流落街头，依靠自己双手过着扒手生活。

在不惊动井犴的前提下，我跟老三几乎用尽一切办法寻找铁炫。可是当我们找到他的时候，却发现井犴已抢先一步，派人暗中监视他的一举一动。事已至此，要让他重过正常人的生活，几乎是痴人说梦。我们只好静观其变，等待下个时机再作打算。

后来，铁炫因行窃失手，被保良局送到孤儿院。老三以“虎父无犬子，这小子经我训练，他日必成大器”为名，到香港将他接过来，名正言顺地将他收入麾下。

其实，他这时候已经很厉害，别说扒钱包，一般人就算被他扒掉内裤也不会察觉异样。他之所以失手，是因为扒窃对象是我们派去的人。是我故意创造机会，好让老三有借口把他接到我们身边。

我本想让他留在老三身边，免得被井犴的人教坏，可这小子的性格就跟他爸一样，崇尚自由、放荡不羁。他从我跟老三身上学到一身本领，然后就独个儿跑回香港。

他虽然人在香港，但他的情况我们还是比较清楚，因为井犴仍会给他指派任务，甚至派人监视他。也就是说，不管他跑去哪里，依旧在井犴的掌控之中。不过，他可不喜欢受人控制。

他不但没有执行组织的任务，还把监视者弄进监牢。这可把井犴惹怒了，派人把他的小女友抓起来。他的女朋友名叫嘉怡，跟他一样大情大性，为了使他不受束缚，竟在被井犴软禁期间自杀。

因为此事，他再次出现在我跟老三面前，这次他要比之前成熟多了，但同时亦变得冷酷无情。他跟我们说：“我不想再为组织卖命，我要脱离组织，为此不惜付出一切代价。”

“甚至是生命？”

对于我这个问题，他的回答是：“哪怕是灵魂！”

见他态度如此坚决，我们便将研究所一役的真相告诉他。他知道父亲被井犴杀害，便要求我们替他的父亲及女友报仇，让井犴偿还这两笔血债。

为弥补对翼蛇的愧疚，我跟老三决定帮他报仇，并制订了一个长达十年的复仇计划……

“让我亲手杀死你跟宏叔，也是计划的一部分？”溪望露出复杂的表情，既惊讶又悲愤。

“这是铁炫给你的考验，咳咳……”云博的气息非常微弱，连咳嗽也显得毫无力气，“我们需要一个有能力将陵光消灭的强者，而你是一个能在逆境中逐渐变强的男人，是最适合，亦是我们唯一的人选。不过，你最大的弱点是容易被身边的人蒙骗。而且每个你珍惜的人，都可能成为陵光要挟你的工具……”

“你不会想对丫头和悦桐下手吧？”溪望惊惶叫道。父亲的计谋，自小就让他感到恐惧。

“丫头方面，你大可放心，组织对她下手的机会不足千分之一。当中的原因，我暂时不能告诉你。至于悦桐……”云博露出欣慰的笑容，但这笑容在他丑陋的脸上却十分难看，“这名字取得好，应该是个贤惠的美人儿。”

“你昨晚真的偷偷摸进我们留宿的孤屋？”溪望想到悦桐脖子上的三道抓痕。

“你应该注意到我的视力严重退化吧！”云博的呼吸渐渐变得急促，“我只能勉强看清楚鼻尖前的东西。虽然有额头上这对触角，失去视力对我影响不大，但这姑娘说不定是我未来儿媳妇，我当然要凑近看清楚她长什么模样。昨晚溜进屋子时，她刚好把脸扭到一边，我想让她把脸转过来。没想到一时心急，竟把她的脖子抓伤了。”

“你是怎样闯进村子，又不让阚尤他们发现的？那间孤屋不是闹鬼吗，十年前你为什么非要住在那里？还有，你的爪……”溪望瞄了眼父亲犹如兽爪的十指，又道：“你的指尖是不是有毒呀？为什么悦桐被你抓伤后，就一直发高烧？”

“孤屋闹鬼是豹荣告诉你的吧，咳咳……在我上路之前，应该能答完你这堆问题。”云博虽已气若游丝，但仍努力回答儿子的问题——

其实，那房子根本没闹鬼。我执意住那里，是因为附近有个隐蔽的排水道入口，方便我随时进出村庄，又不会被其他人发现。

豹荣之前说那里闹鬼，是因为有一晚他偷偷走来窥探，还发现我的真正身份，我只好把他打得满地找牙。他这人爱面子，输得这么狼狈，当然不敢跟族人说出真相。

阚尤他们听过我的声音，虽然因为变异，我的声音变得沙哑。但只要我一开口，他还是能认出来。豹荣知道，只要他不揭穿我的身份，我就不会开口跟阚尤他们说话，不管他怎样扯淡，我也不会揭穿他，所以他就瞎扯了一个闹鬼的故事。

至于你说我指尖有毒。

健仔，我的身体虽然变异了，但仍保留着变异前的人性，饭前便后还是会洗手的……

“既然孤屋没有闹鬼，你的指尖又没毒，为什么悦桐会一直高烧不退？”溪望满脸疑惑。

“这是你要解决的问题……”云博喘着气说，“不过，我能给你一点提示，神隐村并非你想象中那么太平。”

阚尤、豹荣、屠刚、邹健、黎妮、珠妹、阿剖、阿涡……各人脸孔逐一在溪望脑海中闪过，他瞬间明白悦桐高烧不退的原因，遂低头盘算应对方案。

就在他冥思苦想之际，云博的气息渐渐变得微弱。他突然惊觉，相对于昏迷不醒的悦桐，此刻更重要的是即将离世的父亲。

“有要我替你做的事吗？”他悲伤地问道。

“履行我对铁炫的承诺，消灭陵光并诛杀井犴。”云博虽气若游丝，但这句话却说得铿锵有力。

“告诉我，井犴的真正身份是什么？”

“这是最后的考验。”云博咧开嘴巴，吃力地挤出一个牵强的笑容，“我变异的原因、陵光首脑的身份，都需要你用自己的智慧寻找真相。”

“国际刑警花了超过20年，至今仍没查出井犴的真正身份。”溪望无助地凝视着仅剩一口气的父亲，“你至少也给我一点提示吧！”

“放心吧，健仔！我虽然看不见，但你的人生仍会按照我编写的剧本进行。”云博缓缓闭上双目，但嘴角仍微微抖动，“我能预计你的未来，我为有你这个儿子感到自豪，假以时日你将会比我更强大……”

他终于停止了呼吸，曾策划无数完美暗杀行动的陵光军师，在此为他的传奇人生，画上一个充满悬念的问号。

“爸，你安心上路吧！”溪望流下悲痛的泪水，遂仰天高呼，“我不会令你失信于人，你在天国亦会为我感到荣耀！”

他按照父亲生前交代，将对方就地埋葬，并在镰刀墓碑前磕下三个响头。随后，他背起阚尤尸体，吃力地走向神隐村。

父亲临终的提示在他脑海中回荡，此刻石堡犹如龙潭虎穴。但是，为了悦桐的安危，哪怕是刀山火海，他亦必须赴汤蹈火！

他背着沉重的尸体，于暴雨中走向石堡。刚才与父亲生死相搏，已消耗了大量体力，这一路上背负尸体更让他筋疲力尽。待会儿若在古堡里跟众人起冲突，他恐怕无力还击。

不能力敌，就只可智取。

当他靠近石堡时，从堡顶传来黎妮焦急的声音：“你们怎么了？阚尤你受伤了吗？”他不知该如何作答，只好叫对方先到二层的起居室。他随即钻进门洞，在把守于此的阿涡协助下，将阚尤的尸体抬上二层，放置于豹荣的尸体旁。

黎妮跪在丈夫的尸体前，失声痛哭，哽咽道：“你不该去，你不该去送死……”

她突然站起来指着溪望，向屠刚及邹健喝令：“给我杀了他！”

屠刚盯住邹健，似在等对方先动手。可邹健却纹丝不动，思索片刻才对黎妮说：“我们只会听从首领的吩咐。”

“是呀，现在首领死了，我们也该商量一下以后怎么办……”屠刚正口若悬河，但被黎妮瞪了一眼便不敢多言。

“珠妹，这个外来人害死我们的男人，我们一起杀了他，替我们的男人复仇！”黎妮拉拢跟自己同样丧夫的姐妹。珠妹有片刻的犹豫，但还是从腰间拔出一双短刀，准备向溪望动手。

“且慢！”溪望举起双手，表示自己无意反抗，朗声道，“我必须为阚尤前辈的不幸负责任，但杀害豹荣前辈的凶手并不是我。”

“呸，死到临头还想砌词狡辩！”黎妮往他身上吐了一口口水，骂道，“我们在此隐居十年，大家一直和睦相处。可你才刚来两天，我们就接连损失两条人命。如果不是你下的毒手，难道是我们自相残杀？”

“是否相处和睦，各位前辈心中有数。”溪望瞥了眼对方吐在自己身上的口水，皱了下眉头，遂转头对珠妹说：“夫人，你应该很清楚豹荣前辈心中的想法。”

珠妹愣了一下，迟疑道：“我家男人虽然对首领颇有微语，但他忠心赤胆，视首领为兄长，跟屠刚、邹健亦情同手足……”

“那只是他一厢情愿的想法。”溪望打断她的话头，并转身向屠刚问道：“前辈，你亦把豹荣前辈视为手足吗？还是暗中抱怨他独断专行，坚持不让大家多生一个孩子？”

“你这话是什么意思呀？”屠刚急躁骂道，“我虽然在这事上对他有点意见，但你别想诬蔑我杀害老豹。”

“如果只有你一个人想杀豹荣前辈，你当然下不了手。”溪望轻晃食指，随即伸出另外两根手指，“但如果有三个人想杀他，那就另当别论了。”

“还有谁想害我家男人？”珠妹环视众人，目光最终落在屠刚身上，并向对方喝问：“说！是不是你害死豹荣？”

“我怎会害老豹呢……”屠刚正欲辩解，却被邹健阻止。

“事到如今，也没什么好隐瞒了。”邹健一脸冷酷无情的表情，轻描淡写道，“豹荣的确是被我们杀死的。”

第十八章　舍生取义

“你说什么？”珠妹露出难以置信的表情，仿佛以为自己听错了。

“老豹是被我跟老屠杀死的。”邹健冷酷地回答。

“为什么？我家男人视你们为兄弟，你们竟然……我要你们偿命！”珠妹猛然举起双刀，准备扑向杀害丈夫的两人。

“夫人，请先听晚生一言。”溪望急忙把她拦住，“他们只是执行者，真正的幕后主谋是……她！”说罢伸手指向黎妮。

“别听他信口雌黄，他才是杀死老豹的凶手。”黎妮慌忙向珠妹辩解，并怂恿道，“我们一起把他杀了，替我们的男人报仇。”

“黎妮夫人，晚生可没有信口雌黄，我对你的指控绝非凭空捏造，要不我现在就此事前因后果梳理一遍告诉大家。”溪望随即向黎妮讲述自己的推理——

在安全而平静的神隐村里隐居，你们无须再过惶惶不可终日的亡命生涯。但是，平静的日子逐渐消磨你们昔日的团结，并且激化各人之间的矛盾，豹荣甚至开始挑战阚尤的权威。

你对此十分忧虑，害怕有一天豹荣会取代丈夫，成为族人的首领。就在这个时候，我跟悦桐突然出现，打破了神隐村长达十年的宁静。于是你暗中盘算，能否利用我们清除异己，巩固丈夫的首领之位。不过，你需要一个合适的时机。

你等待的时机很快就出现了，李梅突然闯进石堡，以陵光成员身份命令你们继续为组织效力，否则就将你们全部杀死。

阚尤念记先父的恩情，拒绝听从李梅的命令，并将她赶出村外。但你却在随后暗中跟李梅接触，并答应对方的要求，派人配合她向我们发动袭击，以我的性命换取你们一族的安全。

屠刚跟邹健对豹荣意见很大，但一直敢怒不敢言，你私下跟他们商讨此事，并命令他们假扮牛头人参与袭击。不过，你的袭击目标并非仅限于我跟悦桐，还包括李梅。

你本想将我们一起杀掉，然后再杀死豹荣。这样不但能将豹荣的死，嫁祸给我跟李梅这两个已死之人，还能防止外界知道你们在此隐居，从而免除再度受陵光操纵的烦恼。可惜你并不擅长策划行动，而且低估了我跟李梅的能力，因而导致行动失败。

我跟李梅先后逃脱，迫使你改变计划。而且你不放心再度假手于人，必须亲自出马。你为悦桐处理伤口时，暗中在膏药里添加毒药，致使她发高烧。随后，你又借医治为名，在药汤中添加毒药。

你跟阚尤一样，能通过观察天色预测天气变化，知道晚上10点左右将会再下暴雨。你调整好药汤中毒药的分量，算准她会在这个时候再度发烧，且难以用普通方法降低体温。

你命令屠刚以送雨具为名，到堡顶与邹健会合，让他们利用绳索爬下石堡。两人通过门洞钻进底层时，在此把守的豹荣肯定会觉得奇怪，但他还没开口，邹健便示意噤声，并用双手向他比画。

出于对族人的信任，豹荣没起半点疑心，只担心是否出了状况。他聚精会神地琢磨邹健的“手语”，完全没注意到屠刚悄然绕到他身后，冷不防地一刀割开他的喉咙。

杀死豹荣后，屠刚跟邹健立刻利用绳索返回堡顶，以聊天为名创造不在场证据。等珠妹给豹荣送夜宵，发现丈夫惨被杀害，两人才假装惊讶，并扬言为兄弟报仇以掩饰心虚。

当我带着悦桐前来求医，屠刚跟邹健便顺势将凶手的罪名推到我身上。虽因珠妹的宽宏与仁慈，你们没机会取我性命，但这在你预算之中。你要我到靠近牛头人巢穴的地方找柴胡，其实是想借怪物之手将我杀死。不过，你的计划并非如此简单。

你暗中通知李梅，让她在枯树林伏击我。你本想借助牛头人将我们两人杀死，但你万万没想到，你的计谋竟被丈夫识破。

阚尤没洞识你的全盘计划，但察觉你与李梅勾结，故意让我去送死。他为报答先父的恩情，决定舍生取义，坚持要跟我一起到枯树林采药……

“你胡说！”黎妮冲溪望大吼，遂拉着珠妹的手臂，游说道：“别听他胡说八道，他杀了我们的男人，我们一起……”她突然一脸惊呆，随即目光下移，发现珠妹的短刀已没入她的腹部。

“我会把阚雄当作亲生儿子，把他抚养成人，你放心去陪首领吧！”珠妹温柔说道，遂露出冷酷无情之色，将短刀拔出并把对方推倒在阚尤的尸体旁。

“散伙喽！”屠刚耸耸肩膀，搂住妻子欲返回塔楼。

“杀了我家男人，还想当什么事没发生过吗？”珠妹用被鲜血染红的短刀指着他。

“想打架呀！”屠刚将阿剖推到一旁，摆出迎战姿态。

“两位前辈且慢！”溪望慌忙挡在两人之间，劝说道，“赤神教虽已被灭，但陵光若知道你们仍然在世，恐怕不会放过你们。所以在陵光被消灭之前，你们仍需在神隐村隐居。”

面无表情的邹健接着他的话头说：“已经死了三个人，我们一族现在只剩五个成人，要把四个孩子养大，问题还不大。若再死两个，或一死一伤，以后的日子都不好过。”

“要是没能把所有孩子养活，首先被放弃的孩子是谁，夫人应该心中有数吧！”溪望轻按短刀刀背，让珠妹垂下手臂。

屠刚皱了下眉头，遂冷哼一声走到妻子身旁。

两人虽战意未消，但溪望的话却令他们不敢胡乱出手。因为若食物短缺，被放弃的孩子依次为：阚雄、豹勇及屠刚的女儿。这看起来对屠刚比较有利，但现有的两个男孩都被放弃，村子要继续维持下去将非常困难。

为顾全大局，他们必须放下私人恩怨。接下来要做的事，是商讨由谁出任首领，顶替已离世的阚尤。不过，溪望可没心思跟他们讨论领袖的人选，因为悦桐仍昏迷不醒。

“放心吧，我也懂得医术。你跟你父亲都对我们有恩，我跟族人绝不会让你带着遗憾离开。”珠妹在收起短刀那一刻，仿佛变了另一个人，身上散发一股令人折服的大将之风。

尾声

一

“二叔，露露来了。”露妍于云博坟前露出亲切的笑容。

她将当作墓碑的巨大镰刀拔起，随手挥舞了几下，顽皮地笑道：“亏你想得到，竟然用镰刀做墓碑。不过这样也好，省得要我带工具过来。”

“你这把刀子会不会太重了，还是匕首比较适合我……”她高举双手旋转镰刀，装作重心不停往左右晃动，突然一刀砍在土坟上，面露淘气的笑容：“砍到你别叫痛哦！我会按你的意思，把你这副老骨头带到师父那儿，让你们待在一块儿。”

当她举起镰刀准备挖坟时，腰间传出电话铃声。她掏出一部卫星电话，往显示屏瞄了一眼，不由皱起眉头，对着身前的土坟说：“这几天一直下雨，太阳能充电器用不上。二叔，你怎么不准备一块后备电池呢，电话都快没电了。”

她接通电话，并对电话彼端说：“有话快说，快没电了……嗯，嗯，一切都在二叔预算之中，我们会合后再说吧！”

将电话挂掉后，她便继续挖坟，并调皮笑道：“二叔，可能你没听说过，现在大家都说‘好基友，一被子’。我已经替你跟师父准备好被子，以后你们就能永远在一起。”

二

“我们正在回来……”溪望躺在副驾上，有气无力地对电话彼端的映柳说。

“事情都办好了？”映柳问道。

“都办好了，而且还有意外收获……”溪望告知李梅跌落悬崖一事。

“怎么会这样，她是怎样掉下去的？”映柳急躁问道。

“当时正下着暴雨，树林里非常昏暗，我也没看清楚。”溪望轻描淡写地答道，“只知道她想袭击我，然后就莫名其妙地跌落悬崖。”

“不可能！”电话彼端传来映柳的咆哮，“她怎么会无缘无故地掉下悬崖！”

“柳姐，你没留意到我连说话的力气也没有吗？”溪望不耐烦道，“我正在发烧，等我回来再详细告诉你吧！”说罢便将电话挂掉。

“小月怎么会对李梅的死这么大反应？”正在驾车的悦桐问道。经珠妹的医治，她已完全康复。

“她跟李梅的关系纠缠不清，我也不清楚她们两个是怎么回事。反正跟我也没啥关系，懒得去管了。”溪望往自己的脑袋敲了两下，抱怨道：“我现在头痛得要死，只想好好睡一觉。”

“你呀，都多大的人了，怎么淋一点雨就会大病一场？”悦桐奚落道，“上次也一样，跟宏叔在天台……”她突然察觉自己说了不该说的话，便赶紧住口。

“还好意思说我，也不知是谁昨天还病得头重脚轻。”溪望转过身望向窗外，喃喃自语：“那两个老家伙肯定是故意的，明知道我淋雨就会生病，却偏要选雨天找我麻烦……”

悦桐怜悯地望了溪望一眼，心想对方如此坚强，应该很快就能走出悲伤。然而她并没看见，正有两行泪水滑过溪望的脸庞。

她突然想到一个问题，便向对方问道：“对了，你说萧铁炫才是整件事的幕后主使。现在你爸已经死了，他怎么知道你是否通过考验？”

“天晓得，说不定他正躲在某个地方偷窥。”溪望刚说出这句气话，手机便收到一条信息。他查看手机发现是一个陌生号码，内容为：我在你头顶。

他立刻打开天窗，发现犹如一只巨大红蝙蝠的神偷凌风，正利用一根纤细的钢丝勾住他们的汽车，于晴朗的天空中滑翔。他恍然叫道：“车里有偷听器！”

手机又再响起，是刚才那个号码发来的信息：你现在才知道。

溪望觉得有点头晕，便躺在座椅上，闭上眼睛说："你从什么时候开始跟踪我们？"

对方通过短信回答：你从家里出发开始。

溪望有气无力道："我已经通过考验了，是时候告诉我下一步该怎么办？"

对方发来信息：还早呢，我会再联系你。代我问候嫂子，还有丫头。

于空中滑翔的凌风，收回勾住汽车的钢丝，并转变方向跟他们分道扬镳。溪望抬头看着他，不悦骂道："丫头是你叫的吗？休想碰我妹妹一根头发！"

悦桐亦抬头看着远去的凌风，喃喃自语："他在天上滑翔还发短信，不危险吗？"

仿佛应验她的担心，凌风突然急速下坠。不过没直接掉到地上，只坠了一小段便继续平稳地滑翔，并给她发来信息：谢谢大嫂关心！

"真会讨便宜。"悦桐看着手机屏幕会心一笑，于心中暗忖：想叫我做大嫂，还没到时候呢！

三

身处公安厅的映柳，正用力地握住手机，快步走进楼梯间。防火门关上那一刻，她突然将手机扔到地上砸个粉碎，并发出愤怒的咆哮。

发泄过后，她颓然跪在地上，失声痛哭："我错了，不该相信那个男人……"

灵异档案　第一鬼村

本卷的故事原型，为网上流传甚广的中国第一鬼村——封门村。

关于这个神秘的村庄，网上有很多探秘及解读，当中大多提及太师椅、空棺材及GPS、指北针失灵等，老求在此就不一一详述了。

虽然老求风水知识仅为路边摊水平，但也知道长期空置的房子，会因缺乏人气，而较容易招惹孤魂野鬼停留。如果屋内特别阴寒，而且莫名其妙地出现积水，几乎可以肯定有"好朋友"在此借住。其实这种情况并非只出现在空置的房子，家中女性较多，亦会惹来“好朋友”垂青。

房子若风水上没严重问题，就算长期空置，或只有女性居住，通常只会引来三两个“好朋友”。送走这些“好朋友”的方法十分简单，只要找一大帮人来开派对，为房子增添人气就行了。要注意的是，来开派对的人必须男性多于女性，而且男性越多效果越好。

曾经有位女性朋友向老求求助，说她一家三口刚乔迁新居，因距离工作单位较远，丈夫每天都要很晚才能回家。而在丈夫回来之前，三岁的女儿经常指着无人的洗手间，说里面有个样子很吓人的叔叔。

她很害怕，问我该怎么办?

我说这房子是不是空置了一段较长的时间？她说大概空置了两年。我想应该是路过的“好朋友”，问题不大。

每逢假日，老求都会邀请朋友到家中做客，一来能联系感情，二来能让房子“干净”一点。因此，我趁周末带上一班哥们到她家涮火锅，还跟她丈夫打麻将打了一个通宵。

之后，她告诉我，女儿再没看见奇怪的东西。

一间房子空置两年尚且出现这种情况，一个荒废数十年的村庄，若不发生点怪事，那才见鬼呢!